KEY·可以文化

孟庆华 著

孤独行路

浙江文艺出版社
Zhejiang Literature & Art Publishing House

图书在版编目（CIP）数据

孤独行路 / 孟庆华著 . — 杭州：浙江文艺出版社，2023.8
ISBN 978-7-5339-7267-7

Ⅰ. ①孤… Ⅱ. ①孟… Ⅲ. ①长篇小说－中国－当代 Ⅳ. ① I247.5

中国国家版本馆 CIP 数据核字（2023）第 112547 号

策划统筹 曹元勇
责任编辑 易肖奇
营销编辑 耿德加　胡凤凡
责任印制 吴春娟　眭静静
装帧设计 周伟伟

孤独行路
孟庆华　著

出版发行	浙江文艺出版社
地　　址	杭州市体育场路 347 号
邮　　编	310006
电　　话	0571-85176953（总编办）
	0571-85152727（市场部）
印　　刷	上海盛通时代印刷有限公司
开　　本	889 毫米 ×1240 毫米　1/32
字　　数	276 千字
印　　张	13
插　　页	1
版　　次	2023 年 8 月第 1 版
印　　次	2023 年 8 月第 1 次印刷
书　　号	ISBN 978-7-5339-7267-7
定　　价	49.00 元

版权所有　侵权必究

一

　　我一生中所有的烦恼，几乎都与自己不明不白的身世有关。时间在不知不觉中一天天过去，年龄逐年增长起来，我的记忆库在漫长的岁月中，虽然已经变得锈迹斑斑，可我无论如何都忘不了童年的那些往事……

　　事情是这样在无意间就稀里糊涂地发生了。

　　记得小时候，妈妈常常牵着我的手，去走亲戚。给我留下最深印象的一家，就是大舅家。最早是妈妈抱着我坐马车去他家，后来有了电车，我们就坐电车去，再后来，我长大了些，就经常屁颠屁颠地跟着妈妈走着去了。

　　记忆中的这位舅舅家，好像是离我家很远，我们要绕过马家沟河，从儿童公园里斜穿过去，才能坐上电车。

　　不记得那位舅舅的姓名了，甚至连他的长相，也在我丰满的记忆中，渐渐变得枯萎起来。只记得，我很喜欢跟妈妈去他家，因为儿童公园里有许多让我着迷的游乐设施，像双杠、转马、脚踏船什么的。每当我们经过那里时，只要我央求妈妈，她就会慷慨地掏出五分钱来，让我坐上一两圈。

这位舅舅家有两位长得很好看、扎着粗大辫子的姐姐。她们那时候好像都已经认字了,妈妈把我交给她们俩时,都要特意地叮嘱一句:"你们别光玩,记得要教弟弟识字!"

还记得,他们家的房间很多,但是也很小,就好像是当年苏联人在哈尔滨住的那种木刻楞的房子一样。屋子里总是隐隐地弥漫着一股怪怪的霉味,那是我不喜欢的味道。加上他们家的灯光一直显得很昏暗,因此,一到了他们家,我就会立刻变得昏昏沉沉起来,只想打瞌睡了。

我妈正好与我相反,她只要是进了他们家的门,就像被打了鸡血一样开始兴奋起来。妈妈会先把我领到舅妈面前展示一番:"看看他胖点没?是不是又长高啦?……"

然后,妈妈就会热热闹闹地和那位舅妈大嗓门地闲聊起来。那位叫舅妈的人,一年四季都好像病恹恹的样子,说话的时候,总是像哮喘病人那样,弓起两肩,缩着脖子,肩膀一抖一抖地大口喘着气,看着就好像是马上要断气了一样可怕。

有时候,她的脸还会憋得紫红,就像我们家里养的母鸡,下蛋时憋得眼珠子通红那样可怕。我只是假装高兴地冲她笑笑,心里真懒得和她说话,总是担心她会不会一张嘴就喘不上气来。

奇怪的是,这位舅妈都病成这样子了,还是喜欢拉着我妈的手,叽里呱啦地唠个没完。我那时候真担心她,小手汗津津地往后缩着,不敢靠近她。这也是我不喜欢他们家的另一个原因。

我不敢对妈妈说出原因来,就常常一个劲儿死死地拽着她的衣襟,小声嘟囔着,闹着要回家去。

我妈从不责怪我,在我面前,她们聊的那些个事情,都是我不感兴趣的陈芝麻烂谷子。感觉她们俩会翻来覆去没完没了地说着车轱辘话，我在她们面前耷拉着脑袋，很无趣也很无聊地听着，时间一长，就会犯困了，显得无精打采起来。

妈妈这时就会俯下身，扒拉着打蔫的我："儿呀，你困了吧？去找姐姐们玩好吗？"

舅妈扯开呼呼作响的嗓子，冲着门外大声呼喊起来："你们两个给我进来，弟弟要和你们一起玩！"

两个姐姐听到喊声，常常会立刻冲进屋来，就像喜鹊那样尖叫着，争先恐后地拉起我的手来往外拽。这两个小姐姐好像是正等在那里，等候她们妈妈的命令和召唤一样。

我妈总是迫不及待地冲着她们的后脑勺来一句："你们别光顾着玩，记得要教弟弟识字！"

我常常跟这两位小姐姐在一起，两个姐姐给我留下的印象远比舅舅和舅妈鲜活得多。

我们家里只有我一个孩子，那年月，在中国，这种独生子女的家庭并不多。一般的家庭，都是有好几个孩子的，中国好像只有从二十世纪七十年代末开始，才有了独生子女的概念。

我满心欢喜地同她们一起溜进房去，那一刻，很高兴终于摆脱了大人们的视线。我感觉两位小姐姐待我一直很好，玩具也会首先让我挑着玩。我和她们在一起感到自由，也渐渐地和她们熟悉起来了。

可能是由于没了大人在眼前，两位姐姐总喜欢逗我，特别是那位小一点的姐姐，她叫香儿，我就称呼她香姐。

她常常会用有些诡异的眼神长时间地打量我，有一次，我伸手去接她递过来的一个小泥人，她随即抓住了我的手，还紧紧地攥着，故意用挑衅的目光盯着我的眼睛，神秘兮兮地问："告诉我，你是中国人还是日本人？"

这个问题对当年的我来说有点莫名其妙。我不明真相，而且也是第一次听到这样的问话。我眨眨眼，一声不响地盯着她傻笑起来。

追溯起来，那个时候的我也就五六岁吧，只是朦朦胧胧地听说过，什么中国人啊，"小日本"的，还是爸爸听收音机的时候，被我偷听来的……

我不明白意思，就慌乱地点点头如实地答道："我不知道！"

就在这一瞬间，香姐拍了拍大姐的胳膊，又冷不丁神秘地冒出来一句："姐，你看，这个小日本好像一点都不知道哎！"

我那一刻也没有在意，反正泥人到手啦，这个泥人归我了。我又伸长了胳膊去抢夺那个好看的日本木偶。

"你不是中国人，你是个小日本！知道吗？你答应了，这个才能给你……"香姐突然不依不饶地跟上一句，并不怀好意地推搡了我一下，恶狠狠地补充道，仿佛在提醒我要记住这件事一样。

我当时是真的不太明白她话里的意思。可是，她当时的眼神很可怕。我牢牢地记住了她那双恶狠狠的眼睛，那眼神像尖刀一样在剜我的肉，我闹不清她说的这个问题与我到底有什么关系。

我既害怕又委屈地避开她的眼睛，心里感到很奇怪，也许她说的并不是我吧？我就故意四处张望起来，想寻找她们话里的那个"小日本"在哪里，并讨好般傻里傻气地如实相告："我不知道,说我是啥都行。"

就在我仰起脸的时候,正好看见了大姐金子姐姐用食指狠狠地点着香姐的脑门,我被吓得缩着肩膀,不敢动弹了。

那一刻,我们面面相觑,彼此都现出了一脸的惊讶。

大姐忧戚地说:"你别听香儿的,她瞎掰呢!"

我慌乱地点点头,见她们两姐妹还在不出声响地互相撕扯着,就嗫嚅着问:"大姐,那谁是小日本呀?"

"就是你!"香姐把她从金子姐姐那里受的气一股脑地全都撒在了我的身上。

我张口结舌地说:"我,我?……"

我猜想这一定不是什么好事,害怕得咧开嘴就哭了起来,转头就要往外跑,想找我妈告状去。

扎着大辫子的金子姐姐一把抓住我后背的衣裳,一边往回拽,一边哄骗着我,还不忘死死地瞪着她的妹妹,忽然严肃起来,教训道:"你要死啊?小点声行不?你这些话会让妗子和咱娘听见的。你知道后果吗?……"

香姐理直气壮地一甩黑辫子,梗着脖子,不服气地撇撇嘴、吐吐舌头,在她的嗓子眼里嘀咕着:"听见了我也不怕,反正我也没有说谎啊!"

香姐嘴虽硬,声音已经明显地软了下来。她下意识地脸红了,瞥了我一眼,支吾其词地还想继续狡辩什么……

我越发肯定她俩说的准不是啥好事,不然,怎么会怕我去告状呢?我理不清来龙去脉,就默默地转动着眼珠看着她俩的精彩表演。她俩开始软下来,俯下身来,摸着我的头发,开始讨好我了。然后大姐轻轻地叹口气说:"好弟弟,你要听话!"

她们的神秘表情和对话，我不能全懂其含义，但让我好生奇怪，知道这话八九不离十，是针对我和我家人说的。

见我转动着大眼珠子，疑惑不解地看着她们，金子姐就杏眼圆睁、柳眉倒竖地开始呵斥她的妹妹："你傻呀，看看吧，这都是你惹的祸！一会他就会告诉咱妗子的……"

香姐也不示弱，忽然脸红了，又开始凶我，她低头用食指狠狠地点着我的脑门："告诉姐，你会说出去吗？"

我没有抬头，也没有搭腔，害怕地赶忙把头摇得像个拨浪鼓一样，表示我不会告诉任何人的。

"你要是乖，那我就给你好吃的。告诉姐，你爱吃槽子糕还是长白糕？……我给你吃，只是不许你跟妗子瞎说，你懂吗？"

她的手很重，我的脑门被她戳得生疼，看她那恶狠狠的样子，我心里很怕，只好迷迷糊糊地点头答应她，怯生生地问："那，那我不是小日本，行吗？"

"别瞎说，你怎么会是小日本呢？"

金子姐姐巧妙地岔开了话题。

我的眼睛却贪婪地盯住那个上了锁的点心柜子，默默地开始吞咽起嘴里的唾沫来。因为我知道，她们家好吃的东西，几乎全都锁在那个油汪汪的涂了红漆的木柜子里。

我很渴望马上吃到那香甜的蛋糕，就讨好地笑着凑了过去。我向前挪步的时候，香姐也急不可耐地贴了上来。

这个时候，大辫子金子姐姐，像是找碴似的，忽地扬起胳膊，冷冷地挡住了香姐伸向锁头的小脏手，呵斥道："香儿，你给我听着，今天这事儿，都是你惹的祸，记住，他只能吃你那份儿！"

我有些惊异，她们的郑重其事，让我本来想忘记了的鸡毛蒜皮小事，一下子又变得严重起来，我心咯噔了一下，自问道：我是"小日本"吗？嗯，我是"小日本"。我心里在重复着这句话。

我看着她们，两姐妹对峙着，就像两个要斗架的公鸡一样，说着说着又开始撕扯起来了。

我有点不知所措了，也猜不透她们的心思，就只顾得上盯住晃动的黄灿灿的锁头，盼着里面同样黄灿灿的蛋糕赶快蹦跳出来……

可是，就在我满心喜悦地等待的时刻，脑门上又猝不及防地被香姐狠狠地像放小鞭那样，"叭叭叭"地一阵儿猛挫。

这回真的是很疼很疼啊，我有点犯晕了，她们两个今天这是怎么了？我感到很疼，也很冤，就像是在受折磨一样，正想咧嘴大哭之时，一大块黄灿灿、油腻腻、香喷喷的槽子糕，被她们姐俩硬生生地塞进了我的嘴里，堵住了我喉咙里发出的哭声，我一吸气，天啊，那蛋糕的碎末，差点没把我给噎死过去……

这姐妹俩似乎也意识到了事态的严重性，觉得这样不妥，于是便苦笑着，开始哄劝我，给我喝水，还恐吓我，咕哝着给我许愿……她们施展的这些手段，归根结底就是为了让我忘记这件事。

她们想让我忘记她们俩今天拙劣的表演，忘记她们的失言和对我的戏谑。可问题是，她们越是装作若无其事，我就越是感到她们很假，好像很怕我记住这件事一样，而且她们的话，从此以后开始在我心里莫名其妙地发酵起来。

她们哪里会料到，她们这是弄巧成拙、越涂越黑呀！这件事，反倒成了一个孩子牢记住一件事情的催化剂。

从那时起，我一直想让自己忘记这件事，结果非但不能忘掉，还越想越忆越记牢了。

小小的我，不知道为啥，竟下意识地感觉到，这件事情是万万不能对妈妈和爸爸说的，说出去了，那两个姐姐是不会放过我的，她们给我蛋糕的同时，不止一次郑重地警告过我。我怕她们，更怕爸妈也会由此讨厌我。

这个想法很奇怪，可它确确实实浮现在我的心里，我也闹不清这念头是如何生成的。任何人也不知道，我心中的这个秘密，随着岁月的流逝，它变得越来越清晰，越来越真实起来。

我多少意识到自己可能是被收养的，可是我没有勇气问我的父母。我早早地收敛自己，不再任性撒娇了。父母只当我是一个懂事的孩子，他们那时候一丁点都不知道，我心里已经种下了这个秘密。

我过早地成熟，始终像一个彬彬有礼的客人一样对待着我的父母。在我幼小的心里，香姐过早地种下了这个"不解的落寞"。

我的父母也一样爱着我这个家中的独子，只是这种爱，总是让我感觉到与别人家的不同，他们从没有呵斥或打骂过我，少了些爱的"疼痛感"。

时不时地，还会有一种不被人知的悲凉，就那样平白无故地让我忧伤，来搅扰我无忧无虑的人生。

甚至，我的内心里，还不止一次地暗中起疑。我想靠近父母，向他们撒娇，但我根本就做不到，特别是在我爸爸面前。

他是位肯干的好人，一辈子任劳任怨，没有什么恶习，甚至也没有什么奢望，会经常一个人坐在那里，望着窗外发呆，偶尔，还会发出一种自言自语的"啧啧"声来。

我和妈妈也从来没有触及过这个问题，但是，我心里隐隐地能感觉到，爸爸在发愁时常常会有这样的小动作。我在那一刻就会胡思乱想：这"啧啧"声，难道爸爸是因为领养了我而在发愁吗？

妈妈有一次有意无意地对我说，他这是在"三反""五反"被关押期间落下的毛病……

我无法做到真正无忧无虑，我也无法直接去询问爸爸妈妈：她们为什么要喊我"小日本"？我是谁？我是你们亲生的吗？为什么我们家里只有我一个孩子？为什么爸爸从来都不带我去洗澡？为什么我有病了，他还曾经要扔掉我？……

我一边又疼又怕又爱着我的父母，一边又完全沉浸在胡思乱想之中，不能自拔。

是的，我记得，在我小的时候，尽管我们无数次地搬家，每到一个新环境后，周围的人还是会有意无意地暗示我：你是被收养的，你是个"小日本"。他们是怎么知道的，又凭什么这样对我指指点点呢？

成长的过程中，我只能把这个秘密严严实实地埋藏在心里，几十年都不给它阳光，也不给它水分，更不给它任何营养。本以为，时间长了，它就会自生自灭，可是，事与愿违，它还是坚强固执地在我心里生长起来了，处处提醒我：你不是他们的亲骨肉！可是我究竟是谁呢？我又怎么会和日本人扯上关系呢？如果我真的有日本亲人，他们现在在哪里？他们为什么抛弃了我？为什么？……这些为什么令我不禁感叹，时光是个奇妙的东西，翻转了我无忧无虑的人生，但我又从来不敢说出心里的疑问。

这些念头让我惊恐，让我苦闷，也让我束手无策！

二

我最早的记忆里,说不上确切是几岁开始,丢魂落魄的恍惚、奇奇怪怪的梦境,总是像鬼魂一样跟随着我,让我不解并好生奇怪:这个梦境,它凭什么一直缠绕着我,而不肯罢休呢?

特别是到了春季阴雨天的时候,我心底总有种说不出来的、怪怪的想法,它会一直跟随着我,折磨着我。

我不知道这个梦的起源,只晓得这个梦就像是我永远摆脱不掉的牢狱一般,锁困着我:我坐在一个女人的怀里,记不清那个女人清晰的面孔,最先浮现出来的总是她的眼睛。眼睛是善意地微笑着的,脸是模糊不清的。那眼睛就好像我自己的,有时候又很像是妈妈的,时时地变换着,清秀而忧郁。我看得很清楚,她露出的是很爱我的那种眼神。无论在梦里,还是醒来后,她都会用爱的目光盯着我看。只要与我相视,她的目光就会钉牢在我脸上。我无法解释这个梦境,相信也没有作家会故意把这样的作品塞进我的梦里。我被它长久地折磨着。

我不敢把这个梦说给父母听,我深知他们对我的好,我时常被这种深深的舐犊之情感动。我更不敢讲给朋友听，确切地说，那时候，我也没有称得上朋友的人。这大概和我自己的警觉心理有关，也和父母亲的严加管教密不可分。

相信他们和我都无法用一些简单的方法来解释复杂的问题，像人类情感、历史、社会等等。总之，这个梦伴随着我，直到我回到日本后，它出现的频率才变得低了下来。

反正，自从那次去了大舅家以后，我就不想再去了。妈妈不明白真正原因，她总问我为啥。我总会找到各种借口拒绝她。

"我今天肚子疼。"

"我还要写作业呢。"

"我脚疼，走不动。"

"走不动，我背着你吧。"妈妈不相信，一边胳肢我的腋窝，一边弯下腰来，"怎么突然就不想去了呢，她们欺负你了，还是你在耍熊？"

我不敢直说为啥，也不想让她背我。她是一双小脚，相信她是背不动我的。

反正从那以后，我们就渐渐地不去那位大舅家了。

这对我来说，暂时是值得庆幸的事，我似乎有了一种解脱感。可是，渐渐长大以后，我想弄明白自己身世的来龙去脉的时候，却失去了去那里敲开香姐她家那扇门的勇气。

我迷茫地过了很长一段时间，才把这段不愉快的经历给淡忘了。我的家，似乎又恢复到以往的安静日子了。

在成长的过程中，时间对我并不重要，我记不住它们。几乎所有的日子看上去都差不多，我懂得小心翼翼地做人。我是"小日本"这个重大的隐患先不去说，只是爸爸曾经是个小业主，就已经足够他们烦心的了。因此我很恐惧，生怕由于自己的不慎而给一向小心谨慎的父母惹来祸端。

很多往事就像落叶似的，踩着会响，但风一吹，它们就会消失得无影无踪。所以我偶然记住的一两个日子就永远地刻在了我的心底。

我成长的日子里，天空大多是温暖、令人安心的。然而，那个奇怪、无法解释的梦始终跟着我：我被从那个女人怀里抢了出来，只记得自己放声大哭，像被屠杀的猪那样嚎叫，女人的手在空中乱舞……真是奇怪也真是无法释怀。每到这时，我就劝自己：梦是虚幻的！我要让它消失在我的潜意识中。

因为这个梦，我一直很乖，不想惹爸爸妈妈生气，总是在担心他们会不会有一天不要我了。

我不想给爸妈增添麻烦，可是，小时候身体又很不争气。记得在六七岁的时候，我患上了严重的肺结核。

多亏妈妈每天都牵着我的小手去省医院打针。妈妈的一双小脚，在哈尔滨铺满了冰雪的道路上，谨小慎微地移动着八字步前行，她既要小心择路，还要顾及着我的安危……

她那时真的为了我很辛苦。我那时候还不会数数，记不清楚自己究竟病了多久，只记得，妈妈只要带我去省医院，我就会声嘶力竭地号啕大哭。我真的不想再打针了。我讨厌医院，讨厌医生，更讨厌我自己，因为我很怕痛。

妈妈不说话，只是叹着气，一把将我搂紧在她的怀里，默默地陪着我掉眼泪。她为我历尽了艰辛，遇到再大的困难，也没有退缩过。我的童年，就是由无数个这样令我感动的瞬间组成的。

大概半年以后吧，好像是从冬天终于熬到了开春，我的病情还是不见好。

有一天，我正在妈妈的怀里病恹恹地打瞌睡时，无意中听见了爸爸与妈妈的对话。

"实在不行，治不好的话，咱们就不要这个孩子了……"爸爸叹息着，他好像是一边喝茶，一边委婉地劝着妈妈，他的嘴里又发出了"啧啧"的怪声来。

"放你娘的屁！"一向温柔胆小的妈妈，突然压低了声音，恶狠狠地责骂起爸爸来。我在妈妈的怀里不由得颤动了一下。

过了一会，爸爸开始理亏地狡辩："我这不是在和你商量嘛，看着你为这么个病恹恹的孩子折腾成这样，我心里头也疼！我是想让你少遭点罪……"

那一刻，我非常恐惧，蜷缩着小身子，一动也不敢动，连眼皮也不敢眨一下，怕被他们发现，怕他们知道我听到了这个秘密。但那时候，我只感觉好像印证了一个事实：我不是他们亲生的孩子！我又很自然地联想起舅舅家两个姐姐曾经说过的话来……

妈妈胸脯起伏着，用微弱的、几乎听不见的声音说："这个孩子，跟我亲生的一样！你给我听着，以后你少动这样的念头！"

理屈的爸爸再没有说话，只是不停地"啧啧"着，我讨厌那种声音。他无奈地喘起粗气来。

我心里头也跟着大大地吐了一口长气。

屋子里的空气似乎凝固了。我似乎也僵在了凝固的空气里。我僵直地蜷缩在妈妈的怀抱里,假装一直在熟睡着。

接下来的日子里,我越发害怕他们会在哪一天突然抛弃我。后来,我只要听到爸爸含糊不清地说到"不要"这两个字,就会心里哆嗦着瞎想,他是不是在说不要我呢?

童年早熟的我,怀揣着这个秘密,孤独地奔跑在一个人的世界里。这是不能与任何人说起的秘密。

很多时候我都在想,我究竟做错了什么?——反正我错了,我不该有病,不该打针怕疼,但怎样才能做对我并不知道。我牢记着妈妈的话,并安慰着弱小的自己,妈妈是疼爱我的。妈妈是不会扔掉我的。

从此以后,无论妈妈叫我做什么,我都会乖乖地去做。渐渐地,打针吃药,我都不再害怕了。说来真是很奇怪,在那之后不久,我的肺结核病也莫名其妙地好了。

"你小子真行啊!告诉爸爸,你想吃什么,想要什么?只管说出来,爸爸都会给你买的。"爸爸一脸灿烂地冲我笑着。

我眨巴着眼睛,心里很高兴,只是没有勇气跟爸爸说出想要的东西。我只是沉默着傻笑,不敢与他的眼睛对视,心里默默地想:只要你别扔了我就行。我那么小,无力阻挡那样的事情发生,还有那个不解的可怕的梦……我不愿离开他们,不愿失去这个温暖的家。

爸爸弯着腰,托着腮,一动不动地打量着我:"傻孩子,说话呀,想吃啥?我去给你买!"

"你说呀,让他买去!"

我看着妈妈,好不容易鼓起了勇气,用微弱得几乎听不见的声音说:"列巴圈……"

"列巴圈?我还以为你要什么呢,怎么啦,都不会说话啦?"老实憨厚的爸爸不解地嘿嘿笑道。

妈妈嘀咕着走近了爸爸:"多买点肉回来,今儿晚上我包饺子给你们吃。"

"你想吃饺子了?"

我脸红地点点头,慌乱地不再言语了。

我知道自己已经给家里添了不少麻烦,自打听说自己是"小日本"后,整天小心翼翼,想做到让他们满意。我不想要什么,只想不要再生病了,不要让他们为我操心,就万事大吉了。

那之后,爸爸把我送进了南岗苏联人办的一个武术学校里。我在那里拜了师,真正地跟着师父开始习武了。

爸爸问我喜欢不,我就搂住他的脖子,撒娇地跟他笑着说"嗯嗯"。我不是故意的,却感到自己做得很假,不像和妈妈撒娇那样自然。

每天回到家里后,我依旧要运动,要锻炼。家里的运动项目是跳高。

爸爸特意为我设计了"吊圈"。吊圈上,每天都有各种好吃的东西在等着我:花生糖、列巴圈、糖葫芦、煮鸡蛋、烤地瓜……哇,真是应有尽有,是我们院子里其他小朋友不敢想象的。

只要我想吃,就要一遍遍地往上蹦高,奋力地去抓头顶上那些吊着的圈圈。只要能蹿上去,够到手了,那列巴圈和各种好吃的东西就瞬间全部归我啦。

爸爸为了让我更健康地成长,跟妈妈一起,冥思苦想了好多办法,真是绞尽了脑汁。他们调教我、鼓励我。我那一阵子也很争气,一天天成长起来,家里也由此有了很大的转变,变得欢声笑语、快乐无比了。

看起来,在爸妈的心中,我无疑成了最重要的人,他们打招呼时,总是以我的名字作为开头来称呼对方了。

他们会"生妈""生爸"地叫着,叫得很亲很响。我叫李玉生,这个"生"字,便是我的小名。我很自豪,也很幸福。

那大概是我家最快乐的一段时光了。

我也很骄傲,因为家里只有我一个孩子,生活肯定比别人家好。"文化大革命"前,大家的工资基本上都差不多,家庭人口少的,生活自然好。很多前后院的小朋友都爱来我家玩,妈妈经常给他们烧土豆,烤地瓜,煮苞米和毛豆吃。

小伙伴们吃完烧土豆,就爱在我家玩,还有的赖着不想走。

他们对我家墙上的照片也很感兴趣。记得那时候我家客厅的白墙上挂着一个镜框,里面有两张日本人的照片,很醒目。小伙伴们总爱指着照片问我:"那些人是谁?你认识他们吗?"

我只好迷迷糊糊地摇头,有时也会心生纳闷,去问妈妈。妈妈总喜欢一边忙着手里的活儿,一边不着边际地瞎扯一阵儿,弄得我也稀里糊涂的,以后干脆就不再问她了。

我毕业后,分配到了新疆,几年后,几经周折,终于调回到年迈的父母身边。父母把那间向阳的客厅让给了我住。室内被妈妈打扫得干干净净的,墙壁被爸爸涂刷得雪白,一张单人的木板床，妈妈弄得整整齐齐、舒舒服服。妈妈很勤劳，我时常会被她积极的心态感染。

只是那次看着家里光秃秃的四壁，我突然想起那两张日本人的照片来，看了妈妈一眼，谨慎小心地问："妈，咱家那些老照片怎么不见了呢？"

妈妈挠挠头发，一个人侧着脸，若有所思地愣了会神，含糊不清地沉吟了一下，用随意的口气说："我把它们放起来了。你要它们干吗？"

我也突然意识到似乎有些不妥，急忙故作轻松地说："没事，没事的，我就是看着光秃秃的墙上啥也没有了，感觉着好别扭呢！"

三

  我从不愿与人主动提起在新疆那些年的日子，可是，我又很感激那些年苦难的生活。人就是这么复杂而不可思议的。说到新疆，我对那里有着清晰的记忆。多少次，我愕然地感到：其实，选择比努力更重要，很多人的一生多半都是在瞎忙。我也不例外。

  按照当时我家只有一个孩子的情况，我本应该留在故乡哈尔滨的。可是，那时的毕业生都由国家统一分配，都要在毕业时，非常积极地表态：响应党的号召，无论被分配到哪里，都会绝对服从。其实说到底，那时候，我们这一代人是完全想象不到对组织说一个"不"字的。

  我在学校时学的是通信专业，到新疆后，我一直在做线路施工的工作。顾名思义，我的工作除了架线时的苦累外，还常常接受来自大自然风吹雨打的洗礼。这是那些年的家常便饭。

  多亏那时候年轻，苦和累都不在乎，只是会常常感到很寂寞。每天好不容易熬到太阳下山后，才会得到收工的指令。我整天几乎说不上一句话，因为周围根本就没有可以说话的对象。

  那些年，我们只要早上出工，都是在深山野林里干活，有时候有汽车接送我们,有时候全靠徒步前行,往返几百里地,也是家常便饭。

往往是到了外面和屋里渐渐连成一片,黑乎乎看不清东西时,我们才会拖着疲惫的身体回到宿营地。

那时我最惦记的就是家乡的父母和我家那个熟悉的苏式房子,还有我家的小院。记得我家院子里有好几棵丁香树。一到五月,满树花朵盛开,满院香气四溢,妈妈就会踮着小脚在院子里忙活起来。我发现,苦难的时候,想想这些,也会驱散疲劳,也会让我心醉。

我是1965年毕业的,转年,"文革"就开始了。我虽然身处边疆这样"山高皇帝远"的地方,但我们的总公司在河南郑州。排查敌特、审查出身的检举工作像疾风暴雨前的阴云一样,牢牢地压在我的心口好多年。

几乎每晚吃完饭,还没来得及洗漱,口哨一响,我们就匆匆忙忙地跑到帐篷里去开会。先是一个个地"过筛子",然后被无数遍地审问:"你是什么出身?"

"你是怎么想的?"

"你有没有对组织隐瞒什么?"

"有问题,不要紧,一定要向党坦白。不要忘记了:坦白从宽,抗拒从严!"

那阵势真是铺天盖地呀!

我在那时候总会莫名其妙地想起在香姐家的往事来,越想,就越断定自己是有问题的,只是不敢把内心的想法说出来。其实,根本也没人知道我的问题,可我忍不住天天在心里合计着这些事情,变得疑神疑鬼的。

坦白地说，我心里非常害怕，担心组织已经知道我是"小日本"这件事。同时，我又总是心存侥幸，不想暴露自己，更不想不打自招地往枪口上撞。

我开始睡不着觉，思来想去，心里默默地念着这句话：两利相权取其重，两害相权取其轻。我决定继续隐瞒下去——看看队里那个台湾省出身的严技术员，他坦白了"历史问题"后，马上被剃了"鬼头"，落得天天弯腰请罪的下场。我的心就像敲鼓似的发慌……

不主动坦白，更折磨我的精神，因为我不知道究竟哪一天会被发现，被发现后，死亡到底离我还有多远？

有一次调查填表时，我硬着头皮写了个"小业主"。本以为这样能以轻避重，蒙混过关，哪里料到，一周后我就被调回郑州——让我到公司总部交代问题去啦。

在那段惊心动魄的日子里，我尽管恐惧、无望，甚至生不如死地熬着，却始终没敢说出真情。我知道，一旦暴露出我和日本人有什么关联，我必死无疑……

当年既没有网络，打长途电话也很难，只有简短的电报。电报我不敢打，那是不打自招。我无法和家里取得联系，家里的情况如何，也不敢直截了当地去问，只能在心里嘀咕着，闷着，苦着……

多少次，窗外一旦传来汽车的响声，我都会无端地心惊肉跳起来：是不是来抓我的？是不是我已经暴露了？我真如同惊弓之鸟一般。

尽管我被多次审问、被隔离、被要求反省，我还是硬着头皮挺过来了。

"你还嘴硬？你爸爸都承认了，你知道吗？"

"承认什么？"

"他说你是日本人的狗崽子。"

"我不知道，他从来也没有跟我说过。既然我爸爸说了，您就去问我爸爸好了。"

"你还嘴硬？你不赶快交代的话，就抄你的家去！"

"我不知道要交代什么！"

"你什么时候成为日本特务的？"

"这不是您刚说的吗？我压根就不知道这事啊！"

不管他们打我，还是诈我，我都铁了心要软磨硬泡下去。

……

总之，老天对我还算不薄，两周后，对我的审核完毕，没有太大的事情发生。我带着内心隐藏的秘密，庆幸着，一个人无精打采地又返回了新疆工程队。

一路上，我都在闷闷地想：这回更要夹着尾巴做人了。

老远，我就闻到了帐篷里劣质烟草的气味。那烟味越来越浓。我咳嗽了两声，算是在跟大家打招呼，然后悄悄地耷拉着脑袋走了进去。

进去的那一刻我暗想：受苦受累我不怕，就算是让我在荒无人烟的地方，替我未见过面的日本父母偿还他们欠下的孽债吧！谁让我是日本狗崽子呢？这是我本该受到的责罚啊。我不奢望被平等对待，也没有那个资格。

那时候，我根本就没有想到，几年后，"文革"会结束，我能如愿地调回家乡。那个心底的秘密，在一次事故中，在我被倒挂在电线杆子上时，我曾反复地想过，难道我就这样带着秘密去天国？我还没有成家呢，我还不知道究竟谁是我的生身父母。我作为一个人，既不知道来路，更没有归途，就这样稀里糊涂地离去，心里有多不舍，又有多冤啊……

那天收工时，我很幸运地被队友发现，侥幸捡回了一条命。

在工程队那几年，看着各种莫须有的帽子在不经意间莫名其妙地就扣到了被害人的头上，我虽然也惶惶不可终日，但是，还是要比在城里好多了。

在那个特殊的年代，当道德已经变成了一种表演，丑陋的作假跟着变得猖狂起来时，还有什么道理可讲？我能做的只有忍受。

终有一日，我如愿地被调回故乡哈尔滨。看到父母衰老的面孔时，我惊呆了，只觉得莫名地悲从中来，他们一生都在为我付出，为了我的成长，他们背负了很多苦衷。如今我作为一个家庭的顶梁柱，内心仿佛是突然间被唤醒了一样。

我克制住万千的感伤，想，不能让这两位老人有养了儿子变成客的寒心。我要给我年迈的父母亲尽孝。我缺位了几年，现在总算回来了。我要尽量地孝顺他们，弥补这些年来我不在他们身边的遗憾。

父母不知道出于什么考虑，不断地催促我入党，要我写入党申请书。入党似乎是很时髦的一件事，会让你得到认可、被人看得起，是一件光荣的事。甚至，连处个女朋友，对方也很在意你是不是党员这件事。

父母开始不厌其烦地念叨："你李婶家的孩子入党了。""听说武大娘家的女儿也要入党了。"他们见我对这个话题不感兴趣，就诱惑我:"你要是能入党,就给你买个好的相机……咱也好找人给你介绍个好看的姑娘啊!"

我微笑着,心想,我怎么可以入党呢?你们应该知道的。可是,我又不能说出真相来。我尽量不去触及我身世的秘密这个问题,并暗下决心,这一辈子,只要他们不主动开口和我谈及我的身世,我会绝口不提,直到为二位老人养老送终。

那时候,我已经到了结婚的年龄,妈妈开始为我张罗对象。我都一一拒绝了。坦白地说,不是因为女方不优秀,是因为我的私心在时不时地作祟。是啊,难道我真的甘心不再去寻觅我的生命来自哪里吗?真的甘心终老在寒冷的哈尔滨吗?我极度地矛盾着:现在二老还健在,可是如果有一天,他们不在世上了,我又该去哪里安放我的爱与情呢?而且,谁会知道,什么时候还会有什么"运动"再次降临呢。

我很害怕。我恨不能早些离开这个是非之地。

我不知道,真的是不知道,越想这个问题,脑子里越是一片茫然。我心里交织着渴望与自责,在这种心境下,我常常会想:你自己的事情还没有料理清楚,难道还要拉上一个垫背的无辜女子吗?让她来做"日本鬼子"的妻子?你这不分明是害人吗!

这就是我当年迟迟不能安心处女朋友,不能下定决心在哈尔滨安家的主要原因。

我所采取的应付措施渐渐被妈妈发觉,她开始悻悻地对我不满起来:"你这孩子,倒是说句明白话呀。你心里到底是怎么想的?别这样闷闷地憋在心里头,有啥话,你就说出来。你邱婶给你介绍的那个姑娘,人家到底哪里配不上你?人家都催过好几遍啦!"

我不想多说,认为无法跟她说清楚,更不想解释,就只顾低着头喝着大楂子粥。

"生啊,你倒是说话呀?"妈妈站在我对面,踮着小脚,步步走近。她是真的为我着急,我心里明白,可是我又怎么能说得出口、交代得清楚呢!

妈妈不明真相,激动地高声谴责我:"你不着急,俺和你爸还急呢,俺们想抱孙子……"

做贼心虚的我斜眼看了她一眼,不忍继续犟下去,只好苦笑着退一步应付道:"妈,这事我心里有数,我到时候会自己找的,你们急什么?我这才回来几天啊,您让我先消停几天,缓缓神,好不好?"

妈妈是疼我的,她相信了我善意的谎言。她甚至有点兴奋地私下里开始为我宣传:"不急不急,看俺家儿子,长得白白净净的,他自己早就找到对象了。"

弄得我也哭笑不得了。

我想,她爱怎么说就怎么说吧,我也不去纠正她,反而觉得这样挺好的,我的耳根子一时清静了许多。

那时还在"文革"的末期,我是不敢随便说话的,到处还弥漫着"战火"。不慎说错一句话,随时都会招来别有用心之人的围攻,更何况我这个人还有说不清的出身背景。挑明了之后,毁掉的可不仅仅是我一个人,还有两位善良的老人呀。

其实,那些年,我心里一直还有这样一份不为人知的怨:初期,我的爸爸,一个老实巴交的小商人,毫无缘由地就被"三反""五反"运动所牵连,被攻击、逮捕进监狱,最后落了个倾家荡产……我还记得父母当年的胆战心惊和无奈的样子。他们生怕哪句话说错了，会引来大祸。尽管处处小心，胆怯地做人，他们到头来还是落到了分文未有的地步。

爸爸是一个极其守法而又软弱的人。在"运动"中，他被冤枉、被恐吓，有好几年都神志不清……

我曾目睹了这一切。看着惊慌失措的他们战战兢兢生活的场面，面对自己的恩人，却无力相助，内心无数次地受过煎熬。

在父母的痛苦中渐渐长大、渐渐懂事的我，莫名地窥见了自己的未来……我是日本人的崽子，这将意味着什么？想想我就不寒而栗！

那些年，莫须有的帽子漫天飞舞，什么"狗崽子""地富反坏右""台湾特务""日本特务"，应有尽有。我一旦暴露，肯定会被戴上一顶"日本特务"的大帽子。

爸爸早年所受到的不公，不言而喻，成了我们家族的教训。从很小的时候开始，我就知道不该说的话不说，说出去，就会招来杀身之祸。这也使得我在"文革"中避免了很多皮肉之苦。

更何况，还有曾经两位小姐姐关于我身世的暗示，在我的记忆中隐隐地像一颗埋下的地雷，让我早慧，让我懂得了闭嘴。

我即使郁闷，也是在心里。无论是在工作单位，还是在家里，我尽量表现出快乐的一面来，但痛苦始终深藏在我的心底。

我不敢说，也不敢问，更不敢表现出自己的好奇来。独自行走在布满荆棘的土路上，我小心翼翼地躲闪着，回避着，狡猾地绕过了大难当头的那一天。可是，我并不庆幸，感觉很累很累，一个人孤独地战斗，没有任何同伴能商量、掩护和鼓励。

这种痛苦，有时真的会让我感到绝望。

现在必须说说我的工作了。

我的工作本身是保密性极强的。调回家乡后，我被分到了机务站，专门维护通信的机房。这个好工作无形中又给了我很大的心理压力。

这个工作与我之前的线路维修工作相比，真是天上地下。在工程队的时候，我们时常喝不上水、吃不上午饭，只要早上出工，方圆几里地都没有人烟。那一次我在电线杆子上倒挂了好几个小时，若不是赶上收工，说不定早已经不在这世上了。唉，事情虽然已经过去了这么多年，想想这些，我还是会暗暗后怕。

调回父母身边的此刻，我不想由于自己的不慎给二老带来任何的闪失。只要他们能过上温暖的黄昏生活，我就心满意足了。

看到一批批被冤枉、被批斗的身边人，我似乎已经嗅到了炸药燃爆前的气息。我恐惧，无力与之抗衡，惊疑之间，只好默默地对自己说：你以为你是谁？你是日本鬼子的狗崽子……

"狗崽子"这三个字，瞬间，会惊出我一身的冷汗来。

我的父母都已经是年过六旬的老人了。为了二老，我要成为一只机敏的山羊，在悬崖峭壁般的险境中，努力地狂奔，挣脱危险的追捕者。

我心想，只有我安全了，父母才会安全，才会幸福。

四

在我二十九岁那年，也就是二十世纪七十年代，由于技术出众，我被推荐为电信载波专业的优秀讲师，为刚出校门不久的年轻人讲解载波机障碍处理的经验。

那时候，我暂且忘记了烦恼和纷争，感觉自己很幸运，似乎隐隐地感到我的生命又走到了一个新的阶段。我常常在心里喜滋滋地想，无论走到生命的哪一个阶段，都该喜欢那一段时光，完成那一阶段该完成的职责。我对政治不感兴趣，应该顺生而行，不能再沉溺于过去了。我抓紧时间拼命地钻研业务，不去狂热地期待未来会展开什么宏图大业，只图平安无事地度过这一生就好。

"文革"快要结束之时，很多对政治斗争感兴趣的人一时间仿佛还没有转过方向来，无法把他们的精力全部投放到技术上。就像一个快速疯跑着的人，你让他突然刹车，掉头追赶在不同方向上前进已久的同行，这是不太可能的事。

我暗自庆幸占足了这个便宜，别人在积极参加"运动"的时候，我已经偷偷地在埋头钻研了，就这样比别人提前迈出了几步。可能这就是人们常说的笨鸟先飞吧。

这样做也许是出于我的预感？不管怎样，还是这种预感成就了我。

但是，真正点名要我去讲课的时候，我还是惶惑得不知所措。除了惶然，还有拘谨和敬畏，究其原因，可能是我蛰伏的时间太长了，不要说别人，连我自己都快要把自己给忘记了。

当时，我既高兴又很担心，不过心里还是有数的。单拿搞技术来讲，我感觉总比与人打交道要有趣、视野开阔，又容易得多。

就这样，我幸运地被请上了讲台。那一刻，我变得轻松下来，甚至暂时忘记了自己罪恶的身世。

那间教室，也就是我去讲课的地方，其实是电信局的一间会议室。虽然房间不大，但感觉很舒适，也很明亮。

当时的电信局是有两个机务站的，被称为一站和二站。我在一站工作，它在地面上。二站是更为保密的地下机房，它是"深挖洞广积粮"的产物。我们在不同的地方做着同样的通讯保密工作，大家都是"老死不相往来"的同行。

那天的会议室里来了有三四十个人，黑压压的一片，大家安静地坐在台下。这些人都是局里搞技术的年轻人，不过不在一个机务站工作，有很多人都是我未曾见过面的。

走进会议室时，我心里充满了温情，却又有阵阵苦楚翻涌上来：这一天对我来讲的确是太晚了，实在是来之不易。

刚走上讲台的时候，我多多少少还是有些紧张的。我下意识地咕哝了几句，作为初次见面的寒暄，同时也给自己壮胆鼓劲。

我想尽量表现得恭敬有礼些。

我谦虚地笑着，环顾四周后，慢慢地推开临街的窗子，想给自己透透气。我顺手在大瓷缸子里倒满了白开水，冲着我的学生们亲切地说："哪位渴了，不要客气啊，自己来喝就是了！"

我的话立马让大家笑了，我也跟着笑起来。紧张感立刻消失了。

我开始讲课，大大方方笑盈盈地进入正题以后，我就完全地放松下来，因为心里有底，我的优势就是技术嘛。那些年，我没有一门心思投入"运动"之中，一直像黄花鱼那样，溜着边地游，为的就是千万不要引起别人的注意，为的就是能有这样的一天啊！

虽然明知机会渺茫，心里却仍旧抱着一丝希望，这就是我当年的心态。

那天的课，我很卖力，也的确是讲得很成功，我很舒心地大大吐了一口气。我给大家留下了很清新、很知礼、很干练的印象。大家给我鼓掌，还不停地向我问这问那，我耐心详尽地回答每一个问题。

很多年以后，我的妻子评价说："你那天的课的确讲得不错。那神态，当时怎么看怎么像电影《革命家庭》里的孙道临呢！"

我就笑她："你这个学生真怪，不好好听课，琢磨老师干吗？"

妻子撇下嘴角："只是，你那天怎么会穿了件对襟小褂去讲课呀？你也不看看，这都是啥年头了，周围哪里还有你那副打扮的？简直就像是旧电影里的大管家或者大地主的形象呢。"

经她这一说，细细回想，我那天的的确确是穿了一件藏蓝色的对襟褂子。她已经不止一次地提到这件事了，看来当时我的打扮的确很土，很不合时宜啊。

"怎么啦，那样穿有什么不好吗？"我故意装出不解的样子，望着妻子说，"那是我妈妈一针一线亲手为我缝制的，我平时还舍不得穿它呢！不要总是注意这些表面的东西，好吗？"

她不以为然："拜托，你满大街地去找找看，那年头还有没有穿对襟小褂的。哪个女孩能看上你这样的老古董？简直就像骆驼祥子那样傻呢！"

我立刻反驳："瞎说！你不正是那天认识我的吗？我要不帅，你能跟我吗？"

我还想自管自地说下去，她莞尔一笑，说："你真的是这么想的吗？我可不是因为这个……"

我伸手捂住了她的樱桃红唇，不想让她继续说下去。因为我忽然意识到，她的关爱，我是懂的，并且能深深体会到。不说得那样明白，会更好些。

妻子安静下来后，我也不再狡辩。的确，在穿衣打扮这方面，我真是不懂，更不讲究。后来，很多人已经开始穿上花哨的奇装异服，披肩发、喇叭裤满大街都是的时候，我还像个老古董一样，走街串巷，招来满身怪异的目光，竟然还浑然不知……现在回想起来，感觉自己真有些好笑和大胆。多亏当时我一点也没有意识到。

有些事很奇妙，命运如此，婚姻往往也是这样。在我回来后，寻寻觅觅，始终没有遇到合适的伴侣。结果，在课堂上，我与心爱的人，以这样的师生关系，竟然奇妙地相遇、相识，还相爱了。

而且，我们之间也没有个介绍人什么的。我似乎一直在寻找她，她也仿佛一直在等待我这样的人出现。

从前，我总以为爱情只在温馨浪漫的场景中才能发生，总得有些美妙精彩的仪式。现在看来，这些都不重要，如果相爱了，一切都成了不重要的附件。

我们之间恰恰省略了这些环节。我们既没有爱得死去活来，也没有激情淡去，而是像亲人一样，慢慢地就走到了一起，组成了一个可以安身的家。我们对彼此来说，就是能够互相信任，能够聊得来的异性而已。

春天，称得上大龄青年的我们，在我父母那个老旧的苏式房子里结婚啦！

至此为止，我做到了择一人深爱。然而我无法做到把自己的身世告诉她——即将陪伴我走过余生的这个女人。我没有这个勇气。我暂时还是向她隐瞒了自己的秘密，不想在出身问题上再生出什么枝节来。

从此，父母家栽满了丁香树的院落里，开始荡漾起新生命的欢声笑语……

五

我的心，在安静温暖中慢慢地复苏了。

复苏的一个根本原因是，中国和日本已经建交，大的环境发生了质的变化。我的心也跟着暖暖地发起痒来。我不必再做一只整日埋着头的鸵鸟了。我想找我的日本亲人的念头，从那时起，一日胜过一日地强烈起来。

我心中从记事时起栽种下的疑惑，以及长大后由于恐惧和担心筑起的冰山，在那个温暖的春天以后，便不再一味地牢固了。在爱的召唤下，我开始卸下了冰一样的盔甲，让它一点一滴地在真实的生活中融化着。我内心感到了从未有过的轻松。

这个时候的爸爸，已经从亚麻厂的电机科退休回家。他很喜欢我的一双女儿。每逢春夏，在盛开着丁香、飘荡着醉人香气的院子里，他都会忙碌地为孙女们搭起秋千来。

他现在嘴里还会有意无意地发出"啧啧"的动静来，不过，在我耳朵里，这种声音已经不是心态所致，而单纯是他老人家的习惯了。

看着祖孙三人欢快荡秋千的样子，我就会联想起自己小时候跳高的时光来，也是在这个院子里，也是眼前的这座房子……房屋院落盛满了父母对我的爱、对我的期盼。

当年，也是这位老实的爸爸想出的点子——为了让我这个"小日本"长得更强壮些、更高大一点，他曾挖空心思地琢磨。可以说，眼前的一切都注满了他对我的爱。

这温情的场面，洋溢着孩子的欢声笑语，总是会感动我，也会让我无缘由地感慨，甚至让我潸然泪下。

"咦，你怎么了？"妻子的温情细语从我耳边传来。

我略显局促不安地向她指指院里的情景，示意她看那里，看到就会明白的，本想这样能遮掩过去。

她低声地一语道破关键："你在流泪？想起什么往事了？说说看，也让我和你一起感动一下，好吗？"

我生怕她窥见我的心事，红着脸一笑，故作轻松地说："你又开始瞎想了，我哪里会有什么心事，难道你还不知道吗？不要这样疑神疑鬼的好不好。"

"不要假装很坦荡，我可不会陪你演戏！"妻子转过身去，好像是没有针对我，而是自言自语地甩出这么一句。

我寻思片刻，感觉不对劲。"你怎么总是挖苦我呢？"我故意装作有点恼怒的样子，盯着妻子说。

说完这话，我就后悔起来，感觉非常不妥，心想，她也并没有说出什么过分的话呀，我这不是做贼心虚嘛，真是不打自招啊！

于是，我开始变得躲躲闪闪，不再接她的话题了，生怕再露出破绽来。

细究起来，我也不知道为什么，我既想让她知道我的身世，又很害怕,她真的知道有关我出身的来龙去脉后,会不会……

我的老毛病又犯了:顾虑重重。我这个人就是这样,有时候,我也很不理解矛盾的自己。

其实,妻子对我的事情是一无所知的。对我家只有我一个孩子这种情况,她也从来没有提出过任何质疑,因为她的姐夫家就是一个独苗。她可能受其影响,才选择了我吧?我感觉她很乐意嫁给我这个独苗呢。

意识到不妥之后,不好意思认错的我那天在她做晚饭时,主动上前搭腔,讨好地给她帮忙,打起了下手。

我系上半截的围裙,也不知道具体该干点啥,拿着个饭勺子,就像个跟屁虫似的,围着妻子瞎忙乎、瞎转悠起来。

妻子一边饶有兴趣地搅和着锅里的炒菜,一边亲昵地调侃我:"你今天是不是饿坏了?怎么这么积极,是想吃啦?"

我觉得她还是给我留够了面子,最终也没有把"今天怎么变得这么勤快呢?"这句话给说出来。

我会心地冲她一笑,开始帮着她给家人摆放饭碗和筷子。这样的事情,平时我是很少干的。不是我大男子主义,而是父母总会勤快地抢在我的前面,把这些事做得漂漂亮亮的。打小他们就一门心思让我多读些书,家里的活从不让我插手。我因此习惯了等待,不懂得主动帮忙了。

这之前,其实有好多次,我都想把压抑在心中多年的秘密一股脑地向妻子倾诉。在所有陌生和熟悉的人之中,我觉得最该告诉的第一个人,就是她——我的妻子。

可是,内心经历了多次挣扎以后,秘密几乎都到了嘴边,开口前的最后一刻，我又会戛然而止。好不容易鼓起的勇气一泄到底。千头万绪，真不知道该从哪里讲起。我就这样一日日、一月月、一年年消极地往后拖着。

妻子好像也意识到了我的心事，常常会冷不丁地来一句试探我的话："你怎么好像是有心事呢？说给我听听吧，说出来兴许会好受些……"

我不顺坡下驴，反而装作恼怒的样子嗔怪她："你们这些人啊，写小说还写上瘾了是吧，找素材都找到我的头上来了？我有什么心事？你帮我说出来，也让我听听吧。"

我们就这样沉默了。我猜不透她的心思，她也无法见到我的心底。

其实，我曾经有几次一个人偷偷地去过大舅家。到了他家门口，我又感到这样进去，直截了当地问他们有关我出身的问题，显得很荒唐。尤其是，要是这件事再反馈到父母这里，那可就难办了。因此，我总是又转身回来。我没有准备好，也没有勇气走进去问他们。

这样安静、相安无事的静好岁月过了有三四年，意想不到的悲哀突如其来地降临到我们的生活中，幸福的日子瞬间被打碎了。

我的爸爸，在那个冬天的晚上，没有任何征兆的情况下，突然感觉心口发闷，赶到医院后，猝死在医院里。

他白天还好好的呢，吃饭干活，样样都正常。天快黑的时候，他突然感觉不舒服起来，我们急忙把他送到医院，还没有进抢救室，老人就不行了。瞬间，他离开了我们，离开了这个世界。

那天，我眼睁睁地看着爸爸的身体在我的臂弯下一丝丝软塌塌地滑落下去。

真是令人无法相信的事实，本来还有几步就到了，我们小心地搀扶着养父，一步步走向抢救室。万万想不到的是，生命在紧要关头，是连一步都不能等待的。生命的脆弱、死亡的恐怖，就这样残酷而又活生生地出现在了我的面前。

悲哀总是不期而至的，在我们没有任何思想准备的情况下，爸爸就这样无声无息地走了。爸爸的一生都是谨慎而坦然地走过的，他勤劳努力，却没有享受过繁华。世间的冷暖都被他尝尽，最后空留一身正直和恐惧不安。

爸爸黯然的离别，无疑给我们这个家带来了重创，尤其是给了妈妈致命的一击。

妈妈好像一下子老了很多，她似乎迷失在一个黑乎乎的隧道中，一时失去了方向感。她出乎意料地不哭也不闹，但眼睛里一直噙着闪烁的泪光，看得我们心里阵阵酸涩，苦痛在翻涌。

我们唯一能做的就是一切顺着她，默默地守候在她的身边。

日本作家村上春树写过一句话，大意是说，我一直以为人是一年一年按部就班地增长岁数的，其实不是，人是一瞬间长大变老的。现在想想，妈妈的瞬间变老印证了这句话。看着她的模样，我的心也重重地疼了起来。

妻子叫我在家里多休息几天，陪陪可怜的母亲。我那时已经在省外贸公司工作了，本来准备去苏联的。为了孤单痛苦中的妈妈，我特意请别人代我到莫斯科去签合同。我难得地请了长假，在家陪着一直对我疼爱有加的妈妈。

那是十二月底，也差不多是哈尔滨最冷的时候。隔着玻璃窗，可以看到漫天的大雪在飞，不像鹅毛，也不像飞絮，而是很像白色的大米，从天上直倒下来。大雪来势很凶猛，地面很快就像堆积起了白米堆。

一连几天都在下雪，天似乎真的要塌下来了。天阴沉得让我感到压抑，感到透不过气来。

这样的天气总是会让我心烦意乱，还略感疲惫。我默默地坐在老人的身边，不知道该怎样安慰她。真的，在这方面，我承认自己很笨很蠢，而且一直都如此，可以说木讷得很。这并不是我的本意，我却又无法改掉自己的这个毛病。

这样难堪的场面，在我后来回到日本以后，照顾重病的亲人时，也曾多次地重复上演过。每到那时，我就会很恨自己，认为自己是一个没用的人。奇怪，这基因到底来自哪里？我至今也不得而知。

看着一脸悲悯的老人，我深知她心里的苦楚，只能暗自崩溃，无声地陪着她。

知道老人平日里最爱喝茶，我就一遍遍地给她沏茶、斟茶，做着这无声的、单调无助的动作，想以此来冲淡彼此心中的悲伤。

递茶的时候，我和老人的目光一刻也不敢对接，只是木木地说："妈，您喝茶吧。"

我听见她急促的呼吸声，她似乎有话要说。迟疑了几秒钟后，她说："你能不能送我到你大舅舅家去待几天？"

我顿时蒙了，傻瓜一样愣在原地，问："哪个大舅舅？妈，您这是想去'关里家'[①]的大舅家吗？"

---

① 从山东来东北的人称山东为"关里家"。

奇怪，那一刻我首先想起的是"关里家"的亲戚。

"你忘了？就是你小时候我常带你去的那家。"

"他们家？为什么？我，我……"我还是没有转过弯来，就劝她，"您去哪儿也不如在咱自己家好，我这几天都在家陪着您。妈，咱哪儿都不去好吗？您看这几天多冷啊……"

我央求着。看着妈妈衰老地佝偻着的身体，想到爸爸刚刚走了，而且天冷不说，又下着大雪，我的内心就涌起万千的疼痛和不舍来。这个时候，妈妈为什么要离开自己的家呢？我很不能理解，希望她能放弃这样的不合情理的念头。

哪里承想，她闻言突然愠怒起来，脸色变得很难看，不再是商量，而是低声命令般地对我说："走！俺这就想走，俺想去散散心。你不送俺，俺自己走行吧？"

我知道她脾气上来时很固执，实在不敢违抗母命，特别是在这个特殊的关头，真不想让她生气，只好乖乖地替老人找了几件换洗的衣服。接着，我和妻子一人一边，小心地搀扶着妈妈出门。到楼下等了好半天的出租车，无奈，那个年代，出租车行业刚刚兴起，哈尔滨的出租车实在是少得可怜呢。

六

在风雪中,终于等来了出租车。可是上了车,我们一时都报不出来要去的亲戚家的准确地址。

妈妈着急了,她烦躁地甩开我的手,很肯定地跟司机师傅说:"我知道,你先开车吧,去亚麻厂。"

以往,妈妈很少跟我这样耍急。

她说,反正就在亚麻厂那里,你就往前开吧。

我让妻子先回家。我宁愿一个人陪着妈妈去那个知道我身世秘密的亲戚家,这样心里反而会轻松些。

司机师傅是位跟我年纪相仿的中年人。他面相很和气,无奈地笑着,看看妈妈,又瞧瞧我,同情地说:"大娘,那您先坐好了,咱们这就走了。"

我对司机师傅连连道谢。

车在漫天的白米粒下,慢慢地朝着亚麻厂的方向滑动起来。毫不夸张地说,那天前进的道路就是一条天然的滑冰场。

大约开了半个小时,司机师傅侧过脸来跟我说:"前边那个大门就是亚麻厂了,您看……"

"我也估摸着差不多快到地儿了。"妈妈揉揉眼睛,仔细地打量着车窗外,一脸蒙,"这真是亚麻厂吗?怎么看着哪儿哪儿都不像呢?"

妈妈拿不准了,便回头问我:"你觉得是这儿吗?我怎么看着这儿不像了呢?"

我更是丈二和尚摸不着头脑,但是,心里却在画魂儿——她又要去他们家干吗?想到一桩桩往事,我心里便有老大的不情愿:"妈,这到底是哪儿呀,我怎么会知道呢?"

"我记得过去这一片都是小平房啊,怎么全都变成高楼大厦了?我就纳闷了,你怎么会不知道呢……"由于着急,她很不满,自顾自地嘟哝起来,甚至带着些委屈的哭腔,"你小时候,我可没少带你来他们家玩呀,难道你真的都忘啦,还是不想让我去,嗯?他们家有两个大姑娘,常陪着你玩不算,你还常吃人家的槽子糕……难道这些事儿你都给忘了?"

说别的我没多少印象,可是一提到这万恶的"槽子糕",我一下猛醒。养母要去的果真是他们家呀?我们和他们家,彼此之间都有多少年没有来往了,没有三十年,也有二十多年了吧?在这期间,我也曾一个人偷偷地来过这里,的确那时候这里看起来不是这样的。我的内心深处,依旧暗藏着我和那两位大姐姐之间的秘密。我虽然从来没敢在妈妈面前流露过在她们家受伤的丝毫情绪,可不知道为什么,这件事我还是记得一清二楚的。也不知道为什么,这些年来,妈妈也很少和他们来往了,似乎平白无故地就和他们家断了联系一样。

今天她突然要到这里来干什么呢?我不由得纳闷起来,心里开始犯起嘀咕来。

本来好不容易被岁月熨平的心理皱纹，顷刻间，又明显地展露出来。我发现，我不但记得那条弯曲的小路，还有那姐妹二人，也鲜明地记得。

现在，妈妈表明的正是要去他们家，我有所触动，也有所不快，就忧心忡忡地跟司机打着哑谜说："年头太久啦，我都记不清路了……可能是在亚麻厂的后门那里，师傅，那边的路很窄，肯定是不好走，您看不行的话，是不是就把我们再送回去算了？车费我照付……"

司机师傅略微迟疑了一下，说："没事，没事的，我知道那里的，要不我们还是绕过去再找找看吧。"

其实，我的本意是，去不了也没有关系，您就把我们拉回去算了！这样责任也不在我了，妈妈只好放弃啦。这位司机师傅好像不明白我的暗示。还是他担心车费呢？我只好又重复了一遍。

这回师傅的脑袋猛摇起来："不不不，你放心，我知道那条路……"这位师傅可真够雷锋的。他立马打方向盘，缓缓地往反方向开去。

我斜眼看了看妈妈，发现她紧皱着的眉头渐渐地舒展开来。她点点头，渐渐露出了笑模样来："是啊，是在后门那儿，看我多少年不来啦，都快给忘了。"

我一时语塞，只好很无奈地说："师傅，您人真好，今天真的是谢谢您啦！"

"没什么，看今天这大雪，都快下毛了……"司机师傅说着，侧过脸去，冲着妈妈喊了一嗓子："大娘，您坐稳当了啊！"

没过几分钟的工夫，出租车就稳稳地停在了一扇包了黑不溜秋的铁皮的大门外。

妈妈弓着腰走下来，一个趔趄，差点摔一跤，她赶紧抓住我的胳膊。左右打量了一会儿，她有点激动起来，也有点兴奋，嘴里不停地嘟囔着："是这儿，是这儿，一点没错，就是这个门呀！"

妈妈努了努嘴，示意我去敲门。

门打开了，真是冤家路窄，来开门的，正是香姐。我一眼便认出了她。

她虽然看上去也有四十几岁的样子了，可是，她的下巴上有一颗黄豆粒大小的黑痦子。那颗痦子又黑又大，非常显眼地凸起着，就好像要与她的五官争宠一样。每当香姐开口说话，那颗大而黑的痦子就在那里跳舞，我一直是记得的。

她先是愣了片刻，然后慌慌张张地迎出门来，忙不迭地在围裙上搓擦着湿漉漉的双手，愣愣地打量着我们，开怀大笑起来。

"是你们呀，这太阳今天是从哪边出来的？"她不但认出了妈妈来，还认出了我，并开始大呼小叫："妗子，这不是妗子吗？您今天怎么有空了？真是请都请不来的稀客呀……"

我呆呆地站在一边，一脸傻相地看着她们寒暄，不知该怎样加入。一时她好像还没有想和我说话的意思，我也插不上话。

我只好赔着木讷的笑脸，心里在暗叫，真是冤家路窄，竟然真的会是她！

香姐一边往屋里走，一边意味深长地问："妗子呀，您也不跟俺介绍一下，这是您那宝贝儿子吗？都这么大了呀！我都快不认识了。"

　　我只好赶紧冲她礼貌地点点头，笑着喃喃着："是我，是我。姐姐可好？"

　　她好像还想再问什么，我有点担忧起来，很害怕她会当着妈妈的面说出什么不妥当的话来。爸爸刚去世不久，我可不想在这时给妈妈任何刺激，一丁点都不想，甚至是恐惧。所以我一直和屋里的人客气地打着招呼，尽可能地躲着香姐，以免她不知轻重地提起什么不愉快的话题来。她打小就是口无遮拦的，我多少有点惧怕她。

　　直到这一天，我才真正搞明白我们两家的关系。原来我的爸爸在河北老家的时候，和香姐的爸爸是一个村子里的老乡。爸爸很小的时候，就跟着自己的舅舅到东北讨生活了。

　　爸爸先是和老家的舅爷到的黑龙江的齐齐哈尔市。刚开始时，爸爸在商铺里给我的舅爷当伙计。爸爸勤恳好学，人也蛮机灵的，干了几年后，渐渐地，他攒下了些钱，总算熬出了头，于是就自己去了哈尔滨谋生。

　　当时，正赶上哈尔滨发大水，爸爸立马感觉经商的时机来了。他在哈尔滨的道外闹市区开了个电料行，开始卖些电器用品。这就是我家电料行的前身。

　　据说那个时候，香姐的爸爸正好也来闯关东了。起初他到哈尔滨的时候是举目无亲、没有落脚之地的，于是投奔了同是老乡的我爸。说来也巧，我爸当时正想着招个伙计，两人一拍即合，就把他留在了我家的电料行里做伙计。

　　又因为香姐的爸爸跟我妈同姓，觉得像一家人，十分亲切，便自然而然地按家人的称呼排起辈分来了。我管香姐的爸爸叫大舅舅，她本该管我妈叫姑姑的，不知怎么，论着论着就改叫妗子了。

关于这事，我小时候还曾问过妈妈。她说，叫啥都没关系，就是个称呼呗，还不是为了套个近乎嘛。

起先，他们家是没有房子的，就将就着住在电料行里。我们两家有好多年几乎都是吃住在一起的，我家里的大事小情，他们也基本都一清二楚——包括我是从日本人那里抱来的，这么隐秘的大事，也无法瞒过舅舅一家人。

据说我刚被抱来的时候，我们两家都住在道外北十六道街，香姐和她的姐姐金子姐，不但知道我的来历和身世，还像带自家小弟弟那样，帮着妈妈抱了我好几年。所以，我身上的一切秘密，她们都一清二楚。我怎么能躲避得了呢？真是奇妙的往事啊！

香姐的爸爸，也就是那位我没什么记忆的大舅，在"文革"后期得了半身不遂，不久被下放去了外县，再返回到哈尔滨后，没过几年，就稀里糊涂地含冤死去了。

后来，在我的一再地追问下，妈妈才不大情愿地跟我断断续续说了些往事。妈妈说，这个舅舅是个不讲情义的人，他们家也不够意思。她跟我叨咕着，听得出她心里也是有不满的。

估计他们之间就是因为这些不快，最终断了联系。

那件事发生在我在新疆干着又苦又累又没有奔头的活儿的时候。现在回想起来，当时我被召回郑州总公司去交代问题，并不是毫无缘由，估计是和这位大舅的出卖脱不了干系的……

妈妈说，在一次批斗中，大舅被毫无证据地扣上了"日本特务"这顶帽子。他也知道千不该万不该，不该恩将仇报，可是，那些个红卫兵，天天来斗他，给他挂牌子游街，用皮鞭子抽他，更可恶的是，还把他吊起来，扒下他的裤衩……

这个大舅在万般无奈、抵挡不住的情况下供出了我爸，说我爸不但是个资本家，还在1945年日本战败后大量地收购了日本人撤退时遗留的电线、电灯泡，甚至还有很多犯法的东西，都是不能说的秘密。日本人还给了我爸很多金戒指呢……

妈妈叹着气说："画虎画皮难画骨，知人知面不知心哪。"

我想，她这话的意思，无疑是指大舅将我爸推上了绝路。

妈妈跟我说这些话的时候，几次欲言又止。我猜想，那位大舅很有可能说到了我，说我爸收下了日本鬼子的狗崽子……

眼看着话到嘴边，妈妈看着我，又把话给咽了回去。她始终没有提到我，我也不想挑明去问她，更不能把我在新疆的遭遇讲给她听。这是我和妈妈一直不能面对的，是我们彼此的隐痛和秘密。

好多年过去以后，妈妈跟我讲起这件事，依旧很生气，认为大舅恩将仇报，说当年没有我们家，他们根本就无法在哈尔滨生存下去。

我就劝妈妈："相信大舅吧，他当时也是被斗没了活路，不然是不会说这些瞎话的。在那个疯狂的年代是无处去讲理的，他也是个懂得道理的人，不到活不下去的关口，怎么会胡说八道呢？您也不要总揪住这件事不放，想想他们对咱家的那些好，您就大人不见小人怪啦！"

我的话一下就逗乐了妈妈。我感觉多多少少，好像是说到她的心坎上了，也似乎化解了些他们之间的矛盾。她寻思了一下跟我说，兴许你说得对，我这么琢磨着，他要是真的那么没有良心的话，你那大舅妈和两个姐姐可真的是好人呢，怎么就没有影响了她们娘三个呢？

"就是嘛，大舅给我留下的印象不深，可是，大舅妈和两个姐姐对您都不错啊！一直把咱家当成亲人一样……"

听我这样说后，本来仰面躺着看着天花板的妈妈，稍稍欠起身来，有点神秘地压低了声音："按理说，咱家在哈尔滨这儿也没啥亲人，当年咱们两家在一块做生意的确是挺好的。我也早想去看看他们了，又不好意思去……"

我的话勾起了妈妈对他们的思念。妈妈接着对我说了很多那些年发生的、我所不知道的事。

听说大舅被斗后不久，就憋屈窝囊地患上了半身不遂。可以想象，他那是心里头觉得愧疚啊。自此，他真的一病不起了。那之后没过几年，大舅也上不了班，正赶上下放，他就被下放去了外县。外县的条件很差，他也没有得到治疗，就那么拖着病身子，在那里坚持了几年，终于熬出了头，但回到哈尔滨后，没几个月就病死了。

大舅去世时，可能是我父母的气还没有彻底消下去，也可能是他们都年事已高，而那时我还在外地工作……总之，我们两家从那时起，就很少走动了。

这么多年没来这里串门了。这么多年，他们尽管很少走动，彼此的心里还是装着对方的。

我家和他们家也算得上是知根知底的老朋友了，她们见了面还是亲热得说个不停。毕竟共同的经历和共同的秘密把她们紧紧地联结在一起了。

大舅妈见到我妈，还没等开口，眼泪就先流出来了。她靠在被子上，艰难地喘着粗气，就像小时候拉的风箱一样，每喘一口气，都要发出"呼哧呼哧"的声音来。她得一直这样靠着坐，据说连睡觉也不能平躺下去。

真是很痛苦，看着都叫人心疼。

大舅妈脸色蜡黄，双肩端起，头像蜗牛一样，缩在凸起的肩胛里。看那样子，她真是遭了大罪了。我们大家心疼她，都不让她多说话，就看她流泪，流泪也是一种语言。特别是当下，说话对她来讲，要比流泪痛苦得多。

妈妈一直紧紧地握着大舅妈的手，心疼地在自己的手掌里搓来搓去。

"他舅妈，要知道你病成这样儿，俺早就来看你了……"

"妗子，俺娘早想你了，你看看，俺娘她这身板，她是真走不动啊！要不，她早去你那儿了，她早盼着您来呢！我看，今天你们就别回去了，行吗？"

妈妈赶紧接过话茬，附和道："我今儿来，就没打算回去，看看，这不是把东西都带来了。今晚就住下了，好好和你娘唠扯唠扯。"

香姐笑嘻嘻地看着我，正色问道："生弟，俺妗子说的是真的吗？我怎么不敢相信呢，你们真的能住下来？"

我附和着，只是还不敢贸然地提到爸爸去世的事，我怕戳到妈妈的痛处。看到妈妈找到了老朋友，脸上又现出了笑容，我内心涌起了万千感激和暖意。

"哎呀，今天这不是福从天降吗？俺娘正缺个说话的亲人呢，你们先坐着唠嗑，我这就去给你们做饭去。"香姐的脸立马乐得如同满树盛开的花朵一样，下巴上的大黑瘊子，在灯光下一跳一跳，欢快地蹦着，跟她小时候说话时的神态真的是一模一样。

就在这一瞬间，我突然回忆起所有的过往，包括她们怕我说出真相、吓唬我、往我嘴里塞蛋糕的事，都一桩桩、一件件地清晰起来。往日仿佛就在眼前。

我突然心里感觉不爽起来，不想待在这里，有马上逃走的念头。我怕她们产生误解，赶紧声明："天已经快黑了，我妈就拜托你们了……我还得赶快回去呢！"

香姐闻声突显愠怒，她大大咧咧地往我肩上拍了一下，不快地白了我一眼："怎么，你还想回去？今晚就住这里吧！家里有的是地方。"

我吭哧着说："不，我可不行，让我妈和大舅妈好好聊聊，过两天，我再来接她回去。"

"这么说，你成家啦？"香姐试探着问我。

我不明其意，肯定地点点头。

妈妈马上替我回答道："他都三十好几了，哪能还不结婚呢？孩子都俩了，家里事儿也有一大摊呢，快让他先回去吧！"

我这才得以顺利地脱身，又跟病床上的大舅妈寒暄了几句，跟妈妈约定来接她的时间，说着给香姐添麻烦了，然后跟着香姐往外走。

刚走到门口，她就迫不及待地压低了声音追问我："那件事你知道了吗？"

我不敢看她，极力克制住自己，明知故问道："哪件事呀，香姐？"

她有些失望，又不相信般狐疑地打量着我的脸，想在我的脸上找到答案。

我有些局促不安了，生怕被她看出破绽，就顺手指着远处，撒谎道："姐，你看那边好像是有辆出租车，我先走啦，改天咱俩再聊，好吗？"

说完，还未等她伸出来的手抓牢我的衣襟，我就快步钻进了大雪漫天的黑夜里。

香姐的好奇心没有得到满足，她依旧不肯罢休地在我身后扯着嗓子大喊："你急什么呀？我还有重要的话要跟你说呢……你多待一会，金子姐姐就回来了。你不想见她吗？"

我很害怕她道破真相，头也不回地呼喊："姐，你快回去吧。跟大姐说一声，我改日再来！"

爸爸刚刚离去，妈妈还在悲伤中。在她最孤单、最痛苦、最需要我的时候，我什么也不想知道。我什么也不想听！

七

  我的内心在万千感慨波动之后,最后还要归位于现实。

  我清楚地意识到,我和我的家人还要在哈尔滨这块冰冷的土地上生存下去。我要真切地面对现实,这时是九十年代初了。好在时代不但前进了,还发生了很多的变化。

  那时候的我不必再那么诚惶诚恐地警惕了,不必再害怕在人前讲真话,也不必再害怕知道我内情的人有朝一日突然翻脸揭发我。

  曾经那种压抑的氛围,正悄悄地隐退在改革开放的洪流中。人们的关心和兴趣悄无声息地让位给了"怎么能尽快地富起来"这个最接地气的问题。

  这时候,我在贸易公司做得是顺风顺水,甚至当上了贸易部的经理。不过,与我的出身相比,我并不看重现在得到的这一切。换言之,如果必要,我会舍弃现在的工作和来之不易的处境。

  对我的出身问题,我那时只在乎两个人的感受。一个是妈妈。我怕伤害了她的感情,不敢触碰这个话题,甚至一直小心翼翼地绕着走。我们的语言、说话的内容，都是心的通道，是必须绕过去的唯一通道。我尽可能地不去触碰这个极其敏感的问题。

另一个就是我的妻子。我那时候还拿不准她将来到底会不会与我手牵手面对陌生的生活。当她知道了所有真相以后，她能放弃这里现有的一切吗？

渐渐地，我的生活不再陷于担惊受怕。我常常会大胆地想，怎样在结束一场心灵深处的战乱之后，早些让我的家人过上好日子，过上趋于平静的生活。那一步我是迟早要走的。只是该怎样走出这第一步？

我不知道，甚是迷茫。

这个时候的我，较之从前，似乎有了很大的长进。在外贸领域，我已经赚到了人生的第一桶金，经济上大大地向前迈了一步。

我们家那时候是比上不足比下有余了。

然而，任何事情都是有利有弊的。我如同失去了自由一样，要不断地工作，不停地出差——常常一去就要好多天，甚至是几个月。我要在一个地方亲自监督产品，直至达到合格出口的水准。

确立理想是容易的，通往理想的道路则往往存在很多困难。中国刚刚改革开放，很多商人急功近利，甚至投机取巧，我们监督、质量把关的工作自然就加重了。

我的两个孩子也渐渐长大了，她们走入了人生的关键时刻。同时，妈妈的身体也大不如从前。深秋的时候，老人家跌了一跤之后，竟然莫名地患上了老年痴呆症，整日只能躺在床上。

那段时间真是度日如年啊。

我每次出差回来,妈妈都会眼巴巴地盯着我看好久。一天,在我的妻女全都离开的空当,她眯起眼,仿佛不认识般地看着我,一时又恍惚有所悟般轻轻触碰我的胳膊,问:"你出去了这么久,是不是看你亲妈去啦?你找到她了吗?"

这话让我如遭了霹雳般呆住了。我惊恐她突然的清醒,这说明她的心里并不糊涂,一直默默地装着这件事。

我如何安慰她才好呢?默然地与她相视片刻,我努力想安抚她惊疑受伤的心,用手轻抚着她花白的发丝,轻声说:"老妈,我求您了,以后不要说这样的傻话好不好?我的妈只有您一个人,您就放心吧,我任何时候都不会扔下您不管的,就像您当年没有扔了患了肺结核的我一样……"

她听罢笑了起来,笑得很甜、很满意的样子。她就像个纯净的孩子一样,连连地点着头。

稍过片刻,我看见她的嘴角委屈地颤抖起来。

"妈,您想说话是不是?"我望着灯下她的脸,问。

妈妈颤颤巍巍地说,儿呀,你要相信我,我不是不想让你去看她,就是怕你去了日本后,再也不回来了。我就是怕……你不要我了咋办?

我使劲地握住妈妈的手,重复说着:"怎么会呢?您要相信自己的儿子。"

她反反复复说着一句话——生怕我会扔下她,生怕我不要她,又生怕我怪罪她。她和我一样,心里有矛盾,有不舍,更有恐惧。

我从没有怪过她,更不会不要她。但是其实她一直在自责着，在担惊受怕中度日。

她接着向我解释说，她其实也很痛苦。这么长久的岁月中，她一直不敢跟我挑明真相。她既想让我去找生母，又怕我真的去找。

我相信，妈妈这时候说的是真心话。这时候的她，一点都不糊涂。

"妈，您想想看，就是我想去日本，也不会那么容易的，是吧？您千万不要担心，好吗？无论我在哪里，都会和您在一起的，这个您就只管放心好了。我就是去日本，也会带着您一起去的。"

在我说话的这一刻，不知道为什么，我忽然悲从中来，有些哽咽地背过脸去。妈妈精瘦的手抓着我的衣角，她意识到了我的悲伤失态。她心疼我，依旧像小时候那样，想哄哄我，让我开心。这就是我的妈妈，在她自己的生命已在走向终点的时刻，她还在惦念着我。

我在妈妈的眼里始终是她的宝贝儿子。我永远也忘不了这一幕，我被深深的舐犊之情所感动。

就在这时，门被轻轻地叩了两下，缓缓地开了。妻子探进半个身子来，看到我失魂落魄的样子，试探着问我："我给妈做好了鸡蛋打卤面，今天你来喂妈，好吗？"

我连连地点着头。由于激动，我一时忘了从俄罗斯给家人带回来的礼物。

"快把我的皮包拿来，"我用下巴示意妻子，"那里边有你和妈的大披肩、俄罗斯鱼子酱，还有红酒……"

"那今晚咱们就在妈这里吃吧？"

"好啊。"

两个女儿闻声先后闯了进来。她们手里拿着餐巾纸,把餐桌也搬了进来,支在了奶奶的床头。她们铺好餐巾纸,小心地扶起奶奶。妈妈也很配合,她嘴巴前伸,张口把孙女送过来的红肠含在嘴里,笑眯眯地看着大家,慢慢地,津津有味地嚼起来。

就在那天晚上,临睡前,妻子很郑重地说:"跟你商量件事儿呗。"

"什么事?"我看着她,等待着下文。她却迟疑地吞吞吐吐起来,我有些不解:"说嘛,你怎么啦?"

妻子嗫嚅了片刻,犹豫着,还是说了:"你请几天假吧?"

我不解地盯着她看,想知道理由。"为什么?"

"不为什么。在家照顾咱妈几天吧。"

"现在公司这么忙,正赶上往俄罗斯出货呢,我怎么能请假?家里不是还有你吗?"我不容分说地回绝了她。

我不理解,甚至还有点生气。那时候,她已经是专业作家了,可以不用坐班,天天待在家里,既可以照顾老人,也可以拿到工资。为什么偏偏要攀着我呢?

搞不懂!

我不高兴地用力翻了个身,不想再理她,准备睡大觉。

她没恼,低语着,依旧委婉地劝着我:"我不是攀你干活,你在家这几天什么也不用干,陪在咱妈身边就行了。我是不想你将来后悔……"

我不明白她的意思,"呼"地转过身来,盯着她的脸看了半天，琢磨着她的话。

"明白说吧，到底是什么意思？"

她似乎不想戳穿我的痛处，婉转地解释着："我没什么意思，只是担心你将来会后悔。妈这些日子不太好，你不在家的时候，香姐她们也来过了。我们去了医院，王大夫也来过咱家，咱妈总是一阵清醒，一阵糊涂的……她又不肯再去住院了……"

我明白了她的良苦用心，不再反驳什么，只是担心爸爸的事重演……

沉默了一会，我用微弱到几乎听不见的声音对她说："我明白了。明天我就想办法安排一下工作，我会尽力的。"

屈指算起来，我大约在家跟妈妈待了不到两周的时间，妈妈就永远地离开了我，离开了这个世界。

在那最后的两周中，她清醒的时间很少，但只要她明白过来的时候，总是先跟我交代："去找你妈吧，你妈在日本呢，她是个日本娘们……我琢磨着，她肯定想你了……想起来我也后悔，当年她把你送给咱家后，又来要过你，俺们把你给藏起来，硬是没还给她……你别怪妈，那时候我也舍不得你呀……"

这件事估计是真的，香姐也跟我提到过。只是妈妈现在病危，在她生命垂危的时刻，是个有良心的人，都不会在这个时候跟她仔细探讨这事的。

我强忍着好奇心，一遍遍地打断她，试探着说，妈，您别说了，让我给您搓搓手吧。

"妈，您还记得吗，我小时候手冷了，您总是敞开怀，给我暖和……"

妈妈本来很吃力地说着,见我打断她,无力地笑笑:"这些个小事,你还都记得?"

我肯定地点点头,害怕妈妈难受,拼命点着头。

妈妈很开心地笑了,像个孩子那样,一脸的灿烂,一脸的满足。

我别过脸去,接过妻子递给我的毛巾,擦着自己灼热的眼眶。

这平静的场面,突然被妈妈粗哑断续的声音给打断了:"找你亲妈去!快去!你妈的照片,在,在箱子,箱子里呢……"

妈妈说完这最后的一句话,在我的怀里虚脱而无力地垂落下她的双手。

我知道在这一刻她是真的走了,永远地走了。可是我舍不得放下她,就像她当年抱着有病的我一样,我紧紧地抱着她,思绪万千,又头脑一片空白。

突然,我不能自已地心颤起来,悲从中来,泪如雨下。

我发出压抑很久很久的悲声,默默地抽泣起来。

八

我的养母是十月二十日走的。

她走后有好长一段时间,我什么事都无法集中地干下去,常常看着一个地方发呆。我在养父母住过的狭窄却不失温馨的卧室里一动不动地坐着,看他们年轻时的照片,看着看着就会泪流满面,心里涌出万千的疼痛来。我感叹,没有他们的抚养,没有他们的疼爱,没有他们的教育,又怎么会有今天的我呢?

哈尔滨的十月末,正是人心惶惶的特殊季节。为什么要这样说呢,因为打我记事时起,每到这个时候,哈尔滨的大街小巷里到处都会堆满了白菜、土豆、大葱和萝卜。

哈尔滨的街上,不但飘荡着青菜的芳香,还有买菜人和卖菜人兴奋焦灼的讨价还价的呼喊声。暴土扬场的热闹劲儿,把东北人的大嗓门此起彼伏地飘送到清冷的空气中。

由于这里的冬季漫长,人们不得不提早准备好足足要过一冬的蔬菜。这里的人,把这样的日子称为"猫冬"。大买特买,储存冬菜,在这里屡见不鲜。

虽然这些年，大家的生活水平都有了很大的变化和提高，但是，这个储菜的猫冬习惯依旧势头不减。这繁忙嘈杂的一幕幕，早已经成了哈尔滨市秋天一道特殊的街景。

虽然季节如期而至，我现在已无心关注这些令人惶惶不安的储菜问题了。

妻子一个人蹑手蹑脚地忙碌着，看她晒上大葱、白菜，又去儿童公园门口买土豆和萝卜了。她在这个季节不知疲倦地忙碌着，就像奔忙的蚂蚁，从清晨起，就数次往返在家和市场之间，为家人储藏着冬季的菜蔬和粮食。

说白了，妻子是个操劳命。我从不否认她的能干，觉得她这个属牛的好多地方也像牛一样勤劳。

只是在这个时候，我不想她这样忙碌，却也没有心思帮她，有时还嫌她忙得令我心乱。我有些心力交瘁，只想这样坐着，只想得过且过地走过这一段昏暗消沉的时光。

一开始，妻子还是毫无怨言地忍着我。

直到有一天，她干完买冬菜的活儿之后，悄然走进门来，默默地端详着打不起精神的我，先是生怕惊扰了我，接着沉静地问："今天中午你想吃点什么？"

她边说边撸胳膊挽袖子地做出准备做午饭的动作来。不可否认，她娴熟得像个优秀的家庭主妇。

我侧视妻子一眼，听着她来来回回地忙起来，突然间感觉很烦。我很克制但不耐烦地挥挥手，示意她先离开这里。如果她当时直接离开，便也罢了。

但现实不是这样的。那天她也来了倔劲似的，偏偏不肯安静下来，依旧凝立在我面前，压抑地苦笑了一下，甩给我非常陌生鄙视的目光，然后猛力把盆碗弄得叮当乱响起来，大声地说：

"你以为只有你一个人在想她吗？你以为她如果看到你这样，会高兴吗？你不仅仅是她的儿子，你还是孩子们的父亲，你还是这个家的男主人，你不振作起来，你能对得起她吗？你能对得起我们大家吗？对这个家来说，你是有责任的！"

我愕然，只觉得莫名地悲从中来，只觉得她不理解我的苦衷和忍耐。妻子就这样一句接一句，一句比一句狠地数落着我。

我本想冲她发火的，不承想渐渐被她给镇住了。回味一下她刚才的那番话，她并没有说错。我的确是背负着这个家的使命。

一时，我寻找不到合适的话语回击她，就在我们四目相对之际，我惊讶地发现，她的脸上有两行清冷的泪在默默地往下流着。

我的心颤抖了一下，反省自己是不是做得太过分了。

是的，养父母走了，但这个家的日子还是要过下去的，我要对她、对孩子们负责。

我只好改口，不紧不慢、不愠不怒地吭哧道："嗯，我明白你说的意思。"说完这句话后，我再次语塞起来，不知道接下去该说什么好了。

其实，那一刻，我心疼得四肢发软。最终我默默地起身，就这样落寞黯然地走出了苦痛。是的，我不单单是养父母的儿子，我还是女儿们的父亲，还是这个家的男主人。我一心想着自己，而忽略了家人的感受。

我不该这样没完没了地痛苦下去，我要重新开始自己和这个家的生活。妻子说得没有错！

在接下来的日子里，我除了忙工作以外，回到家里，就开始梳理断断续续的思绪，翻箱倒柜地寻找各种关于我出身的证据。说我根本就不想知道自己的亲生父母是谁、他们现在在哪里，那是不合实际的假话。我也是血肉之身，作为人，我最想知道的莫过于我的亲生父母是谁，他们为什么要抛弃了我，他们究竟是什么样的人。

我究竟从哪里来？我现在将要到哪里去？我必须好好地想一想了。

亲人已逝。养母临终的话，我必须要去做，不能再给自己留下遗憾了。

结果呢，我忙了好几个月，还是事与愿违，只在养父放在板棚里的一只木匣里找到了一张泛黄的老照片。

这张照片上一共有五个人，全部是女人，都穿着和服，头上一律挽着一式的日式发髻。那穿着打扮和神态，一眼便能确认，这些人都是日本女人。

我细细端详起来。当时我也说不清楚她们到底哪里与我们的中国女人不同，但可以肯定的是，她们绝不是养母那个时代的中国女人。

这张照片，我曾经在我家客厅的镜框里看到过，只是，当时在这张照片上面，还有一张单人照，尺寸比它略微小些。那一张怎么找都无济于事，我最终也没有找到它。

妻子看看我，问，这五个人中，你觉得哪一个是你的生母呢？你还有点印象吗？

我困惑地眯起眼睛细看，茫然地摇头，不知道，记不清了。真是奇怪，梦中明明记得很清楚的脸庞，醒来后就会变得模糊起来，甚至没有一点点印象了，像风吹烟散那样找不到一点点痕迹了。

妻子有点犯急，好意地提醒我，试探着问："你不是说你常做一个同样的梦嘛，仔细回想一下，你到底是从哪个女人的怀里被抢走的？好好回忆一下，也许你会想起来的。"

我苦笑一下，跟她解释："我当时那么小，怎么会记得？只是感觉有那场面。场面，印象，你懂吗？那是个梦。"

是啊，那可不是写作文呀，时间、地点、人物，随便指定一个就可以了，全凭自己的心情来定。我和亲人间仿佛隔着一个漫长的隧道，彼此相通，却无法相见，无法相知。

她听出我的话里有情绪在，便不再逼问我了，一边小心仔细地擦着那张照片，一边提示着我："你别急，反正我们现在找到了一张，总比没有强吧？说不定，另一张明天就会出现了呢，也许这一切都是天意……"

是的，那时候也只好这样想，这样自欺欺人地来安慰自己了。只是为了心里的一个明白，只是为了人生的一个不甘，只是为了给自己一个交代，我就这样凭着一股激情，稀里糊涂地走上了一条艰难的寻亲之路。

走上这条路之后，我才知道，其实爱也艰难。为了寻爱，很多时候是不得不低头、不得不吞下委屈和屈辱的，甚至不得不受窝囊气，不得不像阿Q一样要装傻卖疯。

我的寻亲程序是这样走过来的：

我去找的第一个地方是红十字会。本以为这样的问题属于他们的管辖范畴，去之前，我想当然地觉得这是件很简单的事情。然而，他们明确地回答我，不归他们管。

"请问,能不能告诉我,这样的事情,到底归谁管呢?"我恳求道。

"不清楚。"话音落下,见我一脸犯难,女孩子歪头想了一下,同情地笑着,补充了一句,"你还是去问问统战部吧。"

我千恩万谢,如获至宝。

到了统战部,问题就没那么简单了。

统战部可是省直机关,端枪站岗的门卫一脸威严地拦住了我。

敢情我连大门都进不去,如果纠缠下去,要被抓起来也说不定。我只好乖乖地回去,补办了各种证件后,连着跑了多次,才好不容易混进去了。

往统战部走去的途中,不知是因为省直机关的肃穆,还是那里往来人员的庄重,我立刻产生了一种强大的压抑感。

我敏感地觉察到,不能将这件事情说成是自己的,那样将来万一有什么不妥,就没有退路了。于是,我临时改变了主意,谎称自己是帮别人来打听打听的,这样的事情究竟应该找谁办?

在门外好不容易等到了接待我的时间,那位看上去与我年龄相仿的男干部先是微闭着眼睛听我讲解了整个过程,然后才挑起耷拉的眼皮子,懒懒地扫了我一眼。

他的冷漠大大地打击了我的积极性,也让我有些局促不安起来。我还真像做贼一样,说话开始变得结结巴巴的,声音里也莫名地带上了怪音。

他听我说话带着颤音,突然一反常态地睁圆了眼睛,不耐烦地拍了下桌子,怒视着我,直击要害道:"你要说实话!这个人不会就是你自己吧?"

我的老天爷，他怎么会知道？我心里开始打起鼓来，就像个说谎的孩子当场被抓到了一样。我愧疚无力地瘫坐在他对面，只好老老实实承认道，这的确就是我本人。

这个人听罢，厌恶地白了我一眼，讪笑着抛给我几个字："这事，我们这里不管，你还是去公安局问问吧。"

他就这样轻而易举地掏去了我的秘密，然后一甩手把我给轰了出来。

我耷拉着脑袋往回走的时候，感到非常憋屈，心里暗骂道，你算个什么东西？既然不归你们管，你还问那么多干吗？

可我有什么办法呢？气愤过后，只能在心里发泄一下罢了，还得极力克制着自己的情绪。带着懊悔，揣着失望和受挫的心绪，拖着沉重的脚步，我思索着，慢慢地往家移动。

后来我才知道，其实这点小挫折算什么呀？寻亲过程中的种种，让我了解到，这条路太难了，简直难于上青天。但我是越走越深陷其中，越走越不能自拔了。

关于这个，怪不了别人，只怪我之前对"日本遗孤"这个名词毫无概念，本以为说清楚了来龙去脉就会万事大吉呢。

事实证明，根本就没那么简单。是我太幼稚了。我一路走来，心里充满希望地在寻找，却又连连不断地感到阵阵苦楚和疼痛。我望着地上自己瘦长的影子，发着呆，眼里满满的都是泪水。那一刻，我觉得自己是很自私、很可耻的，我只想到了自己，忘记了我还是妻子的丈夫、孩子们的父亲。我的生活里，不仅仅有这一件事要办啊。

九

从小到大,我最回避打交道的地方就是公安局。说不出直接的原因,可能是在"三反""五反"时,养父被穿着制服的人带走,给我留下了心理阴影的缘故吧?

这次必须和这里的人打交道了。我心中不愿,却要恭敬地讨好这里的每一个人。甚至连门卫的大爷,我也要小心翼翼地赔着笑脸,为的是出入自由、容易些。

关于寻亲的事,我在公安局立案已经有一年多了。一年多来,还是毫无进展。

明知机会渺茫,我却仍然抱着一丝希望。我要给自己的身世做一个交代,一个彻底的交代,寻找我真正的来路。

现在,我学会了安慰自己:无论怎样,日子还是要过下去的,难道找不到生母,我的现实生活就都不要了吗?

因为这件事,前前后后我耽误了很多工作,心思也不像从前那样专注认真了。看来,从一开始,我就轻视了寻亲这件事,当年只担心伤害养父母,没有详细地询问过有关我的具体情况,现在碰到了这么大的麻烦,也是我没有做好准备的后果。我很后悔，而今又无处去诉说了。

有时，想想就有些郁闷，有些恼火，看来我应该也是自食其果了。

孩子们在一天天长大，无论在哪里，这日子还是要过的，为了孩子，也为了我自己。在探索我生命的途中，我亏欠了两个孩子很多，我无法把精力、把爱心全部都交付给她们。

她们天真无邪的眼睛里，因我而多了层忧愁。有一次，我看到小女儿文心在悄悄地抹眼泪，就问她："你怎么了？"

"没什么，我挺好的。"

她慌忙收起书包，躲开了我。

"有什么不能对爸爸讲的吗？"

"没有，这个时候，我不想给你添乱。"

我明白了。哑口无言的我站在原地，看着含有抱怨眼神的女儿，就好像有人狠狠地朝我肚子上打了一拳。

我知道，是我不佳的情绪影响了她们。

尽管孩子们隐隐约约地知道一点，我还是几次三番地嘱咐妻子，不要让孩子们知道得过多，我怕影响了她们的学习。更重要的是，我和她们是在完全不同的社会背景下长大的，我不希望在我悲凉忧伤的生命中，留给她们无力挣脱的阴影。她们有自己的人生道路要走，我无权让她们替我来分担我的人生悲痛，让她们怀揣着悲怨去面对未知的世界。她们是含苞未放的花朵，在涉世之初，即使是她们的父亲，我也无权把她们引向歧途，更无权掠走她们的天真和幸福。

可是，现在看来，我的情绪还是影响了她们。

那天我去海关报关，在返回公司的途中，正好经过市公安局。路过那里时，我心里一直控制不住地痒着，不由得还是走了进去。我太想打听一下寻亲的情况了，不知现在是否有什么进展。我一直在期盼着这件事，期盼久了，难免心中焦虑。

当时公安局的外事处就像是个热热闹闹的市粥棚一样，出出入入的杂人很多，想在那里如愿地堵到你想要找的经办人，那就要看你的运气了。大概去个十次，总会有八九次找不到经办人。这是常事，没有什么值得大惊小怪的，因为他们也不是单单办这件事的。日本遗孤，在一个城市里面，充其量能有几个？凭什么要给你们单独设立一个机构？大家都是各种事兼顾着做的，可想而知其难度之大了。

都说来得早不如来得巧，这话那天果真降临到我的头上了。我一走进办公室，正好看见身穿黑皮夹克的大张，他面朝着我，坐在那里和一个头发抹得贼亮的小伙子一边吸烟一边嘿嘿地闲聊。

他明明看见了我，也知道我来找他的目的，就是眼皮都不肯抬一下瞧我，当我是不存在的一样。

我只好很尴尬很客气地冲他点头，安静地站在一边等待着，既不敢发问，也不敢离开，只好耐心地听他们在那里扯闲天，还得小心翼翼地赔着尴尬的笑脸。

"前一阵子，我们去了趟海参崴，那里的姑娘贼漂亮！"

"是，听说老毛子女孩儿是好看。不过，老了就不行了，肉皮子会发松垮下来的……"

"到老了，老毛子娘们就没法看了。"

"你们去俄罗斯干吗？"

"我们在那里买了条旧船，雇了些人在那边拆船呢。"

大张不解，皱眉追问道："拆旧船？干吗？"

"这你就不懂了吧，卖那船上的钢管呀……"

"那能赚几个钱呀？"

"你看看，说你们是外行吧。"那个贼亮的脑袋靠近大张的耳朵，开始小声地嘀咕起来。

我听不见了，下意识地感到他们俩现在说的一定不是什么光明磊落的事情。

无论如何，这个时候的我都要耐着性子听他们扯下去。他们不咸不淡、无休无止地扯着，我劝自己忘记时间，耐心等待。我对自己说，你以为你是谁呀？办这种事的时候，你才会真正地体会到，求人办事时，你什么也不是，就是个孙子！

我不会吸烟，也不会喝酒，还不会套近乎，真是难为了自己，也对不起给自己办事的人，现在回想起来都会臊得脸红。

他们俩咬着耳朵说了半天以后，才一脸笑意地停住了。

大张好像突然发现了我一样。他冲着我不咸不淡地来了一句："你来啦！"

我心里说着，您可真能装，脸上却带着笑。那种笑，是尴尬又无奈的笑。

不管怎样，听了他的问话，我的心里反而舒坦了很多。我这已经不是第一次来找他了，一回生两回熟嘛，我俩明显多了一点"亲近"，这当然是带引号的亲近了。

我讨好地冲他笑着。

他拉着个长脸，明知故问："你有事吗？"

又来了，这最令我头疼的"装蒜"。

我也只好装作什么也没有发生一样，嘴上应着："没事儿没事儿，你们聊吧，你们接着聊。"

话虽这么说着，过了没多久我还是忍不住赔着笑脸，低三下四地问他："我的情况，您看，现在进展得怎么样了？"

他撇嘴一笑，故意吧嗒着嘴，像是寻思了片刻，然后，意味深长又轻描淡写地说："啊，那件事呀，哪有这么快的？你是知道的，这是要经过两国共同协商的……行啦，你就回去耐心地等着吧。一有消息了，我们会马上通知你的。"

真没劲，怎么每次来，总是这样的话啊，总是这样没有尽头的等待。

等，等，等，我要等到什么时候才算是个头呢？我心里抱怨着。

我不知道什么时候才能有结果，只知道自己的心很疼，每次来这里，都会有这种特殊的疼，好似被钝锯割开后，淤血流出的那种闷疼。

每次离开这里时，我都会很沮丧，每来一次，都像一条被斗败的癞皮狗那样失落地垂着头往回走。

关键是，我不知道我要耐心地等到什么时候。没有个具体的时间段，也没有一句可以让人安心的话。

我也不知道我的材料到底缺少些什么，更不知道他们是否把我的情况和日本的厚生劳动省交涉了。日本那边的情况又是如何呢？完全是看不透的闷葫芦。

不办不知道，一办才知道这件事的难度有多大。

真是要命！事已到此，我是头拱地也要坚持办下去了。作为一个普通人，而且是一个木讷的普通人，我从来没有过非分之想，但也绝对没料到寻亲会是这样艰难。

现在，我还能说什么呢？面对着即将决定我命运的人，我只能小心翼翼地赔着笑脸，拜托他网开一面，快点给办了。

大张同情地叹息一声，说："我说经理啊，你这事情有点难度，我不是不想帮你，你的材料不足，你不知道吗？而且，还有一点是你必须清楚的，你跟你的养父长得也太像了……"

慢着。我仔细品味着他的话，他说这话是什么意思？

我听出了他的微讽，但他话里的意思……如果说材料不足，我承认；说我和养父太相像，到底是什么意思呀？他怀疑我是假冒的，还是……我意识到了什么……难道他要钱吗？他要耍滑头？

那个时候，有的人正在以道德的名义，在虚假的外衣下进行着表演。九十年代初，日常生活中还没有"网络"这个词，只有通过电视、报纸和杂志可以获得外面的消息。从报纸、杂志的报道中可以看到，有些有权的人在给百姓办事的时候往往会感到不平衡，关、卡、要。他们这些害群之马，就像我们那一代人过去形容的"打着红旗反红旗"一样。不同的是，他们变得更加隐蔽、更加狡猾了。新时代的伪君子们也在不停地创新呢。要不然，怎么会有现在的反腐运动呢！

想要钱，还总要先找一个致命的屎盆子扣在对方的头上，既让你有口难辩，又让你痛不欲生。现在估计就是这样，我感到自己被他给牵住了。

可我又不是假的，凭什么给他钱？我心里感到不平，很委屈。我真想骂人，真想找个地方发作一下。

可是，仔细想想，我要是故意装作不懂，硬是不理他这一套，我的事接下去还能办吗？如果我在他眼里真的是揣着明白装糊涂了，到后来，只能是自己害自己。

想着想着，我就很迷茫。我也知道，那年月办点事的难度有多大，然而遇到这种不知所措的情况，还是大大超出了我的想象。

该怎么办？我心里被他的话深深地给划出了一道划痕。我常常感到很无助，虽然我置身于人群中，却又一直孤独地活着。就像现在，我不知道该跟谁去说，该跟谁去商量。

我这个人打小就胆小，从不主动惹事，但也有不被人知的反骨，就如同养母常说的："犟，俺这个儿子，没毛病，他就是太犟了，一根筋！"

我身上这种不为人知的犟劲，有生以来就潜藏在谦卑和蔼的笑容中，也许这是日本人的基因？我不知道，只知道我周围的人都不会像我这样，笑眯眯地忍耐着，即使心里完全不服，也不会发泄出来。

我不出声反驳，只是如果不赞同，就不会照别人说的去做。这个问题似乎又触碰到了我的痛处，我的血一下子涌到面颊。大张的话暗藏玄机，我一时充满了怒气。

我暗暗地想，不能任他牵着鼻子走，我要想想办法。我不能受人怜悯地继续生活下去，从小时候开始，我已承受了过多的秘密、过多的痛苦。

今天我要想尽办法，走出这种苦痛。

我在那一刻想到的第一个人就是香姐。

其实，我们一直也没有忘记过她，只是养母走后不久，香姐的妈妈也去世了。大舅妈走了还不到一个月,香姐家因为动迁而搬离了原来的住处。她搬走后曾经来过两次电话,不巧的是,两次我都没在家里。

我当天晚上就拨通了香姐家的电话。

……

我凝神静听着。一切都像是在无梦的睡眠中一样。

在随后的瞬间,香姐让我听到了世界上最美妙的声音,它瞬间席卷了我的全身,让我疲惫的身躯一下子就兴奋起来。我心里不由得长长地舒了一口气,透过模糊又苍茫的暮色,我似乎看到了希望,也看到了亮光。

真应了那句话:踏破铁鞋无觅处,得来全不费工夫。

十

香姐坐在木制的靠背椅子上,交给我一张熟悉的旧照片,正是我小时候在家里的镜框中见到的那一张。

低头细看,一位年轻文静、身着日本装束的女人,正含着微笑看着我。记得小时候,这张照片和那张五个人的合照一直挂在我家客厅的墙上。这张照片,是怎么会落到香姐手里的?它到底经历过什么?我端详着,不由心中疑惑。

"这是我们家里那张照片,香姐,它怎么会在你这儿呢?"我不解,很纳闷地看着香姐,想从她的脸上找到答案。

香姐对我微笑着,也不急着跟我解释。她两手搁在膝盖上,一副很放松的样子。她这副神态,让我想起小时候她戏弄我的模样来。

见我正在等着她的回答,香姐慢悠悠地吧嗒了一下嘴巴,低声反问我:"你还记得?"

我肯定地点点头,我是真的记得。

香姐先是意外地愣了一下,接着撇嘴一笑:"想不到,你小小的人儿,记性真好啊。那你说说看,你还记得些什么?关于她的事儿,你还记得多少?"

我没有马上回答她。我弄不明白香姐的真正意思,只是有所触动——她一直在惦记着我心里想的事情。

见我阴沉着脸,香姐抬手拢了把腮边的短发,叹息一声,说:"唉!看你这一脸的焦躁,真是难为你了。你心里想的事儿,姐我都知道,哪天我去公安局找他,我给你去做证。老弟你看怎么样?"

听到这句话,我吓得直摆手,心想,就她这脾气,不去还好,万一掺和进来,说不定会出乱子的,只能是越帮越乱!"姐,我求求你了,眼下还用不着,你千万不要去……"

我听出她的同情之心,但眼下,我真恨不能马上搞清楚有关照片的一切,就不好意思地打岔问道:"姐,求求你告诉我,你到底是从哪里得到这张照片的?知道吗,我一直在找它,另一张合照我已经在我们家里找到了,就是没有找到这一张。为什么它会在你这里呢?再说,你怎么就能这么肯定,这个人就是我的生母?是谁告诉你的?"

我连珠炮地向香姐发问。

香姐皱着眉头思索,她好像意识到了我想知道的重点,忽然咧嘴大笑,说:"嗨,你这个人哪。我怎么会不知道呢?我小时候见过她呀。别看我比你大不了几岁,可比你这书呆子经历的事儿多了去了。"

我听罢,惊得张大了嘴巴,赶紧附和道:"那是那是,我妈也老说我读书读傻啦!"我希望她赶快毫无保留地继续说下去。

香姐轻微地侧了侧身,回忆着:"那时候,我虽然不大,可是我已经记事了。你当时才这么点,"她边说边用手比画着,

"你仔细看看嘛,你那眉眼长得是不是和照片上的这个人一模一样?"

我十分认真地听着,两眼不由渐渐地噙满了泪水。定睛细看这个女人,我的心里生出一种温暖来。她就是我的生母吗?一个我在心里默默思念了几十年的、抽象的母亲名词,在我的手心里,终于渐渐地变得真实、温暖起来。她是这样的谦和,这样的可爱。她正温柔地看着我,就像春天里的太阳一样,让我舒展开近乎僵硬的四肢。我真想回到童年,恨不能撒着娇投入她的怀抱里。

正在我沉浸于想象中的时候,香姐停下了诉说,问我:"唉,你怎么啦?你在想什么呢?你想起什么来了?"

她似乎注意到我的不寻常,轻声说:"你还愣着干什么?还不快翻过来,看看这照片的后面?后面还有字呢。"

我急忙傻乎乎地把照片翻过来细读:二十二岁,昭和十八年,三月二十日,横滨医院。

瞬间,我如获至宝。不过是短短的十几个字,却囊括了我生母的重要个人信息。

看来我的生母是位办事相当谨慎又很有心的人,可是,明明是早就在上面的,我小时候怎么就从来没有注意到,也从来没有动过翻过来看看的念头呢?为我的粗心大意,那一刻我几乎悔青了肠子。

这字迹虽然因岁月的冲刷变得有些模糊了,但是,依旧可以辨认。我心里顿时亮堂起来。

"看你美得。"香姐推搡一下我的胳膊,"快仔细看看,算算她现在有多大岁数了?"

我再一次把照片翻过来，心里默默地推算起来。

"按昭和十八年算的话，她应该比我大二十四岁。"

"你怎么知道昭和十八年是哪一年？"

香姐蹙着眉头盯着我，不信任地打断我。

"香姐，这个我是知道的，你不要怀疑……"

我耐心地跟她讲解，香姐专注地听着，她不停地扭动着屁股，把快要散架的木椅子弄得"吱吱扭扭"地响起来。

我感动、感激，心里懂得这些信息对我来讲是至关重要的，说不定是找到我生母的关键。我推测，这些信息，都是她老人家经过深思熟虑后，有意留给我的。

我越来越感觉到，随着人生脚步的前行，什么都是可以改变的，唯有生命是条单行道这种局面，任你怎样都无法改变。我从何而来？她生下了我，又为何扔下我而去？她究竟又去了哪儿呢？这些问题，自从我可以思考的那一天开始，就一直跟随着我。尽管局势纷繁复杂，尽管我曾经很恐惧说破真相，可每当夜深人静时，我还是要面对自己的内心，面对这些无法知晓的难题，去凭空地想象……没有人能回答我，也没有人知道我内心的真实想法，更没有人会指导我如何在岁月的长河里度过自己有意义的一生。

房间里的空气好像是瞬间凝固了。

那一天，事情就这样猝不及防地发生了。它来得这样突然，这样真实，又这样不容我置疑。

我的内心仿佛正经历着垂死挣扎，我不得不重新调整自己的状态，不得不好好思索，下一步该怎么办？

我有些忧心忡忡，又有些迫不及待，最后，还是鼓起勇气再一次问，香姐，这么重要的东西，它到底是怎么来到你这里的呢？

香姐听罢，突然变得严肃起来。

她沉默了一下，拉我坐下，笑了笑，为我倒了一杯茶，开口道："你不要激动，先坐下来，说来话长啊，我们边喝边说好吗？"

我默然，半晌，声音有点颤抖地说，好，我都听香姐的。

"文化大革命"的那一年，我爹也不知冒犯了谁，突然就被他们厂子里的红卫兵给抓起来批斗，说他是"资本家"，是"日本特务"，给他戴上了这两顶帽子后，连着几天几夜没都没让他回家来。大约一周后的早上吧，我爹他终于回来了，却不敢进家门，虚脱地斜躺在我家大门口的屋檐下。

我们娘仨把爹拖进屋来，一顿审问，到底这几天去了哪里？干什么去了？

一开始，他什么也不肯告诉我们，就是一会儿哭一会儿笑的……后来我娘给他扒掉身上的衣服，准备给他洗洗时，这才发现了他身上的伤……

他先是咬着嘴唇，一言不发地跟我们对视。我娘扯着他的头发问，怎么弄得这么多血？他闪避我们追问的目光，还是咬着牙不吭声。我娘也不明真相，就跟我们姐俩说，让他给咱们丢人现眼，不如打死他算了，金子你去拿绳子来，香儿，把你爹给我捆上……

我们娘仨准备好了绳子，正捆绑着他时，他张开大嘴，号啕大哭起来。

我娘命令我们赶快住手。我们也不明真相,停下来傻傻地看着。

我爹一看我娘要来真格的了,再也忍不住他的委屈,虚弱地垂下头去,估计是想起他那几天的遭遇而悲从中来,泪如雨下。那真是一把鼻涕一把泪啊,我长这么大,还从来没有见过我爹哭呢。

哭够了,爹才说出了真情。

原来把他吊打了一夜的红卫兵,折磨够了他,还坚持要他承认自己的"特务"身世和"资本家"的事情。爹实在是扛不住了,就开始瞎说,说自己不是资本家,只是李子青他们家的伙计,在他们家那么多年,也没见过几个日本人,只是在他们家里见过日本小孩……

香姐说到这里,突然有点不好意思地嗫嚅道:"俺爹不是成心的,他就这样,万不得已才把你们家给出卖了……"

我默不作声地点着头。原来当年我从新疆被召唤去郑州,被怀疑、被审查、被逼问,所有的起因,确实是拜这个大舅所赐。想到这,我的心似乎被谁用尖刀捅了一下,紧缩起来。

这一刻,我也终于确认了我们两家渐渐疏远的真正原因了。那个年代这样反目为仇的事情有很多,并不会让我感到意外。

在那个特殊的年代,我们任何人都无力阻挡这样稀奇古怪的事件发生,这不能说是大舅的过错,只能说明他也是一个无奈的普通人而已。

我感到,屋子里的空气再次凝固了。

香姐沉默了一会,她内心仿佛经历了深深的自责,她在用极为罕见的沉默向我表示歉意。

这样少有的沉默，让我颇感意外。

过了一会儿，她喝了口茶，平静下自己的情绪后，这才又鼓起勇气，继续说道："滴水之恩当涌泉相报，我爹不仅没有报答，甚至还……我爹干的这事儿，太不那个了，致使我们家人好多年，都无法面对妗子他们老两口和你……"

她低头说着，不敢迎视我的目光，只是伤感地摆弄着手中的茶杯，缓缓地给我讲述了另一段经历。

十一

"我爹回来的当天上午,我娘就差遣我和金子姐去了你们家。"香姐呼吸有点急促地说。

她不急着解释,我也不忍心打断她,听她讲述着那个时代的怪诞,以及在怪诞下繁衍出的离奇故事。这些故事,全部都与我和我的家庭有关,我却直到今天,才真正知道了养父母的不易和良苦用心。我真的好后悔!

我不由得反省:真不应该只注重自己的感受。很多爱我的人,为了我品味着人生的酸甜苦辣咸,默默地奉献了他们的一切。我如今感悟到,自己生活中的经历,与亲人们是无法相比的,他们在默默地为我分担着疼痛苦难,而我竟然一无所知。现如今,因为香姐的讲述,我不得不再去翻阅他们的人生,而这让我愧疚,让我震惊。每次想起我的养父,脑海里就会浮现出他坐在床边发呆的身影和他嘴里发出的令我不愉快的"啧啧"声来,我从没有想过那一刻他心中正在经历着什么样的煎熬……

我当年在新疆交代问题的时候,其实是我的养父母,凭着他们对我的爱，一口否定我的身世，才保护了我呀！

香姐绘声绘色地讲着曾经的故事，我也仿佛与她一起回到了那个人人自危的特殊年代。

  记得那天，满街都是被风刮落的枯叶。我们两个在秋风中奔跑着，真是又急又怕。

  我和姐姐敲开你们家的门，对我们的突然造访，妗子开始时还有点意外。

  她还不明真相，还像往常那样，亲热地笑着，拉着我们的手进屋。我们姐俩心里有事，又怕被别人给盯上，就贼眉鼠眼地四处张望起来。

  妗子是个聪明人，她很快在我俩的神色上发现了不对劲的地方。她一把攥住我俩的手，压低了声音问："告诉妗子，你们家里是不是出什么事了？我这几天右眼皮就直劲儿跳，都说左眼跳财右眼跳祸嘛，我估摸着……"

  我们不敢看她的眼睛，就一个劲儿地擦着脸上的汗——因为我们来时走得急，我又很害怕，到了你们家已经是满头大汗了。我用下巴示意姐姐先说。

  姐姐那时候刚结婚不久，她找的丈夫是个军官。军官在那年头，可比现在的老板还要吃香呢。那时候的军官，看着就仗义不说，也比咱们容易得到别人的信任。

  我姐姐说，妗子啊，也没啥大事，就是你得让我大爷赶快出去躲一躲了，要不就怕会有人来找你们的麻烦……

  我姐姐这边话还没有说完，妗子一下子就毛了，两只小脚在地上颠颠地直跳。她两眼圆睁、眉毛倒竖着说，快说，到底出啥大事了？是不是你爸爸他……

妗子仿佛早就知道会发生什么，好像我们的到来早就在她的预料之中一样。你说这事怪不怪？我们虽然惊讶，也只好默默地点头，告诉她，我们家出事了，而且是出大事了。

"你爹现在在哪儿呢？他是不是被抓起来了？现在还没有放回家吗？"

我再也憋不住了，带着哭腔着急忙慌地说，妗子呀，我爹现在是没事了，我娘担心你家的大爷呀！让他快找个地儿出去躲一躲吧，怕的是，有人很快就要来你们家里搜查了，弄不好，还要……

突然间，妗子好像明白过来了。她渐渐地恢复了平静，慢慢地张开双手，做着向下压的手势，让我俩先坐下，将食指放在唇边，示意我们小点声说——好像你家里也有人监视着一样。那架势可真够吓人的。

她压低了声音，悄声说："你大爷今个儿是夜班，现在在屋里头睡觉呢，咱别让他听见。我说傻孩子啊，你们也不想一想，中国虽然大，可咱们又能去哪儿躲呀？再说，就是躲得了初一，也躲不了十五呀，躲得了和尚也躲不了庙啊！不用躲，回去告诉你妈，让她放心……"

妗子皱着眉头，无力地直劲儿摇头寻思着，断断续续地说了这番话。

姐姐看着妗子心疼，因为这一切都是我爹引起的。她和我对视了一下，真诚地提议道："不行就让大爷去我那儿吧，我们家里安全，在我那儿先住一段儿吧。"

我见状，也急忙帮腔："妗子，我姐找的是空军军官，去她那里是不会有事的。再说，现在家里就姐姐一个人住，你只管放心好了。就去我姐家住一阵子吧。"

妗子摆手说不用："谢谢你们告诉我这事儿，我知道就好。"她稍微想了一会儿，又试探着问："金子，你住的地方真的很安全吗？你男人天天回来不？看你这样，真是长大了呀，遇事这么冷静，你妈真有福气呀……"

我们姐俩反应慢，一个劲儿地点头。

后来我们才想明白，其实，妗子这些个问话，都是在摸姐姐家的底细呢。

姐姐说，姐夫半年才能回来一次，他离哈尔滨很远，她自己住的地方倒是很安全的，是在部队的大院里。

听到这儿，妗子才深深地吐了一口气。她笑了，很不在乎地说："回去跟你妈说，让她放心吧，我们家是不会有事的。你们先回去劝劝你爹，也别让他太自责了，这社会上的事儿，咱们谁也说不清啊，天要下雨娘要嫁人，随他去吧。你们姐俩难得来一趟，我这就去擀面条，留下来吃碗面吧。"

我和姐姐哪里还能吃得下饭哪，觉得妗子她也太大意了，实在不可思议。反正我们这信儿也传到了，哪还有心思在你们家里吃饭呢。我们就慌慌张张地站起身来，扯着手，准备告辞回去。

我俩都走到门口了，妗子突然有些不忍地小声叫住了我们。她还是犹豫了一下，最后不大情愿地咧嘴苦笑道，金子，我有件事想求你，你看行吗？

她当时低眉顺眼的,看着真叫我们心酸,这哪里还像我们认识的妗子啊!那一刻,我非常恨爹。真的,我觉得都是因为他骨头软,才给妗子,给你们家惹出了这么多的麻烦和祸端来。

我们一时不明真相,忙不迭地满口应着,行行行,你说说看,是我们对不起你们家在先,现在还有什么是我们不能答应的事儿呢?

听到我们的应承后,妗子腿脚麻利地搬来一把凳子,还没有等我们反应过来,小脚已经踏上去了。她摘下墙上的镜框,从里面挑出了这张照片。

她下来后,小心翼翼地把照片用报纸包好,千叮咛万嘱咐地说:"将来有一天啊,你们姐俩把这个交给你们生弟吧……我就谢谢你们啦。"

她没有过多解释为什么这张照片是这么重要的东西,只是递到姐姐手里时,很郑重地央求着:"金子,我求你了,一定帮我保存好这个。这是你弟弟的亲妈呀,不知道她现在在哪里,是不是还活着……将来如果有那么一天,你们姐俩一定帮我把这个交到你生弟弟的手里。那时候,再替我把一切告诉他……好吗?"

我们不明白具体情况,却很郑重地接过来,连连地点着头。她的话,也勾起了我对童年往事的回忆。我心里发着誓,一定要给她办到。

"今天这件事儿,算是我老太太求你们了……还有这个,帮我把这个也一块儿带上。"她故意轻描淡写地说着,把一个裹了花布的手绢包交给了我。

我奇怪地接过那个小包,感觉布手绢里是被揉皱的牛皮纸信封口袋。纸袋虽小,掂在手里,却有沉甸甸的感觉。我惊奇地问,妗子,这是什么呀?还挺重呢!

她不看我们,语气平静地说:"金戒指。"

我们听罢,一下子全傻了。我差一点把包戒指的小包扔在地上。我俩呆呆地站在那儿,这下不知道该如何是好了。我掂掂那纸袋,感觉这里面装的不仅仅是金子,还有她的心。

我心想,今天妗子是被气糊涂了,还是……我开始瞎猜起来,她给我们金戒指干吗呢?

"别怕,这不是给你们的。"妗子看起来克制着万千的感伤,但依旧尽量平和地对我们慢慢地交代着,"这是给你弟弟留下的盘缠。将来万一我们不在这个世上了,他要去找他的亲妈的话,是需要钱的。我没有什么可以给他留下的,就这点家底啦,求你们赶快帮我带走,帮我藏起来吧,我心里从此也就踏实了。你们两个是我看着长大的,我交给你们,就放心了!"

她说着说着,站起身来,又一次踮着小脚,走到门边,轻轻地推了一下。确认门已经关好,大爷不会听到我们的声音后,她重新坐下来。

"你大爷有病,这些话不能让他听到。"

看我们点头,她把左手食指上的金戒指褪下来,缓缓地戴到了姐姐的食指上。

"你结婚时,也没有告诉妗子一声,今天就算是我给你补的结婚礼物吧。你也别嫌弃,戴上它吧,留个纪念。"

姐姐吓得急忙缩手。她想挣脱，妗子根本不容她反抗，愣是死死地抓住她的手指，不容分说地给她戴上了。

给姐姐戴上戒指后，她又转向我，一样不容分说地抓住了我的手，说，来，把那纸袋里的东西拿出来一个，你还没有结婚，在里面挑个新的吧。

这下我不知如何是好了，嗫嚅道："妗子啊，别，别呀……"

妗子声音有点发抖地说："要说呢，咱们两家也是有缘分的。你大爷忙碌了一辈子，也没有攒下什么，这不嘛，就是光复那年，你大爷趁着日本人撤退，把家里所有的积蓄都买了金戒指……就这点家底了。这事儿，你们家也该知道。拿去吧，你们要是看得起妗子我，就别客气了，剩下的，就拜托你们姐俩留给你们的生弟弟啦！"

……

"我说弟弟呀，"香姐话锋一转，对我说，"妗子那天尽量装作若无其事，可是，我们都知道她和大爷的为人。他们老两口对我们家有过救命之恩呀，我们对他们心里是有愧的。我们这真的是恩将仇报，是作了孽啦。"

香姐说，她姐俩当时不由得悲从中来。那天，她们在我妈面前都流下了愧疚的泪水，是替她们的老爹流下的。

她哽咽地说着，把椅子转过去，为的是不让我看到她脸颊上淌下来的大颗大颗的泪珠。

我感到有点闷，听得心里发堵，就站起身，在狭小的房间里踱了两步。

我听见香姐在我的侧身说："她老人家对你的爱，也让我们更加敬重她的人品。我和金子姐也说过,对她老人家的尊重,这么多年来一直在我们心里,甚至到了我们不敢有一点亵渎的念头的程度。真的,弟弟,我说的可句句都是心里话呀。"

妗子那天跟我们说的话,语气虽然平和,却句句如刀割般地落在了我们姐俩的心头。我们已经长大了,当时我们恍然大悟,意识到了什么,却傻了吧唧地面面相觑。犹豫了一会儿,为让妗子她老人家放心,我们俩还是收下了她的这份心意,并告诉她,我俩将来一定会帮助你的,这件事,也请她放心,我们永远也不会对自己的爹娘讲起这件事。

我们心中有愧,不敢与妗子的目光对接,我们觉得对不住她。这些东西,当晚就跟着金子姐回了她家,藏到了一个安全的地方——金子姐家的吊棚上。

此后,这些东西一直安静地放在那里。金子姐几年前把妗子接到她家后,让妗子看过这些东西,想化解她的不安,也看看她是否有什么新的想法,问她什么时候交到你手上好。

妗子好好地想了一阵子后,豁达地笑着说:"我看,还是等我死了以后吧,我儿子什么时候想找他亲妈了,就什么时候给他吧。别让我儿为难就行,这也是我最大的心愿了。"

香姐收住话语,一脸悲戚地说:"这几年,家里头就没有消停过。妗子没了不久,俺娘也跟着去了。俺娘的尸骨未寒,金子姐又被查出了乳腺癌……人生真的是难以预料啊！"

一向开朗的香姐说到这里，突然压抑不住地双肩抖动，不能自控地抽泣起来。"这悲伤的事，怎么就一件连着一件地降临了，还没完没了？"

我默然，站在窗前，呆了好一会儿。

我很感动，也很悲伤，不知该如何是好，只能傻看着外面。我知道，我的安慰对香姐是无济于事的。她的心里，这些年装了太多的苦难、太多的秘密、太多的委屈……

良久，香姐抬起略显疲惫的脸，轻轻地擦了擦眼睛："对不起，姐姐今天在你面前失态了。唉，不管怎么说，我今天还是很高兴啊，总算是了却了我的一大心愿，完璧归赵了！"

我们又默默坐了好一阵儿，直到天色暗淡下来，金子姐上高三的儿子回来后，我才意识到该回家了。

"老姨，你怎么了？"

香姐别过脸去，连声道："刚才给你炒辣椒呛得。今天你怎么没去医院看看你妈呢？"

"这是谁呀？"他不高兴地指指我，说，"我饿啦！"

我应了一声。"金子姐的孩子都长这么大了？"

"嗯，他不大懂事——还不快叫大舅哇？"

那孩子没心思理会我，一转身去厨房翻找吃的去了。

香姐看着他的背影，甩给我一句话："你是不知道，这孩子，才不听话呢！"

十二

我把金戒指带回了家。

家里当时正好没人,我一个人在客厅的中央来回踱步,四处打量了好长时间,也琢磨了好久,感觉把这些东西放到哪里都不是很安心。绕过女儿的房间,来到卧室里,我重新侦查了一番,最后,决定来个灯下黑。我悄悄地把它们分成两包,放在了养父母的遗像后面。

装遗像的镜框的后背是凹进去的,正好能如愿地放进所有的戒指。

放好后,我再细细端详镜框正面,表面上不歪不斜,看不出任何破绽来。即便这样,我还是不放心,又摆弄了一会镜框后,才觉得大功告成。

戒指虽不多,分量也不重,却包含着很多人对我的爱。原来,在这个世界上,总有一些人,爱你并关怀着你,在默默地为你奉献着。而我在这之前还一无所知。

我走出卧室,想今晚上给家人露一手,做拿手的炸酱面给她们来个惊喜。

我想，每一条路都不是一帆风顺的，要走下去的路，注定会有泥泞、荆棘、坎坷。但只要不畏艰险，有长途跋涉的心理准备，相信能赢得最后的胜利。——你看看，在我垂头丧气的时候，命运可能已经给未来埋下了希望的种子。

无疑，此刻的我，又被注入了坚强的动力。我暗下决心，一定要继续找下去。我相信自己终究会找到亲人的。

我心里敞亮，感到快乐，不由得哼起了歌，连妻子的开门声都没有听见。

"今天过节吗？"妻子端详着我，很纳闷地问，"发生了什么事吗？"

本来想过几天再告诉她的，现在看来是无论如何也隐瞒不过去了。我把生母照片失而复得的事和盘托出。

妻子听罢，也感慨万千："看来生命中重要的东西并不会无声无息地消失。它可能一时不见了，但时机一到，还是会在我们眼前出现的。"

"对，你说得没错，我也这么想。"

我见她在找围裙，就贴近她的脸，亲昵地说："今天我自己来，你不要跟我抢功好不好？"

妻子眼睛一亮："这话当真？不许再变卦啊！"

我自信地点点头。

妻子索性把抓在手里的围裙使劲往桌子上一摔："那我就到商店去买点东西，等孩子们回来后，我们好好庆祝一下。"

"好，好！其实呢，这件事一直默默地躲藏在我的心里，在我困难的时候，它又冷不丁地冒出来，反而给我注入了力量和勇气，再慢慢地来改变我的心境和生活。你说这事怪不怪？"

我说这话的意思是：你看看，香姐几次出现在我的生活里，是不是果真印证了这一点？

"我想，只要我坚持下去，早晚有一天，我是会如愿的。"

我抬起头，想看看妻子的反应。然而她头也不回地走了，留下了"砰"的一声关门声。

"这人真是的，也不能乐成这个样吧？"我对着空气笑着抱怨。

是呀，在没有希望的日子里，我总是那样鼓励、安慰自己。如果不那样做，我相信自己无论如何也不会坚持着熬到今天。多少年以后，我依旧这样认为，也依然这样安慰、鼓励着自己。

第二天上午，我就抽空把生母的照片送到了公安局。

大张不在，一位姓徐的年轻人让我把照片交给他，我恭恭敬敬地递给他。他白了我一眼，粗鲁地撕开包着照片的信封，匆匆扫过一眼，说："好，你就放这吧。"然后，他起身去办别的事了。

真够呛。我心里嘀咕着。这张照片可不是一般的照片，它近乎是我的生命。它的存在会决定我的命运，它是我千寻万觅、失而复得的宝贝啊，怎么能就这样被冷落，丢在了这个陌生人的桌子上呢？

我很无奈，丧气地要走，想想不对头，又急忙折返回来，不甘地追过去，带着惶然的微笑，小声试探着叮嘱他："徐警官，别忘了把我的照片收好了啊！"

他愣了一下，大大咧咧地嗯了一声，对我含糊不清地嘟囔了一句："挺大个老爷们，你怎么这么啰唆呢。"

之后，他霍地转身，头也不回地走了。

我心里顿时很烦，涌起不满。这人怎么能这样漫不经心呢？那可是我的宝贝，我的命啊！他就这么对待？

我悻悻地往门口走去，几乎一步一回头，舍不得那张照片，心想，万一再给弄丢了，我前功尽弃了不说，还没法跟他掰扯个清楚明白。

我烦躁地在心里嘀咕着，这人什么工作态度？转念一想，又自嘲起来：喂，你以为你是谁呀？说白了还不是你自己有求于人吗。

这么想着，感觉好像轻松了些，我也不生闷气了。不过，我心里还是在不停地犯嘀咕：万一他把这张照片给丢了怎么办呢？我可没有底片呀……想到此，我忽然被惊出了一身冷汗。不行，不行，得马上返回去把它取回来。就这样，我几乎都到了大楼外面了，又重新原路返回。

我对门口的大爷频频点着头，口里念叨着我忘了点事，然后蹦着高蹿上了三楼。

我真为我正确的决定而庆幸。就这么一小会儿，那间办公室里已经是人去楼空了，只有喝剩的茶水和散乱在桌子上尚未完全熄灭的烟头，百无聊赖地陪着我生母的旧照片，它们彼此在嘲讽地叹息着。

我像做贼那样，迅速地闪进去，把照片揣进了我的衣袋里。慌张地冲到楼下，我开始满大街地寻找起照相馆来，想重新把这张照片翻拍一张，把这张原始资料留下来，再将翻拍的照片交给公安局。

我想，这样还算有点保险系数吧！

那时候，翻拍照片在中国还没有推广开来，我好不容易才找到一家同意翻拍的照相馆，并且花了大价钱。可是，花点钱，我也高兴着呢。事实证明，我的做法是正确的。这张照片，在整个寻亲的过程中，它可是有着非凡的意义。

寻亲的事是秘密进行的，这件事，只有我的家人和要好的几个知己晓得，身边其他的人那时候还一概不知。

当寻亲的事渐渐地走上了正轨时，我的心情也随之变幻不定：时而开朗豁达，时而满腔郁闷。

推算起来，在两年前，我就开始偷偷地学习日语了。

通过学习，我在精神上获得了一种能量和动力。然而随着学习和对日本情况了解的增加，有一天我突然意识到，现在我一心想去日本，去找亲人，将来如果我真的去了那里，无法说流利的语言，继而缺少工作能力，我的后半生又该在那里怎样度过呢？想到这里，我就又会变得很落寞。

我很矛盾地思考着这个即将成为现实的问题。是啊，这是个现实问题，不得不认真地考虑它。

到了七月初，哈尔滨才真正有了暖和的意思。不但丁香花开了、树绿了，松花江也可以游泳了。

这座城市的黄金季节都是从美丽的七月初开始的。生活在这座城市的人开始精心打扮着蜂拥而出，会生活的人们行走在大街小巷，更显露出哈尔滨的活力来。

哈尔滨的夏天永远是短暂的，很凉爽，也很美丽，所以就显得格外珍贵了。

有一天，妻子提议说，趁着孩子们有空的时候，我们全家去趟太阳岛吧。说不定,这会是我们全家最后一次去那里呢。趁着现在有空闲,我们去吧,别再留下什么遗憾。

"怎么会呢?别想得那么悲观好不好?"

我有心无意地随便推说,因为每年的这时候正是太阳岛拥挤的时候,南方人为逃避湿闷的天气,恨不能整个夏天都待在哈尔滨。去那里凑什么热闹?还不如在家呢。家里多自由,多清静啊。

妻子委婉地劝我:"你也需要放松一下了,不是吗?"

"让我想想吧。"

她平静地甩给我一句话:"在家里干吗,还要学日语吗?"

我惊讶于她的发现,没想到还是让她注意到了。我回过头去,想看看她的表情会不会是满脸嘲讽。

言已及此,我也就不再隐瞒了,和她讨论起对今后生活的想法来。

妻子看着我,故作淡然地说:"我想不会是那么简单的事情吧?日本的经济发展很快、生活水平高,这些都是事实。可是这一切,与我们将来的生活又有多大的关系呢?我们去了,也只不过是过客,那里再好,可我们的根基都是在这里的呀。你还真的准备在日本终老吗?"

我知道妻子说得有道理,她无意中也点到了我的要害,这正是我有所顾虑的事情。尽管妻子当年说的这些话在去日本后或多或少变成了现实,成了我们不能回避的问题,可是,那时候一心盼着能去日本的我,还是无法接受这种推论的。

我有些失望地打量着她,失望中还有一点隐隐的疼痛,或者说,是男子汉的自尊心在作怪。在我惶惶不安的时刻,她说出这样的话来，总会让我生出一丝感伤。

尽管我在极力地克制着，还是突然愠怒起来，严肃地说："还没有去呢，就说这些消极丧气的话，你不觉得这样想会让我们丧失信心吗？"

妻子会心一笑："我懂你的意思。只是我觉得，咱们想到了，总比不去想，事到临头时还不知道怎么办强吧？"

其实我刚一说完就自知失言了，便对着她不好意思地说："我，我，你说我……唉！我怎么会不知道呢，我们肯定是会遇到困难的。但只要我俩心想到一起……我们在这里，不也是白手起家过来的吗？我看不如这样，你没事的时候，也学学日语吧？"

妻子笑了笑，用手掌托了下我的下巴，一转身，变戏法似的，右手高举起一本《基础日本语》，得意地在我眼前晃了晃，试探着问道："咱俩从今天开始比赛，看看谁学得好，谁进步得快，好吗？"

我有些惊讶，她是什么时候开始学习的呢？生活中，她总是会悄悄地走在我的前边，很细心、温暖地为家人安排好一切。本以为她会拒绝我带她远行，本以为她会拖我的后腿，我知道她心里是不太喜欢日本的。

"日本是个相当冷酷的民族！"妻子不止一次地对我讲过这句话。"日本人外表看似彬彬有礼，其实内心是很难靠近的。"

"你不要还没有去呢，就这样敌视日本。"

"你理解错了，我没有敌视，我只是说得现实些，我们都要现实些。"

"你喜不喜欢日本，对日本人无关紧要，但日本对我却可能生死攸关。因为，假如有一天我不在这个世界上了，我也会因为自己没有努力地寻找过那边的亲人而无法闭眼的，请你理解我好不好？"

她一惊，忙伸手过来，捂住了我的嘴："我知道，你不要说了。我懂！"

我顺手拿过妻子手里的书，粗略地翻阅了一下。看到她标记下的各种符号，我知道她在学习日语上的确没少下功夫。

我服气地向她伸出了大拇指，一边自嘲地感慨："我算是服你了，没承想，你还走到我的前边去了。"我拿了两块巧克力，分给她一块，自己吃了一块。

"岂止我一个人啊？给你透露个小秘密：两个女儿都偷偷地学上日语了。"

"她们俩也在偷着学？这可要影响她们的学习的。"我有点担心起来，"这万一走不成可怎么办？"

说实话，我没法预设这条路会百分之百成功。

妻子苦笑道："我说，你不要杞人忧天好不好？孩子们在语言方面确实是很有悟性的。她们渐渐大了，会自己把握的。"

我听罢哑了，凑过去，讨好地对她说："这个周日吧，我安排下工作，你也做下准备，就按照你说的，我们全家去趟太阳岛好啦！"

妻子微笑着点点头："好，我跟孩子们说一下。她们俩得乐坏了。"

这时，一辆汽车在轰隆声中从我们家的楼下驶过，妻子忙探出头去，朝东看了看："没错，这个点，该是她们两个回来了。"

这一次去美丽的太阳岛玩，果真成了我们全家四口人最后一次完整的太阳岛之行。

在那之后的二十多年里,我们四口人再也没能凑齐一起回来过。或者是我们夫妻俩,或者是仅有一个孩子陪伴我们返回故乡。随着孩子们长大、离开家,她们在日本逐渐都有了各自的生活,她们充满活力地忙碌着。看着忙碌的她们,我不禁感叹:人生既然有所得,也是会有所失的。

十三

寻亲这件事，前前后后算起来，我已经办了整整三年了。然而，依旧没有看到希望的曙光，我依旧在云里雾里艰难地行走着。

我已经走出了过去那种平静的生活，现在的我，已经回不到曾经的日子了，真正体会到了开弓没有回头箭这句话的含义。

身为人，我最为好奇的问题是：我从哪里来？身为孤儿的我，最渴望知道的是：我的生身父母，他们到底是谁？

这些问题，还是没有个头绪，依旧你推它，它推你地跟我捉着迷藏。

我的心一直惶惶着，就像总也不能踏实的乱草窝一样，被架在那里。风吹草动，让我心乱如麻。

这种局面严重地影响了我的工作和生活，更可怕的是影响了我的情绪。我的坏情绪也给我的家埋下了困惑与危机。

现在我是谁也不敢轻易地相信了。在错综复杂的事态前，我恍惚体会到，凡是对我说，你那事好办呀，为啥不早跟我说呢，这不是小事一件嘛……这样的人，千万不要听他忽悠，这人基本是个骗子，他的话仅限于听听，千万不要当真。即便他不是骗子——起码也是在吹牛呢！

凡是说能给我办事的地方，都不好接近；凡是说能给我办事的人，全是一脸的严肃傲气，与我保持着距离，不可接近，那意思几乎就明摆着写在脸上了：你一个日本鬼子，中国仇人的狗崽子，凭什么就这么痛快地给你办成呢？还他妈的想不掉下一个子儿来？美得你吧。那种不可言喻的傲慢，多少次把我的自尊心打得落花流水，我真是无处去倾诉。

无形中，我们这种人和他们那些有权摆布我们生命走向的人，暗中构成了一种冤家关系。这其实是无可厚非的，试想想，我们哪一个人，不是在痛恨日本军国主义的教育中长大的？连我自己都是，骨子里一样地恨……那是无法言明的恨。

更何况，在那个年月，想痛快办成一件大事，一分钱不花，不容易。办我这样的事，就更不要说它的艰难程度了。

这个理我懂，这口气我咽不下。

我不想认命，可是我又不能真的安下心来，我没有兴趣也没有勇气再回到从前的生活。现在的我是被吊在了半空，上不去，也下不来。有时，我走在街上，想想都会笑出声来。这不是明摆着我自己把自己给耍了吗？

我想认命，又无处可以找到能安放自己孤独灵魂的居所。活到这个份上，多少有点里外不是人的感觉。

是的，我内心的声音在一遍遍地呼喊着：我不忍心终老他乡，我不想有这样的人生，哪怕我的生身父母是万恶不赦的罪人，我也该有知道他们是谁的权利吧？我这样的要求不过分吧？

可是，我又没有勇气呼喊出来，我怕，怕被社会隔绝，那是永无翻身之日的呀，我清楚自己是一个什么样的人，我知道自己是个经不起锤炼的软骨头。

灭绝人性的南京大屠杀，日本人在中国犯下的罪行，灼痛着每一个中国人的心。我从上小学的时候就亲身感受着这种来自全国人民的愤怒。而且，我也是那愤怒人群中的一员。

这种痛，是一个民族、一个国家、一个正义群体的痛。我当然不想，更不敢挑战这种痛。我是谁？我只不过是时代的小小烙印，想不起你时，你的存在好似意义微小；想起你时，你的存在必然伴随着痛苦。我很清楚，我越清楚就越会感到恐惧。

现在，我即便规规矩矩地做人，即便不乱说乱动，都不敢奢望，这样的民族之恨，肯定不会在某个突发的事件中把我燃烧成灰烬。

有时候，有些事，你想淡忘，也并不容易。

我曾目睹、亲历了"文革"年代，那时任何一件不经意的小事、任何一句不合时宜的话，甚至任何一句玩笑，都可能导致人生急转直下。出身给我埋下的隐患，就如同不治之症一样，折磨着我的灵魂和肉体，让我痛苦愤怒，也让我不得不苟且偷生，时时不得安宁。

我逼视自己的内心。我的这些话，也只能偷偷地说给自己听，甚至对妻女，也不敢贸然大胆地说出来。倒不是怕她们背叛我，我深知，妻子是个理性的女人，也是我最爱的人，可由于我的冒失，已经打乱了她们应该享受的既定生活，现如今，我还有什么理由和权力再毁灭她们的未来呢？

那些日子，我几乎无处释放自己的痛苦。我时常会把自己逼进伸手不见五指的万丈深渊中，苦苦地思索。思索过后，还是看不到光亮。

我心里病了。

在家里如此，妻子和孩子们都小心翼翼地绕开我，生怕稍有不慎，撞到了我这个装满了汽油的爆炸物上。

在我感到无路可走的时候，最终还是把目光盯在了养母留下的金戒指上。

我无可奈何地对妻子说，我本不想动这些东西的，好歹它们也是老人家给我留下的念想……看来事到如今，也只好把这些东西都送给他们了，给了他们，也许就不会有这么多的磨难了，他们说不定不会让我一直绝望地等下去了。

我想起上次去公安局，负责我案子的大张在闲聊中跟我说："我说大经理呀，事到如今，你还老来催我们，其实，我们比你都着急呢……你自己不急，我们又有什么办法？"我着实琢磨了好久，才觉得自己明白了真正的意思。

原来关于日本战争遗留孤儿身份确认的事情是这样的程序：个人提出申请后，经过公安机关审查确认，才可以报给日本的厚生劳动省。日本的厚生劳动省再次审查之后，经双方一致确认同意，同时提出，这个人才会被双方政府认定。

无论是中国还是日本，单方的承认都是无效的。

我的事情好像是有了希望，可是，因为我的愚钝，还是暂时被卡住了。具体卡在了哪里？没人明说给我，就得靠自己去猜、去感悟、去行动才行。

妻子沉默了一下，看了看我，然后很担心地对我说，不然我们再托人问问吧，千万不要有过激的行为啊。也许已经到了最关键的时刻了,话是怎么说的来着?呵呵,这也许是黎明前的黑暗吧!

我知道她是想化解我心中的忧虑,但我心情焦躁,不但没领情,反而反唇相讥:"你不要在那里做白日梦了!他们是在暗示我,你还看不出来吗?……逼急了我,就给他来个同归于尽好了。"

我恶狠狠地说,好像这样说说狠话,愤怒就发泄了一样。

"你怎么会这样想别人?是不是过于极端了?"

坦白地说,在看不到光明的漫长时段里,老实人可能也会因被逼而最终走向极端。我说不定也会有狗急跳墙的那一天。这不单单是一句气话,我的心里真的是烦透了。

妻子略显局促不安地嘀咕着:"你还不承认呢?看看你的眼睛都红了,整日里简直充满了杀气,吓得孩子都不敢靠近你啦。"

"看你夸张得,我有这么严重吗?"

妻子笑道,别说是我冤枉了你,自己照镜子看看去吧!

她见我有了笑脸,开始唠叨起来:"人的一生,谁都会碰到委屈和不公的。你若怨恨,生活处处可憎;你若感恩,世间处处可爱。不信,你自己去品品嘛,是不是这个道理。"

她嗔笑着,我们在哪里还不是一样呢?任何时候都要善待自己,看你现在这个样子,我说心里话,真的是很心疼的。

我没有再说什么,只是默默地搂住了她的肩膀。好久没有这样亲昵过了。

"你今天好好在家里想想吧,我们都不会打搅你。"

"你要去哪里?"

她从我的臂弯里挣脱出去，我有点舍不得她走开。那一阵子，我想一个人安静，又很怕一个人的孤独。

"我今天跟人约好了，要去采访。"

我疲倦地躺下来，把双手枕在脑袋下，仰视着白色的天花板，反省着自己。我很疲惫，也很痛苦，一路走过来很委屈，真的是谢谢她的理解，谢谢她的安抚。

我很庆幸，在家人的劝导和小心翼翼的陪伴下，自己没有干出傻事来。人生这一段黑暗的日子，我从来不喜欢跟人谈及。随着生活的逐渐改变，那一段日子已经不重要了，我把它深锁在了自己的心底。

在无奈中又熬过了几个月后，一个相当普通的下午，也不记得那天是晴天还是在下雨，只是我心里阳光普照，非常温暖。

——我接到了来自公安局的电话。终于有了通知：我被确认为日本战争遗留孤儿了。公安局还通知了我去日本寻亲的具体日子。

那天我的第一个反应就是：还干什么工作？我终于熬出头了。

我立马去经理室。总经理不在，我就跟办公室的白萍撒谎说，现在我要去趟客户那里。

走出火柴盒式样的进出口公司大楼，我深深地吸了一口气，夸赞地对自己说："你真行！你终于成功了！"

我无心去办任何事，转头就回了家。

当时，只有妻子一人在家。我把这个消息告诉她后，她已经是激动得难以平静了。

"我们要好好地感谢香姐,没有她去做证,不会这么快的!"

我听不懂妻子的话,问道:"到底是怎么回事?"

妻子一五一十地告诉了我她去找过香姐,以及香姐去公安局做证的整个经过。

"天啊,我还在家乱发脾气呢,真是难为你们了!"

那一刻,我终于撕下所谓男子汉大丈夫的尊严,一头扑倒在妻子的怀里,抑制不住地低泣起来。想起寻亲过程中的事……这件事折磨得我好苦,好苦啊。

十四

这个消息的不期而至,让我感慨人生的无常。

事情竟然会在转瞬之间就发生了一百八十度的大逆转,这是我始料未及的。看来我对公安兄弟们的猜想和抱怨还真不够公平,我跟妻子检讨:"看来,我冤枉了大张他们,是我小肚鸡肠啦。"

"就是嘛。"妻子把手上的面粉涂抹在我的鼻子上,"也千万不要忘了香姐的功劳呀。"

我郑重地点头,表示同意。

我俩一边做饭,一边开始商量下一步该怎么办。

是呀,看来说走就得走啦。突然间还有点留恋起来了,看看屋子里的东西,件件都是有出处的,样样都倾注着我们的心血。

我走到卧室,对着养父母的遗像拜了又拜。没有他们的养育之恩,又怎会有我的今天呢?

就仿佛是昨日心头的雾霾还没有完全散去,今天就清风送爽、阳光普照了,我都来不及适应了。

看来，我不再是凭空想象，不再是做白日梦了。我想，我就要看到妈妈了。明明是年近五十的人了，那阵子，我却像个三岁的顽童一样，一个人想着想着就会偷偷地笑起来，甚至在梦中还笑得花枝乱颤呢，以至于被身旁的妻子给推醒了："你这是怎么了？赶快翻个身！"

"看来我们真的就要去日本了。我们是不是需要重新规划一下生活？"早饭前，我郑重地向妻子宣布。

妻子一个人坐在那里，不为所动，默默地享受着她的早餐：半碗大米饭、一碗炖豆角，还有一杯雀巢咖啡。

由于过度的兴奋，我昨晚失眠了，今早也没有食欲。

我在房间里踱着步，一边和妻子商量，一边歪头审视着这个十多年来好不容易才经营起来的家。要说没有多少留恋那是假的，只是那时候，我一心想着将来未知的生活。

未知的东西总是对人充满了诱惑。我还像沉浸在美妙的梦中，尚未醒来一样。

"看着你来回走啊走的，我头都发晕，你能不能过来，坐下来安静一会儿？吃不下去，也趁热喝几口咖啡，好吗？"

妻子微笑着，打量着我，冲我举起了她的咖啡杯。她有点茫然地问道："到了日本以后，你对我们将来的生活就那么有把握吗？你估摸着能找到亲人吗？"

我听完一愣，赶紧停步，迟疑地说："把握说不上，不过我觉得，生活上应该是不会有问题的。"

妻子咯咯地笑起来，把筷子一拍，放在桌子上："不要假装没问题吧，因为结果是不会陪我们演戏的。"

她怎么会说出这样的话来？我寻思着，有些无话可说。本来大好的心情，好像一下子被她给泼了盆凉水，非常不爽。

我懒得理她，进卧室拿起外衣，头也不回地下楼去了。

我先是在马路上漫不经心地晃荡了一会儿，觉得怪无聊的，就拐进了一条街，去了儿童公园旁边的早市。看看时间还来得及，早市还没有撤呢，我就在卖菜的摊位旁站了一会儿，又去卖小吃的那儿看看排队等着喝豆腐脑的人。我也情不自禁地要了三个清真的油炸糕，喝了一碗鸡蛋榛蘑豆腐脑。

当时真没有感觉这些东西有多宝贵，去日本后，才知道那里根本就没有这样的早市，更没有油炸糕、豆腐脑、油条、煎饼、豌豆角……这些好吃的、我打小就吃惯了的东西，在日本，不专门去中国商店是根本买不到的。

中国的早市，也就相当于日本的便利店啦。后来我体会到，无论是早市还是便利店，都属于那里人长期习惯的产物，不必强求，只能说各有各的优势。

其实，我迫切想去日本的目的，一时也是说不清的。

在我五十岁的生命里，生母常驻在我的心里，这么多年来，她一直在我的世界里若隐若现。我不敢对人讲生母一直在我心里占据着最重要的位置，就算我能放得下天地，放得下世间万物，却从未放下过她。只要我还在这世上，只要我还能思索，她就一直让我着迷，让我牵挂着。为了母亲，我也要回去。这想法，有时压得我心痛，压得我喘不上气来。

有一次我和妻子在一起讨论的时候，对妻子说："日本人是不兴啃老的，我只是思念亲人，我们最好甭想他们将来会帮到我们什么。日本人的亲情，不像这里的……也可以说，跟这里是大相径庭的，最好咱们现在就打消这个念头，省得以后失望。"

妻子听罢，瞪了我一眼，一脸严肃，淡淡地说："你误解我了，我不是那个意思。我是说……"

其实，我懂得妻子的意思，让她打消念头，不只是给她，更是给我自己在打预防针呢。

我只好讨饶："我这是在警告自己呢，怎么会说您？您的为人和品德我是知道的，正因为这个，我当年才找的您嘛。"

"这还差不多。"妻子咯咯直笑，"还'您''您'的，这么懂礼貌啦。"说完，她还有点不好意思，出乎我意料地红了脸。

我开始尝到表扬别人给人给己带来的愉悦，从此就开始经常讨好地逗她："能找到你，真是我人生的一大幸事。"

终于有一天，她有点识破了我："你的嘴怎么会突然变得这么甜了？你在忽悠我吧？"

"我哪敢？我是实事求是。"

妻子还是怀疑地打量了我一会，小声嘀咕着："这两天，这两孩子有点不安心了，昨天还问我咱们什么时候可以走。"

"那可不好，你怎么说的？"

"我能说什么？我最担心的就是影响了她们俩。"

"就是。"我附和着。

她歪头看看我，好像突然想起了什么，认真地问："你现在还做那个奇怪的梦吗？"

我摇头，哄她："现在好了，不做了。"

其实，我还在做着梦，和从前大致相同的怪梦。我不想让她替我担心，就说了谎。

我也知道，世界上任何感情都可能发生变化，唯有母亲与孩子之间的感情是不会变的。

已经过去这么久了，令我不解的是，生母为什么总是在我的梦里出现？而且还总是那个相同的场面，她抱着我，我依偎着她。我能听见她的心跳，还能闻到她的气息。奇怪的是，她从来不跟我说话，总是用忧愁的目光看着我。她的眼神，让我只感觉到一股微微的伤感。那眼神永远不能与养母的相比，养母喜欢一直笑眯眯地看我，用她的体温温暖我，我有难处时，第一个想到的就会是她——我的养母。

我与生母的每次"见面"，都会以我被抢走的场面结束。她不出声，就是疯了般地扑过来抓我。我很惊异，觉得她不可理解。明明感觉我就要被她抢回去了，她又会突然撒了手。她为什么总也抓不到我呢？……我哭喊着，看到了她在空中挥舞着的长臂，白白的、细细的，不像有力气的那种人。我也看到了生母的脚，不是养母那样的小脚，而是双大脚，穿着黑色圆口皮鞋的大脚。

人们不让她靠近我，七手八脚地把她按在椅子上。我大声号叫，希望她再冲过来，可是，我始终没有看到下一个动作，就被抱走了。

也不记得究竟是谁抱走了我，只记得，从那以后，我再没有见到过生母。我跟她的缘分，似乎永远地定格在了那一刻，不记得她的模样，却记得她特殊的体香，像一个永远弥漫在我心头的欲望，甜甜糯糯的，怎么吸也不腻的那种。半个世纪来，这场面和味道，都深深地刻在了我的心里。

我实在无法解释这个跟了我半个世纪的怪梦,生母的这一举动,让我好久都对她耿耿于怀。为什么她不把我带在身边呢?如果是养母,她肯定不会抛弃我的。养母她是宁可自己忍受一切苦难,也不会抛弃我、让我受罪的。

这一点我坚信无疑。

无论她怎样,我想,我还是非常想见到她。她和我分别以后,又经历过什么?她现在和谁住在一起?有什么样的生活方式?我们彼此能够合得来吗?……

按照照片上的年龄推算,现在,生母应该七十多岁了。据说日本人长寿,但愿她还是很美丽很健康的。我在心里为她祈祷着。

我见了她,一定要让她帮我解开那个谜一样的怪梦,跟随了我半个世纪的噩梦。它缠绕得我心里透不过气来,我又不敢对任何人说——我下意识地明白,对她的想念是不能讲的,只能埋在心里。心里的秘密多了,也是会疼的、会累的,更会度日如年。

现在,我和妻女经常聊到的话题就是日本。

妻女只是听,很少阐释自己的观点。我一直处在兴奋期,或许是因为这个梦我做了太久的时间,真的太久。

妻子会善意地嘲笑我:"你怎么一下子变成话痨了?"

现如今,她说什么我都不会生气了,因为我怀揣着美好的期盼,正等待着奔向远方呢,哪还有心思和她生气?

有时,我心里也会升起一种对"故乡"的憧憬来,虽然印象全是来自想象,还有平日里在报刊上看到的、让我一知半解的对日本的介绍。我可以把这些内容眉飞色舞地讲给家人听,就好像我真的在那里生活过一样。

有一天我正滔滔不绝地讲着,小女儿问我:"爸爸,你小时候写过有关故乡的作文吗?"

"当然写过啦。"

"那你告诉我,你是怎么写的?你有两个故乡对吧?哪一个故乡在你心中最重要呢?"

我突然愣在了那里。是啊,究竟哪一个故乡,才是我心目中的家呢?

我感觉,故乡是美好的想象,是一个游子的心灵渴望的归宿。然而,故乡也会是个情感的陷阱,这一点,被我给忽视了。

关于故乡的感受,来到日本后,我才深切地感悟到。

在接下来的日子里,我完全无心工作,每天只是人到单位去报个到,看看工作进展情况。我有意地安排着接班人,好不容易混上的经理位子,准备让出去啦。

那时候,前途和功利,这一切对我都失去了诱惑力。

那年的九月,我作为黑龙江省寻亲团的团长,带领着六十二名跟我有着同样命运的日本遗留孤儿,在中日两国政府的安排下,去日本做为期两周的寻亲访问。

两周时间,我们的行程安排是很紧凑的,不但去了大阪、神户、京都和奈良,也参观了电视台、工厂和学校。我们每到一处,都会受到欢迎,得到很多新奇的礼物。

那时候,中国的经济尚在改革的起步阶段,与日本相比,难免还有所差距。因此,我们到哪里都会感到新奇。特别值得一提的是，感觉日本特别干净，不管在东京这种大城市还是在乡村小镇，街道永远是干干净净的。没有人声喧嚣嘈杂，到处是花红柳绿，路边的长凳上坐着安安静静的老人，他们带着可爱的宠物。

这种生活环境让我心态平和，有种远离浮躁的祥和。

不知道是因为第一次来还是其他的原因，总之，在日本的日子里，我感到很舒服也很快乐。

日本人见了面点头哈腰，总给人一种非常谦和的感觉。无论在街上还是在车里，都没有大声喧哗的现象，甚至连大声打电话的也没有。

第一次走进日本，和日本近距离接触，就像是独自在空气新鲜、美丽宁静的小路上散步一样，非常舒适。人与人和平相处，彼此不争不扰。任凭岁月怎样无情，在这里也听不到暴躁粗鲁的谩骂声。还没有融入这里，我就已经被日本的彬彬有礼、井然有序给征服了。

没有呼唤，也没有号召，更没有逼迫，我们就迷上了日本。

我们被安排在东京的代代木宾馆里。这里的院落干净宽敞，路边有成排的银杏树。据说，挺拔高大的银杏树，是东京都的都树。

我们对面是成排的一栋栋办公大楼，夜幕降临时，灯光闪烁耀眼，真不愧为世界级的豪华大都市呀。

我们的周围处处弥漫着亲情，处处是我们陌生而又渴望的感人场面。在这样的空气里，没有语言，但我们心里都有同一个声音，在等待着自己的亲人出现。

我也希望我的生母会突然间降临。我无时无刻不在幻想着她突然来到这里,我和她紧紧相拥,我和她倾诉思念之苦,我和她掩面哭泣的场景……

事实却是:我局促不安地等待了两周,我日思夜想的生母,她一直都没有出现。

十五

现在想想，1996年的秋天是我在哈尔滨度过的最后一个秋天，也是我此生在我的第二故乡最后的深秋。

此后，我曾多次返回哈尔滨，给养父母扫墓，都是选在明媚爽朗的夏天回去的。我喜欢这个美丽的故乡，又害怕故乡的寒冷。这是我今生不再选择冬天回故乡的原因。

从日本回到哈尔滨之后，没有找到我的亲生母亲这件事一时令我不甘、不安，然而这种不快的情绪很快就被马上就要去日本生活的诱惑给冲淡了。

我喜欢日本，想去那里生活的梦想就在眼前，似乎就要变成现实了，甚至可以说已经唾手可得了。

这时候，我和妻子经常会谈到去日本生活的话题。那天，孩子们也在家，我又开始很兴奋地跟妻子讲去日本的所见所闻，她似听非听的，并不搭腔，一口接一口地品她的咖啡，还好像是在偷偷地笑我。

我有点尴尬，耸耸肩，扭过头去，用询问的目光看着她：

"你好像不太喜欢日本?"

我叹着气想,自从着手办这件事情起,已经三年多了。其实,在去日本生活这件事上,如果没有妻子和孩子们的配合,我会感到很寂寞,也会索然无味的,一个人去那里有什么意思呢?如果是全家去,到那里能过上比目前好的生活的话……这种考虑,毕竟不是为了我一个人,我希望妻子能够体会,能够理解我的本意。

妻子先是苦笑了一下,然后略显疲惫地坐到我身边,语重心长地说:"我觉得,作为一个人,你想知道自己的亲生父母是谁,这是最正常不过的,也是无可厚非的。我鼓励你去寻找给了你生命的人,我懂得血缘对一个人的重要性,这个不成问题。可是,现在我们全家要去日本定居,这可不是儿戏呀,想到这个,我心里不知为什么就会发慌、发堵……真的不知道将来会遇到什么问题。"

"你不要有这么重的负担,不是还有我吗?"

"你?"妻子用近乎讥讽的目光扫了我一眼,不屑地撇着嘴角慢慢地说,"中日两国,从历史上来说,就是互相满怀着仇恨的……中国人把中日关系放在政治框架里来考虑,而日本人则试图在文化框架中解释中日外交。这些你不会不知道,不会没有看到吧?就历史问题而言,中国人会把它看成政治问题,而日本人则在心理问题、文化学术框架下解释他们的行为。这最后导致的只能是矛盾一步步地升级,所以相互不理解也只能一步步升级。我们这些无辜的人,我们这些小草一样的平民百姓,夹在中间过日子的滋味可想而知……"

她说完最后一句话,还做了一个狠狠的手势,就像要掐断什么的样子。妻子这个举动我也是第一次见到，觉得陌生，更有点恐惧。我不敢看她的眼睛，她让我联想到我是日本鬼子的后代。这种罪恶感又奇怪地折磨起我来。

我是两国政府认定的遗孤，我也是战争的受害者，既不是战犯，又不是叛逃者……她至于吗？我看着她，心里有点愤愤然。

她看我激动得脸也涨红了，就对我说："我可不是危言耸听啊，历史上这样的事情多去了。我再跟你说一件事情……将来我们去了日本，你入不入日本籍？入了日本籍，对于中国来讲，你从此就是个外国人了，你的国籍被更换；对于日本，那是你自己的祖国，然而在你的日本同胞的眼里，除了国籍以外，从语言到习惯，从内到外，不论是礼节还是文化内涵，你都会与日本人那么格格不入。我今天就把话说到这里，不信你就试试看吧……"

对她的言论，我不但感到刺耳，还有点不耐烦起来。理倒是这么个理，不过，说穿了还是很残酷的啊。

"让我好好地想一想吧，我不想和你继续讨论这个话题了。"

在这个问题上，妻子有她的理由，我有我的主意。我想，她的顾虑是可以理解的，因为她那时候毕竟还没有亲自去过日本嘛，对那里不了解，她是全凭想象。也许，去了，看到了，体会到以后，她会发觉情况并非像她说得那么悲观呢。

这时候，我的两个女儿也闯了进来，开始帮起腔来。

文心站在我的立场，开始撒起娇来："爸爸，我想去那里，我们到底什么时候能如愿呢？我都好像有点等不及了……"

文美不高兴地表态："我可不想做汉奸，被大家骂。我不想去！"

"你说的这是什么话？"

文美不想回答我，她扔下那句话后就转身摔门进了她的房间。

我望着她的身影和那扇冰冷的关闭的房门，只感到我做父亲的权威受到了挑衅。

"先生，我说你先压压火，不要把眼睛瞪得那么大，好吗？你先看看这个。"

我不耐烦地扫了一眼妻子递过来的报纸。上面介绍了1992年一个名为"全国小学德育研究会"的组织出的一套内部发行的丛书。书中有大量关于西方国家和西方制度的描述，也有有关日本的真人真事。其中有一篇文章是这样写的："丰田的管理窍门，就是尽可能减少工人的休息。在传送带面前，工人在劳动时间内所拥有的正常休息，都被作为浪费而剥夺了。"

当然，除了这些，妻子又像变魔术似的拿出了很多有关日本人如何残虐、如何冷酷的文章来。

这时候，我多少明白了文美产生负面情绪的原因。

这说明孩子们都长大了，她们开始用自己的头脑思考问题了。我们做家长的，也不能再像从前那样，简单粗暴地处理问题了。

去日本，她们暂时还是要和我们同行的。如果到日本以后，到了她们自立的年龄时，她们不想继续留在那里，我们也会尊重她们的选择。

我们全家都开始行动，先是各自整理东西。其实，我已经无数次地跟家人讲过，大家除了把自己安全健康地带到日本去，别的任何东西都是没有必要带的。

女儿们知道了她们将来会来去自由，便没有了压力。现在，她们只渴望着异国他乡的故事，渴望着新的生活。她们有点兴奋，不断地跑过来，问："爸爸，这本书可以带吗？""爸爸，我们去了不会日语怎么上学呀？""爸爸，我想把我最喜欢的毛领呢子大衣带去，你看行吗？"

我寻思了一下，和她们商量着说，那儿的冬天很暖和，估计是用不着的，还是不要带了吧？

"这可是妈妈去苏联采访时，给我们带回来的，不带过去太可惜了吧？你看，我和姐姐都没有舍得穿过呢。"

看着文心几近哀求的目光，我无话可说了，我懂得孩子们的心理。我只好弯下腰去，帮着文心把她的心爱的毛领大衣装进了大皮包里。

时至今日，我们从中国离开时带来的毛皮大衣，御冬的皮帽、厚衣服，一次也没有上过身。不是舍不得，而是，这里的天气不给我们机会穿啊！

最后，这些曾经的宝贝，不舍得上身的好看衣服，在东京存放了几年之后，还是送给了来访的国内朋友。所以啊，喜欢的东西就要赶快享受才对，过了期限，也会像过了赏味期的食物一样变味，即便送人，人家也未必喜欢这些过时的老样子。

我们尽量地简装，还是除了随身携带的两个大皮箱以外又多了三个包裹。妻子执意邮走了一箱木耳和两箱子书。

看着她像个指挥官一样指挥着我们大家，我除了心疼，也知道苦日子过惯了的她总担心一家人去了日本后马上面临的就是吃啊喝啊这些实际问题。柴米油盐酱醋茶，毕竟是开门过日子的根本所在。

临行前托人在大兴安岭买来了五斤好的木耳，所谓好，也就是木耳不用硫酸镁浸泡。弄不明白的是，好好的木耳，为什么非要让硫酸镁泡，让人吃起来不放心呢？

结果海关不给邮寄。我们只好托邮局的局长帮忙。那位局长曾经是妻子的同学，他很卖力地帮着找了人，东西痛快地邮走了。

到了日本后才发现，一朵朵的大黑木耳，全部成了黑炭渣渣了。真不知道是哪一个环节出了问题。

在那段准备回日本的忙碌日子里，我一直牵挂着两个人，这两个人都是我生命中最重要的恩人：一位是我知书达理的老岳母，另一位就是香姐。我得承认，没有这两个人的帮助，我是不会有今天的。

我选了几件寻亲时从日本带回来的稀奇玩意儿，先去看我的岳母。那时候，岳父已经去世十多年了，身患重病的岳母一直住在妻姐家里。

聊过天之后，我故作轻松地对岳母说，妈，我们就快走了。

老人向我点点头，很平静地说："嗯，这事我知道。"

"您不用惦念我们，过个一年半载的，我们就回来看您老人家，或者接您去和我们一起住。"

岳母断然摆摆手。虽然悲伤溢于言表，那一刻，她还是说出了让我震惊的话："我在这儿，你们就不用惦念了，只要你们过好了，我就高兴。在日本做事，也一定要认真，特别是刚开始的时候，别给日本人留下坏印象……"

岳母给我讲述了一段她小时候的经历。

岳母说,她很小的时候,十一二岁的时候吧,为了帮助落魄的家里,便去了一个日本人家当帮佣。

起初,她只是帮着洗洗刷刷地干些粗活,有时还帮着带带小孩子。那个小孩子当时只有两三岁的样子,是个漂亮的小女孩。

"日本主妇,在没有确定你的品行之前,常常会不经意地使用很多办法来考验你。比方说,她会在家里的地上、墙角处故意乱丢下些零钱,你不要以为她是真的忘记了,那是她在有意考验你呢。"我的老岳母绘声绘色地回忆着往事。

"有时候,她还会故意拿些花花绿绿的好吃的零食来,让我拿给她的女儿吃。其实,她也在细心地观察,我会不会偷吃那些孩子们都喜欢吃的零食……"

老岳母侧过头来,露出一丝微笑,对我们说,咱们虽人穷,志不短啊,这是我很小就懂得的道理。

"让她考验过后,真正地对你放心之后,日本人才会从心里信任你的。得到他们的信任以后,她会很尊敬你、喜欢你。她也会主动大方地把各种新奇的东西送给我,让我带回家去呢。"

老岳母说:"其实啊,有的日本人是很懂礼貌的。你们去了,不要破坏了他们的规矩,你们好好干,他们是不会主动欺负你们的。这个我放心,只要你们做好了自己的事,我相信,你们将来的日子在那儿,会不错的。至于我,都七十岁了,不用你们挂念了——这不是还有你姐姐吗,你们走你们的,不必惦念我,只要你们好,我怎样都是可以的,我在哪儿也都一样……

"记住,想要别人对你好,你就要先对别人好。跟日本人发生矛盾的时候，你们不要老想日本人怎么这么坏，总和你过不去。咱们要先想想，我哪里做得不够好？这样才会进步。"

我认真耐心地听着，感觉岳母平日里是个不善言谈的人，今天的话则说到了我的软肋上。一番教导之后，我对老人家更是刮目相看了，我心里对她充满了崇敬，只想好好地感谢她。

可是，事实上，我除了眼眶发潮发热以外，依旧一动不动地坐在椅子上，嘴唇紧抿，显出一脸的木讷来。

我看见妻子示意我走过去抱抱老岳母。我笑了笑，却不知为何动弹不得。我也明白她的意思，赶快移开了目光，微笑着，可神情依旧严肃地说："谢谢您了，老妈。"

我既没有说说对她老人家充满感激的肺腑之言，也没有走过去给宽宏大度的她一个感恩的拥抱，这是我一生的困惑、一生的悔恨。我总是在做些不合情理的、令自己懊悔的事。

后来的日子里，我发现事实确实如岳母的话一般。那些忠告无形中给了我以及我的家人很大的警醒和帮助，也让我们受益匪浅。

我们全家人常常会在一起念叨老岳母说过的那些话。

没有料到的是，当年那一别，便成了我和岳母及妻姐的永久之别。她们没有等到我回去看她们，就永远地离开了我们，离开了这个世界。

每当夜阑人静，我躺在床上睡不着时，就会感慨，人生万事难料啊！

十六

在一个阳光明媚而又幽静的上午，我久久凝视着从牛皮纸袋中倾囊而出的金戒指们，看着它们在阳光下金灿灿地躺在桌面上，闪烁着耀眼的光芒。

金戒指们似乎在嬉笑着，争先恐后地向我述说着它们已经被暗藏了多年的经历。如今，终于暴露在光天化日之下后，它们依旧风采不减，它们各有各的故事，也各有各的能力和优势。是金子在哪里都会发光，现在感觉到此话真的是一点不假。

这是养父母留给我的，总共八个，而且是真正的四个九的、足金足两的、正宗的老东祥金店的产品。

现在，我把它们统统倒出来，摆放在阳光闪烁的一张白纸上，悉心地欣赏着它们。我歪着头，着迷地看着。金戒指仿佛也明白我的心思一样，在阳光下快活地闪跳着，与我共享着这美好的时光。

妻子悄悄地走过来，在我的耳边俯下身来，轻柔地要我帮她去把大衣柜上的东西拿下来。她看见了桌上的戒指，不解地瞪圆了眼睛："你这是要干吗？"

"我想把它们给分了。"说这话的时候,我很难过,内心不由得一阵酸楚——不是由于贪财舍不得,而是感觉我即将要分支养母的爱一样,这令我不舍,令我心疼。

"你不是疯了吧?"妻子沉默了一会儿,继续不解地追问我,"你要把它们分给谁啊?"

"我很清醒,这四个给你。"我不慌不忙地说着,用手从戒指中分出一半,慢慢地推到她的面前。

她脸色苍白起来,激动地重复着说:"不要,不要,我可不要!你给我听明白了啊,我可不是贪婪的人,你也不应该这样对待它们。你这样做,是亵渎咱妈,你懂吗?"

我不理睬她甩给我的过激的语言,只是一味地讲述着自己的主张:"我这一半,并不是全给你的。你和孩子们每人留下一枚,做个纪念吧。孩子们将来结婚了,戴上它,就会想起奶奶来。还有一个嘛,你替我给我老岳母戴上,就算是我的一份心意好了。你也知道,我这个人很木讷,不会说什么好听的话,这件事就拜托你了,好吗?"

只见妻子的手颤抖了一下,她好像弄懂了我的心意。不过,她还是认真地思索了良久,才慢吞吞地说:"噢,原来是这样。说实话,你这样说说,就已经让我很感动了,不过,也让我很难过。看到这些东西,就会让我想起咱妈和她的良苦用心来……"

那一刻,我也很激动,控制不住地转身把她揽在怀里,深沉地拍拍她的后背,轻声对她说:"谢谢你,我明白你的心情。来,先坐下,我还有事要和你商量呢。"

她乖乖地坐下来,眼睛里满是疑问地打量着我:"说吧!"

"你看，剩下的这四个，我是想把它们……"

"想什么？依我看，这四个应该给香姐和金子姐送去，对吗？"妻子打断我，目光犀利地看着我。

真是应了那句话，知夫莫如妻！我一时很感动，眼睛一亮："你怎么就知道我的心思呢？我确实是想给她们的。"

被夸奖的她羞涩地微笑着，用食指点了一下我的脑门："这还用问吗？人家香姐当年如果昧着良心不给你，你不是也不会知道吗？这是做人最基本的准则呀。"

妻子这个女人，让我刮目相看了，我扳起她的脸来，狠狠地亲吻着她。她发出一阵轻松愉悦的咯咯声来。

久违了的亲昵，久违了的笑声。欢声笑语在我们这个即将舍弃的小家里，肆无忌惮地回荡起来。

"你真好，你真好。"我衷心地表扬着她，语无伦次地诉说着心里温暖甜蜜的爱意。

小的时候，常听养母念叨，这人呐，心中有多少恩，就会有多少福！那时候，我似懂非懂，也不大相信母亲这话里的含义。在人生路上走过这么多年以后，我越来越相信了。

周六下午，我提前打了电话。和香姐约定后，我先去了她家，然后，我们又一起去肿瘤医院看望了金子姐。

本来我想与妻子一起去的，妻子解释说，这种事还是我一个人去办为好，省得让香姐感到不好意思、不舒服。她又嘱咐我说："你用心记好是哪一个病房，以后我们俩再一起去看金子姐。"

我琢磨着她的话有些道理，就答应一个人去，先把金戒指送过去。

午饭后,我按约定到了香姐家。

她们家动迁以后租住的这套房子不但狭小,光线也很阴暗。空气中散发着难闻的发霉气味,而且味道很湿很重,可能是平房更加接地气的原因吧。

我进屋后,香姐赶忙打开了荧光灯,因为厨房里根本就没有窗子,即便是大白天,也是没有一丝亮光的。

我走进阴暗的房间,问道:"姐夫在家吗?"香姐应承着:"你快坐下吧,他这几天不在,家里就我一个人。"我听罢,心里禁不住有了个问号,怎么哪一次来这里,都是这样的解释呢?

我怎么一直都没有见到过姐夫呢?想想直接这样问过去有些不妥,话到嘴边了,我又把它咽了回去,不过,心里觉得这事有点怪。

我和香姐唠了一会家常后,便直奔主题。因为我不想在潮湿的房间里久待,还要抓紧时间去肿瘤医院看金子姐呢。

"香姐,我走之前,想大家在一起聚聚。您看什么时候方便?带上姐夫一起去吧。时间您自己选,地方我来定,怎么样?"

"这么说,你们都准备妥了吧?"

"差不多了。"

"我也没能帮上你们什么忙,这不嘛,前几天去了趟佳木斯,前天晚上刚回来。"

香姐的脸上略显疲倦,她有点不好意思地开始打着哈欠,伸了伸懒腰。

"佳木斯?您全家下放的地方吗?那里现在还有什么人在吗?"

香姐听后，有点打蔫。她显得不像往日那么爱说话了，而是有点沉闷地点了点头。"唉，就算是吧。"

"去看老朋友？"我不解地追问着。

她没有直接回答我的这个疑问，而是故意岔开了话题。

"我看吃饭的事，咱们就免了吧。我这个人熟悉的还行，不熟的人要是凑到一块，我还真不知道该说什么好呢！到那场合，我会浑身都不舒服的。"

我赶紧跟她解释："姐，是这样，您看我这事情，从头到尾，多亏了有你们，不然是不可能办成的。我不说，您也知道的。您就给我这个机会吧，再说，也没有谁啊，都是自家人……我们都相处这么久了，您还一直都没有让我见过姐夫呢，我也要当面谢谢他啦。"

"他可是去不了。"香姐一时语塞，咕哝了一句，声音有点凄凉，还有点含糊不清。

我瞪大眼睛盯着香姐，不明白她的意思，希望她解释。

香姐看着光秃秃的白墙，那上面有几缕热茶的雾气在慢慢升腾着。几秒钟后，她像想说点什么似的张了张嘴巴。

我了解她的性格，她好像是在回避我的目光。

今天香姐的神态让我感到很陌生，让我觉得自己好像触碰了她的一个隐私一样。接下来，真不知该如何圆场是好了。还该不该再继续问下去呢？我犹豫了。

香姐想了想，把右手搭在额头前，手掌掩盖着她的面庞。她开始说话了，声音有点哽咽，显得很吃力、很无奈："他来不了，你姐夫他是不能去的。"她张开嘴巴又闭上，闭上后又艰难地张开，"他已经不能了。"她苦笑着挥挥手，说道。

"什么不能了?这到底是怎么一回事?"

"他已经是个废人了。"

我怔怔地看着香姐,琢磨着她这句话的真实意思。

姐夫他到底是怎么了?是病了,还是……

我突然惊出了一身冷汗,不敢继续瞎想下去了。

真没有想到,像香姐这么乐观的一个人,原来一样有着自己的苦痛。她的悲伤也许比我的还要多,可她从不说出来,还一直在帮着我。我有所触动,不想袖手旁观,更不想让她故作坚强地掩饰她的哀愁。

我继续问道:"姐姐,姐夫现在到底在哪里呢?"

香姐摆摆手,无声地苦笑起来。

我同情地哀求道:"姐姐,请你告诉我,这到底是怎么回事?你得让我知道,不然我是不会安心离开这里的。姐,求求你了!"

1966年,香姐的爸爸被批斗后,有很长一段时间,老人没了工作,全家下乡去了逊克农场做农工,在那里种了好几年的水稻。

那时候,由于金子姐已经结婚了,她就没有跟去,而是留在了哈尔滨。香姐当初还没有成家,就跟着家人去了农场。在那儿,她认识了一位比她小的北京知青,他名叫王志清。

转年的春天,在一次扑救野火行动中,香姐受了重伤。她和家人因祸得福,反而被允许暂时回到家乡哈尔滨养病。1968年秋,她康复后,又独自一人返回了逊克农场。

就在那一年的冬天,她和王志清确定了恋爱关系。她说,从恋爱那一天开始，自己就没有打算过再回哈尔滨，就想两个人，从此在农场那里安家过日子。

没承想，1969年的下半年，农场的年轻人都躁动起来了，原来工农兵学员要招生了。那个年月，作为知青的他们，除了这条路，暂时还看不到别的出路，他们看到了离开农村的唯一希望。

在这样的诱惑下，农场的知青个个摩拳擦掌，八仙过海各显神通地忙乎起来了。

香姐本来打算让姐夫先报名的，姐夫却说他爸爸是北京的"走资派"，到现在还没有解放呢，他完全没有资格、没有希望。于是他就让香姐报名试试看，还说，因为香姐有过救火的英勇表现，会更容易通过，走一个就等于是逃出去了一个呀。

香姐说，当年那里真的是太苦了。可是，农场里有六十几号人呢，只有一个名额，怎么就会轮到自己的头上呢？

当时农场的政委是位五十出头的粗鲁大汉，平时也是满脸的杀气，是很严肃、很难接近的一个人。不过，女生们私底下都在传说，别看他满脸的横肉，其实，他是很好色的。

香姐听过传闻，很害怕他，基本就没有跟他说过话。这次，为了她和志清的将来，是不得不去求他了。

那天，香姐收工回来后，洗了头发，换上了休闲的长裤和碎花布衬衫，正准备去约王志清时，王志清一头大汗地跑来找她，央求着："香儿，快去啊，听说现在就政委一个人在宿舍里呢……你快趁机去跟他说说上大学的事吧。说不定，这是个好机会。"

香姐怯怯地敲开了政委的宿舍门，政委先是一愣，然后很严肃又很客气地把她让进去。她心里防范着,就像小偷那样贴着边走进去,偷偷地打量着他。

政委看上去跟传闻不一样,他很和蔼,还给她让了座。

香姐当时感觉政委根本就不像大家说的那样,他还很平易近人呢,满脸堆笑地问她家在哪里,现在伤养得如何,在这里有什么要求……香姐听着,看着,说着,渐渐放松了下来。

这时候,政委又起身给她倒了一碗酸梅汤。

一开始,她还不好意思喝,政委就和蔼地命令她喝下去。香姐一仰脖"咕咚咚"全部喝下了,这才迷迷糊糊地想起来要谈的事:想去工农兵大学的事。

不知道为什么,没有多大功夫,香姐感到心里像着了火一样,热辣辣地难受起来了。她想喊,却喊不出声来了,她只好弯下腰,干呕起来……

后来,也不知道过了多久,她被哐当哐当的声音吵醒了,接着,就是志清的声音:"你们谈得很好吧?他好像是同意了?"

她没有吭声,内心感到很悚然,她很累,想睡觉。她睁开眼睛,眼睛发涩,很沉很沉。我这是在哪里呢?这是怎么了?一切的一切,她似乎都记不清了。

她也懒得去想,就是想睡。好困,好累啊。她立刻就又闭上了眼睛。

不久以后,香姐就莫名其妙地发现自己怀孕了。起先,她不敢说,只是紧紧地勒住了疯长的大肚子。她有点发晕,能做的,就是极力地控制自己的饭量,控制自己的肚子,不让它长大。

几个月后，香姐刚显怀时，接到通知：她被哈尔滨建筑工程学院录取了。

临行前，在政委的亲自操持下，香姐和王志清匆匆地结了婚。她很恶心政委的装模作样，也恶心自己的肮脏，她带着罪恶和逃避的心态匆匆地离开了农场。

到了大学刚刚三四个月，香姐就生下了一个女婴。万般无奈下，香姐只好重新又回到了农场。

看到还没有满月的女儿后，王志清似乎也明白了一切，他也只好愤恨地吞下了这一切的苦果。他知道香姐的为人，也清楚那个禽兽不如的政委的作风，悔不该，悔不该呀……

几天后，他神情焦躁，嘟嘟囔囔地要香姐回哈尔滨去。

香姐不依，他就暴躁地喊："你付出了这么大的代价，为的是什么？！……"

香姐感到对不起他，心碎了。

王志清也默默地哭了。

"你要是回去上学，我们就还有希望。你要是留下来，我们就真的是没了任何前途了。"

"那女儿怎么办？"

"我能养活，把孩子留下来。"

"你怎么养活？她还这么小……"

王志清听罢，立马又发起火来："我怎么就不能养活？你瞧不起我？"

王志清的眼睛，就像烧红的炭一样，定定地瞪着香姐。

香姐拗不过丈夫，只好乖乖地把女儿交给了从北京赶来的婆婆，一步三回头，不舍地重新回到了大学。

接下来的一年中,她曾经多次往返农场看望丈夫、女儿和婆婆。那时候,他们过得还不错。香姐也就安心地又返回了大学。

转年夏天,农场突然给香姐发来电报,电报上只有六个冰冷的字:速归,夫病,女亡。

香姐顿时就傻了。她把电话打到场部,值班的老杨告诉她,她婆婆走了快半年了,他们家只有志清和女儿两个人。

接下来,不管她再追问什么,老杨都说不知道,然后慌忙地挂断了电话。香姐不管不顾地再次拨打过去,已经无人再接她的电话了。

她只好无望地放下电话,交了话费钱,悻悻地走出了邮电局。

她不知道究竟发生了什么,一刻不停地赶到逊克后,被告知,她的女儿是自己玩耍时,不幸落水溺亡的。她的丈夫接受不了这样的打击,当时就跳起来,破口大骂政委,骂在场所有的人,他就像个疯子一般,嘴巴咕咕哝哝地、不停地骂着。

他疯了。

他们说,王志清拿着菜刀,开始时见谁砍谁,只好把他给捆了起来。他还是不消停,连骂带咬,大家没有办法制服他了,后来,只好把他送进了县城的精神病院。

不过,据说还有另一个版本:北京知青王志清,因不满农场领导,写了大字报,因此被戴上了"现行反革命"的帽子,被判了有期徒刑,后来出现精神分裂。领导考虑到全农场职工的安全,不得已才把他绑到了精神病院。

香姐跑到精神病院里看到丈夫时，他已经完全不认识她了。所有的委屈，所有的秘密，都在这个被冤屈的男人的肚子里，他已经不能正常、正确地宣泄出来了。

坐落在现实荒僻处的北大荒知青安养中心，有着这个世界上最后的再也走不出北大荒的人。王志清，也就是香姐的丈夫，最终也成了这些人中的一名，他也是没有走出北大荒的知青之一。

不仅仅是农场忘记了他，就连他的家人也渐渐忘记了他，更可怕的是，他自己，也不记得自己是谁了，更不晓得当年怎么就稀里糊涂地来到了这里。

只有香姐还记得他，她带着愧疚和赎罪的心里，把这个男人永远地刻在了心底。

香姐告诉我，姐夫至今还住在北大荒的精神病院里，香姐每年都会去看他两次，他已经不记得香姐是谁了，也不记得那段岁月，每天只会乐呵呵地冲着墙壁，念叨着："我有罪，我该死。"

王志清压根就不知道"文革"已经结束了。可怜的王志清，他还活在那个曾经的世界里……

如今，这些人也都变成了老人。

在佳木斯这样的东北腹地，这些老人一张口还依然带着特别浓重的北京腔、上海腔、天津腔。这里的很多人都不再能够复述自己的经历了，这些不同的乡音，也就成了唯一的标志他们来自异乡的印记。

这些知青再也没走出北大荒，我可怜的香姐，也因此再没有走出过她的爱情、她的悔恨和她的思念。

十七

香姐把她的秘密说出来后，我们沉默了好久。我真是没有想到，看上去这么乐观豁达的姐姐，曾经有着这样的不幸，而在这样的境况下，她还主动帮我。与她相比，我的遭遇简直不值一提。我很想安慰她，更想愧疚地对她说声"对不起"，可我又不知道该怎样劝慰她才好。

我向来不会安慰人，那一刻，只觉得房间里很闷热，觉得心口那里堵得慌。我从口袋里掏出手绢来擦了把脸上的汗，还是有很闷的感觉，就用手绢开始扇起风来，也解开了领扣。

我感觉有一种巨大的愤怒在心里燃烧起来……

"姐，你为什么不早说呢？"

"姐过去不告诉你，就是不想连累了你……现在都过去了，你不用为我伤感，也没有必要为这件事愤愤不平。那些阴损的人渣，现在也都得到了报应……"

香姐身子微微前倾，她故意装作轻松的样子，却又几度发出哭腔来。我看见，她的手在不断地抚摸着方桌玻璃台板的边缘，后来，索性两肘支在方桌上，克制住自己的情绪。她在断断续续地说着，我可以感觉到她内心曾经受到过致命的打击。她艰难地说着说着，渐渐变得冷静，就像是在给我讲述一段过往的历史，而她并不是那段历史中最悲剧的主角。

我静静地听着，听她诉说着过往。我很心疼香姐，却奇怪无法在她的脸上找到悲伤后的萎靡不振。

见我心痛地看着她，她话锋一转，神态庄重，一字一句慢吞吞地大声道：

"按说，我所遭遇的这一切，那也都是报应。

"细追下去，这要从你小时候说起。还记得你总是问我是谁从你妈妈的怀里把你给抢过来的吗？现在，香姐我就郑重地告诉你，那个人就是我呀！"

我听罢，惊恐地瞪圆了眼睛看着她，想判断是不是自己听错了。她当时也只不过是个比我大不了几岁的孩子啊！她怎么会……又怎么有那么大的力量呢？

我的第一个反应是香姐肯定是因为悲伤过度而糊涂了。

"你不要用这种眼神看我，我不是在胡说，这是事实。"

我惊讶的同时也有所触动，很想知道事情的经过。

香姐带着明显的嘲讽意味继续说："那时候我很小，大人们下不了手的事，就让我去干……我清楚地记得，俺娘是先让金子姐干的，她害怕，一个劲地往后缩，哭喊着就是不肯去。俺娘看你妈急得直搓手，小脚乱颤地在房间里直转悠，就一把拽着我过去抢你。我想，这还不简单吗？就一把将你亲妈推了个趔趄……刚把你抢过来，你就被俺妗子疯了般地给抱走了……"

香姐继续坦然道："姐实话告诉你，从那以后，也不是你一个人总做噩梦，姐其实和你一样，也会常常被这样的噩梦吓醒，只是我不敢跟你说。"

顷刻之间,我们姐弟俩的眼神仿佛达成了一种默契,那就是说出真相,不管这真相有多残酷,也不管这真相是否会伤害到我们自己,都要说出来,完完全全地释放自己。

我看着她,宽慰着:"姐,这也怨不得你。你不要自责。"

"我不需要你来安慰我,我知道,我这是咎由自取。"

她说着,脸上带着不好意思的笑,是自嘲吗?更像是很难堪的无奈。

她向我说了很多有关我生母的往事。

"你不知道你梦里的妈妈是什么样吧?而我知道。这听起来很残忍,不过,我说的是实话。我记得你妈妈当时的样子和她绝望的眼神,那是我不敢在梦里面对的。

"可是我就是真真切切地记得,你说怪不怪?说到这儿,我好像又闻到了那个春天傍晚的气息。

"妗子她没孩子,他们夫妻收养了你之后,你的亲妈来道外我们住的老地方找过你。你还记得道外十六道街那个大杂院吗?"

我摇摇头。

"呵呵,我给忘了,你那时候还不会走呢,你当然是不记得的。妗子怕你亲妈再来找你,自那以后,你们很快就搬到南岗去了。

"你的亲妈她不太会说中国话,她来找你的时候,也有点记不清我们当时的地点了,就在大院子里头,对一个一个人连比画带问的,瞎转悠着,大院里围了好多人看她。

"她一跛一跛地拖着脚走,好像很疲倦的样子。她一头短发,脸色白皙,下巴底下有一颗黑痣,一说话,那黑痣就跟着一动。她那天穿一件长袖灰色条子的上衣,那衣服跟咱们的衣服看着就不一样,紧紧裹着她的身子。跟你说心里话啊,姐感觉,你亲妈她长得不像那张照片上的模样,她在大院里,腰一直弯着,脑袋就像小鸡啄米一个样,不停地点着头。"

在香姐的描述中,我的心已经穿越到从前的那个傍晚:一瘸一拐的母亲,在大院里说着蹩脚的汉语,点头哈腰地求着众人。

"大家不明白缘由,只是能从她的发音上辨别出来她是个日本人。那时候日本刚投降不久,大家伙心里对小日本都憋着一口气呢,就不分青红皂白地围着她骂:'小日本!''日本鬼子滚回去!'

"她不明不白地依旧比画着,嗓子沙哑地嚷嚷着:'要,我的孩子,要,我的孩子。'"

这个场面又在我的脑海里勾画出来——我小时候经常在梦中看到的画面。香姐的描述真的和我的梦境吻合了!

"正好那天我们在大院里玩跳格子呢。她的话是怪声怪气的,引得我们都凑过去看。你这个日本妈妈没有认出来我,我倒是一下子就把她给认出来了。

"我怕她把你要回去,于是,撒腿就往家里跑,忙着去给家里的大人们报信儿。到家我就上气不接下气地喊,不好了,不好了,他亲妈来了!不好了,人家来要孩子了……

"我的本意是不想让你走,不想让她把你抱回去。因为你小时候很乖,我们大家伙都很喜欢你。"

香姐说到这里，冲我一笑。

"俺娘当时就吓得脚直颤，赶紧捂住了我的嘴，问我到底是咋回事。我就把这事一五一十地赶快告诉了俺娘和妗子。

"妗子听罢，一下子就吓毛了，六神无主。她们想把你给藏起来，可还没有想好呢，你亲妈就被老王家的丫蛋给带进屋来了……"

香姐叹着气，为我斟满茶水后，继续说："你亲妈好像是后悔了，她想把你要回去，可是，打那以后哇……"

我仿佛能预感到她接下来要说什么，急忙扭转了话题，问道："香姐，你知道她为什么要扔掉我吗？"

我十分困惑地提出了这个我始终不解的问题。

"这个我还真不知道，"香姐咬住嘴唇犹豫了一下，"这个咱不敢瞎说啊。不过呢，1945年光复那阵子，日本人战败后是很惨的，光道外区，就因为挨着船坞近，捡到日本小孩的中国人有很多呢。"

我赶紧打圆场说，嗯嗯，我其实也是有心无意地随口问问的。

"好，那我就接着跟你说吧。你们家怕在道外再住下去也不安全了，生怕不久以后，你亲妈还会来道外找你，我们的电料行和我们两家，就都搬到南岗的邮政街去了。"

"邮政街我记得。"我重复着，点点头，"就是亚细亚电影院那里吧？"

"对对对，这个你记得？"

"记得呢，那些年，我也不知道是怎么搞的，经常有病，可没少往下坎的省医院跑。记得很清楚，一到傍晚，我妈就要带着我去那个医院打针。"

香姐惊讶的目光渐渐变得柔和起来："连这些你还都记得？俺妗子真是没有白疼你呀。"

我脸一红，惭愧地笑了。

香姐满意地拍拍我，好像是忘记了自己的不幸和酸涩，意味深长地看着我说："在你临走之前，我想，我一定要把实话全都说给你，这样，我这辈子才能安心。我觉得，我的确是欠你们娘俩太多了。

"以前吧，自己过得顺利时，还没有什么感觉。但在我失去了自己的女儿之后，思来想去，到最后，总会回到同一个问题上来：都是我自己造的孽，我凭什么去指责别人，凭什么要求别人对我好呢？

"这个问题一直跟随着我，谴责着我，也折磨着我。还有你妈妈的那张脸，她的那双眼睛，让我一生都无法逃离。真的，我现在说的全都是真心话。"

"我知道，我也相信你，姐。"

香姐叹着气说，谢谢。

我们茫然对视，我和她一起沉默了好久，好久……

突然，她又控制不住地双肩抖动，恶狠狠地骂起自己来了。

我挖空心思地想了半天，还是告诉她说，香姐，这一切都不是你的错。虽然我说得很艰难，感到自己的心在怦怦地乱跳，但我真诚地想帮助她从荒谬的自责中解脱出来。

"你真的没有错，请不要拿历史的错误来惩罚自己，好吗？我们都是一样的，无力也无法左右历史。"

"我知道，我知道，但这些事情不说出来，我感觉会被压死的。今天我毫无保留地全都说给了你，我这心里头也就亮堂了。"

的确，在生活中，我们每个人的心中，都可能会积压着一些痛苦和委屈。这些不良的情绪，往往对应着一些不公平的事实，这些事实会随时光流逝，但很难从心中将它们彻底拔出。不过我们可以在未来，用更多温暖的行为去覆盖它们。

香姐那天不但使自己在陈述中得到了解脱，无形中也感染了我。

难以置信的是，那一晚，我也向她敞开了自己的心扉。那根从童年起就一直钉在我心里的刺，对亲子断裂的仇恨与抗拒，一直折磨了我好多年……成年以后，哪怕是自己也成了家，成为人父，我还一直深受其苦。

这根刺，其实就是我自己把它拍进去的。

心里想不开、有刺不可怕，但千万不要把心中的刺再往里拍，而要依靠自己的勇气把它拔出来才好。

更重要的是，千万不要总希望别人来替你拔刺。如果说最早种刺的是你的亲人和朋友，但到了后来，不断强化这根刺的则是你自己了。很简单，自己要学会拔出这根刺来。战争已经结束半个多世纪了，痛苦也该被我从心底清除掉了。日子我还要过下去的。我渴望被幸福和快乐包围的日子，可有时还是会下意识地让负面的情绪操纵自己。

这事说起来容易，做起来并不简单。我就是被自己的情绪牵着走过了大半生。

许久之后，香姐终于露出了她原有的微笑，有点不好意思地看着我说："我听弟弟的，今后，我也尽量让自己从烦恼中解脱出来。"

我对她说:"我们尽量地去想一些快乐的事情、幸福的事情。姐,你看这样好不好,在我走之前,我和你一起去看看姐夫,不然,我心里也是放不下的。"

"我看这次就算了,我这不是刚从佳木斯回来嘛,以后吧,我们找机会一起去。这件事,我答应你,好吧。你放心!"

我听从了香姐的劝解。但那次没能去佳木斯看姐夫这件事,成了我终生的遗憾。后来,我再也没有机会实现我的诺言了。

去看姐夫这件事就这样种在了我心里。在日本闲暇的时刻,我会突然想起那位没有见过面的姐夫来,感觉自己好像亏欠他。这真让我有难以置信的感觉,但又是千真万确的想法。人,就是这么不可理解的。我会为他鸣不平,他也会悄无声息地搅乱我的生活。

很多时候,我会像是在梦幻中一样,模模糊糊地看到王志清在佳木斯的精神病院里,冲着空荡荡的白墙,虔诚地祷告着。时间已经从他的命运中走过,他却永远地停在了那里,停留在了那个扼杀了他希望的悲剧里。

我想,我看他,看得如此明白,别人会不会也这样看透我呢?我不知道。

那天晚上,我们抓紧时间去肿瘤医院看了金子姐。

金子姐看上去气色不太好,她一头稀疏的乱发,脸色苍白,好像有种有气无力的感觉。她穿着一件宽大的短袖白上衣。据说,这是医院的衣服,金子姐刚刚做完化疗的第二个疗程。

金子姐和香姐在一起时,她的稳重和温柔给人感觉更像一位母亲。

在医院里,我们也只能在短暂的探视时间内尽可能地说些鼓励和安慰她的话。

金子姐只是笑眯眯地看着我，嘴里不断地重复着："真好，真好。"

我们相约：等她出院后，找个安静的地方，大家聚在一起，一定好好畅谈一下。

和香姐在她家说话的时候，我趁着香姐去给我倒茶的机会，把带去的四个金戒指迅速地放在了桌子上的大花瓶后面，然后装作若无其事的样子，与香姐又聊了些生活中的琐碎闲事。

她当时并不知道。时至今日，我感觉，如果当时明说出金戒指的事，香姐她是断然不会接受的。她就是这样一位品性高洁的人，如果她有哪怕一点的贪欲，当初都不会把金戒指全数交给我。

那晚，我只是担心她不收下会叫我感到难堪，才迫不得已这样悄悄做的。

从医院走出来，香姐执意要送我去汽车站。路上，我才把这件事情如实地告诉了她。

香姐听罢，立刻将手臂从我的手中挣脱出来，几乎是咆哮着："不行！你在这等我，我马上回去给你拿来！"

她弄得我一时下不了台了。

"姐！"我急忙死死地拉住她的瘦窄的衣袖管，几乎带着哭腔轻声地求她，"请你理解我，请你相信我是没有恶意的。那些东西本来是养母留给我办事用的，我没有用到，不是更好吗？我把它还给你，你过好了，我才会安心走的。你也要换位思考，想想我的心情，你也要理解我呀！你和金子姐拿着，就算是留个纪念，好吗？我求你了！"

她还是在固执地坚持着。

我很害怕她拒绝我。那时，我所能做的，就是一次又一次地给她作揖，央求她理解我的心意。

直到我精疲力竭，她也劳累不堪时，我们才终于停止了争吵，彼此心疼地打量着对方。

从那之后，我总是感觉对香姐心怀愧疚，多少年来，我也总是试着去弥补。

有些无法解释的事，我们常常会说：这是天意！

之后的很多年里，在我闲暇的时候，就会有意无意地去梳理那段记忆，香姐那晚讲过的话、金子姐关爱地看着我的眼神……每一个字我都记得清清楚楚，每一个微笑都会栩栩如生地再现出来。

十八

惶惶不可终日的生活开始了。

门外好像有停车的声音,又像是邮递员喘着粗气上楼来了,我清晰地听到了他走到我家门口的脚步声……我屏住了呼吸倾听着,在即将离开中国前那段时间里,我好像一直都是在这种茫茫然、惶惶然的状态中度过的。

相信我的耳朵是没有听错的,邮递员在敲我家的门了,并且毫无顾忌地大声喊起了我的大名。我仿佛有一种预感,喜事临门了。究竟是什么喜讯?又不敢确定下来。

我急忙快步冲过去,迅速打开了门,唐突地面对着毫无表情的邮递员小伙子,伸出了我的手,准备接他带来的东西。

他不急着给我,一声大喝:"你是李玉生本人吗?叫李玉生来!"

"我是啊!"

"你是?"他有点不信任地斜眼扫了我一下,"拿手戳来!"

我急忙喊妻子,让她快拿手戳来,然后奉命递了上去。

原来是一张轻薄的汇款单,我欣喜若狂地接到手里。

借着走廊里微弱的灯光,我迅疾地在那上面扫了一眼。末了,我确认,这是日本厚生劳动省发来的。我的眼光落在最重要的那一句话上:李玉生一家四人来日本国的交通费。

这笔钱,是我们收到的日本政府汇来的第一笔钱。这是我们一家四口从哈尔滨去北京的火车票钱。然后,我们要在北京再转机,由厚生劳动省组织我们集体飞往东京。去东京的机票钱,由日本政府负责;在北京宾馆的费用,也由他们负责。

这些内容,在后面陆续接到的补充材料上都详细地说明了。会有人在北京接待,安排我们的一切。

现在回想,已经记不太清楚了,当时那笔钱折成人民币后,有四五千元吧?

那之后的日子,如今回想起来,就像飞一样,过得很快,也很轻松了。

接下来,我们开始忙着办理各种公证,不管有用的,还是感觉用途不太大的,只要能够想得到的,就尽可能地办了。这样的经验,也是前车之鉴——前边去了日本的遗孤们传授给我们的。

钱,在那时候,对于我们全家来说,真的是感觉不太重要了。只怕是过了这个村,再没有这个店,到那时即使求人代替我们去办理,恐怕是会更难。

我们家,一时是辞工的辞工,退学的退学,全家都忙得不亦乐乎。

妻子说,干脆这些日子就不要做饭了,想吃什么就去外面买吧。钱,随便花!

我们一致赞成。人生怎么过不是过呀,真是醒悟得太晚了。那是多快乐的一段时光啊!轻松自在又无忧无虑,美妙的生命,就是由无数个这样的瞬间组成。

人生这一辈子，谁都要遇到一道又一道这样或者那样的"坎"。这是很正常的。什么坎都没有遇到过的人，恐怕是不存在的。穷人要遇到穷人的坎，富人要遇到富人的坎。我们会遇到什么样的坎呢？语言不畅？没有工作？没有亲人？没有朋友？甚至是没有理解和诉说的地方……

这就是我们要去的日本。这就是我们今后要面对的坎。

妻子有时会调侃我："你说，咱们去哪个国家不好？偏偏去个中国人人都在骂的日本！"

"就是，还没有走呢，大家就说什么的都有了……"大女儿也跟着抱怨，"我都不好意思跟别人解释，无法面对大家不解的目光。"

"哎哎，真不光彩，真没劲呢！"小女儿左眉间那颗痣欢快地跳着，"姐，那你就不要去了好吗？省得被人骂汉奸。"

憨厚的老大听出了鬼灵精妹妹话里的意思。她当时正在整理书籍，气愤地把抓在手里的教科书用力往桌子上一扔，大声吼道："你什么意思？"

我们懂得孩子心里的委屈，我们也是在反日、仇日教育中成长起来的。

孩子们大了，我不好说什么，就递给妻子一个求救的眼神。妻子立马接过话题，制止道："别忘了我们是一家人，不要把话说得那么难听好吗？谁也无权选择自己的出身……不要还没有走出去呢，就来个耗子扛枪——窝里斗。"

妻子这最后一句话，把全家人都给逗乐了。

明知道去远方，会是一场希望渺茫的旅程，也注定是一场艰难的跋涉，可是，不到黄河不死心哪，我的心依旧不愿意放弃。

于是我们按计划踏上了开往北京的第十八次特快列车。那时候，还没有网络，也没有高铁和动车。

这是二十世纪九十年代的中期。

我出生在1945年，从出生到离开，我已经在中国生活了半个世纪。人的寿命如果按九十岁推算的话，我也已经是走过人生的一大半了。我走过的路在这里，我熟悉的人和事也在这里，如果说没有任何的留恋和不舍，那并不是我的真心话。

一月的哈尔滨，一片白茫茫，真正是"天寒地冻"。人走在路上，脚是不敢抬起来迈大步的，只能小心翼翼地往前移动着。灰暗的天气，也表达着我们那天离开时的心情。

十八次特快列车，晚上开车，第二天上午才能到达北京火车站。我们全家在同一个软卧车厢里，各怀心事地度过了这不寻常旅途的第一夜。

入夜之后，我依旧因激动而不能沉睡，先是翻来覆去，后来索性坐起来，悄悄地拉开窗帘，看着茫茫的黑夜发呆。在车轮的巨大滚动声中，广袤的大地在我眼前一闪而过。

这就是东北的冬天给我的人生留下的一笔素描。

那一幕，就如同我的人生一样，迅猛、飞速、瞬间驰过。

时至今日，回忆往事，我依旧感觉那一夜是我生命中最漫长、最沉重、最不可思议的一夜。

我不是一个人去冒险，而是要带着我生命中最重要的三个人一起去日本生活，尽管我表面装得平静、无所畏惧，内心里多多少少还是担忧的。

中国人都有个习惯：不言困难，不言失败。我也一样，虽身是日本人，骨子里依旧是中国心。我暗暗地给自己鼓气，至于结果会怎样，我也猜不到。

最令我沉郁不安的是联络的问题。这是二十世纪尚未有网络的时代，我们离开的时候，连智能手机还都没有呢，只有那种笨重的大哥大，还是只属于有钱人的。我们家的四口人中，那时候，连一个人也没有混上一部呢。

我们今夜离开，意味着不能随心所欲地和亲朋好友们联系了。我们将进入一个封闭的无声世界里。那时的感受是在今天这个网络科技发达的新世界无法体味和理解的，然而，现实就是如此。

如此封闭孤独的寂寞世界，即将到来了。

快到山海关的时候，妻子翻了个身，揉揉惺忪的睡眼，惊讶地望着我："你怎么还不睡？都几点了？这车到哪儿了？"她慢慢地掀开身上的毛毯，有些担忧，心疼地说，"这才刚刚开始啊，你要是这样熬下去的话，身体怎么会受得了？"

我点点头，安慰着她："你放心，不会有事的。"

她仰头看看上铺，两个女儿睡得正香。她压低了声音问我："你饿不？想吃点什么吗？"

我向她摇摇头，示意她我什么也不要，只想让她在我对面的桌子旁安静地坐下来，和我一起体味别离的感受。

妻子扬起手臂，很自然地拢了拢她凌乱的头发，关切地问："你在想什么呢？"

"说不清楚，好像什么也没想。"

"你骗人！我才不信呢。"

我的确说了谎。不告诉她，是不想还没有迈出第一步，就给她们带去压力。

于是，隔着餐桌，我伸过手去，默默地攥住了她那有点发凉的手。"你冷吧？怎么这么凉呢？"

我说着，学着养母经常把我的小凉手放进她温暖的腋下暖着的样子，趁势拉了拉妻子的双手。

她嘴里说着"还行"，却站起身来，缩回手去，把床铺上的毯子分别披在了我和她的身上。"你还记得我们二十年前，大年三十晚上的故事吗？"她突然提起了往事，我看见妻子那略显忧伤的脸上泛出了一丝美丽的笑容。

"当然记得。那是你第一次来我家过年，我去接你，在满是冰雪的中山路上，咱们遇到了一个醉鬼，他推着自行车，摔倒了，又爬起来。他贼眉鼠眼地看看咱俩，嘴里还不停地念叨着，我没醉，我没醉，你们看我干什么……"

我们俩会意地轻轻笑了起来。这是只有我们两个知道的一件有趣的往事。

不知道接下来在异国他乡的日子里，我们还要经历多少只有我们两个、只有我们一家人的故事。

我暗想，她现在提出这个问题，绝不会是随便说说的。

她的习惯就是，把平淡的陈年往事拿出来，在平凡枯燥的生活中，温暖我们彼此的心。

那一刻，我深情地看着她，用眼睛告诉她：我喜欢你！

后来，在日本的日子里，妻子曾多次对我说："那一刻，你眼睛里流露出的温情，胜过所有动听的语言。"

其实，多亏有她的理解和关爱，我才能走过那一段不寻常的岁月。

十九

1997年1月28日,我们到达了首都——北京。之前,我和家人曾多次来过这里。而这一次的心情与以往完全不同,到达北京的时候,觉着那里阳光灿烂,风和日丽,一片祥和。

以前感觉北京人都是很傲的,他们会用拉长了的京腔跟我们东北人说话,往往是一脸的不屑,一脸的理直气壮,一脸的"老子是皇城根下的骄子"。而这一次,我们无论走到哪里,无论去买什么,都会遇到笑脸相迎的人。不知是他们改变了,还是我们的心情发生了改变的缘故?

整件事回想起来,我感觉自己还是很幸运的。那时候可能正是中日关系的蜜月期吧,起码没有像小泉当日本首相之后,把中日关系搞得这样僵化。

因此,多少年之后,回过头来看看,总体感觉,我们办得还算顺利。

在北京的那几天,我们全家人的快乐心情都溢于言表。

临行前的两天,我才敢与一些朋友见面。我们抓紧时间见了很多过去的老朋友和老同学。

很多朋友，恐怕也是我们今生最后一次见他们了。我们心怀珍重，很珍惜每一次与朋友的相会。

老刘是我以前的师傅，他在北京硕士毕业后，正好赶上知识分子很不受待见的特殊年代，他和王姐夫妻俩曾经作为"接受再教育的臭老九"被分配到哈尔滨的电信局。在那里，我们相遇相识，并度过了一段宝贵的师徒时光。

虽然那年月受环境所迫，彼此之间有很多话是不能说透的，但我们还是属于心照不宣的那种好朋友，即便不说，也是彼此懂得的。

我们两家人相约在一家高档的餐厅聚了一次。

"太好了！"这是他见到我后说的第一句话。刘师傅说着，眼里洋溢着真诚的喜悦，那是无法掩饰的。

接下来，我们互相握手拥抱。

他和王姐都穿得很讲究，脱去质地很好的黑皮外套后，里面是鄂尔多斯的羊绒衫，还是搭配雅致的淡青色情侣装呢。这在当时的中国也是高档而紧俏的衣服。他们好像还特意做了头发来见我们，两口子都显得很精神。

刘师傅清清喉咙，开始说话。他那个时候已经做到了局级，在他的同学和朋友里面，属于佼佼者。他的神态和腔调，当时已经显露出了局级干部的派头，但是，他好就好在在亲朋好友面前从来不装腔，从来不做作。那个时代，当官的人可不是人人都能做到这样啊。

他总能给人一种真实的感觉，在那个年代是很难得的。

他像是无意地问了好多有关我日本亲人的问题，我对他也没有戒备心理，而是实话实说。刘师傅总是不失时机地点头，耐心地帮我们分析。

一顿饭下来，感觉吃的不是很重要了，我们的谈兴都很高，这才是最高兴的事。

我们大人的谈话可能太过严肃了，四个孩子都不感兴趣。他们吃饱了以后，开始津津有味地唱起了卡拉OK，那时候中国正时兴这个。孩子们的交谈声、欢笑声，和着音乐肆无忌惮的宣泄声，此起彼伏地飘荡在单间包房里。

刘师傅瞅瞅孩子和小声聊得正欢的妻子、王姐，无奈地摇摇头，和我心照不宣地微笑着，下巴向门口抬了抬，仿佛在说："走，咱哥俩去那边吧！"

我急忙站起身来，跟着他走到走廊的尽头。他站住，神秘地从裤兜里掏出来一封信："你一定要把这个拿好了。"

我礼貌地冲他点点头，不明其意，眼光低垂地打量着刘师傅手里的信。

他慢慢地斜过身来靠近我，语重心长而又神神秘秘地对我说："我让人用日语给你写了一封信，估计不久你会用得着的。"

我一时心里暖暖的，很感激他的细心，但更多的是感到很懵：日语信？他为我担心？他在信里究竟写了些什么呢？我很好奇。

如今回味当年的那一幕，我俩的表情，怎么想怎么觉得像是在秘密接头。

我接过那封信的同时，对这位师长真的是更加敬佩了。那一刻，我知道了普通人与出类拔萃者的差别究竟在哪里。他怎么会凡事想得这么周全呢？我作为一个当事人，竟然像个傻子一样，懵懵懂懂地就闯过来了……

我突然想起养母常说的一句话来：人比人就得死，货比货就得扔！看来，我们真的不是在同一个起跑线上的人啊。我是心服口服了！

这封为我考虑、为我而写的信，到底写了些什么呢？进了宾馆的房间，我急急忙忙地掏出信来，站在灯下，细细地看上了。

遗憾得很，刘师傅是找他手下的日语翻译写的，以我当时的日语水平，连猜带看了半天，也还是不明白究竟是什么意思。不过不管怎样，我没有想到的，人家都已经替我想到了，这就够了，足够让我感动了。

只是，时至今日，我也没有太懂那封信的内容，更没能使它派上用场。不过，刘师傅的温暖和关爱至今还留在我的心里。

接下来的第二天、第三天都有聚会，是那种见了面会显得很亲，但过后就淡忘的朋友和同学。我发现，和平时没有什么接触和来往的朋友相聚时，最好不要说出来要去日本定居的秘密，很多人都先是羡慕，过后便嫉妒，甚至还有不友好和仇恨。我不怪朋友们，谁让日本人发动了战争，侵略、屠杀中国人？罪该谴责，罪该万死。

而我又不情愿为日本背这个历史的黑锅，我背得着吗？我背得动吗？我的仇和怨恨又该怎么办呢？无处放置的爱恨情仇，在我的胸腔里，一日日地膨胀起来，谁能体会得到？谁又能看得见呢？

我不说，那是因为我不敢说。我不知道该到哪里去讨回这个公道。

我去日本，其实最初是想给自己这一生一个公正。坦白地说，我永远是孤独的小孩，内心似乎还停留在五岁那一年。我要知道我是谁。是谁十月怀胎，把我带到了这个世界上？我要知道，我真实的妈妈是什么样。是和我梦里见到的一样吗？我想堂堂正正地做人！

有谁会对我失去的时间负责？没有金钱，我们可以去挣，而时间是我们唯一不能再次拥有的资产。我该向谁去索取在寻爱路上遗失的时间呢？

我在寻找的过程中，感觉自己长大了，也逐渐成熟了。去那个我从小就避讳的仇国，也是认识世界的一种方式。走近它、接触它，同样需要我全面打开自己的感官，去冷静、客观地面对一个陌生未知的世界。

陌生未知的世界也会给人一种希望，我带着这个希望去了日本，一个陌生的母国。

从此，我的故乡哈尔滨只留在了我的梦里。

多少年后，当我重返故乡时，失望地发现，旧日的故乡已经不存在了，它没了从前的欣欣向荣，甚至是面目全非了，就如同外貌繁盛的大树，树梢已经枯萎，根部已经腐烂……我看着它，感到不解：是谁偷走了我心中的第二个故乡呢？

很多故乡的人，都纷纷逃离了。他们选择去海南，去北上广，因为那里吃、穿、挣钱、住房等等，都会比故乡容易得多、滋润得多，轻松快活。

人生苦短，谁又愿意留守在一个永远不变的、贫瘠寒冷的地方，用消耗自己的一生作为代价呢？

故乡，已经在时光的流逝中，慢慢丧失了它原来的光彩和价值。

二十

二月五日的下午三点一刻，我们顺利地到达了日本的新东京国际机场[①]。

东京那一天的温度是15摄氏度，天气让来自寒冷地区的我们感觉很舒适惬意，简直就像哈尔滨的黄金十月一般。

灿烂夕阳的光辉从候机厅落地式的玻璃窗折射进来，映照在干净宽敞的地面上。温暖的冬阳，带着一层耀眼的光晕，斜射在我们每一个人的身上。

当天乘坐那架飞机的大部分都是归日的遗华孤儿和孤儿的家属们，大概有一百一十人吧。我们这一百多有着共同命运的人，真实地站在了日本的土地上，之后，我们就要在厚生劳动省的统一安排下，集体出发去埼玉县。我们要在埼玉县的所泽市度过四个月的培训时光。

我们井然有序地排列着，厚生劳动省的官员默默地引领着我们过海关、取行李。然后，厚生劳动省的翻译开始点名。那

---

① 即现在的成田国际机场。

时候，大家的名字还没有改，还全部是中国名字。

他们把我们带到了一个巨大明亮的大厅里，我们鱼贯地跟随着前面的人，眼睛还是止不住好奇地四处捕捉着新鲜的场面和事物。

当初，这里的一切都对我们都极具诱惑力。这里的一切都是新颖的，拱形的天棚、落地的玻璃窗，让我们的视野很开阔，心情很愉悦。夕阳在硕大的玻璃窗上闪烁着，好像是在和我们招手，在欢迎着我们。我们站在东京温暖的夕阳中，等待着下一个指示。

当我们安静地走出海关，意味着我们这一特殊人群即将进入日本的社会了。

那一刻简直就像梦幻般神奇。日本，对我们大多数人来讲，就像是另一个世界，我们在此即将开始的也将是与在中国完全不同的另一种生活。

很快，我们的这种安静和享受就被一阵轻而急促的脚步声给打断了。几乎是在一瞬间，从四面八方围上来很多日本人。他们友好地向我们靠近，轻轻地跟随着我们，脸上带着善意的微笑，好奇地打量着我们。

仔细观察，我发现，这些人看上去都是些上了年纪的老人，他们冲我们点头微笑着，好像已经在机场等了我们很久了，见我们这支土头土脑的队伍一出现，他们就迅速默默地向我们包抄过来。

妻子也发现了这一点："他们好像已经在机场大厅恭候我们很久了？"

我不出声地冲妻子点点头。

"爸爸，他们是谁？要采访我们吗？"

我也不知道，只好摇摇头。

不明真相的我们也在好奇地打量着他们。他们之中，老年妇女占了大多数，也有老年的男人，男人在这支队伍中只能称得上是寥寥无几了。

他们的脸上的表情，是善意的期盼，是友好的探看，是亲切的微笑，就像我们在电视上经常看到的很多人在机场的出口处等候他们喜欢的明星那样，他们那天成了我们的"粉丝"，衷心的"粉丝"。这是很久以后，我才解读出来，才知道的。

我们不能和他们握手，更不能与他们随便交谈，这是纪律，只能礼貌地回敬给他们同样的微笑。

在他们的眼睛里，我已经隐隐地感觉到：他们前来，是迫不及待地来看望、来寻找失散多年的亲人。

激动之情让我的眼睛湿热起来。我感受到安慰和血缘之情的亲切。我在心里悄悄地问自己：在这人群里，会不会有我的生母呢？

他们在我们的队伍里寻觅着，我们也同样琢磨着他们。

有一位老者，她身穿黑色薄呢子大衣，脚踏黑色瓢鞋，肉色的长筒丝袜裹住了她细瘦的小腿。她看上去很大气高雅。我隐约看见她的目光时不时地追随着我，在细眯的眼皮底下一闪一闪地盯着我细看。而且，有几次她还故意靠近我，虽然都被我的大步给甩掉了。

后来，我们开始加速向队伍靠拢，她不得不小跑过来，靠近我身边后，气喘吁吁地轻声问："你是李桑（さん，日语中的敬称）吗？"

我正眼紧盯着她的脸，下意识回答道："是我。"

我是想确认一下她的脸上有没有香姐说过的妈妈下巴底下的黑痣。结果让我很失望。这位老者的脸上根本就没有黑痣。我俩还一直对视着，不知道她到底要寻找什么？

我这才恢复过来，木讷地朝她点点头，再次表示没错，我就是"李桑"。

"你们全家都来了吗？"她焦急地小声打听着。

"是的，都来了。"我故意把两个女儿拉到身前，示意给她看。

"太好了。"她好像寻到了一丝安慰般，眯起细眼夸奖道，"比今，比今。（美人，美人。）"

小女儿听后，小声地跟我们翻译着："这位奶奶，她夸我们是美人呢。"

她要做什么？我心里有点发蒙。

我把手伸进裤兜里，稍稍向她点着头，表示谢谢她了。我的眼睛紧盯着徐徐向前迈进的队伍。

我忽然联想到上次来日本寻亲的事，顿时心里有点郁闷起来，这么老了还要来采访吗？在日本生存也真不容易。上次我是寻亲团的团长，没有办法，只好应付了很多不必要的采访。这次我可要谨慎些了，因为我不再是匆匆的过客了。

妻子见我们搭腔说着话，马上兴致盎然地问："她是谁？你认识她吗？"

我只好坦然一笑："估计是来采访的吧，我哪里会知道？他们之中的大多数人，都素未谋面过，可能他们有的是来采访的，也有的是来找他们自家的亲人吧？"

女儿们则在一旁左一句右一句地感叹着：

"爸爸，日本好干净啊！"

"爸爸，这里这么暖和，你看老奶奶们都穿着裙子和丝袜呢，在我们那里真是不敢想象啊……"

"我们那里都穿皮袄了。"

"爸爸，这里真好，我好喜欢！"

我很高兴女儿们能刚一下飞机就对日本产生好感。我心里想，总算没有白白地耗费这几年的时间，我也算尽了人父之责了，接下去的路，是好是坏，就由她们自己去走啦！

这时候，妻子焦急地拽拽我的衣角，小声地嘟囔着："你先别忙着跟孩子说话，看看那位老人，还一直在跟着我们呢，她好像有话要跟你说的样子……"

我回头一看，果真如此。老人的眼睛里含着忧郁和端庄，脉脉含情地向我挥挥手，冲我微笑着。

我也礼貌地回以微笑，只是我们的队伍突然变得快步起来。我察觉到之后，就迈着大步往前走，想不被队伍拉下，也不想刚到日本，就给别人留下不好的印象。一切随大流了，只好无情地把可爱的老人甩在身后了。

本以为，这一切到此就结束了。令我不解的是，那位老者也着急地捣着小碎步，她还在努力着，想跟上我们的队伍。

她赔着笑脸，我清晰地记得，那是讨好的笑脸。

我不明其意，也不想伤她的心，只好回报亲切的微笑给她，不再跟她搭腔。甩掉她，并不是我的本意，但又是我眼下只好去做的事情。

我脸颊发烫，觉得额头也渗出汗来，情不自禁又飞速地在记忆中搜寻了一遍，丝毫找不到对于这位老者的任何印象。我想，只要转身走开，就万事大吉了，不要让自己的"自作多情"招来任何的麻烦。我最好还是规规矩矩地跟着队伍走，不要刚一出机场，就节外生枝地惹来烦恼。我礼貌地跟她摆摆手，大步朝前，跟上了前行的队伍。

走了一会后，我情不自禁地回头望了一眼，那位老者果然被我们远远地抛在了后面。她似乎垂头丧气，依旧快速地捣着日本女人式的小碎步，紧紧地跟在队伍的后面。

她让我莫名地想起过去看过的日本电影来。生活在那个时代的日本女人，就是这样走路的，就好像是在赶路一样。

走过一段路之后，我又忍不住回头望她一眼。虽然感到有点奇怪，但她并没有引起我的任何怀疑，因为那天还有很多素不相识的人，一直在跟着我们这支队伍默默前行着，我们快走，他们就唰唰地小跑，我们站住时，他们也停下来看着我们傻笑。

我们就像一群丢失的小孩，又被家长千辛万苦地找回来一样。

"唉，"妻子不安地回头张望着，小声问我，"我们是不是有点失礼了？她脸色苍白，好像很难过的样子呢。"

我被她一说，好像是刚刚醒过神来，忙解释："我感觉自己没有做什么过分的事情呀？再说，我也不认识她！"

妻子和我，其实都是善良的人。那一刻，我的心里竟然产生了自责，她想必也一样。

领队带我们走过几十米曲曲弯弯的过道之后，便来到了豪华的大客车前，它安静地等在那里。从一开始，我们就感觉到了日本人做事的精细，他们安排的事情环环相扣。

豪华大客车的对面,是成排的银杏树,树上的叶子已经全部落光了。几只乌鸦在蓝空中飞舞着。路上干净得几乎找不到一根杂草、一片碎纸。这就是真实的日本。

"这里真干净啊!"

"是的呢,没想到,大街上也这么干净呀。"

我们的队伍里,时时会发出这种赞叹声来。

花坛里的花正姹紫嫣红地竞相开放着。街上的行人很少,但是,都穿戴整齐、素雅,配上这美景,感觉就如同一幅画一般,让我们感到非常的赏心悦目。

空气真好,我不由得大口地吸了几下,终于找到了可以安心下来的感觉。

这时候,领队再一次清点人数,确认无误后,我们开始陆续上车。

直到汽车开始发动起来,"粉丝们"才不得不默默地与车上的熟人挥手、抹泪、微笑,整个过程都是安安静静的,没有人驱赶他们,也没有人尾追汽车。

就在大客车发动的那一刻,妻子小声喊我。"你快看那里。"妻子从座位上站起来,惊讶地指着玻璃窗外。

"你又发现了什么?"我有点不好意思地笑着问她。

"就那棵大树下头啊。"妻子说,"怎么感觉不对劲,那个人还在那里呢!"

"哪个人?在哪儿呢?"

"那儿……"

"噢,大树下头,我看到了。"我突然眼睛一亮,看到了刚才那位叫我的老妈妈,她在慢慢地挥动着细弱的胳膊,目不转睛地盯着我们的车，茫然地微笑着。

妻子转过头来，神秘兮兮地凑近我："你不觉得有什么不对吗？她竟是那样地看着你，眼中还充满了慈爱……"

我无话可说地瘫坐在座位上，叹了一口气，微闭着眼睛笑笑，小声对她说："又来灵感啦？接着编你的小说吧！"

我舒舒服服地坐好，双手枕在脑后，再次急速地在记忆中搜索起老人的那张脸来。颇感遗憾的是，我的的确确没有印象。

想了一会儿，我有点失望，但是很肯定地对妻子说："可别再瞎猜了，我的确不认得她，上次来日本寻亲时，肯定也没有见过这个人。"

妻子再说什么，我都不想再搭腔了，只是笑着点头和摇头。我累了，很想放松一下。

豪华客车载着我们，先是绕过品川附近的跨海大桥，然后，直穿东京都后，便一路向西，开上了通往埼玉县的大道。

音乐似流水般在我们的脚下缓缓地流淌起来。播音器柔和地响起来了，一位年长的穿戴时髦的女老师面对我们介绍道："大家好！欢迎大家踏上日本的国土，欢迎你们各位回到日本。"

后来我也多次注意到，日本人很少用"祖国"这个词。

"我叫加莱，大家以后就叫我加莱老师好了。我和你们一样，只是早几年从中国的大连回来。"

都是东北老乡，都是中国话，我们一下子就没了陌生感。

她既会日语又会汉语，按年龄推算，她应该不是遗孤，是残留妇？我心里不由得略略估算了一下，她现在最小也该有六十五岁了，可是，在日本你根本就无法从女性的外表估算出她们的实际年龄来，真的是无法判断。她们看起来都那么年轻，穿衣戴帽又都那么讲究。

——不仅仅是加莱老师一个人，在日本，几乎所有的女人，你都无法猜出她们的真实年龄来。真不知道到底是由于水土，还是化妆品的原因？总之，日本女人的确显得文雅、精致。

加莱老师的身材苗条，胸背挺直，一口洁白的牙齿，眼睛看上去很有神。除了她脖颈那里的褶痕多少无法掩饰她的年龄以外，在其他方面，根本就看不出来。

她很喜欢首饰，从见到她那天开始，她脖子上的项链就没有重样过，左右手也都戴着好看的宝石戒指。

加莱老师说中国话时，带有很重的大连腔，属于"侉侉的"那种。她说天黑了时，就会夸张地说，天"墨盒墨盒"的了。她夸日本的海鲜好吃，就这样形容："宣"死了，"宣"死了。

后来我们才知道了她的身世，原来在1945年日本战败后，只有十多岁的她是跟着姐姐在大连住的。不久，加莱的姐姐出了车祸，她从此也变得无依无靠了。后来，她的中国朋友教她学汉语，她在学校里认识了她后来的丈夫，那位老师很同情她的身世，也很喜欢她，几年后，就同她结了婚。婚后，他们育有三名子女，生活是很幸福美满的。

中日建交以后，她的丈夫去世了，加莱就带着他们的三名子女回到了日本。

她回国的初期，据说也吃了不少的苦，先是在旅馆里搞卫生，后来，她的腰病发作，实在忍受不了了，就试着去应聘做了翻译。

在语言方面，她比我们这些遗孤要强得多。1945年之前，她完全使用日语，长大后依然记得，会写会说。因此，她回到日本几年后就如愿地去所泽的中国归国者定居促进中心，做了一名生活指导老师兼翻译。

别看她说中国话时带有浓重的大连味，可是当她说日本话时，完全就没了口音，真是绝了。

加莱老师在遗孤中算不上很有人缘。她是挣着日本政府工资的，所以，在工作时，遇到日本的政策和遗孤的利益发生冲突的时候，她表面上都很坚决很硬气地拒绝遗孤的要求。那时候，大家不理解，也有人背地里悄悄地骂她：二鬼子。

我想，她当时也是实属无奈吧。中国不是有句古话嘛，端人家的碗，就要看人家的脸。私下里，她还是可以推心置腹的，经常替我们出谋划策，悄悄地教我们一些与日本人交涉和处事的方式方法。中国人通常喜欢直来直去，喜怒哀乐都展现在脸上；日本人则不同，说话要压低声音，还要尽可能地体现柔和，但是遇到原则问题，无论对方如何磨叽求情，那是绝不会让步的。

她了解中国人，也了解中国的国情。有时，她会很严厉地批评当事人：你脸红脖子粗地跟他们吵，能解决什么问题？你不能毫无顾忌地横冲直撞，那一套在这儿是行不通的，骂街、耍无赖，只能让他们瞧不起你！你只能和他们讲道理，拿出你的证据来！

开始时，听了加莱老师的相劝，大家很不理解。反正在牵扯到个人利益的时候，归国者的情绪就会出现。大家在中国长大，熟悉了中国的处事方法和人情世故，这也是难免的。

在所泽的归国者定居促进中心，大家每天的话题不可避免地围绕着战争、围绕着中国、围绕着日本进行。她每天都要口若悬河、滔滔不绝，忙碌地穿梭在日本人和遗孤之间。

加莱老师使尽全身的解数，时哄，时怒，时而和风细雨，时而声嘶力竭。她竭尽全力地缓和着学生和日本校方的矛盾，绞尽脑汁地在归国者定居促进中心陪伴了我们四个月。

不要小看这四个月的时间，对我们来讲，四个月就是我们在日本重生的开始。我们在这里，不但学习到了日本的风俗习惯、日本的生活方式、日本的处事方法，以及日本严格的扔垃圾的清规戒律，甚至还学到了日本低调生活的态度。

四个月后，我们仿佛是被洗完了大脑的一群新人，走出了归国者定居促进中心。

二十一

总的来讲，我感觉日本人是非常认真的，也是非常循规蹈矩的。我想，也许正是这种日本式的聪明，成全了日本的先进。

所泽，是我们来到日本后落脚的第一站。所泽市，位于埼玉县境内。在中国，通常感觉市是大于县的，日本正好与我们相反。

埼玉县在紧邻东京的西北面。从所泽乘电车，仅仅需要二十分钟，就能到达东京境内。从城市面貌上看，首都东京和它相邻的各县市已没有明显的区别了。

来到日本后，我们的立足之地，就是埼玉县的所泽市。因此，我们对日本国的第一印象，大多是从这里得来的。

我们被安排在所泽市的中国归国者定居促进中心生活四个月，在这里接受一切培训和学习。这是在日本的第一步，也是必要的一步。

据说归国者定居促进中心建于中日友好建交的那一年。从远处看过去，这是一座铁灰色的二层楼房，楼房四周是低矮的铁栅栏。栅栏内有宽敞的庭院，庭院内种着盛开的鲜花。即便是在寒冷的二月里，也到处可以见到盛开的鲜花、葱绿的树叶。在这样的季节，身处其中，煞是赏心悦目。

后院里的草坪上，镶着有间隔的石板。石板路的上空，高高地架着一排排的长栏杆，这些栏杆，是用来让我们晒衣服的。记得这里总是很热闹，衣服在栏杆上摇摆，犹如放飞的风筝一样。

细观归国者定居促进中心，我突然发现，这些楼房原来是U型建筑，在外面很难看到里面的一切，这也是它的独特之处吧。在U型的堵头处，一字排开十几台全自动的洗衣机，都是免费供我们这些人使用的。

在我们来之前，据说这里已经接待过五十几批学员了。学员们都有着和我们一样的经历。我的头脑里便会经常出现那句话：同为天涯沦落人，相逢何必曾相识！

因此，这里的管理，并没有因为我们一百多人的到来而显得手忙脚乱。一切都井然有序地进行着。

令我诧异的是，日本人真的是太精细了。他们精细得大到每个房间的空调、冰箱、电视、被褥，小到每个人日用的杯子、牙刷、筷子以及毛巾、拖鞋，都已为我们一一地准备好了。它们一线排开摆放在房间里，默默地等候着我们的到来。

这让我不由得想到了日本的"工匠精神"，我敬佩这种精神，在日本后来的二十多年里，会经常被这种精神打动。所谓"工匠精神"，就是一辈子只做一件事，而且将这件事做到极致。说得容易，真正做起来是很难很难的。而且，在做的时候，必须有一定的精神境界，更要做到心静如水。

虽说在中国时，老师和养父母经常教育我，要有不知疲倦的精神，可我依旧无法死心塌地去做好一件事情，更不敢想象要坚持一生做一件事情。

接触后才发现,日本有很多人都是这样一生坚持着他们的理想,过去是这样,现在也是如此。

跟日本人的"工匠精神"不同,我后来接触的中国人崇尚的多是灵活善变的"互联网思维",他们善于寻找捷径,而真正热衷于像老一辈说的那样"扎硬寨、打硬仗"的却不多了。

我们一家四口,在所泽被分到了两个房间。我和妻子住一间,对门是我们两个女儿的住房。格局摆设几乎是一模一样的:都是同样的单人木板床,是上下两层的那种床。桌子上有电视、学习用具,墙上有空调,还备下了做饭的各种炊具。地上铺的是榻榻米,进屋就要脱鞋的,日本人很重视这一点。

略显昏暗的粘着毛纸的木格吊灯低垂在房间中,让人感受到一种过去在电影中才可见到的日本情调来。

二月五日的晚上,虽然我们经过一天的飞机旅途,已经很累了,但是,我们依旧无法入睡。好像我们疲劳的只有肉体,躺在床上,我的大脑依旧在不断地发出信号来:新的生活当真开始了?……心事无法寄梦乡啊!

自我怀疑地问了一遍又一遍后,我肯定地对自己说道,真真正正地开始了!你还在想什么呢?

这时候,走廊的扩音器里不断地传来中国话。在初踏异国他乡时,这些中国话,既温暖又使我们倍感亲切,温柔的女老师在不断地提醒着我们每个人:"你们是真的到达日本了,从现在开始,大家就要进入一种全新的生活了!

"我们为大家准备了各种盒饭,有海鲜的,有天妇罗的,有寿司，有咖喱饭，还有肉和蔬菜的，大家喜欢哪一种呢？请每家派个代表赶快来领取吧……"

女老师很柔和地用普通话一遍又一遍地提醒着我们："同胞们，同学们，来到这里，你们就等于回到家了……这里的自来水是可以喝的，这里的伙食今晚和明天由我们提供，然后，我们会发钱给大家，带大家去商店。考虑到大家的口味不同，我们给各家配置了电饭锅、炒勺，还有各种炊具和调料。接下来的日子里，大家可以按照各自的喜好来安排你们各自的生活，今晚，就让大家先委屈一下了……"

试想，当我们的人生过到一大半的时候，猝不及防地发生了这样的事情。我们不得不扔下在中国熟悉的一切，和我们的亲朋好友们告别，带着我们的孩子和不可预知的未来，又重新过一次。那种滋味可想而知，但那种诱惑也是巨大无比的。举家到一个陌生的国度，而这个陌生国家的人，又待你胜似亲人，为我们大到房子、工作培训、体检、一笔不小的安家费，小到菜刀、抹布、手纸这样的一些琐碎的物件，都仔细地一一安排妥当了。我有些麻木的心，好似被唤醒了一样。

当天夜里，我心里所有的防线都奇怪地消失了，具体地说，是被周到的温情驱散了，我差点忘了，我是谁，我回到日本是想来做什么的。有时候，有些事情真的是很难以言表的，人是心口不一的，这些话，真的是一点也没有说错。

多少年以后的今天，当我们融入这个社会以后，才渐渐地悟出：这其实只不过是日本人认真工作的一种常态。他们认真的工作精神近似于痴。这与你是不是同胞、与感情色彩毫无关联。这是他们的一种工作态度、一种不变的人生追求，我们还是不要自作多情的好。

在所泽这个温暖快乐的小天地里，我们开始重新学习日语，开始学习日本人的风俗礼节，开始在老师的带领下，去商场买东西、去银行存钱取钱、去复杂的车站学习乘换电车。跟老师一起去饭店，她教我们用日本人的方式点菜。我们到电影院去看电影、去图书馆借书、到医院去看病……总之，这里的老师们为我们想得非常细，几乎是手把手地教会了我们所有的现实生活技能。

同时，中心的老师们也没有忘记给我们分工，让我们每家、每个人都意识到自己的责任和义务。我们被分配清扫庭院、厕所、公共厨房、洗浴间、走廊，以及垃圾场。

日子就这样带着崭新的色彩、带着异国情调走进了我们的生活。无可言喻的感激在我们的心里翻涌。

对我来说，当时的日本，是个埋葬不快往事的地方。

对我的孩子们来说，日本是她们重新展翅飞翔的土地。

对我的妻子来说，她则需要重新开始学习语言，体验不一样的风土人情。

我们这些人，就像幼儿园的孩子一样，学着如何应对我们将来生活中会遇到的一切困难。

所谓"重生"，重生时并不只有欢乐和幸福，还有艰难的脱胎和抉择。

我们就这样，在归国者定居促进中心过了四个月快乐单纯的生活。六月二日这一天是我们这批归国者结束培训的日子，也是来到日本差不多四个月后，我们这群人被放飞的日子。

这四个月，是东京最好的季节，不冷不热，有樱花的盛开，有迎春的喜悦，有激动人心的事……无忧无虑的日子，就这样飞一般地过去了。

我们这群人，也如同被所泽这所学校放飞的鸟儿一样，从此要从这里飞向日本的四面八方啦，奔赴各自的新家，去开始独立的新生活了。

在这个时候，我们才猛醒般地突然意识到：人生新的挑战，原来并不是在这里啊。这里有人为我们打了前站，为我们铺垫好了一切。这里的生活只不过是人生短暂的过渡时期。接下来，我们将要各尽所能，八仙过海各显神通，到新的目的地去生活。

天高任鸟飞，这句话是我们在中国时经常挂在嘴边的名言。那天，我一时想起了这句话，只是国家不同，国情不同，人的理念也不同……此一时彼一时，这句话在这里，对我们这群既没有流利的语言，也没有生存技巧的"另类"来说，真的还适用吗？

后来的事实证明：真的是一点也不适用。

我们怀里揣着一笔日本政府发的安家费，在当时看来，尤其在中国那时还不富裕的境况下，这六十多万日元的一笔钱，还是有点分量。

可是，下一步呢，下一步该何去何从？想到这里，我还是很胆怯、很怀疑，怀疑自己的能力。仅仅是立足于东京生存下去，就让我的头很懵了。

六月初的东京，已经开始显得闷热了。新的地点，新的生活，会充满了新的挑战，不会只有阳光与欢乐的。我和家人开始商量下一步的生活。

怀疑也好，坚定也罢，无论怎样，四个月就是一个过程。我们必须要从这里迈出去了，我们的人生不是在远方，而是在东京，近在咫尺的东京，繁华而又冷酷的东京。

东京啊，你曾经那样地令我们渴望过，你曾经无数次地诱惑着我，为什么我那时渴望又不敢走近你？后来经过无数次的碰壁后，我们才明白了：原来东京只是富人的天堂，对穷人来讲，它是个地狱，想在那里轻轻松松生活，也绝非易事。

好长一段时间我是拒绝去东京都的，总感觉这个城市是一团幻象，有说不出的虚假，还有说不出的残酷。当时我怀里揣着那几十万日币，在东京都这个繁华的国际大都市里，不知道自己能做些什么。

其实我清楚。因此，我才会恐惧……

可话说回来，我又是家长，是父亲、是丈夫啊，我必须要给自己鼓劲儿。我对自己说，令人沮丧的信息都是谣传，是不可信的、荒谬的。

我必须要打消心中所有荒谬的念头，轻装上阵，带着全家人又一次向东京出发。

二十二

来到东京之后,我们的第一个落脚地就是练马区的丰岛园。

按照正常的程序,我们这些人结束培训以后,都会被安排到国家统一分配的住房里。我们当时被分配到清濑。在地图上寻找,才知道清濑紧邻埼玉县。得知这个消息后,我和妻子骑着自行车,在干净狭窄的路上,顶着五月的骄阳,去实地做了调查。

结果,那个地方令我们很失望。

考虑到无论将来工作,还是孩子上学,那里都不是很方便,加之清濑那处住宅离我们的保人家也过远,最后我们全家商量了一下,决定放弃。

放弃唾手可得的都营住宅,在当时,就相当于我们主动放弃了国家对遗孤住房的优惠政策。

在我们完全没有准备好的时候,我们贸然的行为无意中把厚生劳动省和积极表现的遗孤们变成了自己对面的一堵墙。而这堵墙,是我们暂时无法摆脱的人。按照中国人的思维,这些人是我们要在这里依赖的人,是我们需要处好关系的、需要尊敬的人。我们偏偏不听他们的安排。

就当时情况来看,我们真是搬起石头砸了自己的脚。

接下来,只好由我们自己去东京的大街小巷寻找住宅,既不能超过国家给的房租补助的金额,又得是离着车站近些、条件好些的。

凭着当初我们那点可怜巴巴的日语,六月初,我们家四口人兵分两处,大汗淋淋地奔走在东京陌生的大街小巷里。

能如愿找到房子,首先应该感谢我的女儿们。那时候两个女儿已经进了拓殖大学,她们利用休息时间跑街串巷。她们必须要和我们大人一样,对一无所知的东京毫不畏惧,查地图、坐电车、闯不动产中介……到东京最初的那段日子里,真是难为了她们,也让她们变得坚强起来了。这两个孩子一下子成熟了很多。

尤其是我的长女,她性格里有一种不羁。我记得她跟我一起出去找房子的时候,说起话来,不是那种唯唯诺诺的样子,而是理直气壮又绝不失礼的。她学着日本人的样子,彬彬有礼又不依不饶地和对方讲条件、讲价钱、讲道理。

那天,我们从不动产中介走出来,已经是汗流浃背了。我心疼孩子,跑到贩卖机旁,掏出零钱来想买两瓶水喝,却被她跺着脚给制止了:"爸爸,我不渴,要买,您自己在这里喝吧!"

我不禁眼睛湿润,说不出话来。我知道她是舍不得花钱。当时,我们全家人还都没有找到工作,完全靠国家的救济生活着。

整个下午,我们一直奔波在练马区的大街小巷,直到傍晚,才闷头不响、筋疲力尽地返回已经变得冷落的所泽。

我们这样东奔西跑的有十多天，最后，才决定租下丰岛园这所住宅。

我们租下的第一处住房，就像我们小时候用积木搭成的那种小屋一样。这种全木质的房子，被日本人称作"一户建"住房。木头房子表面很好看，甚至可以说无可挑剔，但住起来后，才知道并不舒适，也不是童话里所想象的那么回事。

这栋房子共分为两层，楼下租住了两家：孩子房间的下方住着一位伊朗人，我和妻子的楼下是一对老夫少妻的中国人。

这种住房，日本人比较喜欢，因为它是独立的结构，很少与街坊邻居产生联系，而且建材全部是用木料做成的，能够防台风、抗地震，比较实用于日本这个自然灾害频发的国家。

其优点是通风透气好，而且重量较轻。在日本，据说这种建筑往往是有钱人的首选。因为住这样的房子，一切都是独立的不说，甚至地皮连同房子，在购买时也一次性地属于你了。对于不喜欢凑热闹、喜欢独居的日本人来说，这当然是首选。

不过，近年来，随着日本人生活水平的提高，他们的观念也悄悄地发生了变化。喜欢住高级住宅的年轻一代，已经把目标转向了管理到位的高层建筑，特别是离车站近的豪华高级住宅，眼下十分抢手。

对于没钱的我们来说，住进一户建，并不是什么美妙的事。我们不能随心所欲地使用空调，只能任天气来决定冷暖，任其摆布而挣扎着生存。

盛夏的闷热、严冬的阴冷，对于我们来说都不好受。在北方生长的我们，第一年的夏天，初次尝到了烈日下的木板房里，在湿热之中汗如雨下的滋味。

太阳高照时,强烈的日光可以烤透所有的墙壁,房间里立刻就会变成大火炉。甚至有时房间里比外面还要闷热,一点风也没有。直到太阳西落,房间里的闷热也不会轻易消散。

第一年的冬天,在阴冷的被窝里,我看着窗外落光了叶子的柿树枝。一只乌鸦在光秃秃的枝条上凄凉地叫着,叫得令人心里发颤。它在那里故意没完没了地聒噪着:"哇——哇——哇——"

那时,我好似真体会到了虎落平阳被犬欺的滋味。

有一次,我下楼去接打零工的女儿时,在黑乎乎的楼道里,撞到了刚刚下班回来的伊朗人。他是个尚未结婚的年轻人,早出晚归,好似挣扎在生存线上服着苦役一样。我搬来快一年了,只和他碰到过两面。伊朗小伙长得不错,见人很害羞的感觉,每次他都只是唯唯诺诺地打个招呼,就嗖的一下,影子般快速钻回他黑暗潮湿的屋里去了。

在日本这个国家,我们要重新改变观念看问题了,在中国的那一套,在这里是行不通的。

无论你来自哪个国家,无论你长得多潇洒,没有钱、没有实力,自己就会感到矮人一截。这个伊朗人的自卑心理,就是个证明,也在向我预示着明天的自己。

想到此,我不禁打了个冷战。

住在伊朗人对面的中国人老于,好像看起来满不在乎的样子。来回上下班时,他总是骑着他的摩托车,正好在年前他又刚从中国娶来一位年轻貌美的妻子,一副扬扬自得的神气。不过,他常主动跟我搭话。有时,趁着妻女不在家,他还会在楼下仰起头来问我一嗓子。确定只有我一个人时，他就会把着楼梯扶手，穿着拖鞋"趿拉趿拉"地上我家来坐会儿。

他喜欢套我的话，喜欢把我家在中国的底细都打听个遍，比方说：在中国时你们夫妻都是做什么的？你们是通过什么关系来日本的？在日本你们还有什么亲人？……

我觉得，我家那点事，真的没有什么见不得光，没有什么可避人的，也就没有任何防范地说给他听。

妻子不大喜欢他。我问她为什么，她歪着脑袋认真地想想，总是这样对我说："说不上来，好像是一种感觉，感觉这人不太地道。你不要什么都跟他说，还是观察一阵子再说吧！"

我说："好吧，不过你毫无证据地怀疑人，这可不好啊。"

她就反驳我："他来了多少年了？怎么还不懂这里的规矩呢……有些别人家的私事，是不能这样刨根问底的，甚至，连女人的年纪、每月的工资都是不能随便去触碰的话题。"

想想也是，刚来时老师就教过我们这些基本的常识。

从此，我还是会考虑妻子的感受。老于每次来都会吸烟，我们家没有烟，他都自带而来。等他下楼后，我就会立马打开窗子，把满屋的烟草味清除出去。

妻子回来后还是会感觉到楼下的老于又来过了。她阴沉着脸，皱着眉指指楼下，我也会无声地冲她点点头。

后来，我俩一起去买菜的途中，妻子才告诉我，原来老于也是跟着残留妇的女儿来到日本的，后来，他们离了婚，老于就开始不断地结婚、离婚……现在这位夫人已经是他的第八位了。

"呵呵，真是想不到，这个老于艳福还不浅呢。"

"这么说,你还挺敬佩他?"

"哪敢哪敢,我是有贼心没贼胆。"

妻子放下了故意扬起的巴掌,接着告诉我:"老于现在迷上了这一行,专门从中国往日本倒腾人哪。他明面上是在日本的台资企业里的社员……"

"我就纳闷了,你是从哪儿知道的?"

"他现在的老婆告诉我的。我有天打工回来,正好碰上了她,就约她去车站门口的那家咖啡店坐了坐。她告诉我这些不算,还说,有机会的话,她想离开他,还想找个有钱人……咱们还是少和他们家来往好。"

"怎么,她想和老于离婚?"

"看看,你瞪什么眼?又不是和你离婚!"

"为什么?总得有个缘由吧?"

"他不给她签证,总是半年半年地吊着她签……"

冷静下来后,我觉得这也是无可厚非的,自从到了日本后,我们身边这样的事太多了。很多遗孤的后代,尤其是男孩子,娶了中国媳妇,过来没有多久,就离婚了,这样的大有人在。

看来,中国年轻一代的心态与观念,与我们大不相同了。

这件事似乎也是个无声的号令,隐隐地在我的心里响起来:你不能这样下去了!我们这代人受的教育总是说,错了不要紧,改了就是好同志。没有想到,在这种时候,我曾经接受过的中国式的教育拯救了我。

没错,在是非对错这个维度上,世界确实变得越来越宽容了,然而,日本这个民族,是永远敬佩挑战者和成功者的,他们骨子里是绝不会同情弱者的,这是不容挑战的日本国民性。

我庆幸自己终于看明白了这些。就连我们的同胞，刚来不久，也都在悄悄地改变着自己的观念。

什么困境可以使人成长，其实，困境就是一个人永远的牢狱。我意识到：必须要打破它，必须要从这个贫穷的牢笼里走出去才行。

现在，我的牢笼就是这个所谓的一户建，这四面都独立的住宅。我现在是谁也靠不上。住进来以后，我们才发现，它原来的优点，在一贫如洗的我们面前，其实都是缺点。原来事物是可以变化着看的。

这种想法和念头，在那个乌鸦狂叫着的早晨，第一次悄悄地、深深地植入了我的心里。

冬天，东京的屋里屋外，几乎是一样的温度。有时候，即便是空调的暖风一直吹着，也根本无济于事。我们只好又买了个新空调，加上电热毯和煤气炉子，这几样一起使用。

过去在中国时，我和妻子都过惯了节俭的日子，以至于形成了一种模式，也是一种定型的人生轨迹：买什么都要在心里将日币和人民币悄悄地换算一下，看看是否合适，看看是否值得买。

这就是我们初到日本那几年真实的生活状态。

现在回头看看普通的日本人，他们几乎年年换电器、换新的地毯，家具明明还新着呢，就给扔掉了！相比之下，我们活得真是够委屈了。

"买！只要钱够了，只要不是借账，全买新的。"

妻子有点担心地看着我："你不是疯了吧？你原来可不是这

样的。"

"正是我原来过于节省，今天反而大彻大悟了。你说，我们从前节省下来的那些钱，拿到今天来用，能做些什么？"

"也是啊！"妻子站在原地看着我，思索了一会儿后，认真地点点头，赞同地说。

然后，我们俩一起哈哈哈地大笑起来。那笑是自嘲。

的确如此，生活似乎也该换个样子了。再节省，再抠门，这大半生，也没有换来美好的生活，我们依旧生活在最底层，也和可怜的伊朗人一样，灰头灰脑地过活，只是还没有看清自己而已。

在如今这种日新月异的时代，把生活的质量、生活的内容，都耗费在节俭上，真是不值得呢！日本人就提倡：断、舍、离。

生活安顿下来后，我们老两口也如愿地进了拓殖大学。两个孩子在全日制的白班上课，我们俩则是上夜间课程。

我们的孩子努力地学习日语，为能尽快地融入日本社会，开始了她们艰难的人生之路。

我和妻子的夜班学习每晚六点开始，九点结束。白天的时间完全由我们自己支配。

在东京的最初的日子里，我们好像一时间没了生活的方向，也没了推心置腹的朋友。对于绝大多数生活在这片土地上的人来说，"我们"与"他们"是截然不同的两个物种。除了碰巧生活在同一个城市外，除了他们与我们共同呼吸着同一个空间的空气外，好像我们与他们再无任何瓜葛了一样。

这是我们一种新的发现，慢慢地，就变成了一种别样的苦闷。

我们好似迷失了自我，在过于的宽松、自由的东京，感到很孤独，一种从未体会过的孤独。我们一时还难以适应，那一段日子，我们成了东京真正的无业游民的这种感觉很强烈。

这个时候的我才奇异地感觉到：原来毫无目的地打发时间，也并非一件易事啊！

有了体验以后才晓得，其实无业游民的日子并不像想象的那样美好，现时，我们就如同掉进了生活的泥沼一样艰难。在热火朝天的生活激流中，我们变成了很无奈的观望者，傻乎乎地看着别人的表演。不知道表演者在做什么，也闹不清自己究竟想看到什么，整日里很茫然，浑浑噩噩的恐惧慢慢地把我们给包围起来了。每天那么多新东西，我们都学不过来，有的也学不懂，这才是最揪心的。

其实，从所泽的中国归国者定居促进中心出来后，我们恨不能马上融入日本社会，我们渴望的自立的新生活，似乎并非是当时那个样子呢。可是，它究竟是什么样子？我们一时又无法说清楚。

理想和愿望毕竟不是现实。理想总是很丰满，现实又总是很骨感，这句很具有讽刺意味的话，勾勒出我们当年的真实处境。

现实是，我们不得不考虑：我能做什么？我有资本做到吗？

我们一时还没有更好的出路，也无法这样继续下去，只好悻悻地边喝着绿茶，边翻阅着报纸上的广告，在各色的广告中寻找着最适合我们的出路。

二十三

事实上，我们从拓殖大学毕业后，又进入职业培训学校学习了一年多的时间。

二十世纪九十年代，正是日本的经济泡沫破裂后的萧条时期，连日本人都很不好找工作，就不要说我们这些边缘人啦。可是，不管遇到什么样的工作，我还是想去试一试，就像一个长期被关在屋子里的人一样，时间太久了，会让人疯掉的。

最好的办法就是把门打开，把窗子打开，让阳光照进来，或者大胆地走出去。

我在一位福建同学的介绍下，决定去一家清扫公司先试试。

这是一家小公司，公司包揽了很多服务对象，这些服务对象大多是一些餐厅、医院和学校，工作量大不用说，地点还比较分散，而且都是些比较杂乱繁重的活儿。——不是这样的活儿，人家凭什么雇佣我这样一个当年连日常日语都说不流利的人呢？想想自己的处境和短处，就不存在不平衡的心理了。

这个时候，妻子已经在我之前进了一家餐厅帮忙。

我每天需要坐头班车出发，先到达池袋的学校。学校坐落在一条繁华的小街上，我每天到达这里的时候，还不到早上六点钟。

整条街上，商铺的门在那个时间点都是紧闭着的。学校的位置正好在这条繁华街道凹下去的部位。因此，在那条街上我干了两三年，然而在大白天里再次返回那里时，竟然认不出学校在哪里了。

原来，当白天的商铺打开一扇扇紧闭的铁门后，那条寂静的小街立刻面目一新了，就犹如一个老太婆变成了一位妙龄女郎一般。

这几年下来，我几乎每一天都在忙忙碌碌的奔跑之中，都没有顾得上好好打量它一下。真是惭愧，对不住它了。

后来，我们所有的经历，都和初到日本的同胞差不多一样，拼尽了所有的力气和精力，去争取得到属于自己的那桶金。不同的是，我在劳累和孤独时，会有家人的陪伴；我在烦恼和痛苦时，可以和妻子诉说。

一天晚上，我拖着疲惫的身体打开了家门。

妻子笑盈盈地迎上来，很神秘地歪着头问我："你猜猜我今天看到谁啦？"

我皱着眉头想了想："你们社长？"

"我可不是在给你开玩笑啊，你好好想想。"

"我又不是你的大脑司令官，你遇到谁了，我怎么会知道？"那天，我实在是太累了，根本不想动脑子。那个时候我才发现，人在过于疲劳的时候，大脑往往会呈现出一片空白，懒得去想，甚至连转一下都不情愿。

我一屁股坐下来，顺手打开电视机。正好，当时的日本首相桥本龙太郎出现在画面上。

我就灵机一动，跟她故弄玄虚地打趣道："我知道你看到谁了。"

"真的？你说说看！"傻乎乎的妻子还信以为真了。

"去，你要先学着日本媳妇的样子，把茶给我递过来，把洗澡水给我放好，我才能告诉你。"

"去去去，就知道你根本猜不到。洗澡水早就给你放好了，噢，请喝茶，现在说说看吧。"

"还能有谁？桥本龙太郎啊！"我忍不住笑，指指电视上的画面。

"你这个人真讨厌，我说的是真话，不是在跟你开玩笑啊！"

我见妻子有点犯急，就微笑道："你怎么了，到底是看见谁了，这么神神秘秘的？直接说出来嘛！"

"谁？像你妈的人呀！"妻子响亮地对我说完，转身兴奋地去了厨房里。

"什么？你说什么？你回来，把话说明白好吗？"

这次轮到我犯急了，我冲着她的背影大声命令着。

明明知道这是不可能的事情，但是，天知道为什么，我好像心里还有所期待，有所触动。惊疑之后，我刻不容缓地起身走进厨房，尾随着她，低声严肃地问："你说，到底是怎么一回事？"

于是，妻子绘声绘色地给我讲起了她今天遇到的蹊跷事来："我今天下班回家的途中，顺便去了趟'来福'①，想买点菜和饮

---

① 日本连锁超市。

料回来,刚进去不一会儿,就碰到了一个人。

"她主动走到我对面,弯下腰,低头呆了好久,才慢慢地抬起头来,眼睛里满含着爱意轻声地对我说,李桑夫人,您还好吗?能在这里见到您,我真是太高兴了!您辛苦啦!"

"谁呀?请你不要加这么多的形容好不好?这又不是在写小说,挑紧要的说!快点说,单刀直入!"我急不可耐地催促着。

"唉,我说先生,你有没有搞错,现在可不是我在求你啊。看把你急得,想听下文吗?要是想听下去,你就好好表现一下吧。"

我只好按照妻子的指示把筷子和米饭摆上桌子。之后,我伸手把所有房间的灯都一起打开了。在亮堂的灯光下,我仔细捕捉着妻子脸上的表情,心里在判断着真伪。

妻子接着说:"我当时也懵了。看着面前那位老太太的确是很面熟的,可当时就是想不起来啦,在哪里见过呢?你说怪不,老人见我冲着她发呆,就说是她自己太失礼了,如果我不介意的话,请我跟她去对面的咖啡屋坐坐,问我可以吗。

"我只好点点头,表示可以。

"我总不能让她感到咱中国人没教养吧?我也不能失礼,心想,反正目前这里的治安是让人放心的,再说,又是一位老者,我怕什么?我就决定和这位老太太去咖啡馆坐坐。

"天呀,我们面对面坐下来以后,我才猛地想起来她是谁了……"

"谁呀?"我放下手中的筷子,"她到底是谁?你今天怎么这么磨磨唧唧的呢?"

"就是那天,我们刚来那天,在机场接我们的那位老太太呀。她还是穿得那么得体,可洋气了。她不仅穿得洋气,说话和行为都是很有教养的，我算服了。"

"那后来你们都说什么了？"

"后来又说了好多好多呢，她好像对咱们家的事和人都挺了解的，总是绕来绕去地打听你的情况。唉，你说怪不怪，她连咱家两个孩子在哪个大学读书都知道得一清二楚……"

"你说，她到底是从哪儿知道的？"

"我怎么知道啊？我就是感觉她对咱家很感兴趣，对你很好。千万别把一个对你好的人给弄丢了就行。"

知道是这位老人以后，我把心完完全全地给放下来了，因为我知道，那位老妈妈的下巴底下根本就没有黑痣，她肯定不是我的生母。关于这个秘密，我还没有告诉过妻子，难怪她如此大惊小怪。

至于老妈妈为什么对我感兴趣，也许有她的原因……我暂时还不想为这个去耗费脑细胞。

很多当年在中国遗失了孩子的人，对我们这些幸存下来的孤儿，都怀着一种母爱。她们远远地关注着我们，无论是在经济上，还是感情上，都视我们如同她们自己的孩子一样。关于这一点，我在寻亲时就已经感受到了。

我和妻子正说着，门琐被钥匙扭动了一下。我俩四目相对："会不会是她来了？"我俩竟奇怪地生出了幻想来。

"我回来啦！"随着清亮的声音，我们的小女儿文心推门走进来。

"你今晚怎么回来这么早呢？吓了我们一跳。"

"妈，你忘了，我明早的飞机去悉尼呀！"女儿转向我，撒着娇，"爸，你看人家好不容易早回来一天，我妈她还不高兴了。"

妻子赶忙解释说："我哪里是不高兴？我是正和你爸爸说到关键的地方，你这突然一开门，把我俩给吓了一跳。我们还以为是她呢……"

"以为是谁啊？你们在说什么呢？也让我听听呗！"

妻子摆摆手："你还是先去洗手，接着拿双筷子过来，顺便给自己盛碗饭来。"

女儿离开的空当，我急忙给妻子使了个眼色，意思是希望她不要说得太多了。

妻子不耐烦地冲着我说："得得，我知道，我知道！"

可女儿一坐下来，她开口说着说着，就把不住嘴了。"……文心，你给分析分析，这人怎么对咱家这么熟悉呢？你说，她是不是有意跟踪咱家？她会不会是你的亲奶奶？"

文心咂吧咂吧小嘴，思索着："哎，您别说啊，我感觉着那位老奶奶还真跟我爸爸长得很像呢！"

"看看，是吧，从咱们来的第一天起，我就觉得这位老人与众不同，连她那天在机场看你爸爸的眼神都不一样，还真说不定呢！"

"可是，那我就不明白了，她为什么不来认爸爸呢？"女儿苦笑了一下，不解地眯起眼来看着我。

"看看你们俩，说着说着，就又不着边际了，你们娘俩可真够八卦的！"

文心憨笑着瞪了我一眼，憋不住地说："爸爸，咱说真的，您说奶奶她是不是也够奇葩的？"

"别瞎说，也许是你妈在瞎猜。"看见妻子冲我瞪圆了两眼，我又赶忙补充了一句,"也许她有她的想法,人家有人家的难处和隐私吧。"

我无法从妻子的话中辨认出真伪,更不能凭空判断我和老人的关系。不过,要是把前前后后的事情联系起来回顾一下,我也开始感到的确十分蹊跷。

那个夜晚我失眠了,来到日本后,我还是第一次失眠呢。

二十四

在没有到达日本之前,我曾经想象过,在日本生活的初期,肯定会不如从前在中国的日子。因为我们既没有熟悉的语言,也没有丰厚的财产,还没了年龄的优势。

可是,生活究竟会糟糕成什么样子?我从来没有认真想过并做好准备勇敢去面对,甚至也没有深层次地与人探讨过,因为那个时候还会想,有政府做我们强大的后盾,起码生存是不会有任何问题的。

比如最初的我,在东京的清扫公司里工作,连妻子也进了餐厅去端盘子刷碗。这样的工作,是我们当初想都没有想过的。然而,到了东京才知道了自己的位置和处境,能顺利地干上这份工作,在当时已经是很不错的选择了。

每天清晨,走出家门的时候,我都会满脸朝阳,急急忙忙地去赶第一班早车;晚上归来时,我已经耗尽了浑身的力气,变得满身臭汗了。每当我拖着筋疲力尽的身体,往家的方向走的时候,那个问题就会一遍遍地冒出来。

——东京太大了,大得我至今还摸不准它的方向。这么大的东京，怎么就没有我的位置呢？

我每天归来的途中，都会这样想，这是我的必经之路上那个隐蔽在街角的公园引起的。

在那个露天公园里面，有很多用空纸箱搭成的小房子，高不过一米，长也仅仅能容纳下一个人住。

这样的情景，在新宿最多见。空纸箱井然有序，安静无声地排列着。日本人是真能忍，愤怒了也不会轻易地发出声音来，甚至连他们养的狗儿，好像也不会叫唤一样，总是默默地跟着牵着它脖绳的主人，和主人形影不离地在一起。

这些纸箱子，就是无家可归者的住处。每天从这里路过，我都会看到他们低头弯腰几近爬进去的可怜身姿。

我们不会知道，这些屈辱地钻进纸箱子的人，究竟遭受了什么样的挫折。有过什么样的经历，才会让他们悄悄地躲在人来人往的公园里，不顾形象地钻着狗洞一样的洞穴？

在这个大得几乎听不见心跳的东京，谁不曾有过锥心的痛？看来无论是谁的生活都是要经历血雨腥风的。几乎每个人都不会对别人讲起，他们自己都在拼命地挣扎着，试想想，这样的人，又怎么会对我的悲伤感兴趣呢？

我每回路过那里时，都会莫名地想：我如果当初不选择工作，一样会每个月轻松地从政府那里得到一笔生活费。但单单地靠日本政府给遗孤的给付金生活的话，即便不至于流落街头，也肯定比现在的他们强不了多少。

即使生活再艰难，我和妻子还是选择了工作，只是为了保留自己的体面和尊严罢了，其实，这比不易的生活更加不容易。生活啊，从来都是不公平的，而每一个在生活的重压下尽力想过好的人，他们哪一个不是强撑着所有的压力，扛着全家人的重担呢？想到那些去富士山自杀的人，还有那些卧轨轻生的人，他们一定是疲惫不堪，一定是灰心丧气，一定是一蹶不振了……

我只要想到此，心中便不会再有什么委屈了。

我只想让我的家人好好地在这里生活下去，仅此而已！

现在回想起来，那时一边心疼着我，一边决定和我一起出去工作的妻子，真的很美。她说，哪怕是一个月挣来十万日币，花着也会感到舒畅的。因为那是我们自己用汗水得到的，我们花着会感到理直气壮。

于是，我们义无反顾地选择了自立这条路。

后来认识的良子妈妈，在来信中，无数次地鼓励过我们，困难在最初阶段肯定是会有的，相信走过这一段路，就会渐渐好起来的。日本是个怕强欺弱的民族，他们不会同情弱者……

"你们终于走出自我的路，他们也会对你们刮目相看的。"

良子妈妈的话没有说错，现实生活再一次证明了这一点。

我们来到日本以后，曾经接受过很多日本人的援助。这些人，大多在年轻时去过中国，有的是跟他们的父母，有的是跟她们的丈夫，经历了侵略中国的战争，目睹了战败后日本人的惨状。很多人，是出于对他们自己那段人生的回顾和反省，对后来者的同情，才组织了一个援护中心。

从我们到达日本那天开始，就受到了来自他们团体或者个人的关爱。良子妈妈便是这其中的一员。

这些人，我们基本上都没有见过面。见不见面好像并不重要，大家的心意是相同的。他们对我们的遭遇也感同身受。

不给别人添麻烦，这是日本人的一句口头禅。他们会默默地付出，不会去打扰对方的生活。他们的礼物，不断地邮寄到我们的家中。那几年，我们曾收到过一百多个箱子，多半是衣物、食具、电器、课本，还有家具和现金……

按照日本人的习惯，我们也只是回封信，深表感激，因为日本人基本上没有随便去别人家串门的习惯。哪怕彼此之间是相当熟悉的朋友，想见面了，也是相约在哪里碰面聚餐，或者是在一起喝杯咖啡。绝不会有主动跑去别人的家里的，这种中国式的热情，在日本会被看作是大失礼。

在这些给了我们众多帮助的人的名单上，有一位是我最想见，也最为感激的人，不仅仅是因为她会隔三岔五地在邮寄来的包裹里给我们夹放些钱和米票，更重要的是，她给我们的鼓励，几乎改变了我们人生的道路。

那就是良子妈妈。

我们那时候还不知道她究竟是谁，也不知道她的具体年纪和长相，甚至一开始还不知道她究竟是男还是女。只是从语言和笔迹上揣摩，她差不多是个女人，而且是位受人尊敬的老者。

她曾经三番五次地在信中管我们要过全家照，为此，那年在去新牧场的路上，我们特意请一位路人给我们拍了一张全家福，并寄给了良子妈妈。

因为我们当时知道这张照片是特意为良子妈妈照的，所以，四个人都像春季里盛开的樱花一样，一脸灿烂地笑着。

我们也表明想要良子妈妈的一张照片。她依旧亲切地寄东西给我们，却迟迟不提照片的事。很清楚，她显然不想打乱我们的既定生活。

终于有一次,她在回信中说:

我老了,很少再照相了。谢谢你们的牵挂,你们千万不要客气,如果能给你们帮上一点点忙,那是我的福气呢!那会让我高兴,会让我心安的。

太过漫长的分离,你们能够回来,能够离亲人近一些,也是上天的安排……今后,如果可以的话,就请叫我良子妈妈好了。

还有一次,她又这样说:

你们的两个女儿都是美人,能有这样聪颖美丽的孩子,我和你们一样,感到非常幸福。如果可以的话,我能请老师教她们跳日本舞蹈……不知这样冒昧的提议,有没有打扰了你们?

良子妈妈还说:

相信吧,早晚有一天我们是会见面的。你们的照片,就摆放在我的床头,我每天都会看到你们全家人的笑脸。这就让我已经很知足了。

知道你们在东京过着自食其力的生活,我很为你们高兴。在日本,可能有些事情你们还不懂,有难处时,你们可以随时来问我。但我只能给你们可行的参考意见,是不会替你们做决定的。你们也不要有任何的顾虑，就当我是位有经验的老者吧。

还有一封信中，良子妈妈说：

……但事实上，你们比我想象的更坚强，更能干。苦和累，都是一个暂时的过渡时期，相信这段时间会很快过去的。日本人在战后，都经历过这样的磨难……孩子，你们全家远远比我想象中的更优秀！

在你们全家人的身上，我又一次看到了，其实人的修复力是非常强大的。你们有坚强的生存意志和爱的能力，你们很快地摆脱了困境不说，还靠自己的能力找到了工作，让自己在这个社会上有了立足之地。

没错，我一直以来没有明说，日本人大多数是可亲的，是善良的，但是，由于日本是个岛国，日本人也有着狭隘的岛国意识，那就是怕强欺弱……

不知道为什么，每次给你们写信，我都会啰啰唆唆地没完没了，真是抱歉，让你们来听一位老人不厌其烦的唠叨。真是对不起了。

最后的决定，还是得由你自己来做，因为我只是把自己偏激的经验如实地写给了你们……

每回读完良子妈妈的来信，我都会很激动，都会很卖力地去干活。我开始拼命地学习语言，放下自卑心，和日本人主动打招呼；放下架子，拜孩子们为师……这样努力的目的只有一个：我要干出个样子来，让良子妈妈高兴，让家人安心，也不枉活自己的一生。

　　……其次，我要告诉你，我很珍惜我们之间的缘分。
　　亲人之间也只有一次的缘分，无论这辈子我和你们会相处多久，我都会珍惜这段美好的时光。下辈子，无论我们是否还会在东京，相信我们都不会再相见了。

　　任何事情都经不住推敲，本来读起来是很简单的往来书信，现在回味起来，细细品味，竟然发现里面隐藏着很多暗语似的。
　　我认真地，小心翼翼地在那些散发着淡香的浅色信纸上，轻轻地做下了标记，慢慢地琢磨比较着，突然觉得哪里不对劲了。
　　我真是奇怪，自己的感情是否太过于愚钝了？这些话，当初我怎么就没有感触呢？
　　我这个人，真是木讷得不可原谅，而且木讷了一生，这究竟是谁的遗传基因呢？
　　还是我过于敏感了？妻子遇见的那位老人会是良子妈妈吗？
　　我抬起头来望着天空，天空变得阴沉起来。一片片乌云飘过去，渐渐飘得很远了，我的眼睛还一直在追随着它们。我一直这么待了好久，也想了好久……

二十五

2002年的深秋,东京的台风,一个连着一个地刮过。那一年,台风过于频繁。到了十月底,已经有二十多个台风刮过去了。

我从小在中国的东北长大,几乎没有经历过地震和台风。到了日本以后,才真正地体会到,这些未曾经历过的自然现象和灾害,其实,都是日本人的家常便饭。

当台风刮起的时候,身在高层建筑中的我,就如同听见了狂奔的狮子在大草原上气喘吁吁地追赶它的猎物时所发出来的恐怖声音一样。并且这"狮子"还不时地用它粗壮有力的尾巴使劲儿地拍打着窗子,恨不能把玻璃窗打碎了,像要闯进来一样可怕。

那恐怖的感觉,至今都历历在目啊。

如果这样的日子,孩子大人都在家里,兴许心里还会平稳些。可是,事实证明,自从来到日本以后,我们这个家就早已经不是以前那个家了。孩子们要上课,放了学,要马上去打工;吃不上饭,那也是很正常的。

平时我倒还放心,一旦狂风骤起时,我就会变得坐卧不安起来。现在的我,倒是再也用不着为孩子们担心了,她们毕竟大了。我忧虑的反而是自己的工作。

我每晚都很认真地看天气预报，台风几点能到达东京都，那个时间段，还会不会有地铁在正常运行。万一没有车，我是无论如何也赶不到学校的。我不能打扫教室里的卫生，给学生们一个干净的环境，他们怎么上课呢？我又该如何向公司交代和解释呢？

没有理由，也不会有人理解我的难处，更不要说解释了。自然灾害这个问题，对日本人来讲，压根就是他们生存的一部分内容。我也就不要找借口了，这才是正确的选择。

很多时候，在台风到来的前夜，我都不得不在学校里度过。

每到这个时候，妻子就会满脸坏笑地打趣我："又打算到学校去蹲一夜？"

我知道她是关心我，对我好，耐心地听着妻子的唠叨，不想隐瞒她，迟疑地解释着："现在不去，明早没有车，赶不到学校，怎么办？"

"也是啊！"妻子帮我往背包里装着明早的水、饭，还有一本画册。她调侃道："嗯，倒是这个理儿。不过，我有时候又觉得挺奇怪的呢。"

我不解地看着她，有心无意地随便问："有什么奇怪的？后半夜就来台风，现在不先去，明早你能保证有电车吗？赶不到怎么办？"

妻子闻言突显愠怒，白了我一眼："我不是那个意思啊。"

"那你是什么意思？我难道不知道在家里睡一宿舒服？"

妻子皱眉，沉吟着说，我说你辛苦了，不过呢，你说怪不，现在也没有人逼我们非得这样做，我们怎么就会甘愿做这么大的牺牲呢?

她的话,其实也正是我的想法,瞬间直击到我的要害。我愣在了那里。

我忙改口说,嗯,我明白你的意思了。其实我心里想:还不是为了保住这份工作嘛。在日本这个大环境中,最好先看看周围的人都是怎样对待工作的。我想做一个堂堂正正的人,不想听到日本人说:"看,这就是那个中国人干的好事!"

最好的应对办法就是先做好自己的事,这样才会受到认真严谨的日本同行的肯定。

那些年,我们的工作状态是:最开始时,我和妻子要同时打几份工。当然,都是些零散的、又苦又累的工作。这对于当时的我们来说,已经是很满足了。我们来到日本的时候,正是日本的经济泡沫后期,能如愿地找到工作,已经很不容易了,我们也很珍惜。

到日本后,无论是短工、临时工,还是别人不愿做的,我们都去干,而且是一头扎进去就要在那里干很久。我们当年给自己定下的规矩是:只许工作来挑选我,不许我选活儿。

有时候,连我自己都会产生疑惑。从前在中国的时候吧,从我们开始懂事的时候起,就会不断地受到教育:要有一不怕苦,二不怕死的精神。要斗私批修。要全心全意地为人民服务。我当年听罢、学罢,感觉就像是走了个冠冕堂皇的过程,除了会背这些口号外,也没见有多大的长进。万万没有想到的是,我现在怎么竟会将这种口号的精髓,全部用了出来?

为了保住这份并不被看好的工作,我竟然会在头一天晚上,没有任何酬劳,就自愿进入工作岗位,而且是在没有人号召、没有人问及，也没人知晓的情况下。

我是不是疯了？还是傻了？

我只好嘲笑自己："我也不知道哪来的这境界，怎么现在就变成了默默奉献的劳模了？"

妻子说："也不只是我们两个人这样，你仔细观察一下你周边的日本人，哪一个不是任劳任怨，哪一个不是在默默地干着啊？我们餐厅，有位六十多岁的阿姨，还是个瘸子呢……"

她说到这儿，意识到自己的无礼，马上改口："是位残障人。无论寒冬酷暑，她每天都是第一个到餐厅，除了做料理，还负责指导我们这些新人，甚至连卫生她也帮着做，也没见她多拿过一日元……她家还住在千叶，多远啊。"

这日本人就是一根筋。只有这一根筋的日本人，才造就了独特的日本社会。

我不得不再次思考自打来到日本后就一直在思考、一直都不理解的问题：为什么他们无论工作好坏，都会是一样的珍惜？是不是只要他们认真付出，收获都会相差无几，所以，无论工作好坏，他们的日子过得都没有太大的差别？

尽管好多时候，我都百思不得其解，但我还是会经常地观察着，时时会想起来。即便是家庭跟别人有差距的孩子们，也很难在他们身上找到幼小心灵里曾经承载的恐惧和自卑，是什么保护了一颗颗幼小的心灵？是什么让贫穷的孩子一样有着最美好、最真实的自尊？

遇到台风天气，我就会在外面待一天一夜才回家。即便这样，我也是心甘情愿的！

妻子疼爱我，总像照顾当年去参加郊外野游的女儿那样，给我带上各种稀奇的零食。我看她如今是抓不到日渐长大的孩子们了，只好把我当成了她的"猎物"。多么可爱的女人，几十年我与她风雨同舟，已经是彼此适应、彼此默契了。

来到日本以后，我们彼此的人生都发生了天翻地覆的变化。刹那间，我们不但失去了朋友，甚至有时也失去了自我。在东京这座繁华、不讲人情的大都市里，只有我们俩携手奔跑在漫长陌生的大道上，守着心里的爱，彼此搀扶着，尽管心里有痛，也不敢在对方面前表露出一丝一毫的痛惜、哀伤来。

我们相互鼓励着，掩埋了疼痛，淡忘了苦涩，总是彼此安慰：相信走过这一段路后就会好些了。相信只要这样坚持着走过这一段艰辛，梦就不再是虚幻。

那个孤独的夜晚，我一个人在学校里，提早把学校的里里外外打扫干净后，听着渐渐走近的台风的怒吼声，听台风呼啸着，肆虐着，耍着它的淫威。

我反而不再心慌了，而是得意起来。我想，我不但战胜了台风，我还战胜了我自己。

为了给自己壮胆，我把教室里的灯全部打开了。包括走廊、厕所，凡是我要经过的地方，我都要它明亮灿烂起来。

在明亮的灯光下，我翻翻背包，里面有妻子为我准备的三明治、果冻、巧克力、草莓、饭团，还有水。在众多的食物中，我只选择了一瓶矿泉水，就着一本漫画，饶有兴趣地边喝边看。

漫画中是一对新婚的夫妻，丈夫穿着燕尾服，妻子是白色的婚纱。婚礼后他们手牵着手走出了教堂，却一不小心，走上了坎坷的岔道……

这时候新郎官不由得感叹，婚姻是人生最大的一笔投资，怎么就在幸福路上迷了路呢？

新娘一听，心里便不舒服起来，情绪忽然有些沮丧，她忘记了该有的柔情，逼视着新郎问，你在这个投资上迷路了？

新郎忙说，哪里哪里，是幸福得找不着北啦！

看来聪明的人都会哄人，都会甜言蜜语，而我在这方面做得很失败……

看着看着，我也不由得跟着笑了起来，忘记了这是台风肆虐的夜晚，忘记了此刻我是一个人在学校里待着呢。

狂风的怒吼过后，窗外雨声渐密起来。下半夜的时候，台风的中心渐渐逼近，我想起妻女，几次下意识地把手伸进口袋里，想给她们打个电话过去问问平安，又总是迟疑地把手缩了回来。

是啊，这已经是后半夜了，出来躲避台风毕竟不是第一次了。相信她们会平安无事的。再说，她们肯定都在熟睡中，不要打扰她们，明天早上妻子还要去打工，女儿们还要去上课。

打消了打电话的念头之后，睡意全无的我蜷缩在冰凉的椅子上，眯起眼睛来，在空旷的课堂上，在失魂落魄的恍惚中，一个人孤独地时断时续地想着往事，不知不觉就熬到了清晨……

二十六

　　随着时间的过去，我越来越相信，我所做的一切，别人是能看在眼中、记在心里的。虽然我没有听到过任何当面的表扬，可是公司以及学校的董事对我的态度和称呼渐渐地发生了微妙的变化，变得亲切起来。他们有时也开始问我一些他们感兴趣的事情，当然都是关于中国的，可能以前不是没有好奇，只是他们和我不熟，都隐藏在心里不说罢了。

　　都说痛苦是救赎的必经之路。我的付出，全都被周围的人看得一清二楚。日本人喜欢暗中观察你，看上去对你不在乎的样子，其实他们全都记在心里了，只是不表现出他们的好奇心来。

　　日本人的人际关系非常简单，彼此相处中不需要单方面送大礼来维系关系，与上级更没有这个必要。邻里之间，互相买个毛巾、香皂的，就算没有失礼。朋友之间，你给我一盒点心，我总要想办法还给你一个价值等同的礼物才会了事。千万不要礼物过重，这反而会给对方造成负担。上下级之间，最好杜绝互相送礼。只要做好自己分内的工作，就是最好的礼品。

但千万不要说谎,他们发现你说谎后,就会对你起戒备心啦,哪怕仅有一次,也会很难改变对你的印象了。

正是日本的这种简单的人际关系,救了木讷笨拙的我。我似乎天生就适应这种环境。

一天,我在清扫校内游泳池,临近中午时,工作还没有彻底完成。这时候,松本要大家先去休息,他一个人留下来继续干。

排污泵口的活儿,是又脏又累又危险的。因为我以前干过这活儿,就主动要求留下来,让大家先去休息。我一个人竭尽全力,仔仔细细地干着,待大家午饭归来后,我已经全部打扫干净并弄利索了。

松本很满意地微笑着,我们两个之间隔着一些清扫工具。他把手里的盒饭扬起,挥挥手,示意那是他给我买来的午饭。

我本想彻底清理完之后再去。松本冲我继续微笑着:"剩下的我来,你赶快洗洗,先去吃饭吧。"

松本说话的时候,眼睛里充满了感激。他一直望着我,我很喜欢他看我时眯起眼睛的样子,非常亲切温和。

他的性格我也喜欢。他的人品,大家都很认可。那时候我只知道他是个善良的好老头,还真不知道这家公司就是他开办的。因为他一丁点架子也没有,我还以为,他和我一样是被雇佣来的呢——毕竟他总是谦和地对待每一个人,也没看到有谁对他鞠躬行礼啊。

他让我惊奇,也让我悟出:善良,既可以感动、温暖他人,也可以温暖、幸福自己。其实,爱别人就是爱自己!

总公司的社长正是这个叫松本的胖老头,他总是笑眯眯地跟大家说话，很和气地看着我们。他走起路来有些气喘，干起活来却是绝不含糊的。

我曾经多次与他在一起干过活，不过那时候，没人告诉我他是总公司的负责人，我也不知道。怎么会有总负责人每天都穿着工作服，双手乌黑地蹬着梯子上上下下地忙乎呢？而且，他比普通人还要放低姿态，更是让我感到亲切和蔼。

第一次与他干活时，他站在高高的梯子上换教室里的荧光灯，我负责把灯管给他递上去。一个下午，他能换完一层楼所有教室的灯管。

我看他年龄比我大，身体也不太灵活，就想和他交换一下。他先是执意不干，一边继续着手上的工作，一边有意无意地对我说，日本连换灯管这样的事情，也是需要有免许的——也就是我们中国人说的资格证书。这一句话，我听懂了，也记在了心里。看来他不是不放心我，是担心我做不好？

我对松本苦笑一下，故意用平淡、不经意的语气说："我有啊，不过是中国的资格证书。"

不知道在上面的松本当时是否听清了我的话。

我当时的心态多多少少是不平衡的，这是我的心里话。我觉得日本人太爱没事找事了。换个灯管，这是多大点的事啊，还要什么资格证……

接下来，他不冷不热地，就像两个很熟的朋友在唠家常那样，嗔笑着问："田中桑，刮台风那天你就住在学校了？"

——当时我已经入籍。日本政府给遗孤安排了由厚生劳动省认定的担保人，根据规定，遗孤若没有找到日本的亲人，入籍时大多要随担保人的姓氏。我的担保人姓田中，我也因此从

"李桑"变成了"田中桑"。

我正仰头看着松本,听到他这出其不意的问话,心里犯了嘀咕:是不是我触犯了公司的哪条规定了?按理是不应该住在学校的。日本人的规定,都是些鸡毛蒜皮的小事情,又都很严格,真的是拿着鸡毛当令箭。

我默默地反省了几秒,琢磨着该不该说实话。但既然被发现了,我也没有必要隐瞒和辩解了,只好苦笑道:"是的,我担心第二天早上没有车,又怕耽误了学生上课,就来了……刮台风,只有学生不来的道理,没有校工请假的理由吧?……"

他半天没有说话,我俩都沉默了,只是机械地继续干着活。我心里想,事已到此,爱怎样就怎样吧。反正我也是迫不得已的。

这件事,我以为是坏事,其实松本他心里有数。

后来,当我知道他的身份后,着实吓了一大跳,一直内心忐忑着,还曾经消极地等待着他的处理。当然,我还是不知道他就是社长,只以为他是个管理层,也没有人告诉我。和我一起干活的日本人就直呼他的姓:松本桑。

工作结束后,我洗过手,想一个人赶快溜走,就拿起盒饭打算出去吃。松本突然叫住了我:"田中桑,今天晚上我们一起去吃中华料理怎么样?"

我看看他,有点莫名其妙地点了点头。"好的。"我不太情愿地说。

那天晚上,我们各点了一份饭菜,他看着我的菜,调侃道:"你不快吃,说不定一会儿就全都归我啦,你没看我这体格吗?"

我被松本逗笑了。他比我老,又比我胖多了……他是不是想让我放松一下？

松本喝了一口清汤，歪着头看着我问："田中桑，你在中国时是做什么的？"

我低下头，脸忽然发起热来，好汉不提当年勇，跟他说太多吧，有点显摆的意思，就省略了很多重点，直奔主题："我当过电工。"

其实，我是电气工程师呢！我没把后面这句话说出来。

他笑道："何止是电工？我看过你的履历，你有这里的免许吧！"

我有些惊异，支吾其词地说："我前年在学校学过，不过，不知道那个免许适不适用……"

"那好，你从下个月开始，就去公司下属的木林大厦做管理员，好吗？"

这是真的吗？我一下子愣在了原地。我怀疑自己的耳朵是不是听错了，天下还有这么好的事？这么好的事，他为什么还要用询问的口气？这可是我求之不得的工作呢！我力图控制住自己的喜悦和紧张，用感激的目光看着松本，轻轻地说了声谢谢。

现实经常是这样的：我们走着走着，就感觉什么地方变了。其实什么都没有改变，只是走进对方最真实的世界了，也让对方看到了真实的你而已。

那时候我和松本大概就是这个情况吧。多少年以后，我还会经常回忆起这一幕，甚至，连一些细节我都清清楚楚记得起来。

我想隐瞒的往事，这时却成全了我。正是大家常说的那句话，希望总是留给有准备的人。

后来，我和松本只要碰到一起，就会一起去吃午餐。日本的午餐套餐很便宜，而且，日本人午餐通常是不饮酒的。

结账的时候，我按照中国的规矩，主动站起来去付款。松本很认真地给了我一个手势，他制止了我。

我想，干脆不要和他争了，钱又不多，好像他给我调转了工作，我才巴结他一样。我不想给他和我自己留下讨好他的印象，那样相处下去会很累、很别扭的。还是按照日本的规矩来，AA制吧。

松本说："今天我们破个例吧，让我来好吗？"然后他不容分说地付了款。

我再一次不知所措了，左右为难地站起来。虽然钱不多，但是我猜不透他的心思了。

换了新工作以后，我似乎终于要摆脱全年无休的状态了。去新公司报到前，正好赶上日本的新年。那时候，我们一家人来到日本已经五年多了。五年多来，只要是日本放长假，周围的邻居和朋友们，几乎都会唱了空城计一般，举家去世界各地旅游——日本人爱旅游，也是全世界都出了名的。

来到日本之后，我们还没有全家一起出去旅游过呢，想想就有一种莫名的窝囊感。只是该忍耐的时候就要忍耐，这也是迫不得已的事情。

妻子曾经提议过，适当的时候，我们全家也该去国外旅行。机会终于来了。那天下班后，我去了趟旅行社，拿了很多旅行社的广告回了家。回到家里，我给自己倒了杯绿茶，坐在窄小的房间里，戴着老花镜，开始认真地寻觅便宜又合适的去处。

我用发财后"小人得志"的腔调对妻子说,这次,随便你想去哪里,全世界任你选……

"亲爱的,我是很想去,但好像现在还真是去不成。"妻子停顿了一下,"我看,趁着这个机会,还是你和孩子们先去吧。"

"不是你多次提议的吗,怎么又不想去了?还是舍不得钱啦?"我愣眉愣眼地看着她,有些困惑不解。

"都不是。"她的脸上露出疲惫的微笑,不紧不慢地说,"是我不想请假,跟你以前的心态一样。有几个日本人,人家几个月前就请假了。现在,我再提出来,餐馆老板会很为难的……我还是等以后吧。"

我听罢,叹了一口气,寻思着点了点头。

我想到,自从我们举家来到日本后到现在,全家人很难碰到一起吃顿团圆饭,这都快成了奢望了。"你说,咱们现在这日子过得……"我叹着气抱怨着。

"你放心,我不在乎这些。"她笑着摇摇头,"跟我说实话,你现在心里高兴不?能让你去做管理工作,简直是太好了,真为你感到高兴。什么事都需要慢慢来,特别是我们不懂语言,一切都要从零开始。只要你好,你心安了,对我就意味着一切,也就值了!"

我没有料到,她竟然这样想,眼睛里还充满了母亲般的慈爱。

我看着听着,想到她跟我到日本后,在一起打拼的日子里,吃了很多苦,遭了很多罪,受了很多委屈……喉咙不由得一哽,说不出话来。

周六早上,趁着全家人都在,我一早起来就宣布了我准备请大家去旅行的计划,并且,大方地说,无论去哪里都行。

提到这个话题,大家比听到我调换工作的事显得更感兴趣。两个孩子那好看的大眼睛忽闪忽闪地盯着我,文美说:"爸爸你打算去哪里?要不我们去印度好吗?"

"印度?又远又穷的,你干吗要去那里?"我不解地挤出微笑,不置可否地看着文美。

"爸,你那是老眼光了,现在印度发展得相当快啦,听我们去过的同学说,那里的科技很发达,还有景色、宝石,都很好,现在正是那里一年四季最好的季节。您听说过泰姬陵吧?据说可不输故宫呢。我想去那里看看。"

"爸,我可不想去那里,我想去夏威夷。"文心嘟着小嘴说完,想求援,就把头转向妻子。"妈,您想去哪儿呢?"

妻子迟疑着说,她需要和餐厅的老板再商量下,现在还不敢定。再说,自己老了,哪里也不想去了。我早已经知道了妻子的本意,因为我们之前已经交换过想法了,我也就不再多说什么了。

文心马上嘲讽道:"妈,其实年龄从来不是问题,更不是界限,除非你自己故意拿这个问题来为难自己。"

我假装严厉地呵斥:"你这丫头,你可是名牌大学的学生,这是怎么跟你妈妈说话呢?"

文心回头眨眨眼,朝我扮个鬼脸,解释着:"我妈在找借口呢,难道您听不出来吗?我妈去印度的签证可能会慢一些吧。但是,我感觉要比去其他地方容易些。"

——那时候,我们家四口人中,我和两个女儿都入了日本籍,而妻子坚持不入日本籍。二十多年过去了,她至今依旧是中国籍，除了旅游时签证麻烦些以外，其他的和我们没有什么差别。

"去美国、欧洲，中国护照可能会被拒签，难道去印度还会这么难吗？我有点持怀疑态度。"

"那就试试吧，我估计够呛。不过呢，我先声明啊，我是坚决不去印度的，我要和同学一起去夏威夷。"文心故意提高了声音，强调着"夏威夷"这三个字。

"你去夏威夷？那你就自己买票吧。"文美毫不客气地对妹妹说。

"当然，我也没有说要占家里的便宜。你急什么？"

文心好看的大眼睛盯着妻子："妈，你跟我去吧，我请你，让姐姐请爸爸去印度好了。我们兵分两路走。我决定，这个新年咱们家就这么过了。"她使劲在空中一挥手，好像这事就这么定下来了一样。

妻子说："你看我干吗？你们现在个个都是小富婆啦，去夏威夷需要我的援助吗？"

"我才不稀罕你请我呢。下次我请大家啦！"

文美捂着嘴傻乐起来。笑过之后，她又补充说，这两天她去跑旅行社的事，回来后再决定。

早餐会议就这样匆匆结束了。

最后，由于各种原因，只有我和文美如愿地去了印度。

二十七

在印度的德里，我们遇到了一件事情，几乎改变了我头脑里固有的对日本人，特别是日本年轻人的印象。这件事，要从我们到达德里的第一个晚上说起。

从东京到德里，我们足足坐了十三个多小时的飞机。到达德里的时候，已经是晚上七点多了。多亏文美的英语起了作用，我们才好不容易搭上了辆出租车。出租车里多少有点凌乱，还夹杂着一种类似咖喱饭的气味。

在没有来印度之前，我们就查过很多相关资料，对德里的状况也略有所知。只是没有料到的是，晚上八点多了，德里的交通也是拥堵不堪的，车辆很难前行。而且一堵起来，所有的汽车都见缝插针般地前进，成一团乱麻，你根本无法绕过去。

这倒也好，反而让我们安下心来，像夜莺那样睁大双眼，观察着车窗外，想捕捉路途中的新奇事物，也就是对这个城市的第一印象。

首先是一个"乱"字。道路乱，车乱。接下来闯入我们视线的是路边一位身材标准的女人，她穿着几乎拖地的大裙子，正沿着公路边跟随着我们的车走着。本来我们的车是可以超过她的,只是因为堵车,停停蹭蹭的,结果还不及那个女人走得快。

就在这时,忽见那个女人也不顾及车上的人在看她,居然大大方方地在路边昏暗的路灯下,一撩大裙子,理所当然地蹲了下去……

文美傻了眼一般,小声惊叫:"爸,这里怎么会这样啊?也太不讲卫生了吧?"

我只好咧嘴一笑:"不要大惊小怪,如果不来的话,你还会有些心犹未甘呢!还不是你坚持来看泰姬陵的吗?"

文美只好冲我做个鬼脸,含笑不语了。

到达我们住的宾馆后,虽然已经很晚了,德里的大街小巷依旧热闹非凡。这一点跟我们中国的城市差不多。

我俩安顿好了行李后,马上乘电梯下楼,准备出去吃点什么。主要是因为来时,满街贩卖宝石的小贩吸引了我们,文美又喜欢宝石,她就提议先到宾馆对面的餐厅去吃饭,估计是想来个一举两得吧。

在我们下电梯的时候,在三楼上来一位东亚小伙子,他高挑身材,戴副浅色的眼镜,穿着雪白的短袖衬衣,下摆塞进了裤子里。穿戴倒是显得干净利索,奇怪的是,他两只眼睛有点神经兮兮地盯着我们,好像是在琢磨着什么。我们担心他是坏人,心里虽然不爽,也就装作没有看到的样子,给他个视而不见。

他看了一会儿,见我们没搭腔,也就知趣地转过脸去了。

到了一楼,下电梯时,文美用中国话问:"爸,你看咱们去哪家餐馆好？"

我说："今天这么晚了，就在对门那家对付对付吧。"

我们刚说了两句，那个电梯里的小伙子突然一个大步反超到我们面前来，用奇怪的好似大舌头的汉语问："对不起，请问，你们是中国人吗？"

我和女儿对视一下：什么意思？我们是不是中国人和他有什么关系呢？

见我们不回答，小伙子也意识到了他的唐突，忙磕磕巴巴地开始解释："是这样的，有一个中国人，她也住在这里……"他伸出食指，向楼上指了指，想继续说下去时，文美突然不礼貌地打断他："你是日本人吧？"

"是的是的，你怎么会知道？"小伙子像是得救了一样，立马笑逐颜开起来。

文美迅速给我使了个眼色，用中国话快速地嘟囔着："看他说话很别扭的样儿，我估计着差不多，我们学校学汉语的日本同学，差不多都是这个腔调呢。"

接下来，我们言归正传，问他到底有什么事，需要我们帮忙吗。他先是用不连贯的中国话说着，后来，我们感觉他的中国话还不如我们的日语流利呢，就索性开始和他讲起了日语来。他很高兴跟我们讲日语，告诉我们，他叫服部，是日本三井公司的职员。按计划，他本该乘坐昨天的飞机从德里去尼泊尔登山的，结果发生了一件事，耽误了他的行程。

他遇到了一位被驴友甩在德里的中国"奥巴桑"（大妈），因为她不懂这里的话，也不认识任何人，发现他会说几句汉语，就求他帮她在德里找到中国人。他只好答应了，没有想到能遇见我们爷俩。他想,把大妈交给中国人后,他才能放心地走。

我听后,还是有点莫名其妙,迟疑地问:"她人现在在哪里呢?"

服部好像获救一样,兴奋地向我们指指楼上:"她正在上面发愁呢……我这就给她打电话,请她下来,你们聊聊好吗?"

很快,大妈就慌慌张张地来到了酒店的前厅。她烫着满头的乱卷,有点像黑人那种自然卷的发式,穿着一身大红色的连衣裙,更加醒目的是,脖子上还缠着一条翠绿色的大丝巾。看见她,我有点忍俊不禁,也感到一丝亲切。

大妈身材矮壮,走路落地有声,应该属于办事很利索的人。初次见面,她表现出了很高的警惕性,先是审视般地打量着我们,然后,低声严肃地说:"你们也是……日本人吗?"那神态仿佛我们是特务一样,她非常警惕,非常害怕,就像在和我们秘密接头。我今天想起她的神态来,都还想笑呢。

服部忙抢过话去,连连地摆手,赔着笑脸安慰她说:"中国人,中国人,他们是和你一样的中国人。这个,你放心!"那架势,仿佛需要我们帮忙的不是这位大妈,而是服部一样。

他很耐心地跟大妈交谈了几句。那位看上去有六十来岁的大妈,慢慢地解下脖子上的纱巾,观察着服部的表情。

"您直接跟我们说说,到底是怎么一回事?"我开始用中国话和这位大妈讲。

大妈还是有点怀疑地看着服部,我感觉那一刻,在这位大妈的心里,对服部这个日本小伙子的信任,远远地超过了对我们。

服部好像也看出来了,慢慢地安慰她:"奥巴桑,你不要担心,我们也是,也是刚刚认识的,他们明天也准备去泰姬陵,你们，你们可以搭伴一起去，之后，他们可以把你带到机场……"

大妈对服部特殊发音的汉语也似懂非懂的，文美只好把服部的话捋顺一遍后，再重新把意思讲给大妈听。

大妈这才现出彻底安心的样子，慌乱地连连点着头，说："这个日本小伙子可真是个好人哪，我多亏碰上了他，不然我现在可就惨了。"

原来，她是在网上认识的那些驴友，说好了大家一起在印度旅游完，就去尼泊尔登山的，结果刚到印度的第二天，他们就集体失踪了。

"这帮王八羔子，他们把我给耍啦。"大妈愤愤不平地喘着粗气。真不愧是北京大妈，她的底气可真足啊，她大方地拉我们坐在沙发上，一拍大腿，就喷泉似的诉起她的苦来了。

这样的事，这样的人，似乎早已远离了我们的生活。我们正经有好几年在日本没有遇到过这样亲切的乡音，这样真实可爱的大妈型的北京腔了。

她不停地倾诉着。我们先是顺从地听着，后来，大妈越说越气，嗓门渐渐地高昂起来。

文美第一个感到很难为情。她悄声对我说："爸，咱先去吃饭吧，回来后，再去奶奶的房间，好吗？"

我也的确感觉大妈一时半会儿是讲不完的，再有，大厅里她的声音，也引来不少奇怪的目光，她本人还浑然不觉。

我只好说："大姐，我们刚到，想先出去吃点东西。如果你们不介意的话，等我们回来再说，您看行吗？或者跟我们一起去餐厅也可以……"

还没等我把那个"去"字说出口，大妈就迫不及待地打断我说:"我看咱们一起去吧,我这一天火上的,根本就吃不下饭去,现在也跟着你们出去吃点吧。好好好,这个主意好啊!"

好爽快的北京大妈,真看不出来,她还是位自来熟呢。她也不管服部是否愿意跟我们去,拉起他来就走。

落座在餐厅里,我们每人点了一份咖喱饭。在等待上菜的时候,大妈又控制不住地开始大吐起委屈来。

为这件事,她看上去很心酸,说着说着,鼻翼就不停地扇乎起来,有点自哀自怨地数落起自己来:"你说我这一辈子,活了这么大岁数了,也从来没有遇到过这样的事情呀,这叫什么事儿呢?"

"奶奶您别急,来喝杯水,慢慢说。"文美把水杯递到她手上,担心地劝着她。

"丫头,你可千万别叫我奶奶,你看我跟你爸爸岁数也差不多吧?"

文美脸红了,一个劲地赔着不是:"那我就叫您阿姨好吗?"

"好!这还差不多!"她一拍大腿,大喊一声,吓得我差一点把嘴里的水吐出来。

她完全没有感觉到有什么不妥,继续说:"这事吧,说起来也怨我,我怎么就瞎了眼啦,跟他们四个搭伙来旅游?本来说好的,一起来一起回,半路上他们嫌弃我碍事,就偷偷地商量,把我给甩了……你们说说,这都是些什么玩意儿?还他妈的都是同胞呢……要不是碰上这个日本小伙子,我真是惨透了。

"你们说说,还都是咱中国人呢,在一块还这么些坏心眼儿,怎么就合计着……真都不如人家一个小日本呀!"

大妈说到这里，知道自己失言了，见服部似懂非懂地瞪着两眼在寻思着话中的意思，她急了，不好意思地吐吐舌头，一阵"呸呸呸"，摆摆手纠正道："我可没说你坏话呀，我是在跟他们夸你呢。我是看电视剧看的，说惯了'小日本'这个词，这下给说走嘴啦。"

我们爷俩明白她的意思，只是一时反应不过来该说些什么，只能含笑不语地听她说着。

这位快言快语的北京大妈急了："丫头，阿姨求你，赶快跟他解释一下好吗？你看他傻乎乎地瞪着眼看着咱们，千万不能让他想歪了，咱不能让好人心寒哪，要不然，以后谁还能再做好事呢？大妈真的不是在说他呢，不是有意地挖苦他，叫小日本，那是我顺口叫惯了，我没别的意思……"

文美笑笑，认真地对服部说："这位奥巴桑她说得快，她一再地感激你呢，说你比她的中国朋友们都好，今天没有你的陪伴，她真是走投无路了。她让我代她好好地谢谢你。"

服部听罢摇着头，满意地笑了，连连说："不客气，不客气。我就知道在这里等，总会遇到中国人的。这几年中国发展很快，出来旅游的人很多。我和奥巴桑沟通得不好，也没帮上她什么忙。现在遇到你们太好了，我就把奥巴桑交给你们了，这样，我也就放心了。"

服部说完，开始了日本人那一套，千恩万谢地给我们鞠起躬来，一时，把我们爷俩也弄得不好意思起来。我急忙说："没事没事的，你尽管放心吧。"

服部大大地舒了口气，放心地点着头笑了。他笑得很天真，很灿烂。

我们开始吃饭了。

坦诚地说，起初我的心里也有好大的不情愿，想想，在德里旅游总共才几天啊，本想来这里放松一下的，这下又遇到了个"拖油瓶"……

但反过来再一想，服部的作为也在提醒着我们：人家一个跟大妈八竿子打不着的日本人，都能做到延误班机也要帮着这位大妈，陪着她在这里等，直到走出困境。我们还能说什么呢？

在这个听着有点沮丧的故事中，我们看到了不同的人性人品。它虽然打乱了我们的既定旅行安排，我们也不能再次上演同胞相互拆台的丑剧了，只好让服部放心地去尼泊尔继续登山，接下来，我们会陪伴大妈完成她在印度的旅途。

那晚告别前，我们彼此留下了对方的联系方式。直到这一刻，服部才从电话号码上吃惊地知道了，我们原来和他一样，都在东京生活。

第二天，我们兵分两队。服部很早就一个人赶往机场了。

只是当年没有想到的是，通过在印度这次匆匆的相遇，我们家和服部竟然成了好朋友。我们和他之间的友谊，一直保持到了今天。

我们三人乘坐预订的大客车去了泰姬陵。

据说，泰姬陵是印度穆斯林艺术中的瑰宝，作为世界文化遗产之一，被誉为"完美建筑""印度明珠"。

文美告诉我们，泰姬陵因爱情而生。文美介绍着泰姬陵背后的爱情故事，我则听见自己心里有一个声音在说：现在你自立了、挣钱了，有这个能力了，要抓紧时间出来走走看看。这个声音不仅是在提醒我，更是在肯定我、鼓励我。

是啊，世界上有很多美好的事物，有很多有故事的建筑，我都应该带着亲人们去看看。泰姬陵如此宏伟壮观，确实称得上世所罕见，更何况还蕴藏着一段传世爱情，可惜我来得太晚了。

还有我亲爱的养母，她含辛茹苦把我抚养成人，可惜我还没能报答她，她就匆匆地走了。人间间的一切，我们自己无法预料和把握……那一刻，我暗暗发誓，今后我要带着身边的人到处去走一走，看一看绚烂多彩的世界。

我们饶有兴趣地在那里玩了整整一天。一月份，也正是印度最好的季节。天气适宜，游人也很多，大家都很开心。

路途中经常看到印度的孩子们，他们也排列整齐地来到这里参观。印度人很友好，遇到我们就会微笑。大妈从他们身边路过，就不断地跟他们挥手，不停地发表着感慨："真没有想到啊，印度人穿戴得真不错哎，一点不比中国差啊！听听，他们还会说英语呢！"

我和文美都笑了，不是因为她的大惊小怪，而是感到她遗忘了不快。这样洒脱的性格真好，肯定对身体有好处。

说说笑笑中，大妈的忧愁似乎一扫而光，脸也跟着变得光亮起来。她不再周而复始地重复那四个骗了她的驴友，而是一个劲地叨咕，泰姬陵真美，这趟印度没有白来……

从泰姬陵回来后，我们感觉和这位北京大妈已经很熟悉了。大妈被驴友甩掉的来龙去脉，我们也基本摸清楚了。原来他们在前一天，曾经在餐厅相遇。服部无意间听到他们说下一站也准备去尼泊尔登山，就和他们用汉语搭讪起来。

闲聊中,他们知道了服部的日本人身份,先是一窝蜂地坏笑起来,后来有人觉得不过瘾,说话不客气起来:"你一个日本人的狗崽子,少上我们这儿掺和……"

他们看服部似懂非懂地点着头,便问他:"你知道南京大屠杀吧?知道你的祖宗有多坏吗?你告诉我们,他们是不是杀人魔王?来,你现在就跪下来,替你的祖宗给我们赔罪吧!"

见他没有跪下,他们就开始对他你推我揉起来。服部不明其意,有点恐慌地小声说:"祖先错了,那是肯定是错了。"

大妈和我们说着:"日本小伙子说完,低着头赔罪。他本想马上离开我们——你说说看,他们也真是的,还欺负上这个小伙子了。我不想隐瞒你们爷俩,我们团那个大刘带头说,把他带到尼泊尔吧,在雪山上'咔嚓'了他怎么样?

"我一听,玩笑也不能这么开啊!再说,他的祖宗不好,不是个好东西,这个小伙子他又怎么的了?

"我当时感到气不过,就帮着那个日本小伙子说了几句,好家伙,那四个爷们,当下就变成了四条恶狼,转身就扑向了我……我知道他们嫌我不爱国啦,可是,你们爷俩给评评理,有他们这样'爱国'的吗?莫名其妙不说,还要造成极坏的国际影响吧?

"我也不想跟他们计较,只是怕他们那几个二愣子惹事罢了,就拉着小伙子赶快地离开了餐厅。本想这一场闹剧,就此结束了,不料,第二天早上,我准备好一切,去找他们时才惊讶地发现,他们昨晚上就退房走人了,把我一个人扔在了德里。弄得我是叫天天不应,入地地无门……你说我那火上得呀……

"你们爷俩给我评评这个理儿,你们说他们损不损哪?这点破事，他们值当吗？我也没有卖国吧，他们怎么能这样待我呢？你们说，我回去弄不好还要背着这卖国贼的黑锅了，我冤不冤啊？"

大妈"啪啪"地一连拍着两手，愤怒地说："你们爷俩给评个理儿！看看我说得对不对？"

我知道这个时候的我说什么都会不妥。这些年，过分的激进已经成了一种社会病态。对于这种过于敏感的历史问题，我这种出身的人，无疑是更没有发言权了，弄不好，还会付出惨痛的代价。

我只能安抚北京大妈说："您就大人不见小人怪吧，您那些个驴友都是年轻人吧？他们可能也是一时的冲动，或者就是在跟服部开玩笑呢。"

"呵呵，听你爸爸说的，这么轻巧？老弟，你啥意思？"

大妈得不到我的回应，就转向了文美："姑娘你是识文断字的人，你说说，连这种国际玩笑都能随便开的吗？要是这样的话，那这天下还不要大乱了？"

我侧视文美一眼，示意她也不要乱说话。文美明白了我的意思，低头沉吟着："嗯，我能理解您说的意思，阿姨，您不要生气啦。气大伤身啊，为他们不值得。"

文美讨好地摸着大妈的手，微笑着安慰她。

直到我们和北京大妈在德里机场分别时，我们也没有告诉她我们真实的身份，不为别的，在过于敏感的时期，最好不让她将来再为我们的事被无辜牵连到矛盾和痛苦中去。

二十八

中午，我休息时，接到一个电话，是一个陌生日本女人的电话。对方告诉我，她叫信子，家住在埼玉县，她想和我见见面，因为她是战后从中国的哈尔滨回来的。

信子来电话的大意是，看我什么时候有空闲，她想和我在一起聊聊天，通过聊天，她很想重温一下差不多都忘记的汉语。如果我也想通过交流学日语的话，我们也可以在一起练习。最后，她还用委婉试探的口气询问我："您看可以吗？我这样给您打电话，冒昧地向您提出这个问题，真是打扰您了，还请您谅解。"

我怔了怔，手里依旧拿着电话，脑子里下意识地掠过一丝惊喜。

"当然可以。"我眨眨眼，不假思索地顺口回答完之后，还是刹那间屏住了呼吸，满腹狐疑地追问道，"您没有弄错吗，我是田中，您是真的在找我吗？您知道我是谁吗？"

我加重了语气，重复着我的名字，希望她不要弄错了，因为很少有日本人给我打电话。

"您是田中桑，对吗？"

"是的，我是田中。"

"喔，这就对了。"

"可是，我能问您一个问题吗？"

"您说吧！"

"您能告诉我，您是从哪里知道我来自中国哈尔滨的吗？"我喃喃问道。

电话里那个叫信子的女人，不急不忙，落落大方地说："田中桑，对不起，真是打扰您了。"

我顿了一下，还是客气地粗声重复道："对不起，我只是出于好奇。"

"我不是故意打扰您的，我是在归国孤儿后援会的名单上找到您的。看看您什么时候方便，我们先见个面好吗？"

"好的。"我嘴里应着，心里还是很惶恐。

当时，我不知道我还能说出什么来，只能说出这两个令我尴尬、生疑的字。我虽然很迫切地想得到这个机会，但还是在不停地问自己：这样做，是不是给别人添了麻烦呢？

我闷声放下电话后，望着无法诉说的桌子，傻坐在那里，毫无头绪，十分纳闷地回味着刚才电话里的内容。

"归国孤儿后援会"，初到日本时，我们的确和后援会紧密联系过，但几年过去后，现在已经跟他们基本没有什么联系了。再说，如今几乎与他们所有的联系都是靠书信往来的，而且仅限于大家在一起聚会，以及有什么活动的通知，像这样的电话形式几乎没有。

那天晚上，我很早上床，躺在床上翻来覆去的，毫无睡意。

妻子在一旁说:"今晚有烟花大会呀!"

我闭着眼:"我不想看。"

"哎,你今天怎么了?不想看,也要去洗个澡再睡吧?"

"我也不想洗。"

妻子闷声走近我,摸摸我的头:"你也不发热呀?起来快去洗个澡吧,水都给你放好了。"

"哪来的这么多事?过去我们在中国时,什么时候天天洗澡了?"我不满地回敬她。

"入乡随俗嘛!洗了你自己也舒服啊!"

我一骨碌坐起来,一束刚刚升入夜幕的五颜六色的火花,隔着窗子折射进屋来。

"快看,你好有福气呀。"妻子尖叫着。

"我很烦。"

妻子这才认真起来,转向我:"你今天到底怎么了?"

我问妻子:"你知道有一个叫信子的人吗?她今天给我打来了电话,说她住在埼玉县,要教我日语。我怎么感觉有点不对劲呢?"

我一口气直截了当地告诉妻子,我不想给人添麻烦,也不想遭人暗算,向妻子和盘托出了我的疑虑。

正当我在新的大楼管理员的位置上感到自己的日语有些吃力的时候,恰好莫名其妙,有位来路不明的人,假借学汉语的事,来帮助我提高日语?这事真是怪了。是我的运气太好,还是有人在我的背后观察?我的心情有些惆怅,更多的是不解和怀疑。这究竟是无意的巧合,还是谁故意在帮我呢?

望着饶有兴趣的妻子,一个长久以来的问题又一次开始困扰我。

"你说，这事是不是很怪？我心里一直有种感觉：我的亲生母亲，她好像一直躲在一旁默默地关注着我一样……"

妻子终于抑制不住地笑了起来。"这只不过是你一直幻想的，"她咕哝着说，"不要想那么多，还是先见一面吧。"

那之后的一天晚上，在夕阳的最后一抹余晖无声无息地消失在东京高低参差的楼宇间时，我一脸迷茫地回到家，妻子已经把晚饭准备好了。她顺手接过我的背包，微笑着说："还有一个汤，马上就好了。你先去洗洗手吧。"

待她把汤端上饭桌时，见我依旧驻足不动，就有点纳闷地看着我问："你今天是怎么了？遇到什么不痛快的事了吗？"

"没有，就是有点累了。"我支吾着应付她。

"不对，我了解你，痛快地说吧，你是心里藏不住事儿的人，不要瞒着我。"

我忍不住又一次说起那天电话的事以及我的疑虑，想让她帮我分析分析这到底是怎么一回事。

"你好福气呀！"妻子听罢，调侃道，"有人主动要帮你，多好啊，要是我，还求之不得呢。"

"只是有点怪。"我艰难地道出内心的苦闷，仿佛在吞下一个长满刺的苦果一样。

妻子白了我一眼，鼓励地拍拍我的后腰："不要有那么重的负担，最难的日子我们都一起走过来了。是福不是祸，是祸躲不过。哪怕真是跟你生母有关的事，我们也是早晚都要面对的。这是人生终要明白的事。去吧，让我们一起面对。"

我警觉地问:"她要真是我亲妈,为什么不直接来认我?我们都来了这么多年了……她要是不认得我,干吗又好像总是会出现在我的生活里,像个影子一样,紧紧地跟随着我?"

"不要想那么多,最重要的是,我们回来了。一切都来得及,想必她也有她的难处……也许,这根本就是一场误会,就是我们想多了,日本人就是多礼的……有我们全家人陪着你呢,千万不要想太多,好吗?求求你啦……"

这一次,我落泪了,为妻子的话而感动得落泪了。然后我发现,流泪的不止我——越过妻子瘦弱的肩膀,斜望着她的侧脸,原来她的脸上也有亮晶晶的泪珠。

"来,不管怎样,我们都要先吃饭,我们边吃边说好吗?"

我们脸对着脸坐下,孩子们都不在家。孩子不在时,我们总是吃得比较简单。

日本饭桌上的真实情况是,经常有蛋,有肉,菜比较少。日本的肉和蛋都很便宜,菜反而比蛋和肉贵些,与我们从前在中国的生活比,真是来了个大逆转。在这里能买十个红皮鸡蛋的钱,往往是买不到十个小土豆的。

现在,我们一般一年也吃不上一顿馒头了,一是没时间,嫌做起来麻烦;二是日本的大米饭很好吃,这里的饭团,不用配着菜,就能吃下去。

饭桌上,妻子为了打消我的疑虑,又一次跟我提起了石川家。她告诉我,有一位热心的日本老太太,在石川嫂刚来东京那几年,坚持每天去她家,给她补习日语,一直坚持了有好几年呢。

"哇,这事儿,你都说过好几次了。还真有这事?我怎么听着就像天方夜谭呢？"我嘴上这么说着，心里立刻变得敞亮起来。

妻子把手伸过来，我有点讨好地抓住她瘦骨嶙峋的手，心疼地说："看你这手，到日本后，都瘦成皮包骨了。"

她露出柔和的笑脸："瘦好啊，多少人还要花钱减肥呢，正好我不必刻意减肥了。"

我摇摇头，低声说："这可是两码事，你这是累得。"

她立马往回缩手。她转脸时，我看到灯下她浮肿的眼袋，意识到这几年，她被累老了许多。

"大家都在努力啊，你和孩子们也不例外。我可没那么娇气！"

我拍拍她的手："今晚我刷碗，你赶快给石川嫂子打个电话过去问问，好吗？"

妻子皱眉反问我："问什么？这个……还是让我想想吧！"

我嘿嘿笑着，讨好道："就算是我求你了，这有什么好想的？要不，你看这样行不行，你跟我一起去吧，我们一起跟信子妈妈学，不是更好吗？"我被自己这个突如其来的想法激励起来，"哎，你别说，这个主意还真好啊，我之前怎么就没有想到呢？"

妻子打断我："亏你想得出来。那样做不好，你先去和信子妈妈学几次，看看究竟是怎么回事，到时候我再去也不晚啊。如果现在我和你一起去，是不是太失礼了？再说，我现在的工作不能与你相比，我还没有固定的休息日……"

妻子的分析和拒绝很有道理。

"也是，我有点欠考虑了，还是劳您大驾，先给嫂子打个电话吧。"我说着，侧身弯腰把电话的分机和电话号码簿一并送到了妻子的面前。

来到日本后这几年，我们在东京的遗孤圈子里交了几家算是志同道合的朋友，其中有两家跟我们同是哈尔滨人，也都属于知识分子，还有一家就是石川家，他们比我们早几年来到日本。据说他们来的时候，正赶上日本经济复苏的黄金时期，到处都在招工用人。兄嫂二人带着五个孩子来到东京，他们没有什么技术，也没有资本，就是肯吃苦。当年他们一头就扎进了工作中，边学习语言，边工作，很快，日语就可以同日本人交流了。语言是需要环境的，这话一点不假。

他们来自黑龙江的农村，当年他们所在的村子也是相当困难的。有一次，我们在他们家聚会，嫂子跟我们说起当时的日子，一脸的悲戚："你哥那个时候，也是身披棉袄，腰扎麻绳的，没个看，跟要饭花子差不了多少。加上孩子又多，到哪儿都会被人瞧不起！……"

自打他们来了日本后，生活发生了天翻地覆的变化，有了钱，出手也很大方，不论对后来的同病相怜的遗孤，还是对从前黑龙江那个穷乡僻壤的乡亲们，都会慷慨解囊，热心帮助。

很快他们在家乡就声名鹊起，成了那个贫困村庄家喻户晓的大人物。昔日的烂衣麻绳都让位给了光鲜的外表，石川兄甚至还自掏腰包，给村子里盖起了一所希望小学呢。

乡亲们也是朴实可爱的，他们说，滴水之恩当涌泉相报，没有他，也不会有我们今天的快乐。

是啊，他们羡慕的不只是他的钱财，还有他的精神气儿。

现在大家都几乎不记得他在中国时的名字了,总是称呼他"那个日本人"。

从石川夫妇的身上,我看到了,只要自己不认输,是不会轻易被打倒的。他们靠自己的力量,这些年不但在东京买了新房子,还陆续地把孩子们送去了美国深造。

我们这几家每年都要到这位哥哥家聚餐一两次。他虽然识字不多,但靠自己的钻劲儿,硬拿下了很多考试的资格证书。在日本,凡是取得一项资格证书,工资就会自然而然地提升两万多日币。

石川兄不但赢得了大家的尊敬,也无形中成了我们归国遗孤的榜样。石川兄退休之后,还在东京的郊区开垦了一块荒地,在那里种下了各种应季的蔬菜,不仅够他们一家人吃的,甚至连左邻右舍,包括我们在内,都跟着沾了不少的光。

我正想着这些往事,听见妻子大声地说:"那好,谢谢你啊嫂子。也没什么大事,我就是想打听一下……好,等着天再暖和暖和吧,我们一定去,要不就等樱花开的时候也行,您和哥哥来我们这里吧?……嗯嗯,行,请给我哥带好啊!"

大尾巴电话总算打完了。妻子笑着放下了电话。

"真不知道你们有什么可唠的,怎么说起来就没完没了?"我十分不解地嗔怪着。

"噢噢,您这脸变得也有点太快了吧?弄明白点,有什么不好?我说先生,是您求我,而不是我求您哪。"她爽快地笑起来。

我自知失言,只好讨好地掩饰着:"我是羡慕你们,怎么在电话里总会有话说呢?我就不行,打电话时总是直奔主题……"

妻子故作生气地戏谑着："想知道真相吗？自己打电话问去吧！"

我会心一笑，忙着收拾房间，也开始自觉地去准备明早的饭菜。

几十年的夫妻之间，想必都会有些彼此讨好的办法和妥协方式。这就是我们之间的默契：她生气了，我就默默地做些家务。尽管做不好，也要装装样子给她看。

接下来，正如我想象的一样，妻子温和地说："你过来坐下好吗？听我先跟你说，那活儿，一会我就干完了，不用你现在表现给我看。"

我俩相视之后，明白了彼此的小心思，扑哧一声都笑出了声。

妻子笑道："嫂子说，早些年他们家在墨田区住着的时候，也有个福永妈妈经常帮助他们。他们那时候忙着工作、挣钱，还没有我们在学校学的时间多呢，多亏了这些好心人的帮忙。她还说，语言这个东西，不像别的，要经常地练习，经常地使用才行。你别说，她说的这些的确有道理，如果我俩在家里也讲日语，估计会比现在厉害多了。"

听她这么一说，我安心了。"关键是，这位信子也是，明明是好心要教我嘛，还故意正话反说，说什么要跟我学汉语，真是不可理解……"

妻子喷笑："那你要她怎么说？她总不会大大方方地说，你来吧，我教你日语！咱们也来日本这么多年了，你怎么还没有明白过来，日本人总是喜欢正话反说的呀。"

我转念仔细想了想："嗯，你别说，还真是这个样子呢！"

很多时候，我们总是爱怀疑那些主动靠近我们、想要帮助我们的人。其实，这种多疑，无疑既伤害了别人，也伤害了我们自己。这些出现在生命中的贵人一旦错过，此生此世也许就再无可能相遇了。

妻子扬起眉头："我们差点冤枉了信子妈妈呀。这年头，好人也难做了。"

周六的下午，我如约来到了六本木车站旁边的一家小咖啡店。

别说，来了日本好几年了，我几乎还从来没有一个人主动走进去，享受过阳光下品一杯美味咖啡的好时光呢。每逢从这里路过，看到这里来往行人不断，我却从来就没有走进去的欲望，好像这些美好的东西从来就不该属于我一样。

而在这里土生土长的日本人，进咖啡馆喝一杯，早已经成了家常便饭，成了他们的习惯。他们哪怕是赶车、走路、聊天的时候，也大都习惯在手里端着一杯喷香的咖啡。

我不是喝不起，也不是缺钱。可能是我们在不同的环境中长大，生活的方式方法也大相径庭。对金钱的使用和储存，也无意中折射出不同社会背景下长大的我们出现的不同选择、不同忧虑来。

我不是不想喝，也不是有咖啡过敏症。我是常常生活在对现实的忧虑中，而不想去做这种消遣的尝试，到现在已经麻木地习以为常了。

其实，我们现在还不能与这里的普通日本人相比。我们不是处于囊中羞涩的状态中，单凭我们的储蓄额度，可能早已经大大地超过了一些土生土长的日本人，但我们大概还是有长期养成的习惯，能省一点是一点吧。

日本人曾对中国人犯下了不可饶恕的罪行，对我们这些人又何尝不是呢？想到这里，突然之间我就会感到一种莫名的伤痛、莫名的愤怒，心就像是被无数只手撕扯着一样。也是他们——这些残虐的日本人，让我失去了过一个正常人应有的生活的权利。

直至今天，我都不知道究竟是物资的匮乏，还是我生活过程中的理念和心理的原因，造成了今天独特的我。

有时候，我会觉得，现在的我，即使在这里生活和工作，我的心也是与这座城市格格不入的，与这里的人，我所谓的"同胞们"，也是格格不入的。

我几乎每天都要经过六本木、表参道这些主要的、有名的繁华街道，橱窗里摆放的任何名牌，似乎都对我不具备任何的诱惑力。但是，为什么他们可以利用、享受这些东西，我们反而自己扼杀了自己的享乐权？

我不知道，是因为我没有觉醒。有一天，在我突然意识到原来自己是被贫穷偷走的一代人中的一员的那一刻，我开始可怜自己，对自己说：是你该醒悟的时候了。在我醒悟后的那一天，很觉得曾经那么羞涩地自卑，有些对不起自己。可是，我内心的感受，不想对任何人讲。

我这样想着，很快就来到了相约的星巴克咖啡店前。

我立刻打消了那些荒谬的念头，收拾起杂乱的思绪，挺挺胸，给自己打着气说：既然来了，就大大方方地进去。别让她看不起你，别让她认为你是穷鬼、土鳖……这样想着，我故意自信地迈开脚步，大大方方地走进了咖啡馆。

　　我快速地在咖啡馆里扫视了一周后，难以置信地发现，虽然完全没有见过面，我还是一下子听见了自己大脑的判断：坐在屋角处的那位老者就是我要找的信子妈妈。她正朝我的方向专注地望着。我能感觉到，这位穿着乳白色碎花上衣的老者就是我要见的人。

　　于是，我友好地微笑着朝她走过去。她赶紧迎着我，有点吃力地站起身来，嘴角荡起一丝笑容，向我伸出了她温软的双手。

　　"你好，田中桑，我们终于见面了。"果然是她。

　　我回敬道："信子妈妈，很高兴在这里见到您。"

　　我们的开场白就是这样，与之前我煞费苦心想象设计的场面完全不同。

　　信子妈妈与我想象中的大致相符，只是她的脸不像是一位老人，很白皙。她的眼睛，很明亮且会说话，不像是老人固有的浑浊的眼睛。只有从她不太灵活的身体上，才能感觉出她是一位年近八旬的老人了。

　　那天，咖啡馆里人不多，可能是周六的原因吧。阳光安静地斜射在墙上，静静地趴卧在那里，带着柔和与安详。咖啡馆里显得很安静，很协调，很温暖。

　　我向信子妈妈行过礼之后，轻轻地拉过一把椅子坐下来。

　　"田中桑，你家离这里很近？"

　　"嗯嗯，只有一站地。"我点点头，惴惴不安地回答道，心想，这个她也知道呢。

　　我有点受宠若惊，把目光转回到礼品袋上，恭恭敬敬地把带来的点心作为见面礼递给了信子妈妈。

此时，她也回给了我一个高岛屋的礼品袋。

我和信子妈妈之间的讲课和学习，就这样以我完全不熟悉的形式开始了。

信子妈妈先开口说话，她用日语很缓慢很柔和地跟我讲起了我可爱的故乡——哈尔滨。

"您在电话里说您也是从哈尔滨回来的？"我怀着好奇，故意装作漫不经心地与她聊着，可是，我的内心想，怎么会这么巧呢？回忆又一次被触碰了。

"是的，战争结束前，我在那里住过几年……我记得哈尔滨是座很美很冷的城市。"

我重复着她的话，只是不经意地把"很美"和"很冷"两个句子分开来说了一遍。

她听后，笑着，赞同地点点头，接着耐心地纠正："'冷'和'美'，这是两个形容词，你可以把它们分别变成'库太'（くて）的形式，接着说下去就好了。"

我认真地听她讲完，感觉她要比课堂上的日语老师讲得好多了。因为信子妈妈在闲聊中会及时地发现我的语法错误，及时纠正，所以我学起来觉得简单易懂，会记牢的。

我开始饶有兴趣地和她瞎聊起来。期间，她会很肯定地鼓励我，也会纠正我不准确的发音。

渐渐地，我也变得亢奋起来，就像和她聊家常一样，聊起了我想念的故乡的往事来。

"您还记得当时住在哈尔滨的什么地方吗？"

信子妈妈细眯起眼睛，想了想后，很深情地以向往的语气用中国话说:"南岗,花园小学校。"

"花园小学校?"我几乎是惊叫起来,"信子妈妈,您真是了不起,至今还记得?我也是在花园小学校毕业的呢。"

"天哪,天底下怎么会有这么巧的事呢?"她说着,慈爱的目光一遍遍地在我的脸上抚摸着。

"真的,我真的是花园小学校毕业的。"我开始给她绘声绘色地描绘起我熟悉的花园小学校和对面不远的老秋林商店来。

信子妈妈认真而耐心地听着,她眼睛里渐渐地溢满了感动的泪水。我悄悄地把纸巾递给她。她不好意思地低声说着:"对不起!对不起!唉,真的是谢谢你了。"她叹了口气,并抓住了我的手,心疼地拍了几下。

我轻轻抿了口咖啡。

我们的话题依旧不可避免地围绕着哈尔滨进行下去。

我为了安慰她,打趣说:"您就像我自己的妈妈一样,让我感到很温暖。才和您说了这么一会儿,您就让我懂得了很多,还教会了我语法,我才要感谢您的。"

她摇摇头,似乎恢复了平静,故意岔开话题问我:"田中桑,你想要吃点什么吗?"

我连连摇头,客气地谢绝了。

我们于是又把话题拉回来,继续围绕着哈尔滨,围绕着我小时候的成长故事,津津有味地说了起来。

在我们说笑的过程中,我渐渐地完全放下了警戒心理,和昨晚的我简直是判若两人了。

她听我说着,很向往地点点头:"如果将来有机会的话,真想和你一起去趟哈尔滨,故地重游哇!那里的土豆、玉米,还有烧酒,我都一一记在心里……"

一无所知的我,不假思索地冲她点点头,夸下海口:"信子妈妈,您放心,一定会的。到时候,我们一起回哈尔滨去看看!"

然而,后来我才发现,这是一句大话,这句充满了诱惑和温暖的大话,始终也未能实现。

二十九

又在梦里见到了您。

自从回到日本,紧张忙碌、新鲜疲惫的生活,让我很少再做梦了。本以为那颗哀愁的心从此就会渐渐地安放下来,不料,这梦又猝不及防地出现在昨晚。

生母的脸,这次越发变得清晰起来,她的声音也是字字清晰、掷地有声的。

"日本只有两种人。"

我抢过她的话题:"有钱人和没钱人。"

"错,是忙人和闲人。"生母很认真严肃地纠正我。

我突然觉得身边的母亲有点异样,侧头看她,纠正道:"在我眼中,日本人几乎都在忙忙碌碌之中……我不明白您的意思。"

生母微笑着,俯下身来轻轻地唤了一句:"孩子。"我看到她白皙圆润的脸上,那双又黑又亮的大眼睛在忽闪着。她很优美很亲昵地重复着:"孩子,为你想要的东西去忙才算得上是真忙……"

"您是在叫我吗？"

在我迫不及待的追问中，生母满怀爱意，肯定地对我点了点头。

"这么说，您是我的生母了。只是，为什么您的脸上没有那颗黑痣呢？"

生母认真地听着，一脸不解地反问我："我的孩子，你在说什么呢？我怎么听不懂？"

我的心还起起伏伏，难以平静。她怎么会听不懂？

我盯着她看，我在寻找香姐说的我生母的特征。她也在不知所措地看着我。

我终于憋不住委屈地对她说："我历尽艰辛，来到日本找您，您到现在都不肯来认我，这到底是为什么？"

"孩子，不是我不来，是我想来也来不了……"她无奈地耸耸肩，喘息着说，"记住，到任何时候，妈妈我都是爱你的，你是我永远的牵挂。"

我冷笑着反驳道："您放心，我不会怪罪您，但也不会原谅您的冷酷。我知道您一直在日本，一直远远地看着我，不肯认我这个儿子……"

"孩子，你真的这样想吗？……听着，我的孩子，我只能给你生命，给不了你成功。谁的成功不是九死一生？你要自己努力才行啊。你不要抱怨，我不能帮到你，我很抱歉。"

"妈妈，我不要您帮……我一直在努力着啊，难道您看不见吗？"

"你转过身去仔细看看，你的身边，哪一个日本人，不是像陀螺一样地忙着？我说了，日本只有忙人和闲人……你选择了这样的生活，就必须一直努力下去……"

我默默思索了一会，然后点了点头。

我好像忽然醒悟，怀着一种感激，起身向凝立在灯下暗处的母亲悄然走过去："妈妈，您放心，我会的。"

她忽然拉下脸来，冷漠地摆摆手，对我说："孩子，不要动了，你就站在那里吧，要相信我一直在默默地帮着你，你不要再怪罪任何人了，有那仇恨的时间，还不如你自己赶快忙起来呢。我知道，你是可以的，我的孩子……你看着妈妈的眼睛，相信妈妈，我一直是在你身边的……"

我看清了她的眼睛，并且还读懂了她的目光中的潜台词。

我突然大声地叫出了声："妈——！我是真的很想您！"

她不再听了，狠命地一甩手，就走得无影无踪了。

我像个委屈的孩子一样，大声呼喊着，控制不住地哭了起来。

……

"你怎么了？快醒醒！"

我被妻子使劲儿地给摇醒了。

"你哭什么？梦到什么了？"

我依旧不想离开刚才那个梦，翻了个身回避着，闭着眼不去看她，嘟囔着对她说："睡觉，睡觉，赶快睡觉。"

"看你刚才那吓人样，是不是梦到鬼了？"

"瞎说什么，哪里有鬼？"

妻子克制地苦笑道："这半夜三更的，我又没惹你，只不过是跟你开个玩笑，你至于发火吗？再说了，是你把我给吵醒了，我还没有发脾气呢。"

她边絮絮叨叨地说着，边给我塞着掀起来的被角。我的后背感到了她温热的呼吸。她断断续续对着我的后背说，我总会看到你眼中的困惑与恐惧……

想到妻子随我来到异国他乡的这些年，我心里就非常感激。但在她面前，我又无法倒出心中的落寞和苦衷来。我心知自己理亏，只好咕哝着说："不要瞎猜了……我没有发火，睡吧，睡吧！"

接下来的日子里，我似乎变了一个人一样，除了每天认真地工作外，晚间还要再去打一份小工，主要是为了提高自己的日语。晚上这份工，主要是教日本孩子们中国武术，每周三次，每次两个小时。这份临时工，工作时间短，工资却很高，同时也让我感到很快乐。当然，这多亏了我中国的养父母，他们在我很小的时候，就把我送进了武术学校学习。

除了信子妈妈，我也终于见到了曾与我们通信、给我们援助的良子妈妈——她真的是那位曾在机场跟着我们，后来又与妻子打过照面的老妈妈。原来她是信子妈妈的朋友。周六，信子妈妈和良子妈妈两个人会轮流陪我喝咖啡、聊天，通过聊天，来指导我的日语。

不过那时候，我心里只有一个念头：必须要走出这样的境地。总感觉，眼下这样的生活不是我想要的。

不得不说，现在，我越发在心里怀疑，良子妈妈就是我的生母。但不敢确定的是，她的下巴上少了一颗标志性的黑痣。

在我们接触的过程中，木讷的我常常会感觉到——她也有意无意地给过我很多暗示——心有灵犀的温暖和母亲独有的爱。

这些感受传递给我,并一直埋藏在我的心里。

只是我感到非常奇怪:她一直这样对待我,却为什么从没有想认我这个儿子的举动呢?

我心里也埋下了这深深的不解。

有一次,因为下雨,我提出要送良子妈妈回家,她很客气地拒绝了我。

"今天我们就到这里吧,不麻烦你了。"

"怎么可以说麻烦呢?您就如同我的生母,我就像是您的孩子一样……"我这样故意地大胆试探她。

她却平静地微笑着:"真希望这是真的呢……可惜我没有这福气。"

我依旧不肯认输,又一次,竟把一直带在身上的生母的照片拿出来,给她看。

她接过去,匆匆瞥了一眼,立马说道:"这是你的生母吗?你一直把它带在身上?"

我抑制着内心的情绪,肯定地点点头,继续追问:"您见过她吗?"

老人眼睛里露出柔和的神情,举起照片继续端详了一会后,把照片还给我。"没有,我没有印象了。田中桑,你把它收好吧。"

我小心地收好照片,把钱包放进我的衣袋里,又悄悄打量起良子妈妈的神情来。她凝望着不远处的六本木车站:"你就送我到这里吧。"

"让我送您回去吧,我担心……"我还没有把话说完,她就制止了我:"不了,谢谢你,我自己可以的。"

我望着她的脸，提议说："下次我到您家附近去学习，好吗？"

她摇着头，回避着我的提议，却像是自言自语般地说着："战争的可怕，是你想象不到的。有时，我真想彻底忘记，再不想回忆那些残酷的往事了。"

她脸上的表情非常淡漠，就如同在战乱年代看惯了生死一样。这个表情，简直让我无法把面前的她与过去认识的她联系起来。

还记得良子妈妈第一次到我们家来的情景。那是我第一次见她，不，确切地说，应该是第二次了，毕竟我们曾在机场见过面。

那是大前年早春的一天，良子妈妈孤零零一个人跪在了我家的门外。我们一家——妻子、我，还有两个女儿，感到不知所措，只得跪在房间狭小的过道里。我们面对面地跪着，就像日本电影上那样长跪不起。

良子妈妈那天穿着素色的和服，单薄的身体在空气中抑制不住地颤抖着。我们之间隔着不足两尺的空气，相互听得见彼此急促的呼吸声……

我同情她。老了的她，只身一人，颤颤巍巍，是真正的衰朽残年的老妇。较之那年在机场见面时，她似乎又衰老了很多。

那天，感觉良子妈妈的眼睛里满是话语，又感觉她总是在躲闪着我询问的目光。她低声啜嚅着，诉说着……

我们那个时候还不能完全听懂她在说什么，只能从她的表情上来揣摩她的意思。她是在赎罪、忏悔，还是在还愿？她叨叨咕咕地在说些什么呢？她的眼睛里，一直泛着泪光。

——这就是我们与她正式见面的情景。以这种方式，我觉得见到了自己想象中的母亲。

人真是一种奇怪的动物。看到可怜的她，那一刻，我真有一种想忘记一切，说出我对母亲的思念的冲动。

年轻时，我是个弃儿，我很可能是个战争罪犯的后代——日本遗孤的身世，让我不敢去寻觅生母的任何消息。无论是在"反右"运动中，还是在"文化大革命"中，我都生怕被卷入斗争，生怕因此招致被摧毁的命运。

我不怪任何人，是时代的原因。而现在，似乎不同了。风烛残年的"母亲"就跪在我的对面，我想伸过手去，我想扶她起来，我想安慰她几句，可是，不知道为什么，我还是迟疑地不敢伸出手去。我有强烈的感觉，她很可能就是我的生身母亲，却没有任何熟悉或亲切的记忆了。无论是童年、青年，还是壮年，我都是独自一人，怔怔地走在陌生的人间。时间太过久远了，半个多世纪啊，五十多年，想想看，那会是什么样的概念呢？

更要命的是，她似乎并不准备说出一切秘密来，她只想用爱来弥补。

她明明白白地告诉我们："我就是良子妈妈。"

她更感兴趣的事情好像不是眼前，眼前的事情她都看见了。她似乎只对我的过去感兴趣，一个劲儿小心翼翼地从侧面打探我从前的生活：我是怎样走过来的？我的养母对我好吗？诸如此类。而我所有温暖及美好的时光，都是和我的养母联系在一起的，与眼前的她没有任何瓜葛。

那一刻，我命令自己要亲切理智地待她，内心里却仿佛正经历着垂死的挣扎。我的手脚不听我支配一般，一动不动地僵直在那里。

良子妈妈忏悔般颤颤巍巍地说着……她在说什么呢？我很奇怪，怎么会一句也听不进去呢？

我只好沉默，用沉默掩饰着我的哀怨和局促不安。

我丝毫也不怀疑她对我的爱。就像现在一样，我虽然不能大胆清晰地表达出我爱她，可这么多年来，生母一直都在我的心里。

如果有人说我的命运是生母造成的，我一定不会同意。我有对这世界、对世俗的不满，可我不会谴责她，永远也不会！

在乱世的战争硝烟消散后，留下的便是经历了战争的人一生的创伤、一生压抑的情感。我和我的家人都成了日本发起侵华战争的祭品，但那是战争造成的，那不是妈妈的错。我想跟妈妈解释，希望她释然。

尽管我心里也会有对妈妈的不满，我还是想这样劝她。良子妈妈看着我，一瞬间，我发现她的眼睛很亮。我的念头闪过时，她的脸上有了光彩。

我还是没有说出我的心里话。

一时，我又觉得好像哪里不对。良子妈妈真的是我日思夜想的母亲吗？究竟是哪里出了问题？

我不知道，我也找不到答案。

心头涌动着的复杂情感让我忽然失去了思考能力。仿佛木偶一样，我在原地动弹不得。看着眼前熟悉的一切，我的心中竟然只有无助和茫然。几个行人走过，他们无忧无虑的快乐畅谈突然加剧了我对母爱的期盼，以及对人生的哀伤。我忍不住想逃避，才发现自己的眼里噙满了泪水……

我平静地看着良子妈妈，看着这位既亲切又陌生的"母亲"，很多很多的陈年往事，一时间，穿越了我也接近古稀的人生……

有关我的生母，除去梦中的记忆外，真正的记忆是从这一刻开始的。我只能看到"她"泪光闪烁的眼睛，却几乎听不到"她"心的哀诉。

我不明白，如果良子妈妈是我的生母，她辛辛苦苦地寻到了我，为何又拒斥着倾诉。她心里究竟装着怎样的秘密呢？

我想问她，又不敢问她。

此时，我站在六本木细长的巨大高楼下，看着良子妈妈一个人佝偻着腰身，蹒跚地朝地铁方向走去。

这让我有种很心疼、很凄凉的感觉。

三十

来到日本后,我看见了日本的风景有多美、环境有多好,日本人有多谦恭有礼。但除去这些看得到的优点以外,其实,日本民族是一个相当欺软怕硬的民族,这是表面上看不到,却能在现实中体会到的。

你不得不承认如今的日本人做事是多么严谨和优秀,但就对二战错误的态度来看,我又会觉得日本的未来不会太好——一个不知道反思、反省的民族,又怎么能做最好的自己呢?

众所周知,德国和日本对待二战罪行的态度是截然不同的。德国很有诚意地承认错误,为自己犯下的罪行忏悔,而日本到今天为止不仅不忏悔,还刻意隐瞒,甚至歪曲这段历史,真是掩耳盗铃般地愚蠢。其实现在德国和日本都属于优秀民族之列,但仅这件事,日本就不知比德国差了有多远。

私下里,我和良子妈妈、信子妈妈也经常在一起议论这个问题。

日本政府不怕你舆论上怎样谴责他们,他们不反驳,但就是不悔改,犹如泥坑里的石头一样,真是又臭又硬。

良子妈妈和信子妈妈都是当年曾经去过中国"开拓团"的，她们也一样成了战争的受害者。

1945年，为了彻底打败最后一个法西斯国家日本，苏联红军向占据我国东北的日本军队发起了进攻，日本关东军很快就开始溃退。当时在中国的东北地区，有几十万日本移民，这些移民也随着溃败的日军一起逃回了日本。在这一逃亡过程中，大量的日本儿童被故意抛弃，在中国东北地区成了孤儿。

这就是如今大家所称的日本遗华孤儿。

先回来的日本人和早期归来的遗孤在日本发起了后援会。先回来的遗孤们很无私地帮助了后面归来的同命运的遗孤，他们慷慨解囊的行为打动了我们一批又一批后回到日本的孤儿。

每年，在樱花盛开的春季，信子妈妈都会在新国立剧场为遗孤们举行联谊会。壮观气派的新国立剧场坐落于东京都涩谷区本町这个繁华的街区。每年在举办联谊会这一天，大家都会精心地把自己打扮起来，遗孤们成双成对，就像去出席盛会一样。

去年的联谊会还邀请来一位高鼻梁蓝眼睛的美国老头。那时候，我才惊异地发现，良子妈妈原来还能说一口流利的英语呢。良子妈妈说英语时，神态酷极了。看来一个女人的高贵典雅气质，并不取决于她的年龄。

在后来的交谈中，我曾经羡慕地向她提起过此事，好奇地问她是在哪里学到的这么纯正的英语。因为大多数日本人的英语发音都很差——我没有把后面这句话说出来。

她舔了舔发干的嘴唇，只是谦和地笑笑，简单地回了我一句话："我说得不好，只是敢说而已。"

我默默无语，不过心里一直很纳闷。我诧异地感觉到，只要触碰到这个问题，她脸上的神情就会立刻灰暗下来。

这究竟是怎么回事呢？是我哪里说错了吗，还是……

后来，一批批的遗孤源源不断地回到了日本。我的日语水平在二位老人家的眼里，已经算是合格了，我们交往的次数，也随之渐渐少了。可是，每年一两次的聚会还是有的。她们依旧非常关怀我们，我们也在惦念着她们，只是在日本和中国，朋友、亲族之间的交往有着很大的区别。

中国人是外向、亲热型的，彼此熟悉了，就会经常来往，甚至黏在一起。大家彼此不分你我，什么话都可以说、都可以问，其乐融融，很幸福，但有时也会有很累的感觉。

日本人大多数是理智型甚至"冷酷"型的，彼此之间相敬如宾，见面后很客气，也很健谈，但永远说着不着边际的废话。关于个人的隐私，如女人的年龄、对方的家庭细节、对方挣多少钱这样实际的问题，最好不要去触碰。

有一天我和妻子说到这个问题时，她说："这一点都不奇怪，很符合日本人的岛国性格。"

我跟着说起了对良子妈妈的试探："按照日本人的标准，我当时的问话的确是显得很唐突。说出那句话后，我已经意识到了。"

妻子担忧地望着我，不安地追问："那后来怎么样了？"

我认真地想了想："良子妈妈当时手里正拿着一本小说，她眯起眼看着我问这本书我看过吗。感觉她是故意岔开我的问题的。"

"老太太真聪明！什么书？"

"好像是……"我不确定地摇摇头，自言自语地嘟囔着。真是记不得了，也许是我当时过于紧张的原因。

"她不说，肯定有她的理由。我们以后不要再向她提这个问题了，千万不要伤害到她……"

难以置信，这话从妻子的嘴里说出来。从此以后我打消了她是我妈妈的猜想和一直存放在心里的要对她把这个话题再次挑明的念头。

放下是最好的释怀，放下让我的生活变得更加明亮、轻松、简单起来。

战后那个特殊的时期，有些孩子的亲生父母回到日本后，由于种种原因，不得已又成立了新家庭。他们不想认领当年扔在中国的孩子了。很多回到日本的遗孤，也由此又受到了二次伤害……

我曾经看过很多这样的报道。

有天晚上，我们躺在被窝里，妻子很深情地望着我问："最近，你果真想开了，释然了？"

"什么意思？"我故意装作不懂地反问她，"是你要去大学代课的事吧？"

"明知故问。亲爱的，不要装啦，从你的眼睛里，我已经感觉到了。我真为你高兴呢，这是心里话！"

我有点尴尬地说："是的，这件事总不能是一厢情愿的吧？还是要顺其自然。"

"你要知道，解脱，也是战胜自己，也是一种胜利啊！不是有一句话嘛,水到渠成。到了想说的时候,你不问她,她自己都要说出来的。"

"这是安慰我吗?"

"不仅仅是安慰,"妻子拉着我的手,"不是有这样一种说法嘛,在无法获得世俗的成功之时,仍然可以随遇而安,无论遭遇怎样的悲催,都能平静淡然,心安理得地混过漫长的岁月,而不要怨天尤人、自怨自艾……就像我这样!"

她老王卖瓜,自卖自夸地说到最后,瞥了我一眼,抑制不住地咯咯笑了起来。

我恍然大悟,原来醉翁之意不在酒啊。

我本想再问问她作为一个女人、一个母亲的想法,忽又觉得不妥。她刚刚表扬了我,刚刚岔开了话题,怎么可以再絮叨回去呢?

"说给我听听,你在大学里怎么样?不轻松吧?"

"你猜猜?"

"要我猜啊,你准没有问题。"

"还是那句话:知妻莫如夫!"

"那当然,不看看我老婆是谁啊?"

"呵呵,说真的,你可好久没有夸过我啦。"她竟然那么深情地看着我。

我想搂她过来,她笑着摇摇头,挡住了我的手:"我趁着你高兴,跟你商量点事吧。"

我眨眨眼:"什么事?"

"那天文美跟我说,她毕业以后,还想继续深造。这孩子,她心里有自己的小九九,她将来准备在东京开一家自己的小诊所……"

"这是好事啊!"我不假思索地说道。

"可是,你想过没有,她当年选择学医,对我们而言已经很艰难了。学这个专业的,大多是有钱人家的孩子,像我们这样的家庭,能硬撑到现在,已经很不错了。想想我们家的经济实力,你感觉还能撑得下去吗?"

"难道,你想要她改变主意吗?"

"有这想法,但我很难跟她说出口……"

我沉默了一会,对她说:"文美是个有着远大抱负的孩子。她有这想法,我们做父母的应该支持她才对。"

妻子赞许地点点头:"这道理我是懂的,只是考虑到压力……"

"你也不要过于为难了,我们一起努力,好吗?"

"那可不是一笔小数目啊。不过呢,话说回来,我知道,她自己也在积极地攒钱呢。"

"没事的,大不了向政府贷款嘛,遗孤二代政策里是有这一条的,那就是无息贷款,等她工作以后自己还贷。只是这孩子还要经过一次次的拼搏努力才能达到那个目标……"

妻子茅塞顿开地笑了起来:"对啊,你看看,我怎么把这事给忘了呢?"又感慨道,"细想想,孩子们也真是不容易啊。"

我心里叹了口气,想,孩子们长大了,开始思考人生、思考前途问题啦。她这是看到我们做父母的辛辛苦苦地在日本挣扎,不想再过这样的生活,也不想伤害我们的自尊,而想着要靠自己的努力去改变自己的命运啊。再难,我们也要支持她走过这段泥泞。虽然现在起步艰难,可是,只要赢了这一段路,就等于赢了大半生!

"不知道文心她是怎么想的？"

"我还没有跟她说姐姐这事儿。"

那时候，很多遗孤二代，特别是男孩子，似乎都对前途不再抱有希望了。他们来到日本后，始终不能融进日本社会，语言和所受到的教育都给他们带来了不公的待遇。大多数的遗孤二代，在日本，都无奈地干着脏苦累或高危的工作，不受重视不说，他们自己也认为自己即便到了日本、入了日本籍，也依旧不会被接纳。

妻子曾经感叹过，还为他们写过一篇文章《如果命运不宠你，请你别伤害自己》。

刚回来的时候，我们也多次参加过遗孤的各种聚会。后来，我们就不再去了。

我问过妻子："你怎么也不去了？"

她摇摇头："那种聚会的地方，说大话的多，办实事的少，对我来说没有任何意义，还浪费时间……"

我不语，只是笑着。

"你在坏笑！"

"笑，就是笑嘛，怎么还有'好笑'和'坏笑'？"

"这你就不懂了吧……其实在生活中，我们每个人都难免会遇到来自外界的一些伤害，经历多了，自然有了提防。不要怨天怨地，多看看我们自己哪里做得不好。另外，还有一种伤害，是我们自己强加给自己的，一味地说大话、不肯吃苦，自然就会被日本人瞧不起了……"

"嗯，有道理，够精辟的。"

妻子眨眨眼，调皮地说："说不上好，只是来日本后，这些年的一点感悟而已。"

她的声音里没有暗藏的锋芒，只有坦诚。

我点头，也不由得暗自汗颜起来。

那晚，我辗转反侧，迟迟不能入睡。我老想着渐渐长大成熟的两个孩子。我们做父母的卖力地工作，所有的付出，她们都是看在眼里、记在心上的。

同时，我不由得想起了上次与文美一起去印度旅行时的情景来。当文美听完北京大妈讲的关于服部的事情后，她对我说过这样一段话："爸，我既然选择了来日本生活，就要做个堂堂正正的日本人，既不能像日本老祖宗那样无耻，也不允许自己做些不地道的事情。您看，服部看上去是没了面子，可他是赢得了别人尊敬的人，对吧？"

三十一

几年前,我当了大楼管理员,经常要和公司的社长松本打交道。一来二去的,我和松本竟然成了好朋友。

用一句中国现在时髦的话说,我们能成为好朋友,关键取决于三观一致。

自从我调换工作以后,我和松本见面的机会多了。由于他待人平等和气,完全没有歧视态度,而且对中国的文化习俗充满了极大的好奇和兴趣,所以我们经常会在一起讨论些问题。这些年中国经济发展得非常快,他见到我总会伸出大拇指来:"中国真厉害!"

那一刻,我也很自豪,仿佛我在他眼里不仅仅是一个普通的打工者,而是代表了中国一样。什么"日本遗孤""归国者",这些概念在松本这里,仿佛压根就不存在一样。

并且,从松本口里,我得知了很多日本从前和现在所发生的事件的细节。这些事情,他往往都会很理性地讲给我听。他讲这些的时候,我都会专注地听。他的客观和公正,让我很认同。

有一次，松本讲起他有个哥哥战争时被征兵去菲律宾打仗，从此再也没有回来。他说着说着，声音就发出颤音来。

我说，我能理解他的痛苦。

那一刻，他竟然那么无助地看着我，眼神中充满了感激和慈爱。看来战争也一样伤害了日本的平民百姓。

他叹了口气，对我说："日本人现在都变得很冷漠了，我从来不会在他们面前提起这些往事的。说起来也难怪，日本战败后，这里很长一段时间相当困苦。战争不仅是残酷的，也让人失去了理智，从此变得麻木起来了。"

在那之后，我下了班只要有空，他就会主动地约我去居酒屋小酌两口。借着酒劲儿，我们也渐渐地开始扯些不着边际的话题，还批判过小泉首相和他去美国访问时对小布什作秀的拙劣表演。

他常会问我："田中桑，你感觉中国好，还是日本好？"

来日本这么多年，我经常听到周围的人向我提出这个问题。为了满足日本人的虚荣心，我常常会先告诉他们"日本好"。那一天，当松本同样问我这个问题时，我开始也是这样试探性地回答了他。

他一下子就来了精神，不确信地看着我的眼睛："真的？你说的可是实话？说说看，你感觉到底哪里好？"

我喝了一小口清酒，寻思了一下，后面说出的话，真的让他得意起来。

"环境好，交通方便，日本人的素质也高。"

正在他沾沾自喜之时，我又话锋一转，问他："社长，你说日本人怎么那么麻烦呢？扔个垃圾吧，也要分成可燃、不可燃，还有是不是可利用资源的。时间规定得就更严格了,哪天哪点的,可真够具体的啦。日本人做事认真仔细,嗯,不过呢,说实话,也真够烦琐的了。"

"田中桑,这是必要的。没有秩序,一切不就乱套了?"

"就算您说得有道理,日本人的忍耐力是这个——"我也向他伸出大拇指,肯定了他的话。接着我话锋又一转:"好事可以忍耐,那不好的事,怎么也一样能忍耐呢?"

松本正把一颗青豆放在嘴里,听了我的话后,他瞪着有点发红的眼睛,不明其意地看着我,呆在了那里。

"社长,您也有花粉症吗?"我转换了话题。

"是啊,一到了这春天,眼睛鼻子就开始不舒服了。"

"都说来日本后,七年是个坎,过了七年,没有患上花粉症的,说明身体就扛过去了。社长,有这个说法吗?"

"这么说,田中桑你还没有到七年吧?"

我脸上有点发起烧来,不好意思地说:"我早过了那个坎儿啦。"

"你可以啊,看上去完全没有问题!"

"哪里啊,"正说着,我突然扭过头去,捂住嘴打了个喷嚏,囔囔地说,"我可没有那么幸运啊。"

松本微微一笑:"接着你刚才的话题往下说吧。"

我点点头,笑笑:"就说这首相吧,我来了日本以后,已经换了好几届了。可是,这一届不如一届啊。别的不说,就说这个人消费税吧,我记得,我来日本那年是3%,桥本龙太郎当首相后,就变成了5%,到了安倍上台后,把个人消费税提高到8%,听说,他还要继续提高个人消费税,要达到10%呢……这还让不让老百姓生活了？您知道吗，原来一百日币一棵的大白菜，今年也猛涨到了八百一棵呢。"

"这个嘛，我也听说了，的确是有这事的。我看电视了，好像是去年夏天水灾，天气又太热，蔬菜都没有包心的原因。"

"这日本人还真是能忍。"我朝他点点头，说，"我很敬佩日本民众的忍耐力啊。"

松本眨眨眼，伸出手来，无奈地摸摸自己的下巴："你说吧，这政治家有几个是好人呢？"

我急忙左右环顾了一下，露出为难的微笑，小声劝道："社长，咱不在这里说这些了，好吗？"

他打断我："没事。在日本，只要你没有犯法、没有行动破坏，随便你说什么都可以的。"

这回轮到我傻眼了。我愣愣地看着他，暗自寻思着，还真是如此啊！

"田中桑，我告诉你，日本人，在没有影响到他们的生活时，他们是可以忍耐的。现在，大多数日本人对政治都不是很关心，你注意到没有，每次的选举投票率真的是太低啦，那还叫什么选举呀……"

他沉默下来，看着我。我们俩对视一下，会意地笑了起来。

在后来的日子里，松本约我跟他一起去赏过樱，一起去看过大相扑比赛。我们在盛开的樱花树下聊天的时候，我跟他说，我每天早上在晨练的路上都会遇到一位老者，他每天走到皇居门口，都会自觉地脱帽，朝着没有任何人的大门口鞠躬，那叫一个毕恭毕敬。

他听罢，附和着我说，是的，日本这样的人的确是很多呢，不知道田中桑你注意了没有，很多人走到神社前也会主动脱帽鞠躬的……

"这么说起来，在很多人的心中，天皇还是代表神的。"

松本瞥了我一眼，推了推眼镜，沉默地点了点头。

直到松本退休，我们都一直相处得很好。

后来，听人无意间说起，其实这位老人在十多年前就已经患有胃癌了，他每年都要去复查两次。

他的家住在千叶县，每天通勤往返在东京和千叶之间。想想看，日本的社长远不如中国的总经理轻松。而且，日本人还有个不成规律的规律，一旦你选择进入一家公司以后，大部分人就会终生不变，在同一家公司一直干到退休，松本也不例外。

三年前，松本退休了。退休后的他，和妻子选择了去泰国。

最后那次见到他，他是来向我告别的。他告诉我，他和妻子在泰国租了房子，那里的冬天很暖和，他准备在那里度过余生。

按理来讲，应该为他感到高兴才对，可是，不知道为什么，我听后心里反而变得沉沉的，很不是滋味。我是舍不得他走啊！

他似乎看透了我的心思，笑呵呵地拍拍我的肩膀。难以置信的是，我听见他说，你什么时候回中国，我和你一起去看看万里长城，看看北京。

我们就这样默默地做了一个临别前的约定：一起去中国。那个时候的我，还真不知道这个约定什么时候能够实现。

那次我还问他："社长，你去那么远的地方，就舍得日本吗？"

他很豁达地大笑了一阵后，心平气和地对我说："这人啊，细想想看，在哪里还不是一样呢。特别是对老人来说，换个地方住，就是换了一种心情，换了一种生活，更有助于健康。世界不过就是个大客栈而已。"

松本这最后一句话让我很吃惊，他的这种新理论，给了我很大的启示，同时也勾起了我很多不着边际的幻想，有朝一日……

这句话说得很形象，也很到位，对我的心灵有着震撼的力量。细想想，这些年来，我好像亏待了自己，也亏待了家人。其实，想开了，人生真的就是在世界这个大客栈中匆匆地行走着。

随后的几年中，我渐渐地改变了只想工作、只为挣钱的人生目的，开始和妻子商讨起我们即将开始的老年生活。

不再强加给自己过大压力的生活一下子就变得轻松起来。进入春天之后，我会有种欣喜的期待，期待着黄嘴雀来我家的凉台觅食。我会亲手种下几盆香菜，我会给葡萄树松土、施肥……我会像孩子那样盼望着每一件新生事物的出现。

有一天，妻子没头没脑地冲着刚进家门的我来了一句："你这一段时间是怎么了？"

"什么怎么了？"

"你好像是年轻了很多，我感觉着，你好像又回到了我们恋爱的时候呢。"

"这是我想要的生活，只可惜我想开得太晚了。"

到了退休年纪时，公司本来还要我留下来再干几年的，原先，我也曾有过这样的打算，可是，后来我还是改变了主意。

我觉得人生是非常有限的,我这个忙人,在该忙的时候并没有浪费时间,一直像个陀螺一样地转了几十年,现在该停下来,想一想下一步该怎么走了。

我打算换一种全新的日子过过,也不枉活了一生。

如果一个人无所求,不可以按自己喜欢的方式生活和说话,委屈的不仅仅是自己的肉体,还有心灵。人生的幸和不幸,其实都掌握在自己的手里。

我们无法选择自己的生活,但可以选择自己的朋友。好的朋友,就是我们生活的能量和学习的榜样。

三十二

和香姐失去联系已经差不多有两个月了。

随着时间的逝去,我的心里蓦地有了一种焦虑的不祥之感。我们分别这十几年来,虽然我很少回中国,可我们与香姐的联系一直都没有中断过。从最原始的书信来往、国际电话,到后来的网络联系,QQ、微信,我们也是与时俱进,一路攀升过来的。

在百般无奈的情况下,我把心里的不安和担心说给了妻子。她安慰我,说不定香姐去看姐夫了呢,你别急,再等等看。

又过了两周,还是渺无音讯。我真的是有点坐不住了,一天晚上回到家,就四处乱翻着找电话号码。

"你怎么啦?想找什么?"

"电话号码!"

"你想要谁的电话号码?"

我急急忙忙地回了她一句:"姐夫的。"

"哪个姐夫?"

"还有哪个姐夫?金子姐夫!"

妻子冲我撇了下嘴,"咯咯"笑起来:"你不是不喜欢他吗,怎么又想起给他打电话了?"

妻子没有说错,我的确是不喜欢这个人,总感觉他带着一身的"官气"不说,更要命的是,还是个有着匪气的势利眼。跟他说话,感觉很不爽。可是,现在有什么办法呢?想找到香姐,眼下只好求他了。

妻子微笑:"别乱翻了,电话号码簿就在电视机下面的那个抽屉里呢。"

"你确定?"

她看着我,肯定地点点头。

"啊,果真是在这儿呢,你脑袋记得真牢!"我表扬她,她就笑嘻嘻地微闭上眼睛。

我很快就拨通了往中国的电话。听筒里传来一个女人清脆的声音,她像是审犯人那样问个不停:"你是谁?是哪里的?找谁?你怎么认识他的?"

我估计这是姐夫找的新夫人,不想惹麻烦,赶快如实地一一回答了她的问话。只听电话那头,女人的尖叫声立马响起:"哎,你听见了吗?找你的电话!"

约莫隔了两三分钟,我听见姐夫懒洋洋的声音:"怎么,是找我的?哪儿来的?什么,还国际电话?"这位姐夫还没有走近电话,就开始莫名其妙地反问起来。

我不敢确定接电话的女人到底是不是新夫人。如果真的是,说明人世间的感情太脆弱了,真是人一走,茶就凉了。

我想着1996年我即将离开哈尔滨的时候,见到病恹恹的金子姐时,姐夫刚刚退伍回到哈尔滨。他是通过金子姐的关系留在省委组织部的,当时的他真的非常爱金子姐,而且还有着不可一世的威风。

据说我走后不到两年,金子姐就离开了这个世界。那一年,她还不到六十岁。按照现在长寿的标准看,金子姐属于英年早逝了。唉,人生就是这样的,在淡淡的岁月中,总会留有浅浅的寂寞和遗憾。

"喂,你说话!是哪一位啊?找我有什么事吗?"

听得出来,他喘着粗气,还跟从前一个样,长拉着习惯性的官腔。

我赶快报上大名,小心翼翼地向他打听着情况。

姐夫先是一言不发,好像是在搜肠刮肚地想着我是谁,或是在琢磨着该怎样回答我。

我看不到他的脸,想不出他怔住的神情来,只好单刀直入地再一次向他问起香姐来。

我心里在暗想,可怜的金子姐一生爱着的、以他为荣的,竟是这样一个男人……真是不可思议。

这次提到香姐时,他似乎猛地想起了我是谁,先是不好意思地支吾了几声,后来令我意想不到的是,他说,他们也好久没有联系了,因为他前一段时间一直和夫人在加拿大的温哥华住着,他的小儿子多年前移民去了加拿大。

虽然这个电话令我很失望,我还是拜托他去香姐的住所看看,确认一下,香姐是不是到佳木斯姐夫那里去了。

"这个你放心,那是一定的。不管怎么说,我还是她的大姐夫吧,我明天就过去看看。"

话已至此,我不能再叮嘱什么了,只好把自己的电话号码报给他，希望他能在近日给我一个回音。

"好吧好吧，一有消息，我立马告诉你。估计是到佳木斯去看志清了……"

放下电话后，妻子迫不及待地凑上来问我："怎么样，有香姐的消息吗？"

我只好耸耸肩："没有！"

"什么？瞧你这电话打的。"妻子一屁股坐在凳子上，瞪着我。

我心中也像是打翻了五味瓶。我很不踏实地摇了摇头："姐夫说，他们也很久没有联系了。我觉得这事儿好像是有点怪呢，你说，不会有什么事吧？"

我说着，心里更不踏实了。

妻子坐在我对面，歪头想了想，用手有节奏地敲打着桌子，眼睛一亮："我觉得不会出什么大事的。无论怎样，他也是大姐夫啊，他既然已经答应了，那我们就再等等他的消息吧。"

又过了一个星期左右，我每天按时上下班，看上去一切正常，没有什么变化。只是我的心里一直默默地惦念着中国的电话。按理说，这么长时间也该差不多了吧？姐夫不是说第二天就去看看嘛……

"也许他们打国际电话不方便，我看你急得乱转，干脆打一个过去吧。"

"那样好吗？不会失礼吗？我这几天总打，总是没人接，你说怪不？我都不好意思了……"

"没办法，别那么多顾虑了，打吧！"妻子痛快地把电话号码簿展开在桌子上，命令着，"别拖拖拉拉的，快点！"

最后，我犹豫不决地喃喃着，还是耐不住硬着头皮，再一次给金子姐夫打了电话。

"怎么，还是没人接吗？"妻子看着我，怔了怔，手里头拿着她的课本，脸上掠过一丝担忧，"过一会儿，再打过去试试吧。"

"看来也只好这样了。"我支吾着说。

我正准备放弃的时候，文心风一样地飘到我们面前来，挤眉弄眼地笑着说："请等一下，让我来试试看！"

我无奈地把电话递给她，很是奇怪地抱怨道："你还能把对方变出来不成？"

"哼，也许可以呢！"她扮着鬼脸冲我笑笑。

"看你能得，还真是没有看出来呢。——赶快把电话给她。"妻子说。

我听从了妻子的指令，再一次把电话递上去。

"我才不要你那个固定电话呢！"文心像是害怕毒品那样，坚决地拒绝了我递过去的电话，"我要用我自己的手机打。""这可是国际电话啊，先给你来个友情提醒，花多了电话费，我们可不付的。"妻子故意抢白着小女儿。

电话很快就打过去了，开始振铃。文心向我们摆摆手，要我们安静。

我们俩立刻听话地闭上了嘴巴。

"喂，您好！您是大姨夫吗？"

电话果然神奇地通了。

这到底是怎么回事？我和妻子同时瞪大了双眼，望着对方，纳闷着。这几天，我们连续地给他们打过多次电话，一直没有人接，怎么文心一打，就莫名其妙地通了呢？性急的我伸过手去，想抢过电话来，问问情况。

文心的小手很不客气地挡住了我的胳膊。她的目光同时有点诡秘地暗示着我：少说话！

这孩子，她是什么意思？我想不明白，还有点来气，就一甩手去了卧室，一屁股坐在床上。我埋下头，支着有点疼的脑袋，胡思乱想起来。真是让我这个老爸难堪啊。

文心打完电话以后跑过来。她微笑着，甜蜜的笑容里还有点狡猾，冲我撒着娇。

"爸，那个大姨夫说，他去过二姨家了，家里一直没人，他就没有给您来电话。"

"那他为什么一直不接电话呢？这个人真是的，办事这么不靠谱……"

我本来还要气愤地往下数落，妻子插进来："行啦，行啦，谁还没有个闪失的时候？奇怪的是，打电话他不接，你一打就通了？"

"嗨，这您二老就不懂了吧？您看我换了个电话打过去，他不是就乖乖地接了嘛。他是故意避开你们的电话号码的。"

"你这个鬼丫头，你是怎么知道的？又是跟谁学的这一套？"

文心冲我眨着眼，纯真无瑕地笑着："爸，你看我妈，真是越来越没有文化了。这还用学吗？"

我站在妻子和女儿中间，双手一摊，把她们两个分开。"这么说，他还是没有找到啊……他还说什么了？"我关心的重点是这个。

"他说这几天让小军再去找找看。这个小军是谁啊，你们知道吗？"

"好像是你大姨家的大儿子吧。"

说心里话，我也记不太清了。我走的那一年，那个小军比文心也大不了几岁。我又寻思了一会儿，惴惴地说："我怎么还是有点不安心呢？总觉得哪里不对劲儿。"

"这不眼看快到七月份了吗，等我们学校放了暑假，不行我回去看看怎么样？"

听完妻子的建议，我急忙说："那你明天就订票吧，咱俩一起回去，顺便给父母扫扫墓。"

"你不上班了？"

"我可以请假。我有存假的。"

"爸妈，我也想和你们一起回去，来了日本以后，我还一次都没有回去过呢。"文心凑上来说。

"你就别跟着凑热闹了好不好？"

"怎么叫凑热闹，人家是真心实意地想念那里呀！"

"学习重要，懂不懂？"妻子拍拍教科书，不满地对文心喊着。

文心委屈地看着我，她的意思我很明白，她是想让我帮她说句话。

我一看这架势，忙说："看看，孩子想去，就让她跟我们一起去吧。"

七月第一个星期日的早上，我们三个人第一次一起重返故乡——哈尔滨。

那时候，还没有东京直达哈尔滨的航班，我们就选择了在首尔转机的航班。这个航班时间较短，而且还不需要在转机时提取行李。

来到日本已经十多年啦，我们也多次出去旅游，特别是文心，她跟着同学朋友，几乎走遍了世界各地。不过，这次回归，还是让她感到非常快乐，非常兴奋。

文心爱日本的生活，也爱那里的人和环境。她的心境和我们还不一样，也许跟她的年龄和所受到的教育有关吧。文心和文美来日本后，在渐渐地被"日化"，不过在被"日化"的同时，还保持着一些中国人固有的孝道，相比之下，要比日本孩子强很多了。

我们做父母的也知足啦。

我们是爱那里的生活，却无法爱那里的人。那里的人，看起来永远那么彬彬有礼，永远那么秩序井然，永远是不卑不亢的，而我们又永远那么格格不入。很多时候，我们只能看着，只能欣赏，遗憾的是，他们永远不能让我们走进去。

我坐在靠窗子的座位上，通过机舱的窗户俯视着海洋和大地，总觉得这越来越近的一切渐渐地勾起我很多零零碎碎的回忆……

我心里清楚，这块熟悉、带着往日记忆温度的土地，在世上的任何地方，都不可能被复制。它早已经封存在了我的心底。瞬间，我脑袋里的记忆，都被大地上的一草一木给激活了。

当年我带着全家离开这里时，只有一个目的：找到自己的生身母亲，还我一个做人的愿望。

我当初也是害怕了，我总担心有那么一天，不幸会落在自己的头上，我会再次因为出身问题被审判、被打击……

我离开了。在岁月的激荡中，我也由一个观望者，变成了日本无情社会中的一员。

如果手上不幸被扎了一根刺，可以小心地把它拔出来；如果这根刺扎在了心上，这一生都很难连根将它拔掉了。

我回来了，心里带着的那根刺，一同回到了日本。

那时候，日本的一切，对于我们都是陌生的。我有时真的不想去回忆当年经历过的琐碎往事，包括孩子怎样上学、怎样融入社会，我们是怎样不知疲倦地寻找工作，怎样边干活边学日语……我只知道，我们不是来做客的，我们要在日本生活下去，什么样的苦都得吃，什么样的罪都要受。

这个不能称作"祖国"的地方，只是一个强者的天下。

我只知道，我不能成为生活的懦夫，那样不但要被日本人看不起，甚至将来都会被自己的孩子看不起。

这十几年，走过来的路零零碎碎，多数的零碎中还掺杂着屈辱和劳累，当然，也有欢乐和幸福。

"爸爸，你在想什么呢？你想喝点什么？"文心小心翼翼地拽拽我的衣袖。

我转过身来，把疑问的眼光投向文心。她调皮地一甩头，指指过道。原来空姐正站在过道里，在给大家送饮料呢。

"来瓶矿泉水吧！"我不好意思地笑了。

文心从空姐手里接过水，递给我后，轻轻地把头放在了我的肩膀上，关心地问："爸爸，你在想什么呢？多想一些美好的事情。"她现在很少再像从前那样撒娇了。她在我耳边轻声地说："多想点快乐的事情。"

我喝了一口矿泉水，点头称是，又想了想，对她说："我在想啊，我像你这么大的时候，在这块土地上在干什么呢。"

"拜托，老爸，那你能告诉我吗？你和我一般大的时候，你在这里做什么呢？你很少跟我们讲哎，是不是，妈？"

妻子发出不屑的声音："随他吧，你爸爸是金口难开的。"

是呀，我那个时候在做什么呢？我内心忽地有点紧张起来。我只不过是那么顺口一说，这孩子就认真了。

我遵循着在孩子面前永远不要说谎的承诺，认真地回顾着……我像她这么大的时候，身体虽然属于年轻人，内心早已被出身的秘密压得喘不过气了。这是我不想告诉孩子们的，也是我一生的隐痛。

我默不作声地看着窗外，用深深的目光将窗外的云彩一遍遍地抚摸，尽量表现得像一块石头那样僵硬。因为我真的不知道该怎样说，笨拙的我又不想撒谎……

三十三

我们突然的到来,似乎打乱了这里的一切。

当天我们只用手机联系上了金子姐夫和小军。他们问我们住在哪家宾馆,我们就说,住在了花园街上的五洲大酒店里。彼此寒暄了几句后,我直奔主题:"不知道什么时候能见到您?"

姐夫说,他现在搬到群力去了,那里是新开发区,出来一趟不容易,要到晚上让小军接他才行。

我无心地翻着旧了的电话簿,应承着:"好,晚上我们就在宾馆里等您了。"

小军接了他爸后,再来接我们,说一起去附近的知音酒楼一聚,就算是给我们接风了。

我对接不接风不感兴趣,心里有事,吃什么也不会香的。电话里,我们一再地追问香姐的事情,小军只是说,没有关系的,你们先不要着急,到了就会知道的。

放下电话后,我把小军的话如实地学给妻子和文心。

妻子说,大概香姐回来了,她今晚也能去知音酒楼。

文心唱着反调:"妈,您太天真了,等着吧,我感觉他又在耍滑头呢。"

"你这孩子,凭什么这样想别人?"

文心没有还嘴,而是发出了不屑的嘲笑声来。

花园街,是我打小就熟悉的地方。那时候的我,经常被妈妈牵着手穿过这条街去走亲戚,它给我留下了很深很深的印象。这条街上,不但有省委庄严肃穆的大楼,还有我读过书的花园小学校,也就是良子妈妈和信子妈妈提到哈尔滨时,经常会露出一丝怀念而哀伤的微笑,叹着气意味深长地说起的地方。

如今的花园街,与我们走的时候相比,相同的是,这十几年来,道路似乎还没有修好,到处都是断裂带,到处都是工程遗留下来的栏杆和痕迹,地面上也是坑坑洼洼的,车开过时总要颠上几颠;不同的是,现在这整条街上,两边几乎都是饭店和药店的大小招牌了,看上去好不热闹。让我纳闷的是,有这么多的饭店,也有这么多的药店,它们有点奇怪地拥挤在一起,真是风马牛不相及……有这么多的人来吃饭、来买药吗?

可是,接下来的日子里,我发现,我的担忧是多余的。这里的饭店家家生意红火不说,无论生活好坏、钱多钱少的人家,都一律像过去的财主那样敞开肚皮在吃,而且天天都是如此。那种大吃大喝,真叫我感到吃惊。

说是为我们接风,除了感激以外,我们是一门心思奔着香姐来的。她的下落依旧不明,这让我们非常失望,还有一种莫名的恐惧,不知道会发生什么,还是已经发生了什么。

那晚在座的共有六位:大姐夫、他现在的妻子、小军,加上我们家三个人。我们的话题从中国奔到日本，绕来绕去，我总是会把它拉回到香姐身上来。

我问："也不知道香姐她现在是否在佳木斯呢？"

"佳木斯，她去那里干什么？"姐夫的妻子笑着不解地反问我。

我循音望着这位新夫人，她水灵灵的大眼睛里带着一丝隐隐的嘲笑。她的声音既脆又娇嫩，上次我打电话时，就是这个声音接的电话。

我略想了一下，还是控制不住地脱口而出："香姐会不会去看志清姐夫了？会不会现在在他那里呢？"

"怎么会呢？"这回她拿起手绢掩住嘴，好像生怕憋不住笑，嘴里的老醋拌蜇头会立马掉下来一样。我瞥了她一眼，她反而咯咯大笑起来了。

莫名的愤怒在心里堵着，我不快地轻轻推了一下面前的筷子。

我这个小动作被妻子发现了。她了解我的坏脾气，赶忙使劲踩住了我那只挨着她的脚，我知道她这是在暗示我，我懂得该冷静的道理。最终，我还是忍住了。

妻子故意巧妙地换了个话题，先是不卑不亢地奉承了新夫人一顿，然后，话题一转，柔和地替我发问道："这么说，这位姐姐您知道香姐在哪了？"

姐夫预感到不妙，霍地站起身来，严厉地对他身边的女人说："你跟着起什么哄？这件事还是让小军说，他最清楚了。"

刹那间，我们一致地把疑问的目光投向了小军。

这时候，小军站起来，不慌不忙地提议道："来，咱们大家先喝了这杯酒好吗?"

我们默默地举起了杯子,等待着小军的下文。

他哈哈干笑,眼睛迅速地扫了一圈,对文心说:"不行,还有你呢?咱们都得干了杯中酒才行。"

文心立刻说:"我真的不会啊。"

"糊弄人吧?谁相信啊,我看过报道,你们日本女孩最能喝酒啦,也是最开放啦……"

文心没有理会,抛给他一句话:"大哥,我不想喝酒,我只想听下文。"

"下文?什么下文?"小军醉眼眯缝着,故意耍起无赖来。

"佳木斯呀。"妻子抢着提醒道。

"呵呵,下文就是:二姨不会再去那里了,永远也不会去那里了。"

"为什么?"

"因为王志清去年就死了。"

小军两手一摊,有点恶狠狠地说完后,突然笑起来,笑得很瘆人。

这下,我们全傻在了那里,等他说明原因。我心里生出一股寒意和不妙之感来。

他笑够了以后,眼里含着泪花说,你们知道他是怎么死的吗?他是冲着那面白墙"三敬三祝"时,撞墙上了,结果把自己脑浆子都撞出来了,就倒地死了……

我们在凝固的空气里,只感到喘不过气来。不知道亲人以这种方式结束了自己的生命,他有什么好笑的。也不知道小军到底是在同情,还是在嘲弄呢?再怎么说,这个王志清也是他的小姨父啊；再怎么说，那也是一条鲜活的人命啊。而且，王志清自年少来到北大荒，从此就再也没有回过北京，想想都令人悲哀。

"要不说人这命啊，都是天注定的呢。来，咱们快乐一天是一天！我提议，在座的都举起杯来！"

"这个我赞成！"新夫人道。

金子姐夫看出了点端倪，没好声地对身边的女人道："你就别跟着起哄了，这跟你有什么关系？你少说两句好吗？"

"爸，没事，阿姨说得没错。"小军接着开始发表长篇大论，他侃侃而谈起来，"这人要是疯了啊，就真的是无可救药了。跟你们说，他居然还每天傻乎乎地在那儿'三敬三祝'呢。你说，咋就没人告诉他现在是哪年哪月了呢……"

他最后这句话恶狠狠的，还带点戏剧腔调。让我们哑口无言的是，他在谈论的人是他的亲姨父，他怎么可以这样冷血、不带一丁点同情心呢？

我看着他，不寒而栗。只有那个跟他一样有些发二的新夫人还在和他一唱一和着，别的人都不知该如何是好了。

这件事让人心里非常悲伤。没想到可怜的王志清就这样走完了自己的一生。说到底，他也是那个时代的牺牲品啊！

"来来来，逝者已去，悲伤也没用啦。我们要活好当下，善待自己。大家干了这一杯吧！"

"小军，抱歉啊，我真的喝不下去了。我为姐夫的离去感到很难过……"我的眼睛从小军油亮的皮肤上移开，心里发堵，无力而又认真地说。

小军游疑地看着我，挤出不解的干笑来。

一场闹剧就这样不欢地收了场。

依旧没有香姐的消息,当天晚上,我们和金子姐夫略微商量了一下,报了警。

第二天早上,我们还没有起床,就接到了金子姐夫的电话。他气喘吁吁地说,昨晚上道里区的兆麟派出所给他打了电话,说他们巡逻时,在松花江的小九站那里找到了香姐。

他又说:"我看昨晚太晚了,就没有告诉你。我住得较远,现在的群力交通也不方便,你看这么着好不好,过一会儿,我让小军去找你,你俩先去派出所那里看看,我这两天抓紧过去一趟。"

迷迷糊糊中的我听罢,完全没了睡意,一骨碌爬起来,打断他的话:"姐夫,您先忙,我知道兆麟派出所在哪儿,我这就先过去看看。把香姐带回来后,我再跟您联系吧。"

我和妻子急急忙忙地起床,决定马上就走。临出门时,妻子试探着问我:"我去叫醒文心吧?"

我犹豫了一下,冲她摇摇头:"还是让她再睡会儿吧,我们很快就会回来的。"

"你不打算叫她一起去吗?"

我点点头:"我们下去后,在前台给她留个条子,先让她自己去吃饭吧。"

"也好。你看,我们还需要带什么吗?"

经妻子的提醒,我突然意识到了什么,叹口气说:"你是中国护照,还是带上你的护照和身份证吧,说不定会用上的。"

我们下楼打了辆车。由于时间还早,没到通勤高峰,我们一路畅通地到达了兆麟派出所。

报上我们的姓名、说明了来意后,值班的小伙子抬起头来,用不满的眼神上下打量着我们:"你们这家属倒是穿得溜光水滑的,也太不负责任了吧?昨晚上就给你们打电话了,怎么到现在才来?你们拿派出所当宾馆?"

"不敢不敢,是我们大意了。"甭管他态度怎样,我觉得他批评得都对。我们无言以对,只好不停地给他道着歉。"是啊,小伙子,我们的确是来晚了,这人现在在哪儿呢?"

小伙子斜了我一眼:"你刚来急什么?她都在这儿折腾我们一宿了……先把证件拿出来让我看看。"

我庆幸,多亏临走时提醒妻子带着证件了。

小伙子只斜了那身份证一眼,便找到了漏洞:"这既不是同姓,也不是同一个地址,你到底是她什么人啊?"

"我,我是她的弟妹。"

"那你是她弟弟了?再晚点来我们可就要把你姐送拘留所了。"

"别,别,别,千万不要送那里,我们这就把她带回家去。"

小伙子拿来个本子,往我们面前一拍:"嗯,在这表上填写下你们的姓名和地址。"

妻子麻利地填写着。

警察开始给我上起课来:"家里有这种精神病人,一定要看好,是千万不能大意的……你们懂吗?"

我丈二和尚摸不着头脑,不停地点着头,表示着尊重与赞同。可是,我的心里却在嘀咕着:懂是懂,可我姐她也没有精神病啊?这到底是怎么回事呢?

我心里这样想着,不由自主地嘟囔了一句:"她原来也没有这病啊?"

"还说没有？昨晚在这里闹腾了大半宿，这才算消停下来了。按你的想法，我们是在瞎说呗？"

我们又一次赶快道歉，不管她有没有精神病，首要的是得向他赔礼。看他那一触即发的样儿，真怕哪句话说错了，他一翻脸，再弄出什么幺蛾子来，那可是白来一趟了。

好汉不吃眼前亏，这场景又让我想起曾经不愉快的一幕幕……那段难熬的岁月似乎又出现了，它煎熬着我。这日子都过去十几年了，怎么还是有折磨人的事呢？我心里的愤愤不平开始折磨着我。

虽然我不知道究竟发生了什么事，但是从警察的话语中，我也意识到了问题的严重性。我恨不能马上见到香姐。

警察从桌子上抓起一大把钥匙来。钥匙被拎起来后，彼此挤在一起，立马发出稀里哗啦的响声。

他往前走一步，我由于心急，马上也下意识地跟上去一步。警察发现了我的举动，脸一沉，马上站住，眼中露出一丝不满，看着我的眼睛喝道："你这人怎么回事？你给我老实站在这儿等着！"

妻子马上给我使了个眼色，帮着腔说："你总是跟着这位小弟弟干吗？"说完，她又转过脸去，讨好地冲警察笑着说："您辛苦了！您去吧，我们就在这里等着您。"她嘻嘻地笑着，又跟上一句，"您慢点啊。"

我心里骂着妻子，她这个讨厌的两面派！我怎么过去没有发现呢？

"不远，就在走廊那头。"警察说完，冲着走廊的另一头走去。

我在想，香姐是因为什么，才会来到派出所过夜呢？我怎么想也想不明白，她这人无论如何也是和这种地方扯不上关系的。再说了，在中国这么多年，我还不知道吗，派出所是什么地方？除了身份户口之类的事，一般只有遇上了犯法、犯罪的事，人才会来这地方啊！香姐这样的人怎么会来呢？这到底是为什么？我暗想，见到香姐后，第一个要问她的就是这个问题。

从走廊的这头到那头，只不过是几分钟的时间，怎么当时就感觉那么漫长呢？而且，我没有听到一点声音。奇怪了，不是说香姐疯了吗？怎么会这么安静呢？

我正充满了怀疑地瞎想着，门冷不丁地打开了。香姐衣衫褴褛、披头散发，趔趄着从另一头向我们走来。

我惊吓得打了个冷战。之前也想过种种见面的情景，唯有这种我没有想到。

我命令自己冷静下来，心疼地伸过手去，紧紧地握住她的手。泪水难以抑止地从我眼里涌了出来。

"姐姐，你这是怎么了？姐，你看看我。"

她啪的一声使劲儿地掸回我的手，愤怒地冲我吼："你给我滚！你给我快点滚！"

"你们看看，我怎么跟你们说的？你还不相信，这回信了吧？她这是还没有睡醒呢，昨晚上折腾得太厉害了，要不然，这里都搁不下她了。你们把她带回去可要看好了啊，再不能让她一个人满大街乱跑了……"

我们千恩万谢地给警察行过礼，又好说歹说的，才把香姐糊弄着架上了出租车。

上了出租车后，我和妻子有点犯起难来，不知道现在该把香姐带到哪里去好。我们俩简短地合计了一下后，还是决定先把她带到宾馆里去给她洗洗，换套衣裳，再跟姐夫一起把她送回去。

妻子在司机旁边坐着,我和香姐坐在了后面。刚开始的时候,感觉香姐的睡意还没有完全消失,她一直睡眼蒙眬的,显得很安静很配合。等出租车开上霁虹桥的时候,她突然"嗷嗷"地大叫起来,吓了我一大跳。

"香姐,香姐,你怎么了?"

"让我下车!停车!马上给我停车!"

"姐,求你,不要吵了,我们这就回家,我是谁你难道忘了吗?"

"你是骗子!你是坏蛋!"她冷冷地说,看也不看我,好像完全变了一个人似的。

车越向前开,她越显得烦躁不安起来。"快让我下去!"她把车窗玻璃摇上摇下的,还一个劲儿把额头往车门上撞,我唯一能做的,就是使劲地抱住她。

司机很心疼他的车,不安地冲着我们喊:"要不我停车,你们赶快下去吧?"

妻子在前边安慰着司机师傅:"千万别呀,您把我们扔这桥上,可让我们怎么办呢?"

我在后面紧紧地抓住香姐的手,几乎是央求道:"姐,你有什么委屈,咱到家后,你说给我听,我替你出气还不行吗?现在咱得听师傅的,啊?"

香姐眨眨眼睛,很认真地听着。那一刻,我感觉,她不是精神病,她明白我说的话的意思,她有可能是受到了什么刺激而一时思维混乱。

出租车开过三中门前,拐了个弯,沿着哈尔滨火车站方向的路向博物馆那边开去。

这时，香姐的眼睛亮了起来。她忽地咧开了嘴，欢快地叫道："回家！回家！回家啦！"

我们都大大地松了一口气，跟着她笑了起来。

司机师傅趁机说："今天也就是让你们碰上我了，不然，没有人会拉你们的。看看，这有多危险啊！"

妻子附和着："那是，那是，我们给您添麻烦了。"

"那你们就给我多加几个钱吧！"

原来醉翁之意不在酒，他是这个意思啊。要不有那么一句老话呢，车船店脚衙，真的都是这副样子！

妻子想跟他理论，我抢过话头："你好好开车吧，到了宾馆，给你双倍的车费行吗？"

"真的？那我可就谢谢您啦！"

我有点生气，倒不是因为要多付些车费，而是感觉他有点乘人之危的意思。所以下车的时候，我塞给他二十元人民币，他乐得屁颠屁颠的，想搀我姐，想献殷勤，我拒绝了他的帮助，心想：这趟车也就值十块钱！

我们回到房间，文心正焦急地等待着我们。她一见到可怜的香姐，就泪眼婆娑起来，扭过头去开始悄悄地抹起了眼泪。

妻子说："你和爸爸联系他们家人，我现在负责先给她洗个澡。快去找几件我的衣服来，洗澡后给她换上，就会好多了。"

"妈，还是拿我的给姑姑穿吧？"

"也好。"

洗完澡，香姐变得温和安静了很多。我们三人轮流在外面吃过饭，特意给香姐带回来一盒加量的荤素搭配的盒饭。

看到香喷喷的饭菜，香姐很满意地笑了。她不管不顾，很快就狼吞虎咽地大吃起来。看来，她真的是饿坏了。

吃过饭，我们哪里也不敢去，就在房间里等待着小军来。

香姐穿上了文心从日本带来的一套休闲服。浅蓝色碎花的休闲服很配香姐花白的头发，她坐在沙发上，默默地摆弄着裤腿上的一只绣兔。

我凑过去，坐在沙发的另一端，轻轻地问：“姐，你喜欢这套衣服？”

香姐眼里洋溢着喜悦，有点羞涩地冲我摇摇头：“我喜欢这儿。”

我们听后都很高兴，就和她商量：“那你今晚就住这里好不好？”

她无声地点点头，仿佛在说，太好了，我正准备住下呢。

我们三人心照不宣地对视了一下，随后，大家便闲聊起来。我们怕再次引起香姐的不快，刺激她的情绪，大家尽可能地避开能勾起她回忆的话题，尽量拣些轻松愉快的事情聊。我们说到有趣的地方，香姐也会抿着嘴跟着笑起来。

每到这个时候，我们三个人就会对望一下，互相示意她没有异常。但之前究竟发生了什么，是什么事件刺激了她，我们暂时还是一无所获。

到了晚上八九点钟，金子姐夫和小军都还没有出现。

妻子看看表，犹豫着说：“要不再给他们打个电话过去？”

我摇摇头：“这么晚了，就不要打扰姐夫了，我给小军打一个吧。”

我刚提了个小军的名字，香姐就生起气来。她翻身抓起床头的枕头，愤怒地抛在地上，狠狠地在雪白的枕头上用力地踩踏着，嘴里不停地念叨着："你是个骗子！你是个大骗子！"

我们感到莫名其妙，面面相觑，不知道又刺激了她的哪根神经。

妻子给我使了个眼色，悄悄地说："你把电话给我，我到文心房间去打吧。"

过了好一会，香姐的情绪才再一次渐渐平稳下来。

那一晚，姐夫和小军都没有来。姐夫年纪大了，我们可以理解，小军的借口是，他晚上在外面有应酬，今晚上来不了，明天一早就过来。

他说完这些，还不忘替他的一位朋友打听资生堂的化妆品在日本的销售情况，说让我们下次来，一定给他带两套，而且，反复强调，一定要带成套的。

我不懂化妆品的事，就向文心请教。她听罢，眼眉立刻向上一挑："爸，这事你可不能瞎答应他。如果让我们帮忙带可以，让我们送礼，那可不成哈，你知道成套的有多贵吗？化妆品，那是软黄金啊！"

我让她说得哑口无言，只好回她一句："小气鬼！"

"这跟大方小气无关，是你不懂，还在被人利用！"

我不理她，看到她双眉紧蹙，忧虑溢于言表，也只好静静地走了出去。

那晚，我们又开了一间房，我下去住新房间。妻子和香姐住在同一间屋子里。

我们就这样相安无事地过了一夜。

三十四

直到第二天将近中午的时候，小军才很不情愿地来到宾馆的大厅，打电话约我下来。

他坐在大厅靠边的沙发上，我让他先上去看看香姐。他放低了声音，很为难地说，一去就脱不了身啦，他还有要紧的事儿，需要先去办事。说着，他有些不情愿地从裤兜里把香姐家的钥匙掏出来，塞到了我的手里。

眼下的他，完全没了昨晚的精神气，仿佛有种不安，在特意回避着什么。我不好多问，不过，我看着他的眼睛，他刻意地回避了我的目光。他的眼睛毫不留情地出卖了他，我感觉，他好像哪里不对劲儿。

我只好说："行，那你也别着急了，就先忙你的去吧。反正人是找回来了，回来再看也一样的。"

他一脸不解地一仰头，皱着眉说："你让她住在这里了？"

我嗯着，摸不清他的真实意思，再一次邀请他："要不然还是现在就上去坐坐吧？"

他却吓得连忙摆摆手："不用了，不用了，有你们在，我就放心了。我还是等有空直接去老姨家里吧。"

我在心里劝慰自己：年轻人忙，这很正常。年轻人心大，也无可厚非。

我拍拍他的肩膀，友善地推了他一把："快去忙你的吧！"

他如获大赦般，撒腿就跑了。我不解地望着他的背影消失，才纳闷地回到房间。

妻子见我一个人回来了，奇怪地瞪起眼睛："小军他怎么没有上来？"

"他说有空直接去香姐家里。"我故意显得平淡些。

"真是的，这个小军，我怎么感觉他不太靠谱呢……"

"别疑神疑鬼的，别瞎猜好不好？"我不想节外生枝，故意装出不高兴的样子，盯着妻子的脸说。

妻子委屈地喃喃着："算了算了，也只是一种感觉，现在还拿不准……再观察一下吧。"

我松了一口气，但还是警告她说："别看到谁都想写进你的小说里好不好？而且还都想揣摩……这是不友善的行为，我们不要再……"我倚着墙壁，还想再说自己的感受。

妻子不客气地一晃脑袋："你少跟我提小说好吗？现在是说这件事。"

我见她来真格的了，只好讨饶："好，下不为例还不行吗？"

"你们俩在说谁呢？是说我吗？"香姐突然出现在洗漱间门口，疑惑地望着我们两个，发问道。

我和妻子茫然地对视了一下，我不好意思地赶忙解释："怎么会说姐呢？我是在批评她呢！"

香姐笑了，带着询问的语气转向了妻子："真的吗？他没有骗我？"

"真的，真的，姐，他怎么敢骗您哪？"妻子转身冲过去，伸开双臂，紧紧地搂住香姐，不由得抽泣起来。我知道，她这是喜极而泣啊。香姐认出了我们！

"别哭，别哭，"香姐拍着妻子的后背，清清喉咙说，"他要是欺负了你，就告诉姐，姐不会饶他的。"

那一刻，还有什么比这些话更能让我们感动吗？香姐完完全全地忆起了我。事情来得猝不及防，也真是谢天谢地！

我提议，下午陪姐姐出去，为她恢复记忆，我们要好好庆祝一下。

那天下午，我们轻轻松松地去逛街，买东西、吃饭，总之，是想尽各种办法来庆祝香姐康复。只要她高兴，做什么都不为过。

傍晚的时候，我们还带着香姐到地下一条街逛了逛，顺便买了很多她和文心喜欢的小零食。

返回宾馆的路上，香姐突然提议："我今晚想回家住，你们能送我回家吗？"

她惴惴地说着，久久地看着我，等待着我的回答。

那一刻，我仔细地看着她的眼神，那里面带着一种渴求。我感到，这时候的她，好像是完全清醒了。

我点点头："好啊，我也想跟着姐姐回家看看呢。"

"还是让姑姑留下来，跟我们住这里吧。"文心说。妻子也说："姐，再住一晚上吧，就是走，我们也要等等姐夫他们，好吗？"

香姐冲着妻子摇摇头，固执地坚持："别担心，我一个人挺好的。"她的脸上露出了疲倦温顺的笑容。

这笑脸，是我熟悉的。

宾馆和香姐的家相距并不算远，都在南岗区，只是一个在这头，一个在那头。

我还是第一次走进香姐动迁后搬来的这个新家。这是一座普通的灰白色的居民楼，总共有六层，没有电梯，依旧是老式的设计。香姐家住在四层。

我们爬楼梯上楼的时候，发现楼道里黑乎乎的，有的水泥台阶也已开始变得豁牙露齿了。按理来讲，这还是没有超过十年的新楼，楼道里的墙壁上，已经到处都是广告的电话号码，什么办理各种证件的，装凉台窗子的，上门为病人打针的，还有推销产品的……真是五花八门。

"姑姑，这么乱写乱画的，他们不会被罚款吗？"

文心没有见过这场面，还用日本的法律来衡量这里的一切，所以，她感到很奇怪。

香姐咯咯笑起来："傻孩子，谁会管这些小事呀，他们都忙着挣钱呢，恨不能把广告贴到人家屋里去呢。弟呀，你这女儿真可爱。"

大家这样说笑着，也减少了我的很多忧虑。

动迁以后，香姐凭借家里的老宅分到了一套三居室。别看这里的走廊显得脏乱些，打开门以后，房间里还是很整洁的。这也是中国与日本的不同之处——日本正好反了过来，面子上干净，家里很乱，是普遍现象。

我们进了房间，仔细环顾一圈，感觉这房子比东京的房子大气多了，层高很高，房间大而敞亮。虽说装修感觉稍微粗糙些，不过，香姐她一个人住在这里，还真是蛮不错的。

我们赶快帮着打开各个房间的窗子，先通通风，简单地清扫了一下灰尘。

看来香姐有一段时间没在家住了，究竟是什么原因？我还不敢冒昧地问她，想再等等看。

"这房子真不错，真大，真漂亮啊。"

"你们在日本住的房子比这好吧？"

"哪里，和这里是没法比的。"

"就是，二姑，你这里的房子像皇宫，我们那里的就像是鸽子笼……"

文心的比喻很恰当，引得我们大家都大笑起来。

这时的香姐，就如同完全恢复了一样，只是显得有点累。我们不让她干活，她就乖乖地坐在沙发上。她歪着头，津津有味地嗑着瓜子，一副很悠闲、很满足、很幸福的样子。

直到现在为止，一切都正常了。我满意地吐了一口长气。

当一切妥当，我们全都围着香姐坐下来，准备看看电视、唠唠家常的时候，传来了粗暴的哐哐的砸门声。

我赶快跑过去，心想，谁这么不客气啊？

门开了，原来是小军。

他好像刚刚喝过酒，脸涨得通红，一个趔趄歪栽进门来，一下子便靠在了防盗门的锁头上。肯定是锁头撞疼了他，只见他开始龇牙咧嘴地吸着气，大声地吼着问："你们要害死我呀，是谁往我后腰上扎了一刀？"

我知道他肯定是喝醉了，就笑着说："这不是门锁吗？"

中国眼下很时兴这种门锁，几乎家家都是防盗门。我寻思着，可能是对小偷的警惕心太足的缘故吧？

"来，换双鞋，快进来吧。"我弯腰把一双拖鞋送到小军脚下。

"换什么鞋？"他粗暴地拿手一挡，不管不顾地径直地往房间里走。我无奈地摇摇头，只好跟在他的身后，感觉他确实是有点喝多了。

按理来讲，香姐自己又没有孩子，她只有两个外甥，小的在加拿大，只有这一个小军在眼前，他们应该是很亲的，他们是有血缘的亲人哪。

奇怪的是，香姐见到小军后的第一个反应，是撕心裂肺地惨叫起来。

这可是我完全没有料到的。

小军既不解释也不回避，还赖着二皮脸往她跟前凑着，故意摆出气人的样子："好好看看我是谁，我是你亲外甥小军啊。你这是干什么？看见我，你就像是见着鬼一样！"

香姐脸色大变，继续哭喊着，艰难地喘息着，语速极快地对着他喊："滚，滚！你个骗子，你还我姐姐！你还我钱，还我金戒指，你给我滚出去！你快给我滚出去！"

香姐这一通发作，并非是她的歇斯底里，而是她的话，让我非常震惊。

小军也不不甘示弱，两眼红肿，声音嘶哑着喊："唉，老姨，你要是这么不讲理，我可要和你掰扯掰扯了啊……你别说我翻脸不认人啊！"

我希望他们不要再争吵下去了。我担心香姐的神经，即便不需要小军的同情，他也最好不要这样麻木不仁地对待一个长辈吧？况且，香姐的病刚刚恢复。

我看着，听着，气就不打一处来。我走近小军，示意他不要再胡乱地说下去了，让他先回家回避一下。

他不肯，反而一甩膀子，哐当一下坐在水泥地上。

我有点愤怒地说："小军，你快闭嘴吧。不要再说下去了。"

他不讲理的劲头上来了，脸红脖子粗地转向我："你给评评理，这事怨得着我吗？我刚刚进来吧，你们也看见了，她这是干什么？今天就让她把话说明白了！"

小军越说越来气，竟然把头上的帽子摘下来，气愤地往地板上一摔，差不多是咆哮起来。

"那些钱，当初，是不是你自愿给我的？你当时不是也指望着能发一笔财吗？我只不过是觉得，有这样的好事，不忍心不告诉你，谁让你是我姨娘？换上别人，我还懒得管呢，不是有那么一句话嘛，肥，肥水不流外人田。现在你投资亏了本，找不到人要钱了，就管我要钱，你拿我撒气呀？我拿谁撒气去？有没有你这么不讲理的？"

他边说边求援般地看着我："你是不了解这里的情况。现在大家伙不都在集资挣钱吗，说穿了，就是你骗我的，我骗他的……哪里有那么多的好项目等着咱们？我老姨说是被我忽悠的，你说我冤不冤哪，我当时也没有拿枪逼着她掏钱是不是？……"

小军正一股脑儿地跟我说着的时候，一只鞋冷不防地飞了过来。说时迟那时快，鞋子不偏不倚地打在了他的脖子上。

小军完全没有提防，猛地从地上蹦起来，嗷嗷地喊着："你好狠啊！疼死我了！你要打死我啊！"

他歪着头，揉揉脖子，瞪着血红的眼睛，似乎瞬间清醒了很多，一字一句狠狠地冲着香姐说："别说我现在没有钱，就是有钱，我也不会还给你了。你给我听着，你要是有本事，你就接着装，接着装疯卖傻吧！谁管你死活呢！"

我实在是看不下去了。这回轮到我了，没有控制住的我气愤地一拳冲他打过去："你再给我说一遍！你这是怎么说话呢？你知道不知道你现在在和谁说话呢？这是你妈妈的妹妹！"

"你打我？你敢打我？你凭什么打我？"

"不凭什么，我这是在替我的金子姐教育你！懂吗？"

他叫喊着，跳起脚来："你个小日本，你个汉奸！你个走狗！现在，你还敢到这儿来撒野？老子今天教育教育你！"

那一刻，香姐第一个冲过来，扑向了小军，撕咬着他……

隔壁传来一阵敲打的声音，显然是在谴责我们的吵闹声。

文心跑过来，心疼地挡在我面前，冷冷地下着逐客令："趁着我还没有报警，希望你赶快离开这里！从此以后，请不要让我们再见到你！"

小军临撤退前还没有忘记他耍威风时扔在地上的帽子，正准备弯腰去捡，自己一不小心趴在了地上。

我不由得心一沉。我们生活的这个世界，现实常常是令人悲哀的，悲哀到会让人为了钱去说谎、去害自己人，有时哪怕这个人是自己的亲人，也一样不会心慈手软。

小军紧缩着身子，磨磨叨叨地发狠说着什么。最终，他还是摇摇晃晃地站起来，灰溜溜地走了。

值得庆幸的是，我总算找到了香姐发病的原因。面对这一切，除了安慰香姐，我还能说什么呢？

我要让她知道，除了钱，更重要的是她的健康。"钱没了，我们还可以再慢慢去挣，健康如果没了，你这房子也都不属于你啦……"

她好像是听进去了，安静地点着头，表示同意。

接下来的日子里，我们去帽儿山给养父母扫了墓。养母对我灵魂的滋养，我一直牢记在心。可以这样说，没有她当年的抚养，没有她的爱和管教，也不会有今天的我。

站在养父母的墓碑前，我用不舍的目光将这石碑一遍遍地抚摸。穿透时光的铁幕，久远的往事仍叩击着我的内心。过去的一切，我不曾忘记，也不能忘记。

返回日本前，我和香姐商量，想给她找个保姆或者是钟点工来帮她干点活，同时也好陪陪她。这笔费用，由我来出。

起初，她死活不肯。后来我们就说，哪怕是暂时的呢，帮着她度过了这一段时间后，再辞了也好啊，那样我们才会放心回去的。

难以置信的是，我听见她说："也好，就算是个伴吧。她陪着我，我也会舒坦些，就不怕小军那个浑小子再来纠缠啦……"

香姐的话，无疑令我心碎。同时，我也在她万般无奈下说出的话里读出了很多层意思。

我们又忙着跑了几天的劳务市场，最终，确定了一名看上去健康、面善又温和的乡下人。她的年龄看起来和香姐差不多。她让我们叫她邵姐。

一问才知道，她家住在泰康那边。去年老公去世后，她一个人在家待着寂寞，孩子们现在在海南打工呢，她就想着出来找点事儿干。可以这么说，她和香姐是同病相怜的。

我们把她带回家，让香姐看看是否符合她的标准，同时看看两个人有没有这缘分。

她俩越唠越投缘，都是同一个时代的人，自然有很多共同的话题。

当天晚上，邵姐就留了下来。她还给我们露了一手，蒸了蒜茄子和我多年没有吃过的两合面的大发糕。

邵姐这个人干活麻利，还能讲些笑话给我们大家听。虽说都是农村那些小事，经邵姐的嘴讲出来，就会精彩很多。她常常把香姐逗得大笑。

我们要下了她的身份证复印件，并和她约法三章：一要让姐姐开心，二要让姐姐安全，三是花销要报账。邵姐都一一爽快地答应了。

现在，一切万事大吉了。

晚饭后，知道我要回日本，姐姐显得心事很重的样子。她几次悄悄地走到我身边，最终还是憋不住，压低了声音说："有件事，我要是不告诉你，早晚会被憋死的……"

我急忙扶她坐下，把门轻轻关上："姐，什么事这么严重呀？"

"你知道我姐姐是怎么死的吗？"

我傻了一般地看着她，心突突地乱跳起来。"金子姐？乳腺癌……"

"错，她是跳楼自杀的。"

"姐，这到底是怎么回事？"我一下子就懵了。

于是，香姐给我讲述了金子姐过世时的事。她说，当时只有小军和姐姐两个人在家，姐姐跳窗，从十三层跳了下去。"结果，我和姐夫回家后，发现墙壁上有血迹……只有小军在场，他们之间究竟发生了什么事情，无人知晓。姐夫问过小军后，就决定不要张扬出去，从此便压下了这件事情。姐姐死得很惨，她这个儿子从小就不学好，我们都是知道的……我怀疑是他把我姐姐推下去的……"

"那为什么没有报警？"

"我和姐夫要报警的，但小军哭了，拦住了他爸爸。后来姐夫说，算了，姐姐这也是解脱了，要怨只能怨姐姐命苦……"

我震惊地抓住香姐由于愤恨而颤抖不止的手，心里开始空荡荡地疼了起来。

那一夜，我完全失眠了。

两天以后，我像是带着一块心病一样，沉痛地和妻女重新返回了东京。

三十五

　　七月的东京闷热得像个蒸笼。

　　我讨厌东京的夏天。从七月中旬开始,一直到九月中旬结束,整整两个月的时间,在东京生活,几乎日日夜夜都像是被放在高压锅里的螃蟹一样痛苦难熬。

　　在这两个月多的时间里,即便每天二十四小时地使用着空调,也无法感受到哈尔滨自然风那样的凉爽惬意。

　　我们回到东京的第二天早上,全家人就兵分三路了,上班的上班,上学的上学。这新一轮的战斗又悄悄地拉开了。

　　自从来到日本以后,就我所能看到的、所能听到的、所能接触到的而言,感觉生活在这里的人,比我来之前想象的还能忍耐,还能吃苦耐劳。

　　说来奇怪,日本人这种矮小、极具忍耐力、极能闷头苦干的民族,似乎生来就不是为了享受,而是为了工作才来到这个世界的。不管他们怎样地疲惫不堪、怎样地不情愿,他们的脸上都会挂着日本式的微笑,在那里认真地工作。

　　他们的的确确对工作充满了敬畏。为工作付出任何代价,他们都认为是理所当然的。

看到忙忙碌碌之中的日本人，起先，我还会觉得他们很傻。他们甚至会让我莫名地联想起小时候看到的，在下雨之前忙忙碌碌搬家的蚂蚁们来。他们就如同那些默默无闻的蚂蚁一样，日复一日，不声不响地干着。所以，在日本，才会有过劳死高发的现象，日本过劳死的人数，几乎总是世界上最高的。

身处日本，在这样的人群里，我只有拼命，毕竟不想被别人甩得太远。但是，我内心里是既敬畏又恐惧的。

七月第三个星期一的清晨，我故意学着同事们以往休假归来时的样子，精神而又谦和地走进了公司。好多知道我回中国的同事，见面都主动地和我打招呼："回来了？"

"回来了。"我微笑着点点头，把从中国带回来的土特产顺便分给了大家。

日本人有这个礼节和习惯，其实是很暖心的一个习惯，就是不管放假去了哪里，回来的时候都不会忘记给亲朋好友和一起共事的人带回一份略表心意的礼品，礼品不必太贵，主要是以此来体现诚意和礼节。

我思考再三，给每个人带回来一盒精致的乌龙茶。在中国的茶叶中，乌龙茶差不多是日本人最喜欢的一种。心意到了，就会心安，就不会引起非议。

周日休息的时候，我和良子妈妈又去了那个我们经常去的咖啡店见面。

这么多年过去了，良子妈妈还是一如既往对我的生活、我的工作、我的家庭、我家乡的事情充满了关注和好奇心。

她的记忆力超群，不但记得我从前给她讲过的那些七年谷八年糠的往事，甚至连我对她讲过的香姐的事，还有香姐患有精神病的丈夫，她都惦念地一一问到。

"他们身体怎么样了？过得还好吗？"

我只好坦诚相告，姐夫已经不在了。

良子妈妈听后，显出很难过的样子。她沉默了一会儿，喝了一小口咖啡，说："也好，他总算熬到了头，总算是解脱了。"

我没有接她的话，也不知道该怎样接下去。

当她问到香姐的时候，我故意露出轻松的微笑，说："托您的福，姐姐她挺好的。"

那一刻，我向她隐瞒了香姐有病的真情，不是故意要骗她的，但心里总是感觉不应该说给她听。我想无论如何，我们还是内外有别的。"家丑不可外扬"的理念，在那一刻，阻止了我说出那不太光鲜亮丽的事。

很多时候，我都是这样矛盾着、痛苦着，既不想让日本人误解善良的中国人，也不想让我的朋友把所有的日本人都简单地归类为"鬼子和坏蛋"——这和那些过激的"抗日神剧"一样，是不真实的、可笑的。

日落后，我把良子妈妈送进六本木的地铁口。临别时，我紧紧握着她的手，和她道别。每一次与她分别，我都是这样，一直很矛盾，希望"妈妈"在这一刻会告诉我一点我小时候的秘密，又担心这么大年纪的她，总是这样一个人独来独往，会不安全。我常常既想见她，又会担心见到她。

她微微一笑，捧起我的手，和善地垂下头，在我的手背上亲了亲，然后扔下我，一个人头也不回地朝远处缓缓走去了。

望着她迟缓离去的背影，我有时会搞不懂：究竟是什么原因，让她面对生活变得波澜不惊？她走过的时光，到底给她留下了什么不可告人的秘密呢？

我看着她老人家孤独的身影越走越远，有时，感慨的泪水也会不知不觉地流下来。心中像打翻了五味瓶一样，渴望和不可思议、沮丧和失落，彼此互相交织着在我心底汹涌地翻腾起来。

我一向自认为身体很好。然而，在八月份的一次体检中，我被一名年轻漂亮的女医生给莫名地拦截下来了。

她叫我的名字，询问了我有无心脏方面的问题。尽管我告诉她，我没有任何气短、乏力、心慌等这诸多方面的问题，她还是固执地坚持给我做了血管造影。

我当时就有点懵，觉得她是不是有点小题大做，顺口问她，血管造影能起到什么作用？我有那么严重吗？不至于吧？是不是搞错了？……

她告诉我，血管造影，是一种介入检测方法。将显影剂注入血管里，因为 X 光具有无法穿透显影剂的特性，所以可以通过显影剂在 X 光下所显示的影像来诊断血管病变。

我似懂非懂地听完后，感觉她还是怀疑我的心脏出了问题，虽然不相信，也只好听从了她的安排。

虽不情愿，但从中我也看到了医生的认真精神。病人在他们的眼里，是一个宝贵的生命，他不管你是哪国人，更不管你自认为如何，你身上的病，就是他的敌人，更是他心里的痛。

检查结果令我震惊，甚至是崩溃。我被告知，我的心血管已经被堵了95%以上。我不懂这是什么概念，医生解释说，如果不马上进行手术，我随时随地有死亡的风险。

　　我没有被击垮，却瞬间被这病给吓住了。想起我这一生含泪的故事，走到今天，虽然如愿地来到了日本，身世却依旧如谜团一样……一想到这些，我就会心烦意乱，我还不想不明不白地、过早地死去。

　　同时，直到这个时候，我才懂得了一个认真负责的医生会给患者带来什么。为什么医生的职业会受到人们的普遍尊敬，其意义就在这里。

　　那位女医生不但发现了我的病情，她还亲自写了封信，将我推荐给了她的导师，日本有名的东京女子医科大学的山本医生，希望由那位心血管专家亲自安排为我进行手术。

　　复查之后，专家给了我两套方案：搭桥和支架。同时，他们也给了我建议，说我还年轻，搭桥会更好些。

　　——在日本人的眼里，六十多岁的人，并不属于真正的老人的范畴。

　　但我心里固执地给自己定了位，在中国，我是真正的老人了。我害怕搭桥，据说，做那个手术，心脏需要被拿出来，停跳一刹那……万一，我的心脏停跳的瞬间，不再被激活了，该怎么办？

　　万事都会有个万一的，于是，胆小的我选择了支架。医生尊重了我的意见和选择。

　　那一刻，我在想，人生如天气，可预料，但往往又会出乎意料。无论如何，还是得有一份好心情，有了好心情，才会有好身体，这才是人生唯一不能被剥夺的财富啊。

接下来，我接受了各种检查：心电图、验血、验尿、X光……所有的检查都并不罕见，只是对我来说，都是始无前例的经历。我近乎赤裸着身体被抬上手术台的那一刻，心里想着的依旧是，我不能就这么来无声，去无影地走完自己的一生，我还没有弄明白究竟谁是我的生身父母呢。如果我真的这样走了，我该有多冤啊？想知道我是谁、我来自哪里，想找到母亲的渴望，让手术台上头脑清醒的我鼻子阵阵发酸，心也跟着疼了起来。

"田中桑，不要紧张，这是个很简单的手术。"

我看着医生俯视向我的脸，眨眨眼睛，表示我明白。

在整个过程中，我强烈地感受到：医生们既不装腔作势，也不夸大其词，就把道理实事求是地摆在你的面前，让你自己来选择。我这条随时会丢在上班途中的命，就这样被这些不相识的日本医生给捡了回来。生活中，很多时候你在凝视天空，天空也在凝视你。医生们在认真地为我做着这一切，无形中也默默地感染了我。

从头到尾，我没有送过医生一日币的礼金。至今我也没有机会再见到过那位年轻漂亮的女医生，我想她时，就会问问我的主治医生山本。因为，每隔三个月，我就要去山本医生那里复查。

自打我决定做支架那天开始，这位主治医生已经跟了我七年多了。每逢复查时，他都要认真地分析我的心电图，化验我的血和尿，甚至连我微微变化的体重、血压、血脂，都休想逃过他的眼睛。

我记得在那段岁月中这些拯救了我生命的医生。这种手术，据说现今已经是很平常的手术了，可是，对我来讲，那毕竟是我生命中的第一次。

我恐惧时，医生们的眼睛会充满慈爱地看着我；我沉默时，他们总是微笑地鼓励我："放心，没那么严重！"

我感激这些曾经陪我走过了生死关头的恩人。

三十六

我得承认,我是个怕死鬼。很多时候,我都是很胆小怕事的,从不主动惹事,更是怕死。

原来所发过的豪言壮语"天不怕,地不怕",细想想自己都会笑出声来,那只不过是因为无病无灾而说的大话呀,是不负责任的吹牛话。

当真正的苦难到来之时,所有说过的带有光芒的、励志的豪言壮语就会刹那间消失了,取代它们的是一段消沉的、无力挣脱的生活。

出院后,我一切都严格按照医生的指示去做,严格地控制自己的盐、油和饭量。在极严标准的控制下,我的体重不到两个月就降下来十多公斤。

记得在过去,我也曾经多次减过肥,成效都不显著。可见所谓的减不下体重,那是因为生命还没有到生死关头,当威胁到生命的时候,一切都会,也都能做到了。

病后,连续有好几个月,我都没有见良子妈妈和信子妈妈。我不是不想念她们,也不是故意回避她们,只是不想让她们看到我这副虚弱不堪的样子。我知道这样做很蠢，可是我的虚荣心就是不允许我迈过自己心里那道坎。

这期间，信子妈妈曾经来过好几次电话，我都借口说公司工作太忙了，眼下抽不出时间来。我用这些愚蠢的借口谢绝了与老人们的见面。

记得在术后最初的一段时间里，我只吃无味的水煮菜，不加油盐，更不要提肉和蛋了。我抗拒一切好吃有营养的食物。妻子心疼我，她很为难地说："你这样下去可不行啊。多多少少也要吃点带营养的东西。"

我摆摆手，无言地冲她苦笑，虚弱地说："你放心，我没有关系的。我的身体，我心里有数。"

她说："我可不是吓唬你，也不是跟你开玩笑，你去照照镜子看看嘛，都瘦成什么样了！脸色都吓死人啦！"

我心里想着，她在吓唬我，不至于那么严重吧？

我已经有好久没照过镜子了，听她这么一说，不情愿地走到镜子前。看到脸无血色、胡茬很长、面容枯萎的自己，我也感到很惊愕。

我情不自禁地用手摸摸塌陷的腮，心里问着自己：这是你吗？你怎么变成这样了？这么吓人……

镜子中的人，将我心底一根悲伤的弦给拨动了。

在那一刻，我蓦地再次想起了村上春树的话："我一直以为人是一年一年按部就班地增长岁数的，其实不是，人是一瞬间长大变老的。"看来，的确如此啊！

我有点无力感。整个冬天，我都处于一种浑浑噩噩的状态中，实在是打不起精神来。

每天除了必需的工作以外，我几乎什么都不去想，偶尔想一下良子妈妈和信子妈妈，觉得自己这样的精神状态实在是不宜与她们见面，我会让她们担心的。现在，我不再去想良子妈妈是不是我的亲生母亲这件事了，也不去想她不说出来的原因究竟是什么。我只在乎：我还活着，活在这个依旧不舍的世界上。

很多时候，我都在和妻子心平气和地讨论着人生。人无论愿不愿意，都无法把握、操控自己的一生。我们都怪不了别人，她和我都是从战争痛苦中幸存下来的，与死去的人相比，我们还能活到今天，这已经足够了，我何必还要去钻那牛角尖呢？干吗非要和自己过不去呢？人与人的相识，不要带着狭隘的目的，才会长久。并不是你给对方留下了多么美好的第一印象，而是对方认识你多年后，仍然还会喜欢和你在一起，这就足够了。

有很多时候，我在睡梦中会被睡在我身旁的妻子唤醒："你又被憋住了，翻个身吧。"我知道，她一直担心我会猝然逝去……我也担心过自己，只是我们彼此都不愿意明说出来而已。

我知道她为我好，这已经渗进了我们的婚姻，渗进了我们的生命里。我听话地翻了个身，听着东京夜幕下驶过大道的汽车渐渐远去的声音，我也不知不觉地又进入了梦乡。

后来，见我渐渐好转起来，妻子才敢笑着告诉我她当初的担心——看到我蹲下去系个鞋带，站起身来时，都害怕我会突然间摔倒。

"你太夸张了，"我侧过头去，对她说，"你又在编小说吗？我可是生活在现实中啊！"

妻子耸耸肩，挤出微笑，安慰道："是真的。你没有必要那么苛刻待自己……拜托了，多去运动一下，什么都要吃一点，这里的医疗水平这么高，相信吧，你很快就会好起来的。"

我避开她担忧的目光，顺从地点了点头："嗯，我知道了。你看我现在已经在尝试着吃了，不是吗？"

妻子很满意，点点头，向我伸出右手的大拇指："我给你点赞！"她说完，走进了厨房。

本来去年回哈尔滨时，我答应过香姐今年的夏天还会回去待几天的，但今年处于这种状态中，我也只好无可奈何地放弃了。

夏末的一个晚上，我家突然来了个陌生的电话。一个憨厚的大男人，上来就说："日本吗？找我大舅！"

妻子一下子懵住了："找你大舅？对不起，你打错了，这里没有你大舅啊！"

她转过脸来，憋住笑，放下了电话，告诉我："这些骗子，真是越来越狡猾了，现在知道你是中国人，就不用日语了，直接用中国话开骗。你没有听见刚才那个电话，那口气真是理直气壮的，就像你真的是他大舅一样呢！上来没有废话，直奔主题：'找我大舅！'"

我纳闷："你怎么就知道对方是骗子？也许是对方打错了电话吧？"

"唉，你这个人，这不是明摆着嘛，谁是他大舅啊，上来就套近乎。最近你没看报道吗，前些日子，从中国台湾到日本来了一个盗窃集团，专门找国人下手，我们学校的学生都传疯了……你还不相信？"

我半信半疑地摘下眼镜，有点惊异地打量着妻子："你可真够危言耸听的啊，看你这神情，一惊一乍的，真好笑……你让我想起了那些年做外贸的时候，我总去福建和鞋商们打交道。后来到日本很多年以后，每当我买鞋，总忍不住想：我买的这双鞋，到底是正品还是假货呢？因为以前鞋贩子卖的几乎都是假的，家家却都说自己是正宗的名牌，弄得从他们那里买鞋的人人自危不说，都让人患上后遗症了。"

"也许你那是多想多虑，我这可不是危言耸听啊。"妻子一脸认真地眨眨眼，严肃地看着我，她的认真反而让我紧张起来。

就在这时候，我家的电话铃又一次响了起来。这次我主动伸过手去，还没拿起电话来，妻子就忙不迭地喊道："快放下，准是那个骗子来的！少跟他废话！"

"没事，我来接，你听着就是了。"

我刚冲电话里来了一句"毛西毛西"（喂），电话里立马传来了兴奋的呼喊声，声音很大，震得我耳朵嗡嗡直响："大舅啊，我想念的大舅，我可找到您了！"

这回轮到我懵了。难道这骗子还真上瘾了？我没好气地冲着他问："你是谁？谁是你大舅？"

"大舅，我是小军啊，你也太贵人多忘事了，连我都给忘了？"

"噢噢，原来是小军啊！"我不好意思了，清清喉咙，拖着长音，想着接下去该说些什么。

妻子眨眨眼，又做了个让我放下电话的动作。

我没有听从她的暗示，屏住呼吸，想着对策，想着小军一桩桩一件件的往事……我对自己说，耐心听听他要说什么，不管怎么说，他毕竟是金子姐的儿子，也算是我的晚辈了。不是有那句话嘛，不看僧面看佛面，我就是看在金子姐的面子上……

三十七

这是周末的晚上,正好那天我们全家人都在,一听是小军的电话,大家都怀着好奇,悄悄地围了过来。我心里很清楚,这不是由于大家想念他,而是去年在哈尔滨时,他拙劣的表演让大家对他充满了怀疑、充满了不信任,生怕我一时糊涂,进了他的圈套。

家里的三个女人默默地注视着我。她们想听听小军来电话的目的,他到底要干什么。

我只好小心翼翼地低声问:"小军啊,你老姨她现在怎么样?"其实,我几乎每周都要和香姐通电话,这也只不过是顺嘴问问,缓和一下我们之间的尴尬,以防小军一开口就说些令人不愉快的事情。

"大舅,这个你就放心吧,我常去看她,哪回去都不空手的,不信你就给我老姨打个电话过去问问呗。"

这小子越来越滑头了,张嘴闭嘴叫我大舅,我心里偷笑,就补充说:"我信你。不管怎么说,你是晚辈,要知道,你老姨这一辈子很苦,很不容易,她没有孩子,你要多关心她。你不关心她，她身边还有谁？……"

"嗯嗯，大舅，这个道理我懂得。其实我这个人就是脾气不好，过后呢，我也挺后悔的……"

"嗯，有你这句话，那我就放心了。谢谢你来电话，别忘了给你老爸带好啊！"

我想这是国际电话，不要说得太久，让小军浪费钱，同时也以为，他只不过是打个问候电话而已。他反应很快，立马听出了我想挂电话的意思，急得喊起来："大舅，你等等，我这儿还有正经事儿没说呢。"

我只好垂下眼睛，耐心地对着电话："说吧，你还有什么事？我听着呢。"

"大舅，是这样的，你知道我弟弟小飞吧，他在加拿大的温哥华，这个你知道吧……"

我沉默地听着他往下讲。

"这个冬天，来自加拿大的加拿大鹅羽绒服突然在中国流行起来了，他妈的特别抢手。"

"嗯，这跟我们有什么关系吗？穿衣戴帽，各有所好嘛。"我感觉他小心地绕了个大弯儿，快要说出关键来了，就冷不防地回了他一句，目的是要他知趣点，免张尊口，这样对他对我都好些，免得事情办不成，再伤了和气。

"现在有些中国的年轻人宁可去买两万元一件、带有这个加拿大商标的羽绒服，也不愿意花费两千元购买一件非常好的国产羽绒服。"小军继续说着。

我放不下电话。小军此时正在夸夸其谈的劲头上，他根本就刹不住："其实，服装行业技术含量并不高，而且这些羽绒服也不是什么萨维尔街裁缝手工缝制，并不珍贵。从成本的角度看，这些国外大牌羽绒服和国内羽绒服没什么差别，可是现在就能产生如此巨大的价格差异。咱们哈尔滨在严寒地带，如果咱们好好地联手干他一把，肯定会有很大的利益可赚的。小飞在加拿大有门路，能搞到原装货源，我这边有销路，只要货到了，就能卖出去……大舅，我思来想去，觉得咱们也要来个肥水不流外人田。我看咱们三个联手干一场这买卖，怎么样？咱们肯定会发一笔大财的。"

说来说去，这狐狸的尾巴还是露出来了。

我喝了一口水，假装在思考。说真心话，那一刻我不知道该怎么想，又该怎么回答他。我要是接过他的话头来，从此这麻烦事就会接二连三的不断了，他的心思我明白。但我要是拒绝了他……

妻子和孩子们清清楚楚听到了我们的对话，她们牢牢地守在我的身边呢，而且虎视眈眈地看着我，生怕我上当受骗。小军的所作所为，在大家的脑海里已经埋下了一颗种子：他就是个骗子。

在骗子面前，我敢承诺什么？我敢说什么？我又能说什么？我只好装傻，不紧不慢、不愠不怒地冲着电话明知故问地轻声道："小军啊，你说了半天，到底什么意思呢？大舅老了，反应慢，有点听不大明白。"

小军被我问到了点子上，他只好嘻嘻地笑着，说出些口不由心的话来："大舅，现在是水到渠成，就差一批货款了。你看看，你在日本投点资怎么样？我们大家的希望可全都在你身上啦！"

本来他还想绕来绕去把我给绕懵,情急之下,立马亮剑,直接要钱了。

我哈哈大笑:"小军啊,你没有弄错吧,你当大舅我是银行吗?我在日本这儿就是一个穷打工的,到哪里去搞这么一大笔货款呢?"

我偷眼看着围拢在我身边的妻女,她们也正屏住气盯着我。听我讲话突然间硬气起来,她们面带笑容,向我伸出了大拇指来。

听得出来,现在只有小军在那边着急了。他放开嗓门絮叨着:"大舅,我可告诉你,这可是千载难逢的好机会,过了这个村,就没有这个店了。你还是在你周围找找,日本有钱的人很多……希望可就全寄托在你身上了,你好好想想办法吧。这样的好事,我是不会想到别人的,也只有咱们这种关系,我才舍得……"

"谢谢你的信任。"我有点烦躁起来,怎么为了利益大言不惭呢?看来,香姐说的那些话是真的。我又不好翻脸,只好不软不硬地补上一句:"到时候赔了,日本人还不得来管我要钱啊?我们不能这么干。这个忙,我真的是帮不了你们。"

"大舅,你不要太死心眼了,这个你就放心好了,我正准备跟你说这件事呢。小飞在温哥华的高贵林买了一套洋房,他可以拿他的房地产做抵押。如果你不放心,我看你就让我的文心妹妹去趟加拿大,实地去考察一下怎么样?"

"考察什么?"我实在听不下去了,直接打断他,"不用考察,小飞有房产,直接用他的房子做抵押,不就万事大吉了吗?何必绕来绕去的呢?实质都是一样的吧?"我故意挑明,很不客气地反问道。

到了这个地步，小军已经被我点破了，他还是不肯就此放弃，依旧在电话里死皮赖脸地磨叽着。我忍不住想，骗子也是得有点本事的，一般薄脸皮的人、有自尊心的人，是干不成这一行的。

我甩不掉他，心里就对自己说：他爱说什么就说什么吧，今天我给他来个死猪不怕开水烫。

"不是啊，我的好大舅，我还有另一层意思呢，你好像是没有听懂吧？"

"你说还有一层意思，究竟是什么意思？"是我老得头脑跟不上了，还是小军的话太绕了？我是真的不明白了，还是我已经被他给洗脑了？

"你没见过我们家的小飞，我弟可比我精神多了，一米八的大个不说，还是硕士毕业呢，他那英语可是顶呱呱的，非常棒。我老爸常夸他……大舅，你是不是没有见过我弟弟？"

我克制着情绪，故意违心地说："你也是很优秀的，这个我知道。"

"看我跟谁比了，我要是跟小飞比，那可差远了。大舅，我敢保证，你要是见了小飞，肯定会喜欢上他的。"他还真以为自己是很优秀的人啦，越说越来劲了。我不知道他接下去葫芦里要卖什么药。

妻子用眼神再一次暗示我：赶快结束通话吧。其实，我又何尝不想呢？可是我根本就打不断他。我又有什么办法？这国际电话又不是我给他打过去的，给我递白眼也没用。

"我看这样吧，"小飞继续做着他编织的美梦，不停地说着，

"让小飞和我文心妹子见个面好不好？如果他们彼此感觉合适呢，就让文心去加拿大生活吧，那里好歹也是个国际大城市啊，可比日本好多了。再说，温哥华那个地方美，美得都醉人，多少人想移居去那里，都去不成的……"

听他那口气，世界上只有温哥华才是国际大都市，其他城市都不行。妻子气愤地用手指不客气地敲起了桌角，她担心我会被气得犯了心脏病，就想抢过我手中的电话去。

我没有把电话给妻子，只是拉下脸来，很不客气地冲着小军狠狠地教训道："你快别再做这白日梦了，不要胡说下去了，我只能告诉你，你这种想法太愚蠢了。"

放下电话，我感到很累，瘫坐在沙发上想了很久。妻子看着我，露出柔和的神情："你不必跟小军这样的人生气，他放下你的电话，说不定现在又去寻找下一个猎物去了。你不想听，就该早点放下，早晚也是个得罪，哪有时间和他扯嘛，越扯越不像话了，还打上我们家文心的主意了……"

"就是啊，亏他想得出来，都恨不能把我卖了换钱花啦。他谁的主意都敢打呀，这种人真是可怕！"文心愤愤道。

"金子阿姨这儿子可真够可以的啊！"文美也忍不住感叹。

文心听文美这样一说，赶紧凑过去："你没见他和二姑在哈尔滨那一出呢，像个无赖，很恐怖……咳咳，一个加拿大那么寒冷的地方，我压根就没有看上，还想来吊我的胃口。真是恬不知耻……"

"行了，文心你能不能少说几句？"

文心知道我烦，她撒着娇，撇撇嘴，最后还是知趣地闭了嘴，不满地皱着小巧的鼻子。

我坐在那儿发呆,想起金子姐和我家金戒指的故事。我想起童年的很多往事。金子姐她一生都是堂堂正正的,她一直都是我学习的榜样啊,不解的是,她的儿子怎么会成了这样的人呢?

三十八

三月的一天清晨,在间断了大半年后,我又开始了快步走运动。

快步走是我来日本后,一直在坚持的唯一一项运动。每天清晨起来,喝一杯温开水,我就急忙下楼去进行快步走。我是围绕着皇太子住宅的围墙走,每天坚持走两圈,一圈走四十分钟,两圈下来共有八公里。

自从心脏支架手术以后,我的运动就戛然而止了。

前一天晚上,我们躺下以后,很久都睡不着。妻子开始对我唠叨起来:"都三月份了,这天也渐渐地暖和了,你得出去运动运动了,总这样窝在家里是不行的。"

我已经记不清她这是第几次提醒我了。我感觉在她心里,我的健康比她自己的还要重要呢。

见我没有回应,她不确定地又追问了一句:"你睡着了?"我就顺坡骑驴,故意打起呼噜来。这一招没有骗过她。妻子开始重复着她的担忧:"你要知道,身体不光是你自己的。你如果不在了,这异国他乡的,只留下我一个人,到时候,我自己连这三间房都不敢住了……"

也许是妻子的这些话击中了我的缘故,我意识到,如果再这样继续下去,我很快就会完蛋的。我的生命正在走向枯萎,这是那天晚上我脑子里第一个闪现出来的惊恐的想法。

不向妻子承认,并不代表我心里没有想到。

第二天清晨起来,我在结满了花骨朵的樱花树下独自默默前行。我感到体质大不如从前,腿迈出去,不再是从前那种有力量的、落地有声的、带着弹性的步伐,而是拖拉无力,还走得很慢。

皇居周围的环境很好,住在这里的人可谓有着得天独厚的优势。一年四季在这里坚持运动的人不断。不时有些过去的熟人从我身边走过,超越我的时候会与我打声招呼:"田中桑,好久没见了。"

这时,清水夫妇走到我面前,驻足微笑着:"田中桑,见到你真高兴,这么久不见你了,你还好吧?"

我有些尴尬,只好苦笑一下,如实回答了他们。

清水夫妇是我运动中认识的老朋友了,我们认识有四五年了,他们对中国文化很感兴趣,也会说一两句"你好!""再见!"这样简单的中国话。

刚相识的时候,我们每天早上在这条路上相遇时,清水先生都会指着不远处的风景和建筑,耐心地教我一两句日语。赶上日本的节日,他也会着重地强调今天是什么日子,比如海之日、敬老日、五月初的连休、绿色之日、男儿节、女儿节……清水先生总会重复地教给我。

在这之前,一过这些节日,我就统一地称之为"红日子"[①]。

[①] 即日历上标红的休息日。

日本一年四季红日子很多，遇到红日子就要放假，假日都是很热闹、很让人开心的。

清水夫妇看上去都年长我有十岁以上，直到现在每天依旧坚持着锻炼。清水先生说，不坚持运动，渐渐就会成为废人，他可不想这么早就什么也不行了。

我苦笑着点头。"感觉没有力气，就不想走了。"我啜嚅着说出了心里话。

他就耐心地劝我："你是可以的，你还这么年轻，千万不要想得过多。努力吧，年轻人！"

被他这样一叫，我似乎真的感觉好像又有了活力一样。我边走边沉浸在无边无际的沉思中，想着过去我是一个多么有活力的人啊，那时候的自己，也像清水先生这样劝过别人……想着想着，我就在心里对自己说：你不能这样认输，就此垮下去。

我带全家来到日本后，曾有过数不尽的无助无奈的时刻。很多善良的日本人，在我们九十年代赴日时，在最初最艰难的时刻，就这样鼓励过我。我时隐时现的记忆，大多数都跟这些充满了正能量的人有关。我那时虽已年过五旬，但还是像年轻人一样，愣是闯了过来。如今，我蓦然一惊，我怎么就这样，在不经意间稀里糊涂地已经走到老年了？

想到此，我心里发着狠对自己说：你不能被自己打倒，你不能从此倒下。在长着青草的坡路上，我大口地呼吸着春的气息，倾听着心脏的跳动。我感恩自己还活着，我感恩妻子的疼爱，我感恩这里的祥和氛围。我故意挺了挺胸脯，不服气地继续向前走去……

从那一天开始，在春的萌动和召唤中，我又重新踏上了运动的轨道。

直到有一天，文美宣布她要结婚时，我才如梦初醒：孩子们不但长大了，也该从原生家庭飞走，去选择属于她们自己的生活了。当年把两个孩子从中国带来时，她们忙于融入社会，忙于学习和工作。这无形中对她们的婚姻产生了影响——她们如今都成大龄青年了。不过在日本，这种现象非常多。很多人都选择晚婚，终身不婚的也大有人在。

我们对日本年轻人婚姻的真正了解也正是从文美订婚时开始的。以前听说过，只是总觉得这样的事情离我们还很远，其实不然，孩子们渐渐长大了，自然有她们自己的故事了。

文美是一个让我们放心的孩子，对于她在和谁处朋友、什么时候结婚、准备将来干什么，我们也学着日本父母，很少去操心，很少去过问。孩子们已经长大成人，她们有自己的选择权和决定权。

"入乡随俗，不要操那么多的心了。"妻子经常这样劝我。

我笑起来："好吧，一切都'日化'了。"

有一天，文美笑逐颜开地告诉我，她要结婚了。我还蒙在鼓里，很纳闷地问："说说看，他是谁？是做什么的？你们又是怎样认识的？"

"哇，老爸的问题还真不少啊！"

"不要卖关子，快讲出来，让我们听听嘛。"

"他来过我们家，你们是见过的。"

"到底是谁呢？"我更加奇怪了。

"哎呀，这孩子说什么你都相信吗？看把你急得。"妻子笑了。

听妻子这样说，我才猛地转过弯来，自己确实太急躁了，于是便和颜悦色地对着文美说："跟我们老两口说说吧，也让我们替你把把关。"

文美再次笑起来。"爸，您别急。就是佐佐木啊，他在椿山庄请我们吃过饭的。爸，您怎么都给忘了？"

我一拍脑门，这才猛地反应过来。

小伙子姓佐佐木，文美刚开始引荐给我们的时候，就是这样称呼他的。渐渐地，我们也这样习惯地跟着称呼了。只是我们一直没往这方面联想过。记得佐佐木硕士毕业后，就去了他爷爷创建的公司工作。只是他进公司任职时，他的爷爷已经不在了，那个时候，公司里好像是他的父亲在掌权。

日本人有个成了习惯的规矩，家中的长男，不但要继承家业，还要赡养老人。但所谓的赡养，在我看来就是获得继承权。日本的老人几乎都有养老金，也就是国民年金和厚生年金两种，这些钱已经足够老人打发自己的晚年生活了。无须子女操心父母的养老，父母与子女互相尊重关照，却不存在彼此间的依赖关系。

日本的老人，年轻时自己已经交了足够的养老保险金，老了以后，几乎没有靠子女养老的，全部是国家代替。老人每月都有足够的养老金，病了有医院，老了有敬老院。他们有的进老人公寓设施里，有的就在家中，也会有专门的服务人员定期上门来帮着洗澡、买菜、按摩，以及搞卫生等。

佐佐木是他们家族的长子，自打他的父亲去世后，他就理所当然地成了公司的社长。他手下有二十多个人指着他们的公司吃饭呢。因此，他和文美的约会也只能是一周一次。他到我们家来的次数极少,到现在为止,我感觉也只有两次吧。

但我发现,他每来一次都不会虚跑,这也许是日本年轻人的务实精神。再一次来,他提出要和文美订婚,提出订婚前,我们各自互请了一顿饭。佐佐木的那顿饭比较隆重,我们夫妻被邀请到他事先约好的椿山庄饭店,而我们比较随便地在家附近选了家餐厅,算作回礼了。

他没要我们娘家的陪嫁,我们也免去了他家的礼金,这也许又是一种与中国大不一样的结婚进行曲吧。不过,对于我们这样初次嫁姑娘,又不懂得日本规矩的人来讲,倒是省去了很多的精力和麻烦。

我们和佐佐木的交往,几乎都是在女儿的联系中完成的。这里充分地体现了日本父母与中国父母大不相同的理念:作为长辈要懂得得体地退出。不仅仅是我们,佐佐木的母亲也是一样的。

在整件婚事中,感觉日本年轻人不太注重形式,但很有独当一面的力度。他们完全不用双方父母的参与操办,而是自己来完成自己的婚姻大事。

在他们婚后的第二年,佐佐木就自作主张卖掉了他家在都内的一块地皮,更加证实了我们的这种"这里的年轻人独当一面"的感觉。

佐佐木为扩大自己的企业,决定卖出祖上留下的一块土地。按理来讲,这么大的事儿,还不得与家人好好地商量一下吗?但事实上,令我们惊奇的是,他只是把决定说给了大家:"去年这块地能卖两亿五千万,今年可以卖到两亿九千万,我决定出售了。"

我上下打量着他，感觉佐佐木说的不是土地，而是像在卖一颗大白菜一样简单，真是一时有点搞不懂这日本人了。

我们没有对佐佐木说出自己的真实感觉，只把真实感觉告诉了文美。她听罢，扬扬眉毛淡然地说，他已经考察好几年了，估计心里是有数的。

没有料到的是，女儿的处事方法也在不知不觉中变得很像日本人了。

这里的年轻人不会依靠长辈来给拿主意，他们有自己的主见，说给你也就是通知一下，千万不要太看重了自己的长辈身份才好。

后来有很多次，我曾私下里问过文美："你们家的那块地，真的是已经卖了吗？"

"好像还没有，不过已经草拟合同了。"

"什么时候正式卖呢？"

"不太知道，佐佐木没有说。"文美疑惑不解地看着我，"有事吗，爸爸？"

我模棱两可地摇摇头，挤出微笑："没有没有，我只是问问而已，觉得这么大的事，就这么轻而易举地定了，不要上当啊。"

文美听罢，笑着说："拜托，老爸，你操那心干吗？这都是要经过律师处理的，他又不傻，不要总用中国那一套思路来衡量日本的事情啦……"

是啊是啊，我还能说什么呢？我移开目光，尴尬地沉默了。我何苦操这份心呢？

现在骗子多，不说明人人都是骗人的；中国的老人有话语权，这里的老人则是管好自己的事，就万事大吉了。我应付道：

"看来我们也要入乡随俗啦,这句话说起来容易,做起来其实是很难的。"

那一刻,我就下定了决心:将来,一定要让小女儿文心找一个中国小伙子做丈夫。怎么感到这日本女婿,虽然看起来事事显得温文尔雅、做事懂得礼貌谦让的,就是相处起来有点不舒服呢?具体哪里不对,我们一时还真的是说不上来。

晚上,孩子们都走了。我和妻子睡不着,就谈起了这件事情。我掩饰着心中的失望,发着狠说:"将来呀,咱们一定要让老二找一个中国姑爷!"

"为啥,自尊心受创了?"

"跟那没有关系,只是觉得跟日本人相处有点别扭呢。"

"这可不是你和我能决定的事情。"妻子说完眯起眼,不怀好意地嘲笑着我。这反而更加坚定了我的想法。我搜肠刮肚地想了一遍,在遥远的记忆中搜寻了半天,也没有物色到一个合格的人选。

"等文心回来,你试探着问问她吧……"

"你让我问?"

"对呀,你提议的,当然是你来说最合适不过了。"妻子的脸上现出了得意的坏笑来。

我不情愿地摆摆手,一脸疲惫地回绝了妻子:"这种事情,都是母亲的责任,哪有父亲说的?你快饶了我吧!"

"不过,我可没有把握啊。"

"那就先睡吧,咱们想想再说。"

大概是两周后,文心从她自己的住处回家来,我抓住这个机会,赶紧给妻子使眼色,让她给文心说,也好探探她的心思,看看她到底是怎么打算的。

妻子刚刚开了个头，就被文心给顶了回去："妈，你什么意思？"

"没啥意思，你姐找了个日本人，我们不希望你也找日本人，将来我们连个说话的人都没有。"妻子只好直截了当地说出真情来。

文心立马傻笑起来："二老多虑了吧？将来是我和他生活啊，又不是您二位。少操心吧……"

我叹口气，挥挥手，嗫嚅着："理儿倒是这么个理儿，不过呢，跟中国小伙在一起，会有商有量地过日子，有什么不好？"

文心瞥了我一眼，绷紧了脸："您想让我找小飞吗？"

"没有没有。"听到小飞这个名字，我急忙摆手澄清，我绝对没那个意思，"我们怎么能找他呀？对他一点也不了解。"

"那你了解当今中国的社会行情吗？有些男的，不是考虑对方的素质、学历、人品，更多的是看你有什么样的家境、有没有钱。听我们同学讲，现在的中国可不是我们在中国时那个样子了，有些男人非常势利、现实……要嫁，你们自己去嫁，千万不要打我的主意啊，不然，我可不原谅你们，本姑娘不是跟你们开玩笑啊！"

"别胡说八道！我们都是为你好，懂吗？"

"谢谢啦！"文心不满地绷紧了脸，"叫我回来，就这事呀？我还有很多事要办呢，现在，我可以走了吧？"

"别呀，我这话还没有说完呢。"妻子讨好地凑过去，亲了亲她的脸颊，"你别急，留下来吃饺子好吗？吃完饺子，帮我看看我刚写的这篇小说，我担心语法有错误……"

"妈，你是用日语写的吗？"

"是呀，第一次用日语写，还拿不准，想请教你这位小老师了。"

"太好了！这才是令我敬佩的妈妈，我喜欢你进步。至于我的婚姻问题，您二位就不要跟着瞎操心了好不好？我是没有问题的，不管他是哪国人，只要是我喜欢的，只要我们在一起快乐就行，对不对？

"我身边有些人看上去是显得傻傻的，但是，他们讲诚信、以诚信为荣。我觉得人生在世，不仅不能把他人的善良与高素质误判为傻，而且还得用别人的善良与高素质来激活、滋养自己心中的天使才行。我将来就要找一个这样善良的人来当你们的女婿，我不管他是哪国人、长啥样，只要具备了这样的条件，彼此之间又有缘分就行。你们要是有这样的中国朋友，请不要忘记帮小文心介绍一位啦。"

文心说完，推推鼻梁上的眼镜，扑哧一声自己先笑了起来。

"那是，我相信女儿的眼光。不过呢，我们还是希望你能幸福，懂吗？"妻子把文心拥进怀里，眼睛毫不留情地用力剜了我一下，仿佛我成了之前不快场面的始作俑者啦。我感到有点冤，决定今后不再擅自规划孩子的婚事了。

三十九

后来的很多年,我都一直在反省这个问题。如果我们当年不向文心提出那个建议,也许她还不会那么急着解决自己的婚姻大事吧?

一天,文心很出其不意地向我们宣布了她要结婚的消息。

明明早有了一种预感,到头来,还是不敢相信这真的就是事实。

"文心,你听妈说,这事是不能开玩笑的。"妻子严肃地说,眼睛里充满了不相信的光。她只要认真起来,总会流露出这样的目光,我和孩子们都很熟悉她这种眼光的意思。

"是啊,你已经大了,说话做事要懂得分寸。"我担心妻子生气,也冷冷地附和着妻子,拐弯抹角地教训着文心。

"你们在说什么?我听不懂!"文心因为愠怒,小脸涨得通红。

妻子只好又重复了一遍刚才说过的话。

"妈呀,您也不想想,我哪有时间、哪有心情和你们开这种玩笑啊?"

我们听罢，越发紧张地认真起来，把她夹在中间，你一句我一句地开始"审问"起她来。

文心像个犯了错的孩子似的站在我们中间，使劲甩了一下倾泻而下的头发，咬着薄嘴唇，瞪着黑幽幽的两眼，问道："你们这是要干什么？请不要这样对待我好吗？"

"我们没有别的意思，他是哪国人？住哪？干什么的？多大年纪了？这些，我们做父母的总要知道吧？"

"我不想再跟你们讨论这个话题了，其实，我都跟你们讲了多少遍了，你们根本就听不进去……"

"你这孩子，你什么时候跟我们说过呀？你这不是冤枉我们吗？"

"那好，妈妈，我就再跟您郑重地说一遍啊，您现在可要听好了。"

我们强装微笑地屏住气，认真地听她说下去。

文心一口漂亮的、如同白瓷一样的牙齿，配上红润的脸蛋，显得格外纯情可爱。我看着她，心里不禁想：这是我那个小时候经常跟大人们撒娇的小公主吗？怎么这么快就长大了，就要结婚了？

"他是我的同学，在东京呢，想见见吗？哪天给你们领回来，让你们相互认识一下。"

"你认真点，他多大了？哪国人？"

"和我同岁。——妈，你怎么又来了？哪国人在你眼里那么重要吗？你当年跟我爸爸在一起时，考虑过他是日本人吗？那个时候你知道吗？他是不是骗了你……"

"你正经点好不好？我现在是在问你呢！"

文心冷不防甩过一句话来："日本人！这下满意啦？"

文心说完这句话后，默默地坐在那里，宛若一尊陌生的雕像，脸上写满了心事，那意思就如同在说：你们爱怎么批就怎么批吧，反正我是认定他了！

尽管她的妈妈轻抚着她的手，她还是不讲话，倔强的眼中噙满了委屈的泪水，别转着头，不想让我们看到她的眼泪。

那一刻，我还真没有顾及她内心的感受。我坐在那里，只一门心思地想：这下我又要当岳父了，要给两个日本人做岳父。人生真是奇怪，难以预料啊。我心里像是打碎了五味瓶，哭笑不得，甚至还有点滑稽可笑的感觉。

我得承认，这一切只不过是个轮回。

无论我的感受如何，孩子们自己选择的婚姻，我们还是要尊重的，这个道理我们还是懂的。

几个月后，我们进入了紧锣密鼓的准备程序中。这种准备，倒不是需要我们掏钱付出，只是要我们的配合，但仅仅是配合，就已经够呛了。

文心和未婚夫山本选用的是洋式婚礼。他们两个要租用礼服，几乎每周都需要去椿山庄试衣服。他们的婚服选好后，就轮到给我选燕尾服了。坦诚地说，连我自己结婚的时候，也是一件藏蓝色的条绒夹克就全部搞定了，这回可倒好，我不但要搭配与燕尾服协调的平头黑皮鞋，还有衬衣、领带、吊带，甚至手绢，都要一一相配。日本人的精细，在这里体现得淋漓尽致。真仔细，也真够麻烦的。

我的服装搞定以后，就开始让妻子去买她在那一天的衣服了。她的衣服更是难上加难，必须是配套的，颜色不能太艳，因为太艳了，那就会盖过新娘子，抢了新娘的风头是不可以的；也不能太俗，太俗气了，又会显得没有品位了。

妻子只好试了一家又一家，最后还是文心亲自点头，妻子的衣服才算搞定。衣服定下来，又要准备与其配套的鞋子和包了。

哇，那一段准备的日子，也真够难熬的。日本人的敬业精神值得我们学习不假，但说穿了，也真够折腾人的了。他们是面面俱到，每一个细节都别想逃过去。

结婚典礼前，天未亮，我们就约了出租车去了椿山庄，那里的美容师要给我们逐一化妆、做头发、换服装……然后再去教堂。

肃穆宁静的教堂里流淌着轻缓的音乐声。首先是我这个做父亲的要陪女儿缓缓地走进去。在教堂的门口，早已经等待在那里的妻子要负责弯下腰来，小心翼翼地为文心拉下她的头纱……

有时候，妻子坐在我身旁，会安慰我："其实，找日本人不错，不然，还需要为对方来日本办手续，还要在东京成家……这样做，其实减轻了我们多少负担啊。"

我心里很清楚，妻子这番话，一半是安慰我，一半是讲给她自己的宽心话。

安慰自己的办法有多种，这也是其中的一种吧？

椿山庄是东京都很有名气、很上档次的大饭店。我的两个女儿，都是从这里嫁出去的。

文心出嫁的那天，回到家，妻子对我说："噢，都走了，我很高兴,为她们能都找到好的归宿。从此,我们的人生也很轻松了……"

不知道为什么,我就是找不到妻子的那种感觉。我感到很冷清,特别是在教堂和女儿走过的那一小段路上,一共没有一百步吧,我怎么就感觉像是走过了几十年的样子?从她们生下来,到会走路、去上学、来日本、求学、工作……几十年就这样过来了。时光流淌过去,可惜的是,这场景,我的养父母他们谁都没有看到。而生身父母,他们现在是否还都活在人间呢?想起来,我这心里就会闷疼起来……

那段时间,文美正在为她自己的医院做着各方面的准备工作,我们很少为家里的琐碎事去烦她,她也很少有空回来看我们。

我们理解她们,日本的紧张生活与中国的悠闲简直是无法相比的,每去一次中国,回来之后,这种感受就会更加强烈。在中国住过的地方,那里熟悉的一草一木,总能激活我封存的记忆。

日本是不讲究人情味的地方,要人情味,就不要工作,事情就是这样的简单。

老了的我们,现在会感觉,在中国是很幸福的。

那天文美回来后,悄悄地对我说:"爸,我去横滨为医院选址的时候,顺便去看了看奶奶当年工作过的地方……"

我很吃惊地看着文美,眨眨眼问:"你怎么知道奶奶过去在那里工作过?"

"我是从奶奶留下的那张照片上看到的,照片背后写着呢。"

"你还记得？真是难为你了。"

"记得，而且记得很清楚呢。"

"现在那个医院还在吗？"

"在。"文美肯定地说，"我还特意进去看了看呢，只是没有打听到有关奶奶的资料。也许是年代太久远的原因吧，也许是……"

我用衣襟擦擦眼睛，定睛细看我的女儿。

文美她长大了，她心里一直惦念着我的这个心病，她没有把下面的话说出来。她咽下未说出口的话，露出春天般的微笑来安慰我："爸，你别急啊，哪天有空，我开车带你去看看。"

我急忙点点头，没有说话。我知道在那一刻，自己已经说不出话来了，我怕还未张口，就失声痛哭起来……

生活就是这样，当我无力改变时，只好欣然接受，因为日子还要继续。当我渐渐淡忘了心结时，它又会出其不意地跳出来触碰我。

快乐、苦闷，还有未知的希望，这些永远是人生的伴侣。

四十

又到了樱花盛开的季节。

每年一度的樱花盛开期，充其量不过是一周的时间，可是，日本各地都会人声鼎沸，似乎在过着盛大的节日一样。这日子令日本人期盼、开心、神往。

日本人对樱花的喜爱与欣赏，在我看来，都胜过了对金钱的痴迷，这与樱花的清雅、静寂、精致，还有它短命的哀愁和伤感，是分不开的。这也非常符合日本人的物哀心理。

樱花是由日本最南方的冲绳开始，由南向北一路开过来，北上直到北海道方为止。喜爱樱花的日本人，也会追随着樱花的脚步，像激情的粉丝一样，由南向北一路直追到终点。

日本人的樱花情结是有着历史渊源的。樱花盛开时，它那如云似梦般的飘逸风姿，还有遒劲苍挺的象征着坚强的枝干，以及大家普遍认为的，樱树中宿有神灵，这样神圣感，甚至连樱花瞬开骤落的无常性，都会像谜一样吸引着每一个日本人。

这些也应该对日本人的性格形成产生过很大的影响，进而也成就了日本人"花见"（赏花）的文化。久而久之，樱花的这些特性，最终也使得她成了日本国家的象征。在日本人漫长的花见岁月里，也就形成了一系列的风俗习惯。

众所周知，日本人历来以做事细腻认真著称。花见传承至今，各个地方，人们已经自然而然地形成了一套有序、有效的规矩。

每到春季樱花盛开的时候，日本人就以酒及其他供物一起敬献谷神，以祈求秋天的丰收。樱季临近之时，一般日本人先根据樱花开放的前线预报来确定花见日期、人数，然后再定下花见场所。每到这一段时间，天气预报每天都有好几次关于樱花开到哪里了的播报。

电视不断地提醒观赏者如何选择花见的地方——推荐地点被称为"赏樱名所"。选好了地点，赏樱的人就会安排人提前一天到预定的樱树下，铺上各种颜色的塑料布占地方。

在花见饮宴现场，人们会带来各种美食和甜酒，还有各种以樱花为主题的特色便当，一般内装梅干紫苏饭团、樱花寿司、樱色调料浇头炸虾、芝士烤鲑鱼、春季蔬菜干贝色拉等等，都是充满了春之气息的，五颜六色、营养搭配适中的应季料理。这些料理既营养又养眼，不油腻，还卫生。只要远远看过去，路人不争气的喉头就会蠕动起来，被激起了食欲，恨不能也加入队伍，来个一醉方休呢！因此，在民间有了这样的名言：樱花树下喝醉酒。

我们每年和朋友赏樱的去处是千鸟之渊，这里离我家很近，交通也很方便，而且离皇宫又近，风景十分宜人。

需要切记的是，去赏樱前，一定不要忘记把自己打扮得漂亮些，好让人看着舒服，同时也可以陪衬优美淡雅的樱花。那才是真正的即景生情、情景交融呢！

我们从小生长在中国，受到的教育是，好好学习吧，想做人上人，能力才是最重要的。我们注重的往往不是这些外表上的东西，而是勤俭节约干革命，新三年，旧三年，缝缝补补又三年这样的一些强调不要只注意打扮、心灵美胜过外表美的理念。

过去，有时会看到男人穿着松松垮垮的T恤、短裤，女人穿着肥肥大大的睡衣，披头散发地在光天化日之下的大街小巷闲逛，这些都无可厚非——我们自己过自己的，穿得随意也不至于影响到别人。而来到日本后，遇到的很多事情都在告诉我：这里是个非常注重外表的国家。日本人会以貌取人，看对方打扮得不合时宜，甚至会留下不好的印象。这些过去被我们忽视的所谓外表上的东西，在这里被认为是一个尊重他人也尊重自己的问题，日本人不懂，怎么会允许自己着装随便、形容憔悴呢？一个自持修养、精致律己的人，他的容貌不会差到哪里去的。

这些内容，是在日本接受了教育以后的女儿们不断灌输给我们的。她们会悄悄地提醒我们哪里做得不好：出门时不要吃生葱生蒜、不要大声喧哗，甚至大声打电话也不行……

这些细节很烦人。而事实上，我们虽然一直在努力地改变着自己，大多数情况下，还是拿无法把控的生活带来的失控的形体没办法。

我们不是文盲，我们也懂得，待人的谦卑、谈吐的优雅，以及你用读过的诗书来丰富的内心，都会投射在人的容貌、衣着上。可是，在刚从中国来到日本那最初的几年中，在匆忙的工作和学习中，我们几乎已经耗掉了所有的精力，理论上明白，实践中却很难再关注外貌衣着上的事情。

写到这里，我不由得想起了一个意外的情节来，就是山本的母亲要和我们第一次见面时的情景。

　　日本人在结婚前，男女双方的家长通常是要见上一面的，这一点和我们中国人相同。他们的规矩很多，场合、着装、谈吐、礼节，以及吃饭时的规矩，都很复杂细致，烦琐到令人很难招架的程度。

　　我的女儿在经历这一关的时候曾经多次提醒我们："日本人在不同的场合会穿不同特色的衣服，您二位一定要好好选一件才行。他的妈妈是大家闺秀出身，是很注重这些的……"

　　妻子还没有听完，就闭上双眼，烦躁地点起头来："她是大家闺秀？我们也不是土鳖！我已经听说了，不会给你丢脸的。这日本人真是莫名其妙，哪来的这么多的繁复陈词？"

　　"妈妈，您不知道，那是不一样的。日本人无论去公司报到、聚会、上学，还是给孩子开家长会、参加婚宴，都要有不同的衣服来搭配，有很多讲究……"

　　"好了好了。"妻子挥挥手，粗暴地打断女儿的话。她不想听下去，好像自尊心在那一刻受到了伤害一样。

　　我们一见她当真激动起来，就会挤眼笑她。

　　"我们家的条件不好，但又没有去追他。我们就这样，他们家爱怎样就怎样好了，难不成……"妻子开始抱怨起来。

　　"妈妈——"文心无奈地叫着，"跟这些都没有关系的，您不会不懂吧？您还是知识分子呢，这是基本的礼节呀。我们既然融入了这个社会，就要入乡随俗啊？"

　　我神色一振："文心她说得有道理，我虽然表面上不想听，可是心里还是怕出丑的。"

　　过后，我不客气地批评妻子说："你说你吧，都来这里这么多年了，到现在还是老一套的思维方式。她怎么说，我们就怎么办呗,你跟她抬什么杠?"

"老一套?你什么意思?我不明白,"她咬住这一句话,不依不饶地瞪着我追问道,"我哪里做错了吗?"

"没有人说你做错了,就事论事啊。咱们没钱的时候吧,你就穷人的心态;有钱了呢,你就暴发户的德行了。这样的心态,如何单凭信誓旦旦就能超过别人呢?"

"你这是哪儿和哪儿呀?谁是暴发户?你把话说明白了!"

我一看要引火烧身,忙赔着不是说:"我话不妥……你还是消消气,趁着咱们休息,赶快把衣服买回来,先准备着总不会有坏处的。再说了,文心也是为了咱们家好,她怕咱们不懂,丢人呗。你细想想,孩子们在这里生活,要融入一个新家庭也不容易……"

我这番话好像打动了妻子,她想想,认真地说:"是啊,她们也不容易,我心里明白。"

接下来,我和妻子一连跑了好多家大的百货商店,还是老老实实地照女儿说的办了。不到一天时间,我们就花掉八十几万日币,各买了一套灰黑不明但是做工极其考究,样式又庄重的见面衣服。

虽然价格不菲,但是与山本的母亲见面之后,衣服就退役了,一直在柜子里睡大觉。妻子每次整理柜子,看到它们时就会唠叨几句,真不知道这两套衣服究竟好在哪里呢!

我跟她开玩笑说,它们生为衣服,就是来为咱们服务的,你就知足吧,这叫专享权懂不懂?抱怨的话,我劝你就在自己心里说说算了。别那么想不开。

可是话说回来,那天和亲家母初次相见,又感到多亏了那两套衣服救了我们的脸面。要知道,当走过流淌着轻音乐的软绒绒的地毯时,几乎和演员走过红地毯时的感觉没有什么太大的区别。如果着装随随便便,在众目睽睽下那么走一趟,又会是什么状况呢?

那一刻,我才真正从心里感觉到了着装的重要性。真是该谢谢孩子们的好言相劝,不然,在椿山庄那么庄重素雅的会客厅里,见到年近八十的亲家母时,我会有种无地自容的感觉了。

老太太的确优雅聪慧——对不起,这是我对她亲切而通俗的称呼。不知道她是故意装的,还是的确一向如此:腰板始终挺得笔直,谈吐得体,根本看不出她已经年近八十了。

聊着聊着就让我感到,她的确是很值得我敬佩的女人。自从她丈夫去世后,她便和自己的独子一起经营名下的多家公司,头脑清晰的她不但亲自参与经营,连公司的账目也都掌控着。

我心里想着,嘴上没有说出来:文心这婆婆一定会很严苛很厉害的,但愿她们婆媳之间能相处得融洽些。

我那天如果没有注重自己的外表,也许会被她震得落荒而逃呢。庆幸女儿提前给我们两个老顽固打预防针。看来,还是孩子们想得周到。

其实,细想想,以貌取人,取的并不只是美貌,而是好看,也是一种舒适感吧。

好看,当然是眉梢眼角见清风明月,是举手投足间赏心悦目的感觉。老太太外表显得谦恭得体,又含笑体贴、优雅从容。据说她在落魄的岁月里,凭着阿信那样的勤奋和努力,才救下了山本家族的企业。

我眼前的这位亲家母有剥离了外表之后的素养,她可以跟我聊她的企业，不但有自己的见解，还说得头头是道。她很善谈，那天，我们还谈起了中国的万里长城，她知道孔子和孟子，讲起他们的思想，也令我刮目相看。

由此我断定，她是那种放在浩瀚人群里也能一眼分辨出气场来的老人。这也许就是她的魅力所在吧。

见面归来后，我不得不承认，并且和妻子议论说，山本的妈妈是一位高情商的女人，在她面前我自惭不如啊。其实，在她的生命中，也曾经有过很多不幸。据说，她丈夫走后，以他们家的财富，她本可以放手不管了，去安享晚年的。可是，她没有这样做。她乐观的心态，不但让她自己更加健康起来，也使她在儿子遭受挫折、遇到困惑的时候，帮助儿子更加坚定了信念。这正应了中国那句话：家有一老，如有一宝。

她对我说，其实，我们大家都一样的：我们的生命中都有两扇窗户，一边是阳光明媚且鸟语花香的，而另一边是截然不同的，有时会有凄风苦雨，甚至是黑暗无光，就看我们自己怎样走，怎样选择了。

见我们夸她，她就笑着谦和地说："我也很敬佩你们，你们夫妻来到日本时已经不年轻了，如果当初选择错了，就不会看到今天的风景。人生苦短，我们都不能沉湎在阴影里，只有转过身来，才会享受到东京黄昏前的美丽风景，对吧？我的弟弟和妹妹……"

那天，我们与她是初次见面，她没有多说，我们也不好多问，只觉得这位老大姐身上，有一种不同寻常的气质。后来听女儿说，山本的奶奶去世后，他爷爷娶的新太太其实是山本妈妈的亲姑姑。后来，姑姑把侄女，也就是山本的妈妈介绍给了爷爷的长子——山本的父亲。当然，姑姑隐瞒了侄女的真实身份。

山本的父亲是山本家的长子，只有抓住了这家的长子，才能掌握他们的经济命脉。就是这位亲家，嫁到山本家之后，生下了小山本。直到山本的父亲去世后，她才把这个秘密告诉自己的儿子。她的儿子震惊地把这个自家的故事又如实地讲给了文心。

文心也感到震惊，她说，细细想想真有点像中国宫廷剧里的剧情呢，简直就是一模一样啊，像极了中国历史上的孝庄文皇后……他们家也太复杂了。

那天回家后，都过了好几天了，妻子一边做着紫菜三文鱼饭团，一边还在侧脸对我说："在没有见到她之前，我们还真是小看她了！"

我莫名其妙地问："我们小看谁了？"

她眨眨眼，甩给我一句："真是明知故问，你说还会有谁呢，当然是文心她婆婆呗。这位老者可不简单，她可是典型的老式日本女人……"

"什么意思？"我脑子反应不过来，琢磨不透她的话，追问道。

"绵里藏针型的。真是跟我们大相径庭啊！"

"这么说，你是服气了？"

"嗯，打心眼里彻底服了！"

四十一

日本不但地震多，台风也很多，是个名副其实的多灾多难的国家。来到日本后，我们才有了亲身的体验。

2011年3·11大地震的时候，我和妻子住在涩谷区。那天的下午，正好我们俩都在家里。我们真正地看到了什么叫天摇地动，感到踩在晃动的大地上的双脚完全不能由自己摆布，跑不动也挪不开，很是狼狈。

望着面前的楼房天翻地覆般地摇晃着，就要坍塌下去了，就要倒塌了……那一刻，我竟然莫名地想起了小时候常说的一个词：人定胜天。

可是，在山摇地动面前的人类，却是如此的无助，竟然什么也干不了，只能眼睁睁地看着，消极地等待着。人与大自然远不是一个能量级的，又怎么可能战胜大自然呢？就说那次的地震吧，它把整座的高楼，还有地面上其他的一切，瞬间都如同抛玩具一样抛向了空中。它的震慑力太强大了，人类在强大的自然灾害面前几乎没有抵抗的能力。

这些年来，在日本生活，我看到了，无论是地震、台风，还是海啸，都像猛兽一样，凡是它们途经之地，都会顷刻之间化为一片荒芜。自然灾害带给人们的是不尽的苦难。

我不喜欢台风，尤其是秋天的台风。它总会伴着苦雨而来，让我感到阴冷，感到无助，还会让我无端地想起很多悲伤的往事来。

记得我小时候，养父母的家里养了一条小狗，是那种土黄色的本地狗。我给它起了个好听的名字叫"皮思"。家里只有我一个孩子，皮思自然而然地就成了我最好的玩伴。

记得小皮思长着一身黄褐色的毛，是厚厚的那种绒毛。它见到我时，总喜欢摇着尾巴一蹦一蹦的，直往上蹿，那架势，非要和我亲到嘴才行。我每天练完武术回到家，第一个来迎接我的总是皮思。

哈尔滨的冬天极其漫长而寒冷，很多个黄昏后寒冷的夜晚，我都是抱着毛茸茸的皮思，坐在火炉边，看着养母给我烤土豆片度过的。我始终记得这温暖的场面。

有一年的冬天，我放学回到家后，妈妈很痛苦地告诉我，居委会不许再养狗了，准备把狗都给捕杀掉。要心疼的话，就自己家先动手杀了吧。限期不杀的，要受罚不算，狗还是要被捕去杀掉……

那个时候我还小，不明事理地哭着问妈妈，为什么？皮思害到他们什么了？他们为什么要杀了它？

妈妈不看我，只是叹着气说，天底下哪有那么多的为什么？天底下的事，咱们说了也不算，上头说让杀了它，咱们也不敢抗拒，就得杀了它呀……

我听后还是不明白，心里很痛苦，放声大哭起来，抱着妈妈的胳膊一个劲儿地求她，那就把皮思放掉吧，千万不要杀掉它呀。

妈妈说，放掉也得被逮住，也得被冻死……这得问问你爸爸才行。于是，我就去求爸爸。

爸爸一脸的木讷，自从"三反""五反"之后，很多时候他就像傻了一样，总是这样的一种状态，不言不语，默默地傻干。我知道问也是白问，但还是抱着一线希望，在耐心地等待着。

闷了很久，爸爸才吭哧瘪肚地冒出来一句话来："谁敢不听上头的？你吃了豹子胆了？你不听，还不得把你给抓起来？人命重要，还是狗命重要？"

当时，我以为爸爸说的那一套是在教训我、吓唬我，哪里承想，第二天我从学校回来后，就再也没有找到皮思。

如今，只记得那就是个凄风苦雨的深秋，我沿着马家沟河，在飞雪中边跑边呼喊着："皮思——！皮思——！"我不知道跑了多久，只知道最终也没有找到心爱的皮思。

当我疲惫不堪地回到家的时候，浑身上下都冻透了。我依旧哭着，打着哆嗦钻进了被窝里。

晚上，心疼我的妈妈轻轻地叫着我，她不时地颠簸着小脚来摸我的额头，嘴里愤愤地咒骂着老实巴交的爸爸。

之后，我昏迷不醒，大病了一场。

不记得是第几天以后了，妈妈稀奇地把一碗飘着香菜的肉丸子汤端到我面前来。她讨好地冲我笑着，把虚弱的我扶起来，让我趁热喝进去。

我闻到了肉丸子汤的香气，它强烈地诱惑着我咕噜作响、空荡荡的胃，但我刚转过脸去，就奇怪地感觉闻到了皮思的味道。我瞪着眼睛问妈妈："是不是你们把皮思给杀了？这是皮思的肉！"

妈妈吓得手一缩，绷紧了脸，瞪大眼睛露出可怕的样子："你这孩子胡说什么呀？"她骂着我，一会后，还是理屈地背过了脸去。从她委屈躲闪的眼神中，我知道，我的猜测变成了残酷的现实。因为这件事，很长时间里，我心里对我的爸妈多少有些怨恨。

很多次，妈妈跟我无奈地解释："你爸爸他也是被逼的，要不然他怎么会杀了皮思？相信他是没有恶意的。儿呀，你得懂得这些事理了……"

我心里骂爸爸是个胆小鬼，他那时候一直是战战兢兢地活着，早没了当年做电料行老板时候的神气劲儿了。我心里真有点瞧不起他，只是我从来不敢说出口。我不知道我究竟在顾虑什么，一种不能说透的、模模糊糊的忧虑始终在我的心里。

我暗暗想：你们也太狠心了，杀了皮思不算，还把它给吃了。想起这件事来，我就觉得他们太残忍了，再加上小时候去香姐家串门时听到的我是"小日本"的事，我心里从此和养父母之间有了隔阂，不能明说的这层隔阂。

"儿呀，你别老是记着你爸的这点不是好不好？那时候是困难时期，家家户户没有一点肉吃，大家都饿疯了……既然杀了，也不能便宜了别人家是不是？"这话是后来妈妈多次跟我解释的，但当时我真的理解不了。有很多年，不满都悄悄地埋藏在我的心里。

后来在我成长的过程中，我不敢轻易地相信任何人，感觉和这件事是有很大关系的。

我长大一些后，才会站在养父母的立场想：也许这就是无奈的生活？也许这就是宿命？我不知道，在这件事上，他们给我的理由，为什么依旧让我不能彻底从心里理解。直到我长大成人，在工作时受到审查时，才理解了父母的难处，才知道了为人父母的不易。由此，我从心底放下了对他们的怨恨。

小时候，我几乎没有经历过自然界的地震和台风，面对心灵所遭受的灾害不知所措。来到日本后，我才知道，原来地震和台风可以是家常便饭。这里的人很平静地看待这一切，既不喊口号，也没有抱怨，只是在默默地忍受，默默地爬起来，灾害过后重建家园。

在日本，养宠物的家庭很多，尤其是可爱懂事的狗，一定会是养宠物的首选。狗和猫在这里是幸运又幸福的，它们普遍被认为是家族的一员。对于宠物，既不能遗弃，也不能虐待，更不敢捕杀，那是犯罪。虐待动物的人会被判刑。家里养的宠物，能够得到足够的爱、足够的尊重。因为成熟的社会化训练，也很少能听到这里的狗的叫声。

我的皮思虽不是什么名贵的品种，可它在我心里是唯一的。它给过我很多的温暖不说，还给过我童年的欢乐和天真美好的想象。

曾记得，在中国的北方，一到十月末，就开始步入冬天了。秋雨来临时，妈妈总会搓着两只手跟我念叨："一场秋雨一场寒啊！"

我那时候似懂非懂的。看着爸爸开始买来成吨的黑煤炭，一铲子一铲子地堆放进小棚子里，我知道这是要准备过冬了。

妈妈开始忙乎起来：糊窗缝，买白菜、土豆和大萝卜。哈尔滨冬天的序幕就这样拉开了。

哈尔滨的冬天绝不是吃素的，三九天那是"嘎嘎的"冷，的确不假。秋雨过后，天马上就会变冷。故乡的天，感觉不是渐渐地冷，而是一夜间乃至瞬间气温就会降到零下，这是常有的事。

东京的冬天则总是拖拉着走来，它来到之前，总要伴着台风苦雨才行。日本似乎每年都要经历二十几个台风，各个台风，人们都会给它起一个好听的、拟人化的名字。然而，台风一样不领情地施展着它的威力。每次台风来到时，它后面都是隐藏着恐惧和死亡的。

因此，我会在漫漫秋雨中心生不安与烦躁，会经常想起一些远离了自己的人和他们的故事来。

一到这样的季节，我就会非常惦念香姐。虽说现在故乡的冬天再不像从前那样需要提前准备煤炭和猫冬的菜蔬——房间里几乎都有了暖气，只要有钱，在商店里就能买到四季的新鲜蔬菜。和从前相比，简直是冰火两重天啦。这是我的故乡发生的巨大变化。

前几天，我给香姐打过电话，她很高兴地告诉我，这个冬天，她和保姆准备一起去海南住。

我问她住在海南哪里。

香姐说，别担心她，保姆的孩子给她们租好了房子。她到那里就和我微信联系。她还告诉我，现在很多故乡人都是冬天去海南住，夏天再回哈尔滨来，生活很滋润的。

我很高兴香姐终于走出了心里的阴霾，就和她商量，等明年樱花盛开的时候来趟东京，也让她看看我这里的生活，还有我一直无法解开谜底的良子妈妈……

香姐爽快地答应了我。她嘿嘿地笑着对我说："我姐姐她没有福气呀，她要是还活着该有多好，我们姐俩一块去日本看你去！"

……

放下电话，我望着灰暗的、连绵不断的雨帘，坐在电视机前，浮想联翩起来。

这时，一个意外的电话打了过来，让我猛然间回过神来。

"我是田中，您是哪一位啊？"

"我是小谭啊，你把我给忘了吧？"

"没有，没有，"我有点结巴地赶忙否认，"我怎么会把你给忘了呢？我们在银座的日语班一起学习过的，对吧？"

小谭听说我还记得他，显得很兴奋。

"你看这样好不好，哪一天我再约上几个同学，咱们一起聚一聚吧。这人生苦短，真不知道明天会是什么样呢。"

"看你说得，究竟是怎么了？还不至于这么悲观吧？"

"唉，我给你打电话啊，就是想告诉你一件事，咱们的真田老师去世了。"

"天，这是什么时候的事啊？真田老师还很年轻啊，怎么这么突然？"

"大概有几个月了，听说还是因为乳腺癌。是啊，我也没有想到，真是太可惜了。"

放下电话以后，我的心无论如何也不能平静下来了。我恍恍惚惚地想起这位教日语的真田老师来。

我和她接触得并不多，可是，我很喜欢听她讲课。她讲课时神采飞扬，给我留下的印象太深刻了。

真田老师算不上美人，但看上去，就会感到她是一位精明干练的日本女人。对于还听不太懂当地语言的人来讲，往往衣服就是一种言语。真田老师每天都会随着天气与心情的不同搭配她的衣裳和首饰。她衣服的颜色一般都是柔和色彩较多，比较文雅的那种，看起来她不喜欢颜色强烈的大红大绿。做工考究的衣服，配上精心挑选的饰物，穿戴在真田老师身上，简直就像一幅图画一样，加上她总是用心梳理的发型，不张扬，前发恰到好处地微扣在面颊两边，令我们欣赏。

她比我大几岁，是个很精明、很会讲课的老师。她能由浅入深地启发我们听下去，也会在本来很枯燥的日语课程中加进去很多有关日本民俗、民风的讲解，并将外国人非常感兴趣的小故事绘声绘色地讲出来。甚至连讲解《源氏物语》这样深奥的书，她都会把学生带进她通俗易懂的故事中去。

细算起来，自打到日本后，我们已经先后遇到过十几位日语老师了。真田堪称第一，她的形象和别具一格的课程，深深地留在了我们的脑海里。

她很享受她的职业，我们大家也很喜欢她。她敬业，与我们的分寸也把握得恰到好处，从不轻易地冒犯我们其中的任何一个人。

后来一件小事的发生，使我不得不对她另眼相看。我们班有一位三十岁的少妇，她是嫁到日本来的。大概是为了生存，她只好一边打工，一边来听课，难免经常旷课。估计当时真田老师就已经瞄上了她好久了，上课时故意多次提问她。她答不上来时，还不懂得说"对不起"，表现出毫不在乎的样子，有时竟然自己先傻笑起来。

她这个举动似乎是犯了大忌，那一刻，真田老师立马就拉下脸来："这里是课堂，不是你玩耍的地方，不是你随便来不来的地方，你要明白这一点……"她大声地训斥着，眼睛里满是责备。

这种目光和语气让我大大地一震。我迅速地用余光扫了一下同学的脸，又看看真田老师。她的目光收回时，我无意中瞥见了她狠狠下撇的嘴角，就像电影里的特写镜头一样，让人感到她并不是个"等闲之辈"。那一刻，我心中有对同胞的不满，更有对日本人的芥蒂。我加深了那个观念：日本人表面文明礼貌，骨子里确实是令人琢磨不透的。

我们听着，都不说话，也对她的严厉表现感到有些莫名其妙。都说日本人温柔，但总觉得她这刻薄、不讲情面的话也过于伤人了。

我下意识地想，对她最好还是敬而远之，不要冒犯。有了这种心态以后，我总是掌握着分寸，故意远离她，因此，在一次她约我单独去喝杯咖啡时，我找借口给拒绝了。我也由此失去了深入了解真田老师的机会。

从那之后，我们班倒是很少有无故不来上课的同学了。真田老师也更加卖力地教我们她所知道的、她所能教给我们的一切知识。

据说，那时候，她在这个学校已经教学十多年了。她很低调，穿得很讲究，吃得很少。她很少说起自己的家事，我们只知道,她有一双儿女,有丈夫,她却从来没有提起过他。奇怪的是,冬天开忘年会的时候,坚强的老师在大家面前,由最初的感激,变为最终无声地抽噎着流下眼泪的样子。

她长得很瘦弱,但讲课卖力不说,即使感冒发烧,也会摇晃着走上讲台,嘶哑着嗓子继续讲课,手里攥着手绢,不断地擦着头上的虚汗。——这一幕,我至今都记得清清楚楚。

我正在想着她可真卖力气时,真田老师匆匆地瞥了我一眼,突然叫起了我的名字,让我将"玩耍"这个动词进行六种不同形式的变位。

我傻在了那里,好在两秒钟后正确地回答了她的提问。她很高兴地笑着让我坐下,我知道,她不允许她的学生在课堂上浪费掉分分秒秒。我很敬佩,也很心疼这位敬业的真田老师。

可以说,我真正了解日本人的敬业精神,是从真田老师开始的。这种敬业和信任比比皆是。应该承认的是,社会上众多讲文明和讲诚信的现象,渐渐地造就了社会成员间比较高的信任度。在这样的大环境下,每个社会成员都享有一定程度的信任。

直到不久后的一天,她由于劳累而无力走回家时,我们才明白了她在忘年会上流泪的真正原因,原来她在八年前就做了乳腺癌切除手术,却还是没能阻挡癌症的扩散。这次病发后,她再也没有来给我们上过课,同学们自发地去过她家,按照中国人的传统,给她带去了礼物。那时,其实才过了没几天,却感觉真田老师一下子老了不少。她很虚弱,半瘫半坐在房间的榻榻米上。

真田老师说,为了见我们,她认真仔细地化了妆,用日语说就是"一生悬命"(形容拼命、努力)。现在回想起来,似乎她当时就意识到了什么,她想在我们这些学生的记忆中永远留下她美丽坚强的形象吧。她和绝大多数日本人一样,把死看得很淡,觉得那是迟早会发生的事。只是那天她想笑,已经打不起精神来了。和我们照相时,老师的头和身体一直无力地斜靠在学生的身上,那样子我至今都不能忘记,看着非常虚弱可怜。而真田老师还在努力地笑着,一直笑着,面带那种无力的苦笑,斜靠在走廊的墙壁上,把我们一一送出了她的家门。

这便是我与真田老师的最后的一面。每逢秋雨绵绵时,我就会想起真田老师那无声而无助的笑脸来……

四十二

快到年底的时候，也是日本忘年会频开的时刻。

我应付完公司和朋友的聚会后，感觉那一段时间体力恢复得不错，便很想去拜见一下良子妈妈和信子妈妈。之前总担心手术后身体状况不好，见面后会让她们担忧牵挂。

很久没有良子妈妈的消息了，我只好先联系了信子妈妈。本意只想打听一下情况的，可信子妈妈却执意要在近期与我见上一面。为了方便信子妈妈，我提议到她的居住地附近去见面，这次，她也欣然答应了。

信子妈妈选了涩谷附近的一家寿司店，这里的环境非常安静、优雅，适合我们彼此交谈。不过，我想，在这样的店铺里面就餐，估计价格也是很昂贵的。

我们坐下后不久，话题很快就自然而然地扯到了良子妈妈身上。——那天我回到家后，一个人躺在床上，慢慢地推着往前回忆，感觉信子妈妈当天是有备而来的。她与往日很不同。

寿司店的单间很小，我和她面对面而坐。我们喝了几口绿茶之后，她微笑着从拎包里拿出一样东西来，不紧不慢地对我说:"孩子,你先看看这个吧。"

我好生奇怪地接过纸袋,微笑着问:"信子妈妈,这是什么?"她垂下眼帘不语,过了片刻,慢慢地抬起头来,看着我,很郑重地说:"是良子妈妈让我转交给你的,希望你别介意。"

这事儿好像有点神秘了呢。我迫不及待地把纸袋子里面的东西一股脑地倒在了桌子上面。我先拿起了最上面的一张发黄的黑白照片,非常认真地捧在手心里,端详起来:照片上是位年轻的妈妈和一个脸上充满了恐惧的孩子。

那位母亲把孩子拥在怀里,孩子好像一两岁的样子,但是,不知道什么原因,感觉他们母子在一起,很不搭配的样子,彼此的脸上都毫无笑意,而是一副营养不良的落魄神情。无论是脸上的表情,还是不整的衣裳,都没有任何地方能捕捉到他们幸福的蛛丝马迹。更令我怀疑的是,怎么感觉着照片上的女人那眉眼酷似良子妈妈呢?只是女人很年轻,过于清瘦了些。

我还是控制不住自己的好奇心:"这位是年轻时的良子妈妈?"我不敢问那个孩子,因为我不敢确切地断定这两个人到底是谁。但我可以感觉到,这娘俩肯定是哪里出了问题,也许是与我有关吗?

我默默地思索着,疑虑地伸出食指,小心翼翼地触摸着那个似曾相识的孩子。我怎么感觉,越看那个孩子,越觉得那个孩子就像是小时候摆在养母家的照片里的我呢?而奇怪的是,养母留给我的那张背面写着地址信息的单人照,上面的生母,又不像这张照片上的女人……我越看越能肯定,这两位女性绝对不是同一人!

我感到非常不解,突然控制不住自己的情绪,怔怔地问:

"信子妈妈,这个男孩子是我吧?旁边是良子妈妈?可我的生母……"

就在那一刻,我看见信子妈妈白皙而多皱纹的下巴微微颤抖了几下,她优雅地把戴着珍珠戒指的手缓缓地放在桌子上,身体向前倾着,微弓的肩部曲线更加明显起来。她掠了掠几乎全白的头发,定睛看着我,眼睛里噙满泪水,肯定地点了点头。

她的举止把我从纷乱的思绪中拉回。看来我不切实际的古怪想法并不是毫无根据啊。我期待着我宿命中真实的故事,同时,我心里一下子被激起小小的愤怒。由于焦急,我几乎忘记了日本严苛的礼节,声音控制不住地颤抖着:"信子妈妈您是知道的,我曾经多次有意识地问过良子妈妈……她为什么一直都不肯告诉我真实的情况?我一直以为我家里那张照片就是年轻时的良子妈妈,而这张照片让我认清了一切……"

"田中桑,是你误会了,你听我说,好吗?"信子妈妈喃喃地说。她的眼睛里有一种渴求,她压低了声音想继续说下去,可是,她未曾开口,就沉默起来了,接着是一阵令我非常不适的沉默。

"这么说,那,这位良子妈妈,她果真不是我的生母?"我很勉强地苦笑着,"我只想知道,良子妈妈为什么一直对我隐瞒着真相。您告诉我,她为什么不亲自来解释?看她还有什么可以说服我的理由!"

我现在迫不及待地想痛快地问下去,想知道真正的答案与我的猜想是否一致。

信子妈妈无奈地冲我摇了摇头,然后看着她手上的戒指,低声叹息着,声音颤抖着说:"这张照片上的人,的确是你的良子妈妈，但是，良子妈妈真的不是你的亲生母亲。"

"那我的亲生母亲到底在哪里呢？她为什么不来见我呢？明明知道我来日本了，还要躲着我……"

"孩子，她没有故意躲避着你，良子妈妈为你吃了很多的苦……而你的生身母亲，她已经不在了。"

"您到底在说什么呢？"我几乎惊呆了，"她不是我生母，她为什么不直接地告诉我？她当年是怎么认识的我？我生母的照片她又是怎么得到的？信子妈妈，您知道吗，我这一辈子，为了能找到我的生母，曾经受过多大的委屈。我从小就……"我诉说着，眼泪也随着心中的委屈不可控制地喷薄而出。那些不堪的往事，一件件地在我的心中汹涌起来。

我不能接受信子妈妈给我的这个答案。很多很多的往事都证明了，良子妈妈一直在躲闪着我、回避着这个话题。我不明白她们为什么要联合起来，一而再再而三地拒绝我。

在我幼年的生命经历中，似乎还隐藏着太多的、我没有发现的秘密。她们不知道的是，只要认真地走进那段我所不清楚的历史，我的心里除了因不明真相而疼痛外，甚至还会感到愤怒。这愤怒一直隐藏在我的心底，我被它时时折磨着，煎熬着，却没有地方去发作。

似乎我认识的所有人，都在有意识地向我保守着一个更加奇怪、更加荒唐的秘密。我有愤怒、有哀伤，更多的还是委屈与恐惧，却不能发作，因为我明白那将是毫无作用的。多少次我暗暗地告诫自己：为了你的亲人，你一定要忍耐。我一次次忍了下来，而这一次，我不想再忍下去了。因为悲伤和绝望，让我这一生几乎是一直在无边无际的黑暗中寻觅着答案。在我一天天衰老的时刻，我想把自己的人生活明白了。长痛不如短痛。

想到此，我故意语气轻柔地叫了一声信子妈妈。"今天为什么良子妈妈不亲自来这里跟我说明这一切呢？我也不知道自己究竟做错了什么，感觉良子妈妈总是有意地回避我……她究竟要回避、要隐瞒什么呢？"

虽然忍了又忍，我最终还是把心里的狐疑和不满一股脑地发泄出来了。然而，发泄之后，我的心中又充满了不安、焦虑，甚至是莫名的恐惧。

信子妈妈沉默了许久，艰难地说："孩子，你是知道的，人生无常，总会有很多事情猝不及防地发生……看似很漫长的人生，我们每个人都无法预料。你和良子妈妈相遇是因为一场火车爆炸案，自那以后，良子妈妈为了保护好你，经历了炼狱一般的生活。这一切，良子妈妈都用心记在了日记里，陆陆续续地告诉了我。你们相遇后的每一天，你们母子俩都经历了什么；直到她在没有办法的情况下为你找了一家中国的养父母——后来她又发疯般地去找你，可是没能如愿，最后还是把你给弄丢了……这一生，她的内心都承受着煎熬。战后，她虽历经艰险回到了日本，可是，日本人却对她充满了鄙夷……整个来龙去脉，她都说给了我听……"

听到这里，我像个受了欺瞒而突然间觉醒的孩子那样，带着委屈和痛苦，喃喃着："为什么不早些告诉我这一切呢？我来到日本后，在心里早已经认定了你们就是我的亲人……"

"我们也和你是一样的心情。1995年的秋天你来日本寻亲时，良子妈妈和我就在厚生劳动省的寻亲名单上发现了你。那时候，由于你的到来，我们两个每天也都是在兴奋快乐中度过的。我去了代代木，远远地看着你……"

"当年我的日语水平不行，特别是语速一快，我就发蒙、听不明白了。当我终于能好好地听明白日语，也曾经兴奋地想要立刻寻找真相，只可惜前方绵延的黑暗，让我找不到……"

信子妈妈用慈爱的眼神看着我："我们知道，一般在寻亲后，寻亲孤儿都要经过一年半以上的时间，才能带着家属一起来生活。在等待的那段时间里，良子妈妈为了你，抓紧办理完了在美国的一些遗留事项……"

说到这里，信子妈妈垂下了头，喏嚅着："孩子，请你相信，我们所做的一切，都是为了你好。1997年，你带着全家人回到日本时，我们虽然高兴，但还不想把事情全盘托出，主要是因为不想影响了你们家在日本的正常生活……可是，我们又放不下你……"

我听着，泪水情不自禁地蓄满了眼眶。我只好把头靠在椅背上，久久地凝视着那张发黄的照片。

我迫切地想知道后来到底发生了什么。"信子妈妈，其实在我的心里，早已经把良子妈妈认定是我的母亲了……今天，我很想知道，我与良子妈妈的缘分到底从哪里开始的……她是怎么认识我的？后来又出于什么原因，把我送给了养父母？"问这句话的时候，我心里感到一阵绞痛。也许是因为这件事压在我心里的确太久太久了，只要想起来，我就有种快要窒息的感觉，特别是随着年龄的一天天增长，我越发自卑，还曾经对自己产生过厌恶。家里没人的时候，我常常会望着墙上的照片发呆，想着生母，又从不敢向任何人说起。这曾经的一切痛苦，我都希望能在今天，在信子妈妈的讲述中结束，我能够从此解脱出来。

在我一再的央求下，信子妈妈慢慢地开口，说起那遥远的、悲哀而又真实的故事……

四十三

"这个故事很长,要从刚才提到的火车爆炸案讲起。田中桑,我们不是不想告诉你,只是这里面有很多连我们自己也不想再去触碰的羞耻与痛苦……正是因为这样,良子妈妈她一直都没有勇气向你直白地讲出来。"

"信子妈妈,我现在已经完全可以承受了。请您不要有顾虑,如实地告诉我,这到底是怎么一回事?"

"嗯,我相信你,咱们就从头说起吧。"

我点点头,安静地等待着。

信子妈妈挤出微笑——确切地说,那是苦笑。她不慌不忙地说:"良子妈妈正是从那列火车的一节车厢中捡到你的。"

我瞪大了眼睛:"火车爆炸案……怎么会跟我有关系呢……"

"当然有了,你和良子妈妈的缘分就是从那一刻开始的。这件事,本来是应该让她亲口说给你的,她一直没有说出来,只是因为其中有她说不出口的隐私,希望你能够谅解。她不想过早地说给你听,也是不想熄灭了你心中唯一的希望和仅存的温暖……这是我个人的想法。"

"信子妈妈,您说这话是什么意思?"我非常困惑,追问道,感觉自己有点喘不上气来。各种离奇的念头,一时间毫无秩序地在我脑袋里纷纷炸开来。莫非……我想着,又否定,然后继续不着边际地胡思乱想。

"良子妈妈她怎么样了?她现在在哪里呢?我不明白,为什么这样说呢?"

信子妈妈沉默了一会,随即变得一脸悲戚,禁不住发出哽咽的声音:"她现在住院了,恐怕她不能亲口把这些话说给你了。我今天来,也是她请求我来,替她告诉你有关你身世的真相。"

说完这句话,信子妈妈禁不住抽泣起来。

"信子妈妈,她现在在哪里?"我害怕地伸过手去,把信子妈妈冰凉枯瘦的手握在了自己的手掌里。我身子不由得一缩,几乎带着哭声在央求她:"您快告诉我,良子妈妈她到底怎么了?"

"良子她病了,病得很重……"她一边说,一边流着泪。这一次,感觉她很害怕,她仿佛不仅仅是因为悲伤,更是因为绝望而哭泣。

我要她不要再说下去了,请求她马上带我去医院看良子妈妈。

她哭着说:"不行,我答应过良子,一定要先把事情告诉你。再说,我们现在去也帮不上忙。你不要害怕,还是让我先讲完……很快,你就会见到她的,我今天来,就是要把整个事件的来龙去脉先说给你听……"

安慰我后,信子妈妈首先给我讲了黑龙江省的东宁要塞。

关于东宁要塞，我回到家之后，迫不及待地在电脑上查到了它的资料。1945年8月28日，日本宣布投降，但东宁要塞的战斗到8月30日才结束。至此，第二次世界大战才可以说是完全结束了。据说，我的父亲可能就是死于此。

我的母亲带着我，开始仓皇逃窜。据说当时那里剩余的日本妇孺都在拼命地逃跑，他们搭上了一辆开往哈尔滨的火车，本以为可以安全到达哈尔滨，再从那里搭船返回日本，结果在半路上，火车爆炸了。我那时候还是个很小的孩子，在母亲的怀里奇迹般地活了下来。当时的我，脸和脖子上都在流着血。由于惊吓，我的哭声很响，也很惨……

爆炸后，同车厢幸存的良子妈妈被我的惨叫声吸引，战战兢兢地在人肉堆成的废墟中发现了我。

信子妈妈说，当时的我正向良子妈妈张着两只小手，边哭边在空中乱抓着。那一刻的良子妈妈自己还没有从惊魂中走出来，就非常心疼地朝着我的方向艰难地爬过去。她刚要把我从我母亲的怀里拽出来，母亲突然睁开了眼睛，奄奄一息地看着良子妈妈，然后露出孱弱的微笑来，无力地对她说："姑娘，这孩子就拜托你了。"她说完这句话，又歪头指了指身边的包，对良子妈妈说："我恐怕是不行了，拜托你，带着我的孩子，快走吧，让他活下去，拜托你了！让他活下去……"

我的母亲说完这句话后，就再也没有睁开眼睛。

良子妈妈把我抱在了怀里，那一刻，她只知道我是一条生命，她不能把我扔下不管。因为，整个车厢里，就只有我们两个人是活着的，只有我们两个还在滚滚浓烟中喘着气。

说到这里，信子妈妈的脸上现出了痛苦不堪的神情。她似

乎在做着艰难的选择,然后,不安地看着我,低声缓缓地说:

"田中桑,我很抱歉,在接下来的话中,我得遵照历史,告诉你很多你无法想到的残酷、震惊、耻辱的真实往事……相信你听后,就会知道良子妈妈为什么总是在回避着那个难以启齿的问题了。"

信子妈妈叹了口气,接着说了下去。

尽管那时候的良子还没有结婚,她还是咬着牙,决定只要她活着,只要她能走到哈尔滨,哪怕一路坎坷,也一定要把你也带到哈尔滨去,然后搭船,把你带回日本来。

你的生母走了,她去了另一个世界。

良子跟我说过,既然答应了你的母亲,她是不可以不去做到的,她想,即便是吃尽千辛万苦,也要让你和她一同活下去。在你母亲留给你的柳条包里,良子找到了你母亲的照片,照片背面有你母亲的个人信息。良子一路上小心地为你保存着,直到把你送给中国的养父母,才小心翼翼地把那张照片也一起交给了他们——估计就是你说过的,在养父母家里看到的那张。

惊慌——在逃难的路上,她可以说是非常恐惧的。据说,当时日本刚刚战败,到处都是堵杀的追兵。碰到中国人还算是幸运的,因为中国人本性很善良,如果遇到苏联人,那可是大难临头了。一路上,良子把自己的脸用泥巴和灰炭涂黑,怀抱着你,处处小心,有车坐车,无车就走路,时走时停,惊慌失措地跟着失散的人群,像无头苍蝇一样,东窜西躲地奔跑在泥泞的土路上、山野里,寻找着能回到日本的路……

饥饿——她一路都在忍受着。这个现实的问题大人可以忍耐，而你却不懂，饿了就哭叫。

寒冷——九月末的黑龙江大地，已经开始结冰了。

在逃难的路上，能吃饱饭成了每个人最大的奢望，更何况还带着你呢，你那时候只是一个不谙世事的孩子……田中桑，我这么说，你可别生气啊。那一路，你居然成了良子妈妈最大的累赘——当然，也是最大的鼓励，是让她活下去的最后希望。

不懂事的你，饿了只会拼命地号叫。到最后，你连哭的力气都没有了，只是吭吭哧哧地舔着干裂的嘴唇。一路上，很难找到可以喝的水，也没有可以填饱肚子的粮食。

良子担心的不是她自己，而是你呀。她要让你活着，她一直没有把你抛弃的念头。她要千方百计地给你弄点吃的，有了吃的，你才能够活下去。

一天夜里，他们被苏联人堵在了破烂的猪圈里。大家本想想办法躲过这一劫，趁他们睡下后，再继续往前走。

就在这个时候，一个醉醺醺的苏联人，打着饱嗝，一手提着煤油灯，一手拿着一只鸡腿，来到猪圈前要小解。然而你的吭吭声把他吓了一跳。很快他就明白过来了，跌跌撞撞地跑过来，拿着灯在猪圈里晃荡起来，带着一脸淫笑，兴奋地呼喊着："街舞是卡！克拉喜娃呀，街舞是卡！（姑娘！漂亮的姑娘！）"

昏暗的灯光，在凄寒的风中摇晃着。

大家都低垂下头来，不敢与那个喝醉了的、正在大喊大叫的苏联人对视。良子恐惧地紧紧把你揽在怀里，你拼命地挣脱着，良子怕你惹祸，拼命地按住你，你反而羸弱地哭了起来。

良子说，她其实知道你当时为什么哭，为什么要挣脱开她的怀抱，因为你是闻到了鸡腿的香气啦。两天来，你只吃过一个半生不熟的烧土豆啊……

母性的慈爱，顷刻间战胜了良子的自尊。她喉咙一哽，忍着泪水，抱着你站起来，向那个醉鬼伸出手去，说着，请可怜可怜孩子，给他一点吃的吧……

你得到了食物，满意地吃着，像个饿极了的小狼崽子。

那天晚上，良子却被那个畜生给糟蹋了。

……

现在，我终于明白了这一切。我用衣袖擦擦眼睛，我的悲伤溢于言表，更没有勇气去看信子妈妈的目光。

我的嘴巴不停地抽搐，声音颤抖着："对不起，是我错怪了良子妈妈。"

说完这句话，我的心里万箭穿心般地疼痛起来。我感觉我这一生都欠良子妈妈的，我带给她的除了痛苦，还有不为世人理解的耻辱。

我就像被人重重地扇了一个耳光，脸燥热起来。

我们彼此沉默了好久，我听见信子妈妈用嘶哑羸弱的声音继续说了起来。

好多年前，我问过良子："当年你为那孩子做出的选择、做出那么重大的牺牲,经过这么多年,你后悔过?"

她很郑重地说:"不,信子,我没有。起码那孩子活下来了,不管别人怎样糟践我,也不管我受过什么伤害,一想到由于我的保护,他不但活着,说不定还能回到日本来,我就觉得,我所付出的一切都值了……"那天,她那样跟我说着说着,竟又抑制不住地痛哭起来。"只是我后来还是没有保住他,把他给送人了……是我把他给弄丢了……"

我只能挤出微笑,安慰道:"良子,你不要那样想,没那么严重,这不是你的错,你已经做得很棒了。"

她听后,又哭了起来,双手颤抖着。她一直在自责中度过了这么多年,直到找到你,直到确认你回到了日本……

良子她知道你的亲人就死在了那列爆炸的火车上,她也知道,你的小生命就在她的手里。她总是说,既然当初答应了你的母亲,她就要做到,讲诚信是比维护面子更重要的事情。

良子被奸污以后,拖着疲惫的身体,抱着孱弱的你,就那样,一路艰难地走走停停,总算把你带到了哈尔滨。

到达哈尔滨的时候,已经是第二年的春天了。她本想和你相依为命地了此一生,只是这个时候,她意外地发现自己怀孕了。

四十四

良子那年还不满二十岁,她还没有结过婚,完全无法想象自己已经怀孕了这个残酷的事实。

在那兵荒马乱的时候,她又一心扑在了太郎——她把你叫作"太郎"——的身上。在肚子一天天地大起来时,她真的是傻眼了。

日本遗孤,也就是1945年日军从中国大陆撤退和遣返期间,被遗弃在中国大陆的日本人。当时,等待遣返回日本的人都被集中在了哈尔滨市后来你们说的花园小学校的接待室里,在那里排队等候着回日本的日子。尽管遥遥无期,大家还是忍耐着,耐心地等待着,近乎绝望地期待着。除此之外,毫无办法,也别无他途。

我和你的良子妈妈,就是在那里认识的。我们都在那里等待着被遣返回日本。

当时,花园小学校的地下室里人满为患,环境十分恶劣,恶臭不说,饭也吃不饱。她自己的肚子又大了起来,你每天都吃不饱,脸色蜡黄,由于严重缺乏营养,你看上去病歪歪的，显得非常虚弱……看着都令人心疼。

"唉，那个时候，无论如何也想象不到你能长成今天这个样子啊！"信子妈妈说着，眼光落在了我的身上。她拍拍我的手臂，然后慢悠悠地移开目光，看着宽阔前厅里空荡荡的墙壁，继续说：

> 我们私下里开始劝良子，让她放手，为你找个合适的人家，赶快把你送走，不然，你们都会饿死的。……田中桑，你不知道，那时候等待回日本的人简直是太多了，可运送我们回去的船又迟迟不来。战后，一切都在无从知晓的慌乱中，我们到底能不能如愿回到日本，也是个未知数……如果你们三个人都在那里继续耗下去，极有可能一个也活不下去。
>
> 再说了，遇到苏联人时，良子为了给你讨活下去的饭吃，她遭遇了……这种致命的闲言碎语，给一个未出嫁的女人招来的会是什么？她没有预料到，打击接连不断，总有谩骂和羞辱，甚至还有人身攻击……
>
> 当时有很多战后流落在中国的日本孤儿，他们的母亲也是在走投无路的情况下，不得已把他们送给了中国人，骨肉分离。对于日本遗孤，想必你后来比我们知道的还要多吧。
>
> 因为良子她自己马上就要临产了，在万般无奈的情况下，我们几个比较要好的同病相怜的姊妹就四处托人，想为你找个好的人家……过了有个把月的工夫，我的姐姐为

你找到了一家好人，良子认为满意的一家人，就是你的养父母家。

他们没儿没女，考虑到他们将来对你会视如己出，你的良子妈妈这才忍痛割爱，最后决定把你留在哈尔滨。

良子为了让你记住自己的母亲，把你母亲临终时在遇难的火车上留给你的照片和衣服也全都留给了那家人……

在你临走前，两眼红肿的良子特意托人给你们拍下了一张你和她的照片。她一直宝贝似的收在她的皮夹子里，想你了就拿出来看看。

我指指照片，用询问的眼神看着信子妈妈。
她肯定地点点头，低声答道："对，就是这张只有你们两个人的。"

我记得，大概把你送出去还没有一个月的时间吧，良子就生了那个苏联人的女儿，可是，当时地下室的环境非常不好，而且，她在怀孕期间心情一直不好，也没有充足的营养。或许是因为这些原因吧，那个女婴生下来还没有满月，很快就夭折了。

这个时候的良子尽管身体很虚弱，还是在惦念着你，她多次违反遣返中心的制度，一个人悄悄地溜出去找你，好像是在当时的松花江江边那里，几次都没有找到……她也因此一次次地被重罚、重新排队，所以她迟迟没能回日本……

我比她提前回了日本。我们只好在那时候分别了，我当时望着羸弱而又可怜兮兮的良子，不知该如何安慰她才好，明明知道她所做的这一切都是正确的，也只能给予她同情的目光……我们一直也没能帮上善良而又不幸的良子……

生活就是这样，你明明是正确的，有时候依旧要遭受别人的非议和敌视，又无法说服别人。无力改变的时候，只能找一条可以活下去的路走，因为生活依旧要继续下去。

我回国前，怀着相当遗憾和愧疚的心情和良子告别，轻抚着她的手，不敢讲话，怕流出泪来。那天我发现，良子倔强的眼中噙满了泪水，却扭转头不让他人看到她的泪水……

我如愿地返回了日本，我们把她孤零零地留在了陌生的哈尔滨。

在那之后的很多年，我们失去了联系，但我回到日本后，一直都在想着她的宽厚善良。直到几年后，我们才好不容易联系上了，我当时真的是太高兴了。

我们开始通信。她每次来信，都会向我述说对你的愧疚和思念，她心里一直在惦念着你。

在你没有回来之前，这么多年来，我一直不敢在她面前主动提起你。每当有人不慎说到你时，她都会痛苦地自责："是我对不起他的妈妈，是我把他给弄丢了……"

……

心酸的泪珠，慢慢地从信子妈妈的脸上滚落下来，弄花了眼影，她掏出雪白的纸巾来，擦掉了她脸上留下的两道黑色的印痕。我们沉默了好久，我只觉得天旋地转起来。

又过了很久，我听见信子妈妈在叫我的名字。我用颤抖的声音哽咽道:"后来,良子妈妈怎么样了?难道,她一生都没有结婚吗?"我内心充满了自责,也充满了疑惑和不安。

"也不是,唉,这个话题说起来就更长了……据说她排不上队,后来只好又在黑龙江待了几年,也在那里找了个人……她也多次去道外的十六道街找过你,都是一无所获。"

我只感到脸上一阵阵发起烧来,真恨不能有个地缝钻进去。这些年来,我一直在误解良子妈妈,却不知道她曾经为我默默地付出过这么大的代价。

一阵罪恶感袭上我的心头,我觉得自己是不可原谅的。我心里暗暗地咒骂着自己。

"田中桑!"信子妈妈好像发现了我的异常,她轻轻地唤着我,我有些心虚地向她望过去。

她抿了一口面前的茶水,想了想,还是不紧不慢地说:"我很抱歉告诉了你这些,它肯定打破了你心中原来美好的东西。我把良子的秘密全都告诉了你,这种公开,也是需要勇气的……希望你能够理智地想这些事情。我现在说出来,反而替良子感到轻松了……"

我急忙点点头,表示我不但在认真地听着,而且,非常地理解。

良子妈妈这凄然的身世是我无法想象的。记忆中的她总是那么端庄优雅地微笑着,很难把她与苦痛和黑暗联系在一起,而这所有的苦痛,都是由我而起,是因为我,痛苦和非议才会转嫁给她。

想到这里,我浑身燥热,只感到自己的头上正在冒出丝丝的汗珠来。我有些急躁地问:"信子妈妈,现在我想去看看良子妈妈，可以吗？"

让我意外的是，信子妈妈停顿了一下，用她长着黄斑的枯瘦的手将一沓信纸小心翼翼地往我的面前推了推，意味深长地说："我看，你回家后，先把这些信认真地看一看吧。看完之后，你才会更加理解她，那时候再去看她会更好些的。"

"难道，这些都是写给我的信吗？"我吞吐着，有些拿不准地问道，"这是什么时候写的呢？"

"不是，这些全是写给我的。"

"写给您的？"我疑惑地看着信子妈妈。

她冷静地点点头。

那盘静静等待着我们的甜点，此时我们谁也没有把它吃下去的心思了。

现在，困惑的我更加弄不明白了："写给您的信为什么要我看？"

"因为这信里面的内容，几乎全都涉及了你呀。"

我安静地点点头，轻声说："我明白了。"

我听出了自己的声音在变得沙哑起来，但心里不想让泪水流下来。为了掩饰自己的感情，我悄悄地拿出拎包，把厚厚的一摞信小心谨慎地装了进去。

现在，我盼着早些回到家去，早点看这些信，看看她们到底在说什么。然后，我想早点见到良子妈妈。

我站起身来，听见了自己微弱的声音。

"信子妈妈，我回去了。"

我跌跌撞撞地打开了家门，家中空无一人。这样静谧的环境，正中我的下怀。

我迫不及待地把提包里的信小心翼翼地拿出来。有些泛黄的带着温度的信纸，一览无余地展现在了我的面前。

跟随着这些信，我的思绪穿越时空，回到了上个世纪的五十年代……

四十五

1950.5.15

信子，你能想到吗？我也回到了日本。回来后，我第一个想见的人就是你。没有想到，我们这一别，就是好几年的时间。

我临离开中国时，又去了趟道外，再次寻找咱们的太郎，依旧没有他的消息。我总是觉得自己对不起他，辜负了他妈妈临终时对我的嘱托。

但愿他有朝一日也能回到日本来……

写到这里，我忽然感到一阵头昏，赶紧放下了笔，闭上了眼睛。

太郎的照片就在我手边，他瞪着忧郁的大眼睛正看着我呢。

四年半过去了。四年半的时间，他应该不但会跑，也会说话、会写字了吧？……

每每想起太郎来，最先浮现出来的总是他的那双大眼睛。太郎的眼睛是会笑的，还会说话。即便在他饿的时候，他的眼睛也是清丽而忧郁的。

我们在等待遣返的时候,太郎给过我们一段美丽的时光,尽管那时候,我们整日都在饥饿中煎熬……还有我从火车上逃离的那时候,如果没有太郎的相伴,我都不敢肯定自己能否徒步走到哈尔滨。

那时候,一路的艰辛几乎全被太郎的微笑给击败了。小太郎用微笑鼓励着我,我们求生的欲望击败了所有的苦难。

再长的岁月、再难的路,有太郎陪伴,我都不怕。那时候,美与丑,甚至是羞辱,对我都已经不重要了。我只是想,一定要让太郎活下去。我几乎把别人看我的目光都忘得无影无踪了,那时候只为这一个目标而活着,那就是太郎。

很想见到你的良子

1953.3.28

信子啊,樱花又要开了。

每逢这样的日子,我就会更加想念你,想念太郎。屈指算来,小太郎也有八岁了,他应该是个小学生啦。我真为他高兴,我已经不敢想象现在的他长成什么样了。

只是日子越久,我心里对他就越加想念……这是无法克制的一种感情。

1958.4.6

想念的信子,我现在又恋爱了。

这个人是我在居酒屋认识的，他是个美国人，现在在横须贺美军驻地呢。我不知道到底能和他走多远，我真的没有把握。每到这个时候，我就会胡思乱想起来，如果我当年把太郎带回日本，我们娘俩现在一定会很幸福的。

本来上苍送给了我一个太郎，好好地却让我给弄丢了，想想我就会对他充满愧疚。今年他已经有十三岁了，初中也该毕业啦，祝福他幸福快乐。

信子妹妹，我也很想念你。这些话，我无人倾吐，只能说给你听听了，抱歉！

1994.4.7

信子，我又在我家附近交了一个朋友，就给你讲讲这个朋友顺子吧。

整整有两年了，我每天早上都会与她相遇在运动的半途中。两年里，我不知道她姓甚名谁，只是从外表看上去，她有满头的白发，我才尊称她为"姐姐"。紧跟着"姐姐"后面的话是"早上好！"。她也是用这样简短的话语回答了我两年。

后来，在我们闲聊时，她知道了我也去过中国，便说有了一种神秘亲切的感觉。我有些纳闷，便问她去过中国吗，她出乎我意料地用中国话回答了我。

我傻眼地望着她，仿佛被她欺骗了一个世纪一样，不知道该如何是好了。她倒是出乎我的想象，完全"同是天涯沦落人，相逢何必曾相识"般走近了我。

原来，顺子的第一次，是给了一个中国老兵。她说，那一年，她只有十五岁。

战争刚刚结束，她和逃难的家人走散了。兵荒马乱的年代，顺子找不到回日本的路，又没有饭吃，还不会说中国话。在仓皇逃窜的途中，顺子遇到了柱子。大概的情况和我们很相似。

柱子当时是那一群人里的小头头，他喝住把她围起来的那些人，挥挥手，让他们都退到苞米地里去。

顺子害怕得浑身乱颤，埋下了头。她预感到要有不幸降临了。奇怪的是，过了好一阵子，那个粗壮高大的男人慢慢地走近她，温暖地伸手捧起她的脸，用衣袖擦去了顺子脸上的黑灰，从衣袋里摸出一个烤土豆来，递到顺子鼻子底下，示意她把它吃了。早已经饿得头昏的顺子一把抢过土豆来，三下五除二地把这个不成形的大土豆子给消灭了。

柱子拍拍她瘦小的肩膀，仰头看看暗下来的天空，有点发愁地问她这么晚了要去哪。顺子不吭，拼命地摇着头。于是那一刻，柱子大发同情心，自己决定把顺子带上……

从此，顺子跟着柱子东南西北地打仗。关键是顺子有了饭吃，从这点上说，她也该感谢柱子。顺子说，要不是碰上柱子，在那兵荒马乱的年代，她早饿死了。

接下来的日子，他们相安无事地过了几个月。之后，柱子就算是娶了她。顺子心安理得地做了柱子的女人。

十六岁时，顺子生下了柱子的儿子。儿子取名刘荣。刘荣一岁那年，柱子突然间被裁了军。没了饭碗的柱子常常生闷气，拼命地喝酒，然后就冲着顺子发泄："老子这辈子倒霉就倒在你身上了……"

那时候的顺子似懂非懂的,还温顺地安慰他:"他爸,没有关系的,今后不管你去哪里,我就跟着你去哪里,好吗?我们俩都能干,我们凭自己的力气,能活下去的……"

柱子脱下军装后,要回老家种地去。顺子赶紧收拾包袱,背起儿子,一步步地跟在柱子的身后,往柱子的家乡赶。

走了好久好久的路,终于,在临近柱子家乡的时候,柱子叫住了懵懵懂懂的顺子。他别别扭扭地磕巴着说:"顺子啊,我对不起你,求你不要再跟着我走下去了……我家里还有一个媳妇呀……我不能把你带回去,咱们就在这儿分手吧……"

顺子懵了:"不不不,柱子啊,我不跟你回去,我和荣儿怎么活呀?我们俩不能没有你啊……"

这一对当初由于生存需要而走到一起的男女,现在站在希望之门外,哭了说,说了哭。他们相依相恋,难舍难分。最后还是柱子的一句话生生地让顺子冷了心,断了她跟柱子回家的念头。

"顺子啊,你得明白,你要是跟我回去,就是等于害了我呀……你是女人,应该听人说过嘛,女人身上有口锅,走到哪儿也不会缺吃喝的……"

顺子本来还想坚持下去,听到这里,她猛地松开了拽着他衣袖的手,背着孩子头也不回地,毅然而又麻木地朝着另一个方向走去了……

从此,顺子再没有见到过柱子。她在那之后先后跟过好几个中国男人，一共为刘荣生下了三个姓氏不同的弟妹。待孩子们大点后，她独自一人带着他们，历尽艰辛回到了日本。至今，除刘荣以外，孩子们也全部陆陆续续地来到了东京……

  1995.1.10

  信子，我把下面这篇报道文章贴给你，你看看，都有这么多的人回到日本来了，为什么依旧不见我们的太郎啊？我很纳闷，但是，我依旧会坚持着追踪下去，直到太郎出现。但愿他能平安无事地回来，这样，我心里就会好受些。

  "1978年8月，《中日和平友好条约》签订后，为使在华日本遗孤寻亲活动健康有序地发展，让更多的日本遗孤得以赴日寻亲，中日两国政府经过多次研究协商，决定从1981年开始，由两国政府有关部门负责，分期分批地组织在华日本遗孤赴日寻亲，一切费用由两国政府负责。此后在华日本遗孤寻亲活动便大规模地开展起来。

  据日本厚生劳动省提供的资料，1972—1995年，赴日定居的遗孤有2171人，加之携带的配偶和子女，人数共达7801人。

  另外，根据中国有关部门的统计数字，目前回日本定居的日本遗孤总数在3800人以上。也就是说，已经找到日本亲人的遗孤，也有很多选择留在已经熟悉的中国生活。"

  我只能焦心地期盼着我们的太郎早日归来！

良子匆匆

1995.8.28

信子啊信子，谢谢你有和我一样的心情，谢谢你也一直在心里牢记着咱们共同的太郎君。

我在美国收到你的来信，就如同收到了人生重大的喜讯一样。

多亏你一次次地和厚生劳动省联系，终于得到了太郎今年下半年要来日本寻亲的好消息。这个消息，让我兴奋得几乎一夜无眠。

我会提前处理好这里的一切，到那时，我一定能回到东京，请你放心。我会去机场迎接太郎，看看我能不能在归国寻亲的队伍里第一眼认出太郎来。……

历经艰辛，他总算要回来了。相信只要先寻了亲，就等于已经走上了回归的道路。迈出这第一步之后，一切就会按部就班地运转了……我期待着这一天早日到来。期待着和你一起实现我们多年共同的心愿。

祝愿一切安好！

爱你的良子

1997.2.5

亲爱的信子，今天是一个值得记住的日子。你我都知道，为了这一天的到来，我们已经期盼得太过辛苦了……

太郎果真带着全家人回到日本了。我追着队伍走，就像年轻的追星族一样，我还同他说了话，问了他的名字——当然是他的中国名字了。他有点怀疑，我不忍心引起他的怀疑，只好最后放弃了追踪。

天啊，那一刻我真的太高兴了，只是我不敢贸然走近他，更不敢说出那曾经的一切……我怕自己不好的名声会给他带去压力，也怕会引起他多想……

那天的天气预报说是晴天，我一大清早就去了新东京国际机场。在等待中，我想了很多很多，想到了太郎妈妈去世前的眼神，想到太郎依偎着我的那些日子……我想，不是所有的人都能够记住往事的，特别是孩子啊；也不是所有的情，都值得去珍惜。想想我自己，我还是不能向他挑明这一切。都说，时间是一剂良药，它会带走不愉快的往事，真的希望能如此。最重要的是，现在太郎他已经回来了，没有比这个更让我高兴的了。之前，我一直在担心会看不到他呢。

我懂得，缘分是需要把握，需要珍惜的。我知道，只有无私地付出，才配拥有。我一定要好好地把握时机，让自己再多活几年，陪他们全家走过来日本最艰苦的头几年……

接下来的日子里，我要再去趟美国，彻底处理完那里的一切纠纷后，就回到东京来。我会远远地望着他们，默默地陪伴着他们全家的……

信子啊，我现在给你写着这封信，还是控制不住自己的兴奋呢。这竟然是真的，我们同太郎都在东京的土地上生活了。我真的很感激现在的生活。

今天我很累，但是，我很庆幸，在有生之年终于等来了太郎……

良子匆匆

我读完这些信后，感觉就如同穿透了时光的铁幕。良子妈妈用温暖思念的语言,强烈地叩击着我的内心。突然之间,我感到天旋地转,我被感动得几乎想号啕大哭一场。

我终于明白良子妈妈为什么不想与我相认,是她无法说出她当年为了我受到的羞辱,她一生为了我付出的沉重的代价……

我无法将这个秘密再隐瞒下去。当天夜里,我对躺在身边的妻子说:"你先把这些信看看,然后,我就把我所有的事情都告诉你……你想知道的秘密全在这里了……"

妻子从我的表情和语调中感觉到事情的严肃,她骨碌一下翻身坐起来,认真庄重地朝我点了点头。

我们夫妻一夜未眠。

翌日清晨,我穿好衣服,准备马上去良子妈妈家。妻子阻止了我,她说,这样冒失地过去是很不妥当的,这关乎尊重的问题啊。

冷静下来想想,妻子说得很对。日本人就怕自己给别人添麻烦,同时也讨厌别人给自己添麻烦,亲友之间也是这样的。我低下头,迟疑地说:"那我们还是先给信子妈妈打个电话吧。"

于是,我用颤抖的手指拨通了信子妈妈的电话。

四十六

我刚刚放下电话,妻子就迎着我的目光说:"快告诉我,信子妈妈是怎么说的?"

我很沉重地告诉她:"听信子妈妈说,良子妈妈现在在临终关怀病房呢。我想,恐怕她老人家的时日不多了。"

她点点头,推了推眼镜,显得有些勉强地劝着我:"你放心,不会这么快的,我们要尽己所能,给良子妈妈送去人生最后的温暖……"

我走进和室,坐在床上,有点愁眉苦脸地握住妻子的手:"谢谢你啦!"

"你知不知道良子妈妈她到底是什么病?"

我把焦虑的妻子按坐在沙发上,如实相告:"据说几年前,良子妈妈就患上了帕金森症,只是这些年来,她一直靠药物在维持着。原来她还有糖尿病,几个月前,她不慎在上楼梯时摔了一跤,结果,腰部骨折了。她现在还发着高烧,一直不退,医生说是并发症,很危险……"

"那我们现在能为她做点什么呢?她对我们来说就意味着

一切。"

我没有搭腔,默默地起身,帮着妻子拉开窗帘,之后坐下来对她说:"我正想和你商量一下呢,我想提前办理退休,那样也好全身心地去伺候良子妈妈一段时间。这样做,无论是对她,还是对我们自己,都是一种安慰和解脱……你看怎么样?"

妻子想都没有多想,眼睛里闪着亮光,几乎是尖叫起来:"你这个决定太让我高兴了!你应该这样做。我也曾经这样想过呢。"

我非常感激地看着妻子,不仅仅是因为感动,更是因为她和我一样,为感恩而做出了这个决定。

我微笑着:"谢谢你。你真是太了解我了。"

妻子眨眨眼:"这不是我们应该做的嘛。"

她说完之后,忽然停顿了一下,咬着嘴唇,露出一丝哀伤的微笑来:"这世间的事啊,你我都无法确定意外和明天哪个先来。在这之前,我们先把我们的事情安排好了,也好以防万一,你说对不对?"

我非常赞同地看着她,肯定地点了点头。

商量到后来,我们又有点犯起难来。良子妈妈是否会接受我们的好意和安排呢?我们该怎样说通她,让她接受我们的感恩之心?

我和妻子商讨起来。我为难地避开妻子的目光,想着,这样处理问题是否会显得很唐突?我们对良子妈妈的心情是毋庸置疑的,只是要有一个让彼此都能接受的途径才可以去行动,因为这里是日本,并非是在我们中国。

在中国,家里一旦有任何的风吹草动,全家人都会像热锅上的蚂蚁一样着急，围着这件事团团转。这大概就是中国几千年传下来的亲情，这种亲密的亲情是极具中国特色的，别的国家无法做到。日本大不相同，而且这里的医院会为重病患者安排好一切。在这种情况下，院方和良子妈妈是否会同意家属的陪床？良子妈妈的感受是第一位的，这些我们都需要事前考虑周到，才可以决定是否去做后面的事。

到目前为止，我依旧向妻子隐瞒着良子妈妈当年为了保护我而遭受强奸这件事，还有她回到日本以后无法生存，去了银座的居酒屋，在那里与美国大兵相遇、相恋，最后被抛弃的悲惨往事。她曾被不理解的人唾弃，而唾弃她的那些人，远不如她善良，远不如她光明磊落。可笑的是，这个世界总是会带着令人心碎的偏见去围攻那些善良可爱的人。这些善良人的心智都给了需要帮助的人，没有更多的心机来玩弄阴谋诡计了。

我想得很明白，也知道把这些统统讲给妻子，她是会理解、会同情的，她是个懂道理、有头脑且善良的女人。可是，我自己也搞不清楚，我思来想去，到头来为什么还是没有把话全部讲出来。我相信自己不是担忧，而是感觉还不是时候，等到有一天时机成熟，我会对妻子说出这一切的。

我不想让任何人看不起、亵渎我心中的良子妈妈，她已经为我遭受了太多的不公了。我当时的想法就是这么简单、这么直截了当。

我现在唯一能做的就是：善待良子妈妈，善待暮年病中的她。

"你在想什么呢？是不是我哪里说得不对？"妻子看着我，微笑着征求我的意见。

"没有,你千万不要多想。"我叹了口气,扬起手揉搓着眼睛,"这几天我的花粉症好像是犯了,眼睛痒痒的,总是感觉很难受。"

"这都几月份了?再说,我记得,你不是没有花粉症吗?"

"谁知道呢,"我含糊地应了一句,"反正是不舒服。你看这样好不好,我明天就开始请长假,公司不同意呢,我就干脆办理退休。然后,我和信子妈妈商量一下,我先去医院试试看能否陪护……"

妻子笑着打断我:"我认为这倒是个好主意,咱们这么定下来吧。需要我嘛,我可以随时奉陪,还有孩子们。我们全家也拿出点中国人的精神来,贴心地温暖一下我们的恩人……"

我很高兴她能这样想,禁不住放心地笑了起来,感觉只要一家人同心协力,心里就会充实,在哪里也都不再孤单了。

两天以后,我如愿地住进了良子妈妈的临终关怀病房。

直到现在,亲身走进那个环境中,我才清楚地明白,所谓的临终关怀病房,其实就是让重病患者在那优雅的环境中静静地等待死神的降临啊!

我第一次出现的时候,故意显得很轻松地走进去。我微笑着站在良子妈妈的床头前,见她似睡非睡地眯着眼睛,正望着天花板在发呆呢,就轻轻地替她掖掖被子。我俯下身来轻声对她说:"妈妈,我来晚了。"

——从这次开始,我不再叫她良子妈妈,而是直接改叫妈妈了。

良子妈妈好像是从梦中被惊醒了一般微笑着,她似乎想摇摇头，结果，只露出了一个苦涩的微笑。

我看到她的眼睛里泛着泪花。她明显力气不足，声音很低，低得我都听不见，只能根据她嘴唇的嚅动来猜测她的意思。

尽管在这之前我已经从信子妈妈的口中得知了良子妈妈病重的消息，但还是没有预料到，她已经病入膏肓了。

我看着被病痛折磨得骨瘦如柴的良子妈妈，除了心如刀绞以外，也感到，真是不太妙了。也许这是我们母子今生今世的最后时间了。想到这儿，心里就会不舍地疼痛起来。

我伸出食指，轻轻地撩拨开挡住她眼睛的一小撮头发："妈妈，您想吃点什么吗？"我指指音响，又跟上一句，"想听点什么吗？"

见到我，她好像很高兴。她艰难地嚅动着嘴巴，好像在说着什么，只是因为口齿不清，说得很含糊。我有点费力地猜想着："想听音乐？嗯，想听哪首曲子呢？"我压抑着内心的绞痛，故意把声音放得轻松些。我突然间想起来，我们每次聚会时，良子妈妈都要点一曲《北国之春》……

我揣摩着说："来一曲《北国之春》好吗？"

良子妈妈发出呜呜的声音。我想，一定是因为我猜对了她的心思的缘故。

我赶紧迈近一步，弯下腰来，伸臂过去抱住她——这位可怜、可敬、可爱的老人。

我恨自己来得太晚了。我忍不住把泪水悄悄地留在了良子妈妈的肩上。我真的是悔恨莫及！

她显得很幸福，也很享受。这一刻，大概能让她想起六七十年前的往事。我们母子的拥抱，好像是激活了她所有的回忆。

她先是笑起来，很快又泪流满面。我赶快亲亲她的脸颊，轻声地安慰她。

她还想要说点什么，我想起了医生对我的叮嘱，就摆摆手，默默地而又深情地抓住了她瘦骨嶙峋的、微颤着的手。我把它握在自己的手掌里。我和她的很多话语，刹那间，就通过这两只手在心灵间传递起来。

临终关怀病房价格不菲，这是人人皆知的常识。这里的设施和服务是无可挑剔的，只是房间并不算大，除了一张床、一个柜子、一个洗浴间外，窗子几乎占了两面墙，是那种落地窗，而且还是拐角型的，看上去很开阔、很亮堂。

天晴的时候，房间里几乎一天都有阳光。阳光毫无遮拦地全部倾泻进来，晒在床上，洒在地上，给人温暖，也给了我们力量和信心。它无私地温暖着我和良子妈妈。

有时候，我喂完她早餐后，就把她的床推到明亮的落地窗前，轻轻摇起床头来，让她舒适地坐起来，欣赏窗外院子里的野猫、飞鸟、松鼠和树木。

妻子还拿来了唱片。良子妈妈还喜欢《爱灿灿》这首歌，这是美空云雀晚年的作品，感人至深。人生如旅，行至水穷云起，却生出那天青月明的心境。

听这首歌，就好像听到了观音菩萨的梵音，天籁清音抚平了心底的褶皱。美空云雀是活跃在二十世纪演歌时代的歌手，从影响力、内涵、代表性等方面综合来看，被称为昭和歌后。这是良子妈妈熟悉的歌手，她们是有着共同经历的一代人。

良子妈妈特别喜欢美空云雀的这首歌,我们就一遍遍地放给她听。

她很满意地听着,仿佛又回到了她逝去的时光中。她很陶醉,也很满意。渐渐地,我们发现,她的眼睛和脸上的皮肤都慢慢地出现了光泽,而且,她也变得爱说话了。

晚上的时候,我就把她床边的椅子轻轻挪开,在榻榻米上铺上一块小地毯,上面再垫上些毛毯。我打开空调,和衣睡在良子妈妈床边的地上。

良子妈妈的手在床边下垂着,我把自己的手伸上去,紧紧地握着她的手。我想借此给她老人家一点温度,给她一点爱,就像当年她对我那样……虽然我们的手跟白天不同,握着的姿势变了,但我们心里的感应没变,一直在以这种方式传递着彼此的心情。

从我第一天来到这间病房开始,到良子妈妈离开的那一天为止,我们之间话说得不是很多,但基本都保持着这个亲密的姿势。

有时候,我会问她:"妈妈,您需要什么吗?想吃点什么、喝点什么吗?还是想听点什么?"

她总是微笑着摇头,眼中充满了无限的慈爱,那么深情地看着我。"我什么都不要,有你在就好。"她依旧说得含糊不清,可是,我已经习惯了,完全可以明白了。

每每听到她这样说,我就会眼睛发热,想哭。

我意识到,自己知道这一切太晚了,她已经吃不下什么东西、对物质没有任何欲望和奢求了。我现在唯一能给她的,就是抓住她的手,让她在我的关爱中享受。

有一天,她心情很好,有点不好意思地问我:"太郎,告诉我,你的中国妈妈待你好吗?"

我肯定地点着头说:"她待我很好,小时候,我都不知道自己是被收养的呢。"

她好像非常喜欢听我给她讲哈尔滨的往事,我讲的时候,她就会入迷地眯起她的眼睛来,陷入沉思般地遥望着窗外,仿佛已经回到那年、那月、那日的境地。当我说到我的养父时,她会附和着点点头:"是,我第一次见到的就是他,觉得他人很可靠。"

当我提到香姐时,她也会突然插嘴说,我知道她,一个机灵厉害的漂亮姑娘。

我听罢,恍惚中会吓一跳,突然地停下来,感觉有点后背发冷:良子妈妈是在梦里,还是在现实中?缓过神来,我很高兴地端详着她,惊讶道:"妈妈您不是在哄我吧?您真的记得吗?"

她好像意识到了我不相信她说的是真心话,很虚弱地补充着:"那可是个很厉害、很有灵气的小姑娘呀,当年就是她把你抢走的……太郎,你后来又看见过她吗?"

我急忙说:"见过见过,那年回哈尔滨还看见过呢,香姐也老了。您好好活着,她明年就会来日本的……"说到这里,我刹那间想起香姐跟我提到过的"妈妈"脸上的那颗黑痣来,就试探着说,"香姐还说您下巴上有颗黑痣呢……"

良子妈妈见我打量她,便若有所思地叹息着:"唉,这人哪,老了,是记不清楚事情了。原来在我下巴底下,是有一颗黑痣。那些年,我总是交噩运,回到日本后,我就去医院做了手术，把它给除掉了……这天底下不打仗还好，还是太平世界，一打起仗来，咱们百姓就遭殃哟。"

妻子笑起来，亲亲她："妈，您真好，真是明白人。"

她听罢，嘴角微微一颤，高兴地流下了眼泪。

我终于明白了关于黑痣的故事。

为了掩饰我的心情，我也没有说透，只是慌忙地给她擦着眼泪。她岔开话题，问："能给我说说你们的故事吗？"

我点点头，挖空心思地在记忆中搜寻着，把童年那些难忘的、快乐的时光，都镶上灿烂的光环，绘声绘色地讲给良子妈妈听。

我每天都像说书一样，精心地准备一段讲给她听，甚至连金子姐和香姐无意中说出我是"小日本"的事都说了出来。我还说了她们怎样想瞒天过海，给我点心吃，想把我给糊弄过去，没料到，小孩的记忆是越重复越会加深的……

良子妈妈很感兴趣，她似乎上了瘾，听得开心极了。有时候，她听着听着，竟然像孩子那样咯咯咯地笑出声来。

我感觉那几天良子妈妈的身上出现了一些奇迹，她的眼睛又像以前那样开始烁烁发光了。她还跟我们开玩笑："这下好了，我以后去天国见了你妈啊，也可以把这些事说给她听了。"

"妈妈，没有您说得那么严重。您千万不要悲观，相信您很快就会好起来的。"

"就是呀，妈妈，您好了以后，就到我们家来住吧。"妻子劝慰着。

"是啊，妈，您这一天天都好起来啦，您自己不觉得吗？"

我们看到了良子妈妈身体好转的苗头，同时，妻子也担心我的身体，就提出要和我轮流照顾良子妈妈。我说，再观察几天吧。

在这一段时间里，信子妈妈有时也来看良子妈妈，她也明显地见老了。我们担心她一个人走路会有什么闪失——毕竟临终关怀病房是要出了东京都，在神奈川这边呢，对年近九十的老人来讲，来一次真的是不容易啊。

良子妈妈也有气无力地劝着："是啊，你不要来了，有太郎在我身边……"她停下来，开始费力地喘气。

我慌忙地对妻子使个眼色，感觉良子妈妈这种现象是这几天刚刚出现的。

"妈妈，您不要说了，您歇一歇好吗？"我在边上握着她的手劝道，"来，喝口水吧！"

她像孩子那样听话，乖乖地点了点头。

那天吃午饭的时候，她说不想在房间里吃了，执意让我推轮椅，带她去餐厅和大家一起吃顿饭。我小心地将她抱上了轮椅，缓缓地推着她。妻子搀扶着信子妈妈，我们一起去了餐厅。

餐厅里摆放着硕大的钢琴，良子妈妈说，她不想吃东西，只想来看看那架钢琴。我也吃不下去，就点了两份海鲜套餐，让信子妈妈和妻子吃。我推着吃力地斜靠在轮椅上的良子妈妈围着钢琴转了好几圈后，良子妈妈沉思着，吃力地说："太郎，我们回去吧。"

我们回到房间，我握着良子妈妈的手，她很快就迷迷糊糊地闭上了眼睛。

一直到妻子和信子妈妈回来时，她都没有睁开眼睛。

妻子说："妈妈今天累了，让她好好睡一觉吧。我先陪信子妈妈回去。"

我点点头:"一定要打车把她老人家送到家啊。"

妻子说:"你放心吧,我会的。"

我们这样说着的时候,信子妈妈站在落地窗前,偷偷地抹起眼泪来。妻子站在她的身后,轻轻地抚摸着老人的后背。

"我们现在走,好吗?"妻子带着颤音问。

"好……我只是无法相信,眼前的这一切都是真的……谢谢你们了。"信子妈妈感慨着。

电话提示出租车已经到了。

信子妈妈停顿了一下,喃喃地说:"我们走了。谢谢你,太郎,良子她真的是没有白疼你啊……"

我笑着冲她摇摇头,低声对她说:"这是我应该做的。"

因为我还握着良子妈妈的手,所以没能送信子妈妈出门,只能对着她的背影道着辛苦。

四十七

第二天清晨,良子妈妈没有像往日那样早早醒来。她看上去好像很累,一直在昏昏沉沉地睡着。

我蹑手蹑脚地起来,轻轻地把房间简单地整理了一下,然后,我静悄悄地站立在落地窗前。通过玻璃窗的折射,我观察着良子妈妈:她脸色灰暗,眼睛紧闭。细听,能听到她发出轻弱的鼾声,那声音在空荡荡的房间里游移着,时断时续的。

我的心,也会下意识地随着良子妈妈的鼾声一松一紧的。我一直安静耐心地等在那里,直到护士轻轻地推开门走进来,微笑着提醒我到吃药的时间了,我才不忍地俯下身来,轻轻地把她唤醒。

护士给良子妈妈喂药,她不睁眼,只是摇摇头。

我接过药来,小心翼翼地把药再次递给良子妈妈,哄着她想让她把药吃下去。

她含糊不清地咕哝了一句,我听不清,就问道:"您今天感到哪里不舒服吗?"

良子妈妈痛苦地摇摇头,蹙着眉头撇了下嘴。

"不吃药,就要打针啦!"护士再次微笑着劝她。

"不……"她呼吸艰难地喘息着,"不。"

我松开握着她的手,和护士对视着:"您看她是不是哪里不太舒服?要不然请医生来看一下吧。"

良子妈妈听罢,安静地睁开了有些浮肿的眼睛,游移不定地看着什么,又像是什么也没有看见,好像是在喃喃自语般地哀求:"不要走……没用的……我知道……没用的……好痛苦……"

我听她说到"痛苦",心慌地示意护士赶快去请医生来。

值班医生很快就过来了,为良子妈妈做了检查,示意我不要慌张。他们劝说着,良子妈妈把药喝了下去。

我重新坐下来,用温水为良子妈妈擦了擦脸和手。她很配合,很听话地任我摆布着。

做完这一切,我想喂她一点水时,她用舌头顶住勺子,拒绝了我。她的下巴微微扬了一下,我顺势问道:"妈妈,您今天想去窗子那里坐坐吗?"

她听罢,无声地咧开嘴笑了一下。我知道,这就表示她想去那里享受一下阳光。

我神色一亮,娴熟地把床摇起来,想让良子妈妈好好享受一下早春的气息,我还细心地给她拢了拢头发。我发现良子妈妈那天显得很美,看着她安详的样子,萌生了给她拍一张照片的念头。

那一刻,我也不知道为什么会突生奇想,那么渴望给她留下一张照片。直到良子妈妈离去后,我才更加意识到了这张照片的珍贵与它的不同寻常。

后来,妻子曾经多次问过我,你那一刻是怎么想的?给妈妈留下了这么美丽的一张照片……坦白地说,有些事就是这么的不可思议,我当时真的什么也没有想,就是想给妈妈拍一张,她呢，也非常配合，让我给她在人世间留下了这最后的一张照片。

当时，我拿着手机问："想拍张照片吗？"

随即，我听见一个极其微弱的声音响起来："好——"

事情就是这么简单，这么奇妙。

良子妈妈微微地眯起眼睛，嘴角带着笑意，舒服地坐在靠背床上。在阳光下，她的银发垂泻下来，她慈祥地托腮沉思着，仿佛在说，生命走到今天，我已经很满足了……无论世界怎样咒骂过我，我都不在乎，我以善良回报了你，因为有你在这里，我已经感到很幸福了。

接下来，良子妈妈又很反常地睁大眼睛，明明白白地跟我说："这人生啊，看似很漫长，但是真正走过来以后，才会蓦地发现，其实理想的时光很短……"

然后，她好像很疲劳了，停顿了好一会儿，才吃力地断断续续地对我说："太郎，有你在，我去哪儿也不怕了。太郎你要记住，原谅别人其实就是善待自己……太郎，我要是这样走了……不过，我觉得已经很满意了……"

我感到她的生命正在一点点地耗尽，我心疼地抚摸着她骨瘦如柴的肩头，语无伦次地安慰着她："妈妈还很年轻，妈妈你不会离开的……"

——后来，当我把这一切说给中国朋友时，他们告诉我，良子妈妈那么清醒的瞬间，就是我们中国人俗称的"回光返照"。

那一天，我们就这样安静地沐浴在阳光下。默默地享受了一会后，我发现，良子妈妈无力地耷拉下脑袋来，无论怎样叫她，她都不再说话，嘴角还流出了口水。

我担心她累了，急忙把床推回原处。

那一刻，她恍惚地醒了，余光望着别处，她开始语无伦次地低语着："要太郎……活下来……要……太郎……我要……去找你妈妈了……"

这些话，我听得很清楚。我简直不敢相信，心惊肉跳起来，眼睛也不敢眨一眨，就那样一动不动地站在床边，依旧握着她的手。慢慢地，我感觉好像发生了什么异常：良子妈妈的脸渐渐地没了血色，缓缓地变得死灰；她的手也开始变凉，并且无力地向下垂去……

我有点害怕起来，开始呼唤她的名字。我呼唤着，大声地呼唤着，她依旧不看我，毫无反应地闭着眼睛。她只是在嘴角为我留下了一抹笑意。

我害怕地开始呼喊医生，大声地呼喊着。医生们陆陆续续地来了，很快又散去了。

最后，他们向我宣布，良子妈妈已经平静地走了。"赶快给她穿衣服吧……如果没有准备好，医院这里有……"

那一年，我六十多岁，良子妈妈也八十多了。

岁月的流逝，让我们都成了老年人。可是，自打幼小的我与她相遇以来，我与这位亲人相知相识、亲密地在一起的时间，总共加在一起，也不足一年啊！

自打她从爆炸的火车上救出我来，我从她的世界里路过，从此便夺走了她一生的幸福。她生命里的悲欢离合，仿佛都是因为我的出现而发生了。这也注定是我一生留在心底的痛。

无法弥补、无法回报的恩情，让我顿感万箭穿心。

良子妈妈留给我的最后一句话是："要太郎……活下来……

要……太郎……我要……去找你妈妈了……"在她生命的最后一刻，她还惦记着我。这是她的错觉，也是她一生铭记在心的痛吧？在弥留之际，她已经意识不清了，还在顾及着我、挂念着我。她仍旧没有忘记我，她的思绪仍旧停留在六十多年前，她在中国带着我逃难的那一刻……

我想放声大哭，哀悼良子妈妈的离去。结果我什么声音也没能发出来，就昏过去了。

迷迷糊糊中，眼前仿佛是一个阳光绚烂的清晨……半个世纪后，我们母子重逢时，她就是这样开始回忆，提起那个清晨，提到把我送走的那一天的往事……

她说，她不知道什么是真正的幸福生活，只是在经历了那个阳光灿烂的清晨后，她体味到了什么是不幸的、地狱般的生活。她不能忘怀的是我，是她捡到了我，又亲手弄丢了我，从那以后，她便成了自己心灵的罪人。一直背负着心灵的谴责、不能释然的良子妈妈，从此便开始了她真正的噩梦般的生活。

……

我昏过去了。迷迷糊糊中，我感到良子妈妈在讲，在那个乱世的战争硝烟消散后，留下的便是经历了战争的人一生的创伤、一生压抑的情感。我和良子妈妈都成了日本发起侵华战争的祭品……

我清清哽咽的喉咙，竭力安慰她说，那是战争造成的，那不是您的错。我们是普通百姓，我们只想活着，好好地活着而已……我跟良子妈妈解释着，希望她能释然。其实，我自己的心里也很堵，也从未完全释然过。

在临终关怀病房里，良子妈妈有时会琢磨不定地看着我：

"你真的是这样想吗？"

我肯定地点点头，想尽可能地给她一个灿烂的笑脸。

其实，我的心里有时候也会感到很别扭，不是因为她，而是因为我至今都不知道自己确切的生日究竟是哪一天，也不知道我的生父到底是谁——他长得什么样？他是做什么的？他是怎么死的？

这些疑问盘旋在我心中，虽然在漫长的岁月中已经淡了很多，但是这些顽固的念头还会时不时地钻出来折磨我……有时候，我也是心疼得无处去诉说。

很多时候，我都是故意装作若无其事的。看到我神情自若，良子妈妈会信以为真。我看到，她的眼睛在那一刻很亮。那个念头闪过时，她的脸上有了满意的光彩。

……

昏迷中，我依旧幸福地重温着往事：当一个人坐在良子妈妈身边，我平静地看着这个给了我第二次生命的人，看着这位既亲切又陌生的"母亲"。在她走到生命尽头时，我能来陪陪她，我很感激上天的这种安排。

当我看到日渐衰老的她，感到既心痛又无奈。

人生的无常，让我懂得了，世界上的普通百姓都是祈愿和平与幸福的。

我的一生有过三位母亲。在我长大懂事以后，想到养母无私地为我付出，我深深地感动，并意识到了，在这个世界上，她才是最值得我尊重的最可爱、最朴实的人。

二十几年前，我的养母也是在我的怀里安详地走了。那是我第一次经历与母亲的生死离别。

良子妈妈是我送走的第二位母亲。

如果当年在爆炸的废墟中不是良子妈妈救下了我,我的命运将是无法想象的。

在我的记忆里,虽然其实没有生母的印象,但是我知道了她在生命的最后一刻,还是把我幼小的生命托付出去,才肯闭上眼睛。只要回忆起这三位母亲给予我的爱,我的心就好似已经寻到了那个可以依靠的温暖的港湾。现在,她们都陆续地走了,只剩下了我自己。只剩下人生归途的我,会加倍好好珍惜身边的人,因为我们都没有下辈子的相识!我会好好体会生命的每一天,因为我们只有今生,没有来世。

……

迷迷糊糊中,我看见医护人员轻轻地、匆忙地走进来。她们用雪白平整的布覆盖住良子妈妈时,我又控制不住地想冲上去握住良子妈妈的手,可是,不知何故,我的腿动弹不得。我的泪水终于不可抑止地倾泻下来。

医护人员礼貌地把我扶起来、拉开,我呆呆地看着她们在我眼前把良子妈妈给推走了,就如同机械地推走了一件物件一样。

房间里只留下了孤独的我。我一个人看着这间房子,看着我们一起度过了七七四十九天的房间,一下子清醒了。泪水决堤般地流下来,我不能自已,大声地抽泣起来,在空荡荡的房间里,像个孩子一样大哭着……

三天后,我们为良子妈妈在青山墓地举行了葬礼。出席葬礼的只有信子妈妈和我们一家人。

日本人的葬礼，很安静，也很简朴。我们看着鲜花覆盖下的良子妈妈，被推出来，很快又被推进去……人的一生就在这一推一进中完成了。

我们在大厅守候着，虽说是火葬场，这里竟然听不到哭声，甚至连说话声也听不到。这就是日本人的火葬场，这就是他们的缅怀方式。

我们静静地取走了良子妈妈的骨灰，恭敬地把它装在坛子里，庄重地摆在了家中。我们每天为良子妈妈换一次鲜花，每天吃饭前，都记着给良子妈妈上炷香，为她念叨念叨……这也是日本式的怀念。

四十八

一切操办完之后，我马上回到了公司，准备正式办理退休的各种手续。令我奇怪的是，我的上司渡边打来电话，语言简短地约我去趟办公室。

当我出现在他面前的时候，他从各种报表中抬起头来，朗声问我："田中桑，你干吗这么急着退休呢？"

我不好意思地笑了，解释说："我请假的时候，就已经和公司说好了退休的事；再有，我已经六十多岁了……"

"六十多？你这个年龄，在日本还是年轻人哪！"他说完便哈哈大笑起来。

我一时不明白渡边的意思究竟是什么，没有说话，只是傻傻地看着他，等待着他的决定。

渡边笑着，充满人情味地对我说："田中桑，你急什么呀？公司理解你，我们还没有提出来，看看，你自己倒是先急上了。既然你家里的事情已经办完了，就该从现在开始，好好地工作才是啊，我说得对不对？"

我心里有点奇怪，琢磨不透，想：这不是我请假前跟公司说好的事情吗，怎么好回来后又继续上班，连招呼也不打一声呢？那我不成了大家眼中的赖皮鬼了吗？

我狐疑地看着上司渡边，感觉着，这日本人有时候也蛮有同情心的呢，真是令我刮目相看。因为我看不透对方葫芦里到底卖的是什么药，只好不搭腔，带着礼貌稀里糊涂地点头称是。

可惜，松本社长退休走了，不然，我和松本社长就能好好沟通一下了。我很怀念退休后去了泰国的松本前社长。

来到日本这么多年，严酷的现实教会了我用沉默礼貌的表情来回答一切难以应答的问题。这是一种最聪明最可行的办法。

比方说，我回中国的时候，有人故意挑衅地在我面前骂小日本如何坏、如何不是个东西，那一刻，仿佛有些人针对的不是战争时期的日本鬼子，或者在对方眼里，我已经变成了万恶不赦的日本鬼子，好像我就是当年在中国杀人的侵略者一样。面对激愤的倾诉者，我知道自己无法申辩明白，只好沉默地傻笑着，礼貌地冲着对方点头称是。

几次回国，我在国内都会感觉到自己是个"少数派"，被外界一次次置入框架中去审视和评判。虽不至于说我会被打击到绝望，却也在跟外界反复地对照、拉扯与冲突中，耗费掉了大量的心力。

如今一些人有时充满了戾气，用愤青式的"爱国"来遮盖他们偏激的心理，对这些人，我只能选择回避和装傻。

无独有偶，我在日本时，也同样会遇到很激进的日本右倾分子，他们会故意在我面前讲中国人的种种劣行，我在那一刻就是名副其实的中国人，代表着中国了。我只好对他们讲，你们看到的只是一部分人的行为，并不代表着中国人的全体，但往往遭到他们的反驳。当我察觉到对方控制不住地激动起来时，我甚至连简单的一句话都懒得和他们讲，只好沉默应对。其实，我心里是很气愤也很无奈的。

渐渐地我发现，无论在哪里，我都无法申辩。事实上，我成了很难堪的"第三人"。我替谁说话，反方一定会认定我是叛徒、"特务"。这些风马牛不相及的帽子，会加重我心灵深处的痛，我只好尽可能地避开。

总之，在日本，日本人会认为我是代表中国的中国人；回到中国后，中国人又会认为我是个地地道道的日本鬼子。这种处境，有时令我难堪，也叫我哭笑不得。也许我的命运就该如此。也许我的痛苦是救赎的必经之路？

无论经历过什么，无论别人说什么，总之，在历尽艰险之后，遇到再大的困难，我也感觉自己再也不会退缩了，只有这样，才可以拥有我自己的世界。

后来，我真的就这样奇妙地恢复了平静安稳的工作。生活又重新开始有规律地进行起来了。

我每天早上起来之前，都要对自己说：这个世界真好，它不但很强大，也很善待你。快起来吧，你要坚信，你是一个勇敢的人。你要好好地去工作，做好你自己。你要对得起那些为了你能活下来而舍弃了自己幸福的人……

我知道，我要随时鼓励自己，不然，我都没有办法在这个处处需要认真、处处一丝不苟的日本生存下去了。

如果不是亲自来到日本，没有亲身深入匠人精神的内涵中，没有深入日本社会的人群中，又何谈日本的好与坏呢？细细算下来，我都在这里生活了二十几年了，至今也不敢去评鉴日本的匠人精神。

因为我接触了太多太多的日本人，无论他们是做酱油的，还是做毛刷的，甚至是做寿司的，那种对做任何事都认真钻研的态度，是我以前没有看到过、没有接触过的。日本人靠着这种精神，积累起信誉，发展壮大了他们的企业，这些企业才得以传承下来。我非常敬重日本人的敬业精神。

相比之下，我也只能踏踏实实地做好我的分内工作，不然，在这里说什么"要做一个堂堂正正的人"，也只不过是句口号和笑话而已。

说真的，有时候我真的不知道我在哪里会更开心些。我怎样做，才能受到较为公正的对待？

几周后，妻子对我说："你快过生日了，我们一起去趟上野动物园吧？"

我咧咧嘴，不屑她的提议，并"抗议"道："我没有生日，本人郑重声明啊，从此不再过那种'伪生日'了。"

她端详着我的脸，看了半天："噢，我很抱歉，我的话让你生气啦？"

"没有生气，这是我的真心话。"

"那就好。今天是日本的红日子，我们都在家，孩子们也不回来，咱俩一起去趟动物园吧？"

"动物园？可真是好多年没有去了，还是孩子们小时候，在哈尔滨时，我们经常带她们去。"

"就是，就是啊。我们俩今天就这样定了，回来的时候啊，我请你去吃小野二郎店的寿司怎么样？"

"我想不起来了，哪一个小野？"我对寿司很感兴趣。

"哇，这么有名的店，你都不记得了？克林顿也曾经去那里吃过啊！还有过报道呢。你真的忘了？"

提到克林顿，我恍然大悟地拍拍脑门："那里呀，你想都不要想，渡边在那里预约五次了，都没有约上。那家店的店面很小，但是，据说那里做的寿司相当地道。"

妻子笑起来："正因为有名，我们才去吃啊。"

我瞥了妻子一眼："那个店你我就别想了，那师傅是有名的寿司工匠……"

就此话题，我俩又情不自禁地谈起工匠精神来，那叫一个发自内心的敬佩。

我拗不过妻子，六一这天，我们还是去了趟上野动物园。

回来的电车上，妻子很感慨地对我讲："我想把咱俩今天这事儿写成一篇散文呢。"

我有点震惊地看着她，心想，到日本这二十几年来，除了挣钱，就是打工，你还会写东西吗？你还能写出文章来吗？

妻子又笑起来，脸上泛起红晕。她扬扬胳膊抓住了扶手，靠近我，我看到她的眼睛里充满了渴望，就压低声音，斟酌着问了她一句："你还有写作的激情吗？"

"不要小瞧人啊！"她说着，笑逐颜开起来，"这回我偏要写一篇给你看看。"

"好啊，我拭目以待！不过呢，为了身体，我还是要奉劝你，适可而止吧。人生在世，身体才是第一位的。"

——这是逐渐老了的我，这些年来心里生出来的真实想法。

对于任何欲望，都要做到适可而止。

电车过了筑地车站，她又挨近我的肩膀，提议道："咱回家这么早干吗，去银座看看吧？"

"你想买什么吗？"

她想了想："也没有什么想买的，就是想去看看呢，想和你一起去感受一下东京的魅力。"

我无可奈何地笑着："真不明白，你今天从哪里来的这么大的精神头呢？我是服你了。好，今天我就'舍命陪君子'了。"

我嘴上说着服她的时候，心里却有一种甜蜜的被绑架的感觉在涌动起来。这种感觉似乎太遥远了，那可真是上半辈子的事啦。

妻子像个快乐的小女孩一样，边走边兴奋地向我介绍着路边橱窗里抢眼的各种商品。

我边"嗯嗯"地应着，边暗暗地想：如果没有她的陪伴，我在日本这些年的生活，究竟会是什么样子呢？我会一蹶不振，还是会一塌糊涂？甚至是……

我打了个冷战，不敢想下去，也不想思考下去了。

只记得，她和我结婚时，并没有因为我家里穷而为难过我。

我们结婚后，她和我一起遭受了很多的苦难。当年住在冰天雪地的哈尔滨的三孔桥，那里被称为"兔子不拉屎的地方"，由此可以想象出那里的荒凉情景。夏天赶上雨天，下了班，要背着孩子、扛着自行车，才能蹚过那段泥泞；冬天，下了班总是没有车坐，只能怀抱着孩子，踏着冰，顶着风雪往家里赶，又饿又累地徒步一个半小时，才能回到家……这样的日子，我们咬牙坚持了好多年啊。

来到日本以后，为了生存和尽快地改善家里的生活，她又是第一个忍辱负重地去干各种脏活累活，从来没有抱怨地苦干着、坚持着。那时候她每一天的付出，我都看在眼里，我感激她，却说不出来，我很恨自己：为什么我竟如此不善于表达呢？看来我这辈子也改不了啦。

　　虽然我不擅表达，但是，我依旧相信，相爱的人是会听懂彼此的心声的。没有这个感应，又怎么能默默地走到今天呢？

　　那一年接到岳母去世的电话后，妻子咬紧牙关，忍下了痛苦，任泪水不住地流淌下来……我看着看着，心都快碎了。

　　初到日本那些年，国际电话受限。当时没有微信，也没有QQ，妻子那时还没有拿到永居身份，回趟中国也不是像现在这样轻松，还需要跑入管局，需要等待签证……

　　那一天，当我把良子妈妈的骨灰坛子抱回家来后，妻子没有拒绝。她只是默默地摆好，认真地供奉起来。

　　她懂得良子妈妈在我心中的位置。

　　妻子的作为在告诉我她的为妻之道、她的为人之道。

　　多少次，她摩挲着我的头发，温柔地安慰着我："你难受，就哭出来吧。千万不要总是这样憋在心里，那样反而会生病的……"

　　对我来说，妻子的存在，就是我的温暖，就是我们家的全部。

　　在东京，这个在国际上排名前列的世界级大都市——亚洲的第一大城市，全球第二大城市，拥有近1300万人口的日本首都——我们默默地相依为命。正因为如此，我们才能踏过风险，度过贫穷时光，走过孤独的人生岁月。

想到这些,我有些控制不住自己,在银座人来人往的大街上,突然壮起胆子对妻子说:"谢谢你啦,这些年来,多亏了你的陪伴呀。"

然而,话一出口,我俩都为我的话震惊了。

她眨眨眼,甜蜜地笑了,故意大声地问道:"你说的是真心话吗?如果是真的,那么就请你再说一遍好吗?"

我闭口不言,回了她一个诡秘的微笑,因为她在盯着我看呢。这种氛围,我是再也说不出话来的。

"请原谅我。"我在心里说。

这让我想到,一个人喜欢上你,不是因为你年轻、好看,而是你给了这个人一种其他人给不了的感觉和安全感。只有不离不弃才能让真情绵延。正如一句话所说,誓言再美,也比不上一颗融入生命的心更珍贵;承诺再多,也比不上一个心疼你的人重要。

没有她的陪伴,我肯定不会有今天的自信、今天的快乐。

四十九

周六的晚上,我闲来无事,翻阅着写推理小说的东野圭吾的作品《解忧杂货店》。

据说,在中国赚钱、写尽中国年轻人痛处的东野圭吾,并没想过写中国,他只想写一个曾经的日本。东野圭吾描写日本过往的岁月时,文字虽无法穿越回去改变日本,却意外照进当下的中国。这一点,或许连他自己也没有想到呢。

我回中国时发现,书店里竟然设有一排东野圭吾的书架。那些静静摆放在那里的书,似乎在向人们诉说着:这一切只不过是一个轮回。

妻子走到我身边,好奇地问:"你在看什么呢?"

"还不是你推荐的《解忧杂货店》。"我冲她扬扬手中的书。

"真是难得呀,看出点什么名堂没有?他够狠的,一年能在中国拿走 5600 万呢,这叫一个了得。"

我注意到,妻子说着的时候,眼睛烁烁发光,脸上充满了羡慕与渴望。

"只能说他赶上好时候了,也切中了要害。中国年轻人所处的正是日本年轻人的昨天，他们在书中寻找自己的影子呢……"

"噢噢，你了不得了，我的大评论家，看问题能一下子切中要害啦。"

我们两夫妻愉快地互相调侃起来。

自从孩子们结婚、离开了原生家庭以后，我和妻子单独相处的时间变得多了起来。

日本人的家庭观念与中国人的不同，而且日本年轻人在社会上彼此竞争得很厉害，孩子们又正处在刚刚组建了自己的小家庭、工作稳步上升的阶段，因此，我们总是劝她们，不要经常回来，有事的时候，我们会打电话给她们的。

这种得体的退出，其实对孩子和我们自己，都是大有益处的。

我们单独相处时，可以寻找些彼此感兴趣的书和话题来讨论。不想做饭的时候，就去买点熟食，或者到邻近的餐馆打打牙祭。人年纪大了，吃得很少，也变得很挑剔了。

说着说着，妻子微微一笑："想给你看一样东西呢。"

"看什么？"我有点警觉起来。

"你怕什么？我又不能吃了你。跟我来！"

我放下手中的书，一边跟着她走，一边嘴硬地说："那可不一定，这人心难测呀。"

妻子把我带到她的电脑前，把我按坐在椅子上，命令着："你看看这篇文章可以吗。"

我感到怪怪的，盯住电脑上的汉字。她又有点抱歉地对我说："我可能是不写东西的时间太久了，好像都不会写了呢，有点拿不准了，想请你帮着我来把握一下，怎么样？"

我立刻明白了，惊叹道："这么快？都写完了？"

她羞红了脸，像刚和我恋爱时的表情一样。她不好意思地说："你先看，看完再说嘛。"

时间，就这样一天天、一月月、一年年，在不经意间走过去了。当我意识到时，我们已经相互扶持着在东京走过了人生的壮年时期，现在是真正的老年了。记得中国有句老话"人活七十古来稀"，由此可以窥见这个年龄的真正含义了吧。细品过后，我也会不寒而栗起来。

年龄不饶人这句话是千古不变的定律，是任凭谁也无法改变的事实。历史上曾有多少帝王将相都渴望着长寿不老、长命百岁，他们聆听着"万岁，万岁，万万岁！"的呼喊声，到头来，也不得不撒手人寰了，更何况我们这样的平民百姓。人到了晚年时，想的和要做的，已经完全不像过去那样想当然了。

现在，我们已经完全退了下来，在日本享受着国民年金和厚生年金，过着与普通日本老人相同的晚年生活。这些年金，对两个欲求不多的老者来说，已经是绰绰有余了，因为我们的住房和老后的医疗费用等问题，是全部由日本政府来负担的。这样无疑让我们这些归国者的心情也随之变得轻松了。所以，大多数的遗孤选择了退休后依旧在日本养老。

我们的孩子们渐渐都长大了，她们就像一面镜子，真实地映照了我们的归途。这是不可回避的现实。我们很清醒，也很理智地对待自己的衰老。

有时候，往事就像断裂的记忆一样，在我们两个孤独的老人心中会时不时地升腾起来。有时它是一片朝阳，有时又会是一片忧伤。

我们的朋友越来越少了，我们的恩人现在也只剩下香姐一个人在世了。我们会经常想起她，一直挂念着她。她就是我们的亲人。

2019年夏天，我们在故乡和香姐约定好了，在2020年的夏季，我们会再次相聚在哈尔滨，然后，一起乘豪华游船去欧洲六国游玩。我们已经委托女儿为我们预定了旅游的船票。我们都期盼着，想象着这必定会是一场令人怀念的幸福之旅。

岂料到转年的正月，新冠疫情暴发了。转眼间，世界各地都不可避免地暴发了疫情，欧洲首当其冲地成了重灾之地。人传人的势头在凶猛蔓延着，万般无奈之下，我们只好取消了行程。接下来，新一轮人人自卫、人人保命的艰难生活开始了……

从那时开始，新冠病毒便迅猛地改变了世间的一切，我们人类原来美好的、无忧无虑的生活突然不见了。不曾料想，小小的新冠病毒竟然可以在一年多的时间里，让世界上的几百万人丢掉了宝贵的生命。

在战争中，我没有死去；为了那些救我的恩人，为了我的亲人、家人，我现在也要坚强、努力地活下去。现在我意识到，我的生命并不只属于我自己，同时，我又是曾经那个时代的烙印。因此，我要尽可能警醒着，活得再长久一些。

2020年3月6日于东京，一稿
2023年3月12日于东京，定稿

一本书打开一个世界

欢迎订购、合作

订购电话：0571-85153371

服务热线：0571-85152727

KEY-可以文化　　浙江文艺出版社　　京东自营店

关注 KEY-可以文化、浙江文艺出版社公众号，及浙江文艺出版社京东自营店，随时获取最新图书资讯，享受最优购书福利以及意想不到的作家惊喜